中国书籍文学馆 大师经典

张资平精品选

张资平 ◎ 著

中国书籍出版社
China Book Press

图书在版编目（CIP）数据

张资平精品选 / 张资平著.—北京：中国书籍出版社，2015.12
ISBN 978-7-5068-5267-8

Ⅰ.①张… Ⅱ.①张… Ⅲ.①中国文学—现代文学—作品综合集 Ⅳ.①I216.2

中国版本图书馆CIP数据核字（2015）第265172号

张资平精品选

张资平　著

图书策划	武　斌　崔付建
责任编辑	成晓春
责任印制	孙马飞　马　芝
出版发行	中国书籍出版社
地　　址	北京市丰台区三路居路97号（邮编：100073）
电　　话	（010）52257143（总编室）（010）52257140（发行部）
电子邮箱	chinabp@vip.sina.com
经　　销	全国新华书店
印　　刷	北京富达印务有限公司
开　　本	710毫米×960毫米　1/16
字　　数	300千字
印　　张	23
版　　次	2016年3月第1版　2016年3月第1次印刷
书　　号	ISBN 978-7-5068-5267-8
定　　价	39.80元

版权所有　翻印必究

出版前言

我国现代文学是指用现代文学语言与文学形式，表达现代中国人思想、情感、心理的文学，是在20世纪初"五四"新文化运动的影响下，广泛接受外国文学影响而形成的新兴文学。其不仅用现代语言表现现代科学民主思想，而且在艺术形式和表现手法上都对传统文学进行了革新，建立了新的文学体裁，在叙述角度、抒情方式、描写手段以及结构组成等方面，都有新的创造。

我国现代文学的主流是人民的文学，集中表现为大大加强了文学与人民群众的结合，文学与进步社会思潮及民族解放、革命运动的自觉联系，构成了我国现代文学的基本历史特点与传统。此时的文学，以表现普通人民生活、改造民族性格和社会人生为根本任务。

在创作实践上，我国现代文学中出现了从未有过的彻底反封建的新主题和新人物，普通农民与下层人民，以及具有民主倾向的新式知识分子，成为了文学主人公，充分展示了批判封建旧道德、旧传统、旧制度以及表现下层人民不幸、改造国民性与争取个性解放等全新主题。也是通过这些内涵和元素，现代文学对推动历史进步起到了独特作用。

我们已经跨入21世纪，今天的历史状况和时代主题与现代文学的成长背景存在巨大差异，但文学表现人物、反映社会、推动进步的主旨并没有改变，在此背景下，我们非常有必要重温现代文学的经验，吸取其有益的因素，开创我们新世纪的文学春天。我们编选《中国书籍文学馆·大师经典》丛书，精选柔石、胡适、叶紫、穆时英、王统照、缪崇群、陆蠡、靳以、李劼人、张资平等我国现代著名作家的文学作品，正是为了向今天的读者展示现代文学的成就，让当代文学在与现代文学的对话中开拓创新，生机盎然。因为这些著名作家都是我国现代文学的开拓者和各种文学形式的集大成者，他们的作品来源于他们生活的时代，包含了作家本人对社会、生活的体验与思考，影响着社会的发展进程，具有永恒的魅力。

中国书籍出版社

2015年10月

张资平简介

张资平（1883～1959），原名张星仪，广东梅县人。他是"五四"新文化运动初期著名的文学社团"创造社"的发起者之一，在中国现代文学史上占据着重要的地位。中国现代文学史上第一部长篇小说《冲击期化石》即出自他的手中。

张资平出身于破落世家。1912年他到日本留学，1913年开始文学创作。1920年1月，他发表小说《约檀河之水》。1921年，他和郭沫若、郁达夫、成仿吾等在日本东京成立了以反帝反封建为主要宗旨的文学团体——创造社。1922年，他出版了中国现代文学史上的第一部长篇小说《冲积期化石》。

《冲击期化石》是一部自传体小说，主要是描写一个乡间少年的求学经历。通过作者在一所教会学校的经历，揭露了教会伪善的一面，反映了当时中国社会的风云变幻。小说最后述说主人公到日本留学，期间与一日本女子恋爱。最后主人公所爱的房东女儿，竟跳入火山口而死，结局十分凄惨悲壮。

《冲击期化石》是一部具有积极意义的作品。它的主旨和新文化运动反封建、反礼教、科学民生的思想是一致的。作品结构严谨，语言流畅，描绘生动，对人物内心世界刻画细腻，很具有艺术性。

1922年，张资平回国后，先后在武昌、上海任教。1928年他访问日本回国后，受到日本自然主义的影响，写了日记体小说《群犬》，形容日本侦探之多。随后，他又创作了《梅岭之春》《晒禾滩畔的月夜》《约伯之泪》《苔莉》《最后的幸福》《明珠与黑炭》《爱力圈外》《青春》《糜烂》《爱之涡流》《上帝的女儿们》《时代与爱的歧路》

《爱的交流》《恋爱错综》等恋爱小说，在当时引起了较大轰动。

张资平擅长描写青年男女的恋爱故事，在他的20几部中长篇小说中，除了《冲击期化石》和《脱了轨道的星球》之外，都是描写恋爱的作品。由此，他成为公认的"恋爱小说家"。

张资平在新文化运动中，高举反封建大旗，提倡自由恋爱。他的作品反映"五四"时期青年男女对恋爱自由、婚姻自主的热烈追求，以及陈腐的封建伦理道德和金钱势力对他们的束缚。他以客观平实的写作态度，清新流畅的笔调，以及甜熟柔婉的情致，受到当时许多青年的追捧。对于当时的读者来说，这些作品无疑有解放个性的吸引力。但是，后来张资平却走了下坡路，他专门写三角、四角、多角恋爱，并把肉欲和爱情混成一谈，严重影响到作品的质量。

张资平的小说也有反对日本侵略者的题材。1930年，他出版了长篇《天孙之女》。在这部作品中，他揭露了日本帝国主义鄙视、屠杀中国人民以及糟蹋、蹂躏日本女性的种种罪行，戳穿了日本人自吹是"天孙之族"的鬼话。1933年初夏，张资平又创作了短篇小说《红海棠》，描写了1932年12月8日上海闸北被日机轰炸的悲惨情形，揭露了日本侵略者野蛮的罪行，具有一定的进步性。

1937年，抗日战争爆发后，张资平被侵略者利用，加入了以文化为幌子的日本特务组织"兴亚建国会"。从此，他走上了一条人生不归路。在此期间，他写了一些揭露日本战争罪行的小说，但也著有一些颓废、消极的作品。后来，他又加入了南京汪精卫伪政府，成为可耻的汉奸。抗战胜利后，他因汉奸罪被捕。

张资平在文坛上影响深远。著名作家张爱玲就曾明确说过，她曾迷恋于张资平的小说，并深受其影响。

目录

短篇小说

约檀河之水	2
她怅望着祖国的天野	16
木　马	32
一班冗员的生活	47
银踯躅	65
绿霉火腿	72
爱之焦点	91
梅岭之春	108
晒禾滩畔的月夜	128
末日的受审判者	147
三七晚上	166
雪的除夕	174
兵　荒	184

中篇小说

约伯之泪	204
小兄妹	229
苔　莉	251

日记

东京日记（节选） 354

大师经典

短篇小说
张资平精品选

约檀河之水

一

他除了头上的一条毛巾,和腰间的一条短裤之外,要算是一丝不挂。不单是他,在沙汀上坐的,眠的,站的,走的一群学生个个都像他一样的装扮。所差异的,不过毛巾和短裤的颜色。

他侧身倒在沙汀上,因为太阳正在沿直线上,不准他睁开眼睛仰望天空。汀上的砂热得要烁人。但他才从海水里爬出来,倒不觉得砂热得厉害。从砂里面发出一种阳炎(Gassamer),像流动的玻璃,又像会振动的白云母,闪得他头昏目眩。他只得再坐起来。

他左侧右面的一群学生,都三三两两聚起来谈笑。只有他一个不开口,好像正在思索学校的微积分难问题似的,他只望着岸前几块被水蚀作用侵毁了的礁岩,和对面的天涯海角。天空没有一片云;若不是远远望见一条黛色山脉线,和天空海角之间几点满孕南风向北行的白帆,他真分不出水天界线来。

他一个人痴坐在沙汀上，并不是为别的事，不过他此时望见湾内碇泊着一只小汽轮——那烟囱还微微吐出黑烟来的小汽轮——他便联想到他的家里。思念到家里，良心即刻跑出来责备他，骂他不应当为一个女子——并且不是真心爱他的女子——不回家；不应当父亲死了两年，还没有回家去看一看。

他梦见他父亲坟前的草有丈多高，没有人剪除，站在坟前，望不见那块用很粗糙的石英粗面岩做的，上面凿有"故○○○公之墓"七个隶体字的墓碑。他梦见他族人骂他不懂古礼孝道，父亲死了两年多，还不做道场超度，忍心看父亲的幽魂在阴司受罪。

良心责备得他很厉害，逼得他二年来没有一晚不发恶梦，没有一晚得安睡。但没有神的良心总靠不住！他精神涣散，神经中点疲倦，良心没有表现的时候，他还是思念那女子时候多，思念他的死父时候少。

他受了良心的苛责，近来又新尝失恋的痛苦，所以他亡魂失魄似的跑到这海滨来。他到这有名的海水浴场，已经一个多礼拜了，他的精神还没找得集中的地点，他的灵魂也还没有落着。

他犯罪！他的确犯了罪！他不明白悔罪的方法，所以他只管把责任推给社会，他只说他犯的罪是社会叫他做的。他不知他是一个罪人。他只知他身体疲劳，灵魂软弱，境遇险恶。他只说他是一个可怜人。

他实在也可怜！他是苦海中激浪狂潮里的一根浮萍，东飘西泊。他觉得这茫茫苦海虽然宽广，只少了一块能使他安身立命的地点。因为他是淡水植物，漂流到这苦海里，冷浸浸的氯卤盐水，不能养活他。他的形骸没有寄托的地方还不要紧，只有他胸坎里的心——凄凉寂寞到十二分的心，好像找不出安慰他（心）抚爱他（心）的人，始终不能安静似的。

二

  他没听过他母亲唱哄小孩子睡觉的歌儿。他梦中哭的时候,也没听过"孩儿呀!你不要哭了!你不要惊怕!妈妈坐在你旁边看护你,你安心睡罢!"这些话。但他也不希罕这些话。因为他没有受过慈母的抚爱,不明白这些话的真价。可怜他才生下来,他的母亲就离开了他!

  前年他在日本南边海岛上一家客栈里,接了他爹的痛报,哭倦了,睡在一间小房子里,半夜醒来,思念到他以后再没资格写"父亲大人膝下敬禀者……"几个字的信札公式,他没眼泪再流,他只觉得像饮了许多硫酸硝酸等镪水,五脏六腑都焦烂了。他爹一死,他的心像在大海上惊涛骇浪里,失了指南针的轮船,飘来飘去,不知进退。

  他未尝没有朋友,他也有几位泛泛然不关痛痒的朋友——要向他借书籍、借金钱,或有什么事要向他商量的时候,才去探望他的朋友。——索性说明白些,他们或许把他当做朋友,他却不把他们当做朋友。他不是不知道他们不是他的真朋友,不是真心探望他,但他还是很欢迎他们。因为他寂寞到极点了!

  他寂寞到万分的时候,听见她的几句安慰话,真像行大沙漠中,发见了清泉。他时时对他亡父的遗像,和生前寄给他的书信咽泪,只有她一个人知道,也只有她一个人能够安慰他,揩干他的眼泪。她实在是由苦境里救出他来的安琪儿。他也像爱安琪儿一样的爱她,他自信终身决不会忘记她,怎料她后日竟离开了他,辜负了他……

  不论行到沙汀上,或回来客栈里,他昼也偏着头想她的事,夜也偏着头想她的事。没奈何的时候,还是取出她从前写给他的信——可怜他没有把这些烧毁,还当做一种情书,珍藏着来咀嚼。并且倒在席上,追索他和她没分手以前她对他的好处。他读到她信里的,"我愿做你的金表儿,你得时时刻刻瞅着她(金表儿)。我愿做你的金指环,你得天天戴在指头上。"他也曾跳起来恨恨的骂道:"果然是没有思想的女孩儿!什么东西不可拿来比喻!总离不了灿灿的黄金!"但他再读到"太平洋也有干涸的时候,地球也有破碎的日子,只有我对你的爱情,是天长地久的!"他又不禁泪眼婆娑的自言自语道:"她对我的爱情实在不坏!她是一个天真烂漫的女孩儿!她不懂好坏,所以给人骗了!"他那早要滚下来的泪珠儿,此时也再止不住了!

他真痴到极点了!他再翻开旧时的日记,把他和她的恋爱史,从头再温习一番。

前年的今天他住在她家里差不多要半年了。他记得初到她家里的气候,是寒风凛烈,雨雪霏霏。早晨替他送火到房里来的是她,替他开纸屏和窗扉的也是她。替他收拾铺盖的是她,送茶送饭给他吃的也是她。替他打扫房间的是她,替他整理书籍的也是她。她的妈只管理厨房的事。她的妹妹只喜欢淘气,不会帮忙。

他们两个既然接触得这样亲密,他们中间的恋爱自由花,没半年功夫,也就由萌芽时代到成熟时代了。他们相爱的热度,达到了沸腾点,不过还没有行为的表现。但他们彼此都很望有表现行为的机会。彼此都满贮了电气量,一有机会,就要放电。他们中间寻常空气早都没有了,只有电子飞来飞去!

三

有一天晚饭后,他从市里买书回来,还没有到家里,突然下了一阵骤雨。他没带伞,只好呆呆的站在一家店檐下避雨。在他面前来来往往过了无数的人,有带雨伞的,有穿雨衣的,有乘人力车的,有乘马车的,有乘汽车的。汽车前头两道很亮的白电光,使他看见空中的雨丝更下得大了。

"韦先生！没带伞？我的伞是小点儿，总比没有好。我们同走吗！"她一手撑一把伞，一手抱一个包袱，好像也是从市里买什么东西回来似的，笑吟吟的跑到他面前。他也望她笑了一笑，"多谢了！你是救苦救难的观世音菩萨！"

"是吗！你从来都没好话说的，讨厌的……那末我一个人回去。你淋湿一身，与我什么相干！"

"芳妹儿！饶我这一回。"他从她手里夺过那柄雨伞，一手搭在她肩膀上，有意叫她凑近些同走。

"谁是你的妹儿！羞也不羞！快放下你的手！这样勾搭着，谁走得动？"

"伞不够大，我们应当凑近些。"

"前面来的人注意我们呢！"她凑近他的耳朵，低声的说。

她一呼一吸吹到他的鼻孔里，好像弱醇性的酵母。他感受了她微微的呼吸，觉得全身发了酵似的，胀热起来。

他们转了几个弯，过了几条街道，到了一条比较僻静的路上。雨丝也渐渐疏了。他再也忍耐不住，他不能前进了。

"做什么？发什么呆？"她推了他一下，叫他向前走。他此刻学她的样子凑近她的耳朵笑着说了几句话。她不禁失声笑了，摇头抿嘴的说道：

"不行不行！妈在家里望我呢！"

"不要紧！要不到半点钟。芳妹！你依了我罢！……"

"我就跟你去，可是要快些。"她像有什么信他不过的，踌躇了一会，才表示决意的态度。

"是的，是的，但有一句要求你的话，到里面去切不要韦先生韦先生的叫，还是叫我哥哥好听些。"

"我就依了你罢！"她不禁伏在他的肩上笑了一笑。

……

从此后他喜欢听她唱"来！我爱！来！我爱！你不要管我的膀儿酸！我只望你安心睡！"她唱得很凄切。他常常听了就下泪。

他和她如胶似漆的，做了两个月有实无名的一对小夫妻！

四

凉秋九月，他和同级学生要跟学校教授到矿山里实习两个月。他此时真尝到了别离滋味。他在矿山工场寄宿所，每天晚上不写封信也要寄张明信片给她。她天天也有信来——可怜只继续得一个星期——说些孩子话，叫他开心。

她信里说，他为什么把她的灵魂带了去，若不然，她为什么晚晚梦见她和他在矿山里相会。她信里又说，她情愿缠一块白头巾儿，到矿山工场里当选矿的女工去，得天天和他相见。她信里又说，他走了才两三天，她为他哭了好几次了。她信里又说，留级一年不要紧，他今年不实习也罢了，早些回来看她，安慰她才正经。她信里又说，她近来很想唱"来！我爱！"的歌引他哭。他哭了之后，她好替他揩眼泪。最后她还说她很望她能够快做他的儿子的母亲。并且问他同意不同意。

他每得她来的信，至少要重读十几遍。读了之后，不是哭就是笑。哭够了，笑够了，才得安睡。

可惜她对他的亲和力——在书信里表现的亲和力——像得了负的加速度，渐渐的弱下来了。

她离开了他一星期后寄给他的信：

韦先生！我不知道叫你什么，才能表示我的爱！所以我信里还是用平时对你的称呼。你答应我叫你亲爱的韦郎么？我也几回想写这可宝贵的称呼。但我到底还没有这个勇气。我也不明白什么缘故，其实写也不要紧，是不是？

韦先生！你不觉得？你在那边昨晚上没梦见么？昨晚我梦见睡在你胸怀里，你向我说了许多甜蜜蜜的话。我恨了，在你臂膀上捏了一下，你在那边不觉得臂痛么？

我在梦中不知不觉的把那晚上——下雨的那晚上，我们的生涯中最要紧的那晚上——骂你的话："讨厌的韦先生！不行不行！怎的？没有那样随便！"说出来了。妈妈睡在我旁边，听见了，叫醒了我，骂我不要脸，不识羞。韦先生！你当真不回来么？那末我真不知到什么时候才得安睡……

她第二星期的信：

……我想告诉你，我又不能告诉你。不是我不愿告诉你，我实在不好意思告诉你。韦先生！我真不好意思。我写到这里，我还一面发热呢！我和你还有什么客气？对你说也不要紧——不单不要紧，实在应当告诉你的。这不好意思的事，你也得分担一半责任。——对你说了罢！可是我还觉得很羞人似的。怎么说法呢？怎么开口说呢？韦先生！我想到这件不好意思的事——别人或者要说丑事。不要说别人，恐怕妈妈也是这般想——不知是伤心，还是欢喜过度，我的眼泪就像自来水泉，流个不住。有时还要痛哭！——我此刻正在流泪。韦先生！你可知道？——一直哭到半夜。哭倦了才睡下去。前时我也对你说过，我很盼望我们俩的恋爱花能够早日结果。但我现在又觉得她（恋爱花）不结果也罢了！因为妈妈天天骂我不该吃怪酸的干梅子……

她这封信明明疑他没有能力负责任。并且微微的露出她有点后悔。

五

她写了前一封信之后，七八天没有信寄给他。他在矿山里每天做工回来，就问寄宿所的婢女，K市可有信来？一连几天都回说没有。他急了。他有点担心。因为他一半是真的思念她心切，一半是他对名誉的卑怯心发出来的。他怕她信里说的不好意思的事闹出来，他在留学生社会中的信用，马上要陷于破产的悲运。到第十天才接到她一封信：

你真恼了么？你不能恕我么？我许久没有信寄给你，也有个理由。我说给你听，你听了之后，一定恕我的。因为我是你最爱的人里面的一个。错了，不是这样说。要说我是你独一无二的爱人！

姨妈来了。她老远的由东京跑来看我妈和我和妹妹。她是我从前对你说过，在东京开一家很大的旅馆的姨妈。她没有儿女，我小的时候，她要妈妈把我给她做养女，妈妈不答应，她就好几年没来往了。这次还是妈妈叫她来的，她说下星期带我到东京看热闹去，半个月就送我回来。我起初不情愿，因为我舍不得你。但我没到过东京，我又很想去看看。我想你还要一个多月才得回来，所以我后来又答应了她。我去只要半个月，你不要心焦，恐怕我还比你先回来K市呢！

我因为姨妈来了，天天不得空，要陪她到各处去耍。我昨天陪她到你学校里看植物园的花，和运动场。我还把你的实验教室指给她看。但我看她不像我一样的喜欢望见你的实验室。

这是我好几天没有信寄给你的理由。你不能恕我么？那末我要发恼的。我说错了，我拼命爱的韦先生！你若不原谅我，我是要哭的……

她这封信里表示的亲密话，比从前几封不自然得多了，也不及从前的天真烂漫了。

再过几天他又接到她一封信：

我今天搭急行车和姨妈上东京去。我今天带的压发花儿，是你买给我的。我穿的金碧色夹绸衣和紫红裙，也是你做给我的。我穿的靴儿，也是我去年生日你买给我做礼物的。我一身穿带你的东西上东京去，是因为纪念你的。

你的小相片，我贴身放在胸前，不给妈和姨妈晓得。你和我共照的大张相片我用我的衬衣包着，叠在小衣箱里，也不给妈和姨妈看见。韦先生！——我临去我要叫你一声亲爱的韦郎！你要知道一天不对你的影子，我心上过不去！

这封信我昨晚半夜起来写好的，打算今早偷偷的投在停车场前邮筒里。我写到这里，钟敲了三下。天快亮了，我便停了笔。我只在信笺上接了几个吻寄给你！

她对他不是绝无留恋，不过好像受了一种压逼。她的错处，就是借受一种家族压逼做口实，离开了他，成了她和他的罪恶！

他陆陆续续还接到几张她在长途火车里写的，安慰他的明信片。但他的悲痛，却和她的安慰话成反比例。

六

他实习将要完的时候,接到她由东京来的一封信:

韦郎!你差不多要回K市了罢。姨妈不愿意我再回K市。我想到我以后不能再替你收拾房子,整理书籍,我就下泪。

韦郎!我望你不要多思念我。你的责任很重,你将来回国去做的事业,也很大。不要为我一个女子,——不值什么的外国女子,——牺牲了你的前程。我总望你还是照旧的用功。——像我还在你身旁的时候一样的用功,——这是我对你的一个最后要求。也是你对我的一个最后安慰!

我以后虽不能伺候你,但我的心的振动数和你的相同。你切莫悲伤。你若悲伤,我的心也跟着你的心振动波,响应起来,共同振动,一直振到破碎!你若欢喜,我的心也和你共鸣!

我好久不读你的信了。我想是妈不把你的信寄来给我。我望你也不必寄信到这里来。我在这里再没有自由读你的信了!我们只好等再会的日子!梦想罢!没有再会的希望了罢!没有再会的希望了罢!

韦郎!我寂寞得怕起来了!姨妈介绍一位住在她旅馆里的大学生和我来往。他常常请我同乘汽车到帝国剧场去。我前天看的演剧,是托尔斯泰的《复活》。我才想起我身上有一桩事,很放心不下!

我下个月也不能再住东京了。韦郎!你应当知道我要到乡下一个女医家里替你受罪!这是妈叫姨妈托她(女医)的。我总望有机会,把你那块托给我的结晶体交回你,不过我恐怕到那时我完全没得勇气,由不得我自己做主!

韦郎!韦郎!我们在这人间,虽没有再会的机会,将来无论上天下地,我和你一定有相会的日子!

他回到她家里,住了一个星期,就搬了出来,并不是她的妈待他不像从前,他实在再住不下了。因为她每天替他开闭的纸屏,拂拭的台椅,收拾的书籍,和她编给他的书夹子。并绣的一个承肘小蒲团,没有一件不是催泪符。他还有一枝她平日喜欢吹的西洋玲珑笛。他常常取出来看。那枝玲珑笛好像对他说:"她怎的许久不来看我了!不来和我亲吻了!把我搁在这样冷静的地方!她应当早些回来,拭去我一身的尘垢!"

他描想到这点,他眼里一颗一颗的泪珠,滴在这枝曾经她无数接吻的玲珑笛上!

以上是她和他的过去恋爱史。他在海岸一天至少要温习几回。他并不是没有清醒的时候,他有时也会说:"我那破碎的心再没有恢复的希望?我醉眠状态中的灵魂什么时候才得醒呢?她真的把我的运命践踏了,我的前途毁坏了么?为什么她的影儿,总不离开我的神经中心点呢?"

他还是昏迷的日子多。他实在禁不得思念她。不单思念她,还思念她信里说的他们中间的结晶体。这是他良心上的不安,他犯了罪!

七

快晴了十几天。太阳没有一天不把华氏寒暑表蒸热到九十余度。今天她(太阳)懒了,不见出来。但天气还是一样的酷热,还要蒸郁。傍晚的时候,海风比平日吹得厉害,天空渐黑渐罩下来。

他在房里,把窗门打开。烧了一炷线香,把鸣鸣的一群蚊蚋赶了出去。但飞蛾和水蜉却不怕香烟,一阵一阵奔进来,绕着电灯,飞来飞去,他闷闷的坐在案前电光下,取了一张才由东京寄来的新闻想要读,又搁下了。

"韦先生!有信,是挂号信。"馆主人的小女儿,跑上楼来,跪在房门口,打开纸屏,把信送进来。

封面的字虽然歪斜潦草,但他还认得是她的笔迹。那时候,他像感受了电气,全身麻木。又像从头上浇了一盆冷水,全身打抖。他想马上拆开来读,好知道她近来的消息,恐怕再迟一刻,那封信要飞了去似的。可怜他双手没有半点气力,去开拆信封,双目也闪眩得厉害,再认不清白封面的字。他只觉得封面上"K市工科大学校采矿科韦……"几个字在他眼前,动摇不定。

她这封信,是由学校转寄给他的。她信里告诉他,她在东京市外一个小村落里过了半年农村生活了。看护她的女医,是一位基督教徒,为人很慈和,很恳切,常常安慰她。每星期带她到村中一个小礼拜堂里去听说教。她又告诉他,她听了说教,读了圣经,才晓得自己是一个犯了罪的女子。她爱他,不算罪;她读到圣徒保罗寄罗马教会书,第七章第三节,她才知罪。她又告诉他,她近来认识了一个人。——能够代人类担负一切罪恶的人。只要我们相信他……——她负担不起的罪恶,她都交托那个人担负了。她又告诉他,她望他——不单望他,并且劝他——也跟那个人走的那条路走,好打算将来在清虚上界的会合。她最后告诉他,她前月轻了身。女医说婴孩在母体中,受悲痛的刺激过度,不能发育,生下来三天,就在礼拜堂后墓地下长眠了。

"礼拜堂!礼拜堂!"他读完了她的信痴坐了一会,只说出这"礼拜堂"三个字。外边风吹得更厉害,窗外松涛,像要奔进他房里来。忽然一阵又悲壮，又慈和的歌声，跟窗外松风，吹进他的耳鼓。他知道这海岸也有一个小礼拜堂，正在松林后面。过了一刻，他又听见"铿！铿！铿！"的钟声。他望着柱上挂的壁历，他才知道今天是礼拜日！

他心烦意乱，很不安似的。他再也坐不住了。他赶下楼来，急急的往松林里奔。松林里一片黑暗，伸手看不见五指。只有一道灯光从礼拜堂射进来，照着他向光的那条路走。他并不回顾，他只向礼拜堂前奔。不知道他的，要说他是发狂！

他站在礼拜堂门口，不敢进去。他实在不好意思进去。因为他还疑心，他的罪，那个人未必肯代他负担。他只呆呆的站在门口听里面的歌声，更加嘹亮，一字一句，都听得很清楚。

救……主……离加利利，
到……约……檀河。
不……远……路长百里，
其……志……为何？

他不知不觉地跑进礼拜堂里面去了。他才进去，外边就淅淅沥沥的下起雨来。他没听见雨声，他只留心听唱的歌最后那一节：

信……赖……救主慈爱，
卸……却罪恶重荷！

他信了那个人！——能够代我们负担罪恶的那个人！——那人拭干了他的眼泪。那个告诉他，上帝赦免了他从前一切罪过。他从礼拜堂回来那晚上，他的亡父跑来对他说，他（父）赦了他（子）的罪。她也跑去对他说，她恕了他。并且要他也和她一样的恕她。因为上帝尚且赦免我们的罪恶，我们人类那有彼此不能宽恕的道理？只要我们能悔罪，能改过！

一九二〇年六月中旬

（初发表于 1920 年 11 月《学艺》2 卷 8 号）

她怅望着祖国的天野

一

八分满的月轮，跑出松林上面来了。她照在沿海岸线一带沙汀上，和雪一样的白。她照在海面上，潋潋滟滟的反射出万道银光。晚潮好像欢迎她，一阵一阵赶上沙汀上来。

一群渔家地小女儿，跑到沙汀尽处，嘻嘻哈哈的和晚潮竞走。

"姊姊我的草鞋儿湿透了。"

"谁叫你不听我的话！草鞋儿湿透了我不管。叫妈妈捶你！"

小女孩儿哭了，她姊姊却笑着说：

"看你还跑到那边去么！"

小女孩儿揉着眼睛，懒懒的跑到她姊姊跟前。一群小女孩子也跟着她，离开了沙汀和潮水底接合线。

几片浮云被月色冲开了，月色更加明亮。不安定的海面，给月色拥抱着渐渐的睡下去了。她们只听见晚潮一呼一吸底声息,和松林里唧唧的虫声。

"我们唱歌罢。"

"还是捉迷藏好。"

"我们猜拳,看谁赢了,我们就照她说的做。"

她们猜了一会拳,终归唱歌的赢了。

"唱什么好呢?"

"《君之代》。"

"《君之代》不好听,我懒唱它。"

"唱《飞萤》。"

"我喜欢《铁道歌》。"

她们胡乱唱了一阵。

"叫静儿唱《贾秋霞雪中送别歌》,她唱得最好。"

"我要听秋姊独唱!"

名叫秋儿的,站在中间,她们彼此拉着手,做一个圈儿围着她慢慢的旋转。潮浪打着沙汀的音调很能够和她们的步踏一致。

Come！ Come！

I Love you only, my heart is true！

Come！ Come！

I am very Lonely, I long for you！

Come！ Come！ my darling,

Naught can efface you,

My arms are aching,

Now to embrace you！

"现在是我们一齐唱。"

"阿呀！秋姊姊哭了！"

"谁哭！你们唱！莫理我！"

二

吃中饭的时候，太阳还晒得很历官，吃过了饭之后，不到二十分钟，忽然起了一阵狂风，天色阴暗起来。再过一刻，下起雨来了。傍晚的时候，雨下得更大。坐在近海岸的松林里一间茅屋里面，只听见波涛怒号，分别不出那一种声浪是松涛，那一种声浪是狂潮，霹雳的由那小小的窗口闪进一道青光，把茅屋里黄豆大的灯光吹灭了。茅屋里的女主人——一个年约四五十岁的妇人，忙由灶炉旁边底小椅子站起来，跑到窗前，把窗门关上；重新点着那和磷火一样的灯光。

"秋儿！你还在哭么？仔细爷回来要捶你！他今晚上回得这样迟，敢是又吃醉了。"

"我怕他么？我又不是他的女儿。"秋儿抬起头来，睁开肿得像扁豆大的眼睛，似怒非怒的，望一望她的母亲，再伏下去。

"你还说么？不怕他撕烂你的嘴！"老妇人说完了之后．还叹了几口气。

"他哪里当我是养女看待？你们逼我去挣那不应当挣的冤枉钱！我挣了回来，还要虐待我。你也没说一句公平话，今天又帮着他逼我……"秋儿说到这里，声音早咽住了，说不下去，呜呜的痛哭。屋外的松风和潮音，像可怜她．和她的哭音共鸣起来！

"我说了多少话了，你还不懂么？真是不明白道理的女儿！你还在梦想他回来么？他不过一时的把你当玩物呢！你还不明白么？你想守他到什么时候！"

"当妾，我情愿；当一个男子的玩物，我也情愿。我只不愿当多数人的玩物！无论如何，我总不喜欢那个屠户！"

那老妇人坐在炉火旁，连叹了几口气，只管摇头。炉里的火．照见她两个生了皱纹的颊上，泪珠儿一阵一阵的滚下来，她也觉得这个女儿——混血儿可怜。

三

日本有名的商埠，要算是横滨、神户、长崎。这三个地方，都有华侨寄留。在长崎华侨里头，有一个豪商姓林就是秋儿的亲生爹爹。

林妈——秋儿的生母，明晓得林商在中国内地有了家眷，还跟了他，替他生了四五个儿子和秋儿，秋儿是最小的一个。

林商内地的家眷王氏．也有三个儿子，和五个女儿。两头家眷都依靠林商一个人。林商的半生事业，也消磨在生育子女上面，林商要满五十岁的时候；精神忽的衰颓下来，繁重的商务，自己一个人再支持不住了。王氏生的大儿子名叫寿山，由内地出来，接着做他爹爹交下来的生意。

寿山出来日本那年，已廿七岁了。他廿八岁的那年，林商由日本寄回几百块白洋，替他成了婚。寿山成婚一年之后．就替他爹生下一个孙女儿，过了几年，又连网接缝的，生了几个孙儿。林商虽然喜欢他膝下子孙满堂，但他背过脸去，不能不咬着牙根叫苦，叹他负担太重。因为寿山做了几个儿女的父亲，还要林商每月寄几十块白洋给他，在北京城里混，说他进了一间中国特有的，四不像的专门学校。

王氏在内地．一天到黑，一年到冬，所操心的，就是林商在日本的生意。她怕林妈把这副资本夺了去，所以她常对她的亲近，说日本女人淫贱。日本女人不要脸，专跟中国人。她要寿山快把书本丢开，出日本去，把家产争回来，寿山是"读古人书，做古人事"的一个书生，他很能够守"亲命不违"的古训。他接到林商叫他出日本来帮做生意的信，就立刻出了学界进商界了。

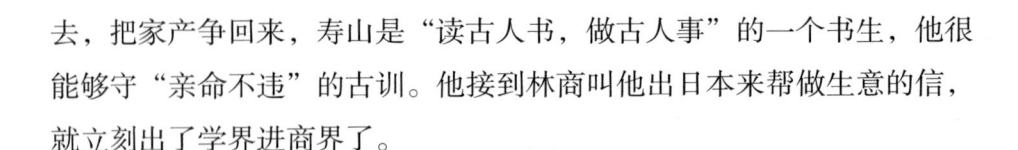

四

寿山经手做了两年生意，不见起色。第二年冬，林商染了流行感冒症，一病死了。他临终，晓得王氏和林妈中间，绝对没有调和的希望，所以遗嘱将家财五分之三归内地家族，其余五分之二给日本家族。他又恳嘱了寿山几句，寿山也居然下几点痛泪答应了。

不知道是寿山忘记了父亲临终的遗言呢，还是绝对的服从了母亲的命令？他对林妈说，他是长子，庶母一家的生活费，他应必须负完全责任，家财不必照遗嘱分剖，还是合凑着做生意好些，并劝林妈带弟妹们回内地去。林妈深知道寿山并不是能够孝养庶母，抚爱庶弟庶妹的人，不过想掌林家的财政全权罢了；况且日本女人，是不情愿像木偶一样，等人家给饭吃的，寿山竟料不到林妈会提出抗议。

日本是法治国，不像中国响有许多曲折微妙的，糊涂了事的折衷办法。在日本不要什么乡绅来调停，也不要什么族人来排解；寿山只得恨得咬牙切齿，照遗嘱办了。但他总想在遗嘱之外，多争几个钱回来。到后来，他妙想天开，想出一条妙计。他提议家财未分之先，要扣下三千两，替林商觅一穴生龙口好风水的坟墓，其次还扣下一千两，替林商觅一个七天八夜的人幽魂超度道场。林妈说，这是出乎寿山一片孝心的提议，马上答应了。寿山真喜出望外！

林商死的那年林妈的大儿子，小过七岁，秋儿才生下来四个月。日本的生活程度，比中国内地的要高十多倍。林妈生的几个儿子，在华侨学校不完全的中学初级毕业后，就各自寻生活去了。大的在一家杂货店管账，次的在一家中国酒店当厨房，第三的在一家洋行里当侍仆，第四的给了林妈的哥哥做养子，只有秋儿跟着她妈妈，再嫁到日本西海岸S村上一间小礼拜堂的老牧师家里。

五

秋儿初到这牧师的茅屋里，才十四岁。她在这渔村帮渔家摇橹和晒网，劳动了两年。她的虚荣心，跟着她的女性美，一天一天的发达，这荒凉寂寞的渔村中，她再住不下去了。她一个人搭了数百里的长途火车，漂流到东京人海中来，她在东京，没有亲故，也没有知友。她只跑到一家介绍职业所去，报了一个名。她的志望是想到一家高贵的家庭里，当侍婢，吃碗比较清闲的饭，习一些高尚的礼节应对，她自信她天生丽质，决不会使她志望失败。

过了三天，那家介绍职业所的主人，写张明信片叫她去。

"对不起得很，我这里照你所志望的，打听了几处平日有信用的家庭，都回说现在没得缺员。若专等上流家庭的服务，怕一时难得出缺。只有……"

"还有什么地方可以去呢？"

"旅馆，酒楼、茶店这些地方，比较容易找些。"

"没奈何的时候，就进这些地方也使得。"

"有是有一个比较清闲的地位，不知道好姑娘愿意去不愿意去？"介绍职业所主人，露出两列青黄色的牙齿给秋儿看，并且眯缝起他的一对鼠眼望秋儿，秋儿听见她称她做好姑娘，心房像受了一种刺激，她心房的血，登时逃到她的双颊上。

"什么职业？"

"我想姑娘早懂得我的话了。这个位置只要夜间劳动三两点钟，此外一点儿事并没有，由得姑娘自由，月薪有五十多元。得主人欢喜了吗？哈哈哈！那就由姑娘要多少就有多少了。"

秋儿虽然没受完全的教育，没有高尚的思想，仍她知道处女的真价是很宝贵的，断不是一个月五十元白洋便可卖掉的。

六

秋儿没有到中流以上的家庭上当侍婢，也没有到酒楼旅馆去服役，到后来，她由自己的志望，进了东京近郊的一个工场当女工去了。她的美貌很能打动工场监督的心。她会见他的时候，他表示一种很欢迎她的态度。

监督会弹四弦琴（Vilin），监督夫人的钢丝琴（Pioano）也很巧妙，工场定例，每月第三个星期六晚，要在工场附设的俱乐部开慰劳会，男工固然个个到会。女工也差不多全部出席。监督和他的夫人，也到会演奏他们得意的乐器，监督的四弦琴音，和夫人的歌声几次能够叫秋儿下泪。秋儿的社交是在这工场俱乐部开始，秋儿初次知道艺术上的一种寂寞的悲调．也是在这工场俱乐部。

她在会合室的一隅，拣一个没人注意得到的席位坐下。没有人去理她，她也不找谁谈话。她只旁观她的同僚，男和女，拍着掌合唱野合男女常唱的情歌。她在这慰劳会场里不觉得有什么安慰，她只觉得有一种悲哀的氛围气，围绕着她。她在这会场里，新得了一种感想，就是这会场中司会的女王、是日夜不劳动的监督夫人。她又常拿自己和监督夫人比较，觉得两人间的劳力和报酬，很不平等。她会唱"Come! Come! ……"的情歌，是监督夫人教她的。监督夫人唱完这情歌，她定很欢乐的笑着，但她唱完之后，她的态度，全然和夫人的相反。她出席过两三次后，她再不到这慰劳会了。

一班男女工正在拍着手，唱歌，喝酒和吃茶点的时候，她只在工场附近老农妇家里一间小房子里——她一个月出三块钱租借来住的小房子——闷闷的读一册《妇女世界》杂志。

七

监督很爱她，监督夫人比她的丈夫还要爱她。

有一晚，监督夫妇专请她到他们家里去。她到监督家里的时候、差不多快到八点钟了。监督夫人引她到后面楼露台上去。月色很亮，要不着灯火。露台中心摆一张圆台，周围有几张藤椅。

监督之外，还有一个男子在座，秋儿认得他是前月才到任的工场理事莜桥五郎，是明治大学专门科出身的秀才，两颊红得发亮，但不是健康的表象，鼻孔下蓄有几根黄胡子、看见她，忙站起来，鞠了一鞠躬。

他们四个人——两个男子和两个女子，围着圆台，谈笑了几十分钟，监督说，还有客在楼下客厅里会他，和他的夫人告辞先下楼去了。只剩下莜桥和秋儿两个，靠着露台底栏杆，望天空的碧月。秋儿才知道监督夫妇请她到他们家里来的用意。

过了几天，监督夫人自己到秋儿那边来说，要替她作媒，劝她嫁莜桥五郎。监督夫人没有替她作媒以前．她还不见得很讨厌莜桥，自监督夫人来访之后，她在工场里遇见莜桥再不睬他，也不和他说话。

秋儿的心地，日见日烦恼，她的脸儿．也日见日清瘦。有一天响了十二点钟，放了工，有一点多钟的休息，她在工厂后溪旁边，拣一块僻静的草地坐下，打开带来的饭盒子。刚吃完饭，一对生有许多黄毛的手。从她的肩膀后伸了过来，她待抵抗，已来不及。她觉得有一种能使她心房破裂的重力，压力她的乳房上面。她到底是年轻的女子，体力和灵魂一样的脆弱，她从此不是处女了。

自后她一个多月。并不到工场里，但她的薪金，还是一样的寄来。同僚的女工，有羡妒她的、也有轻笑她的，但她对身外的褒奖，一点儿没有感觉，监督夫人请了她几回，她一概拒绝了；莜桥探问了几次，她也不情愿会面。到后来，监督夫人也懒请她了，莜桥也懒探望她了。

八

她虽然恨莜桥五郎入骨，但过了两个多月，她觉得有一件事很放心不下，非找莜桥五郎不可。

她渐觉一个人的生活，太过于单调寂寥。有一天晚上，月色还是和前两个月在监督家里露台上那晚的月色一样，她一个人冒着晚露出去散步。她在监督的露台下经过，她忽然听见一阵欢笑。随后又听见监督和他的夫人的乐具演奏，随后又听见许多男和女的谈笑声。莜桥的声浪——像破锣一样的声浪，也混在里头。她觉得这些声浪没有一种不是讥诮她的，没有一种不是揶揄她的，她听得哭了，她双手掩着脸，急急的跑回寓里去。　她静静的想了一晚上，第二天早早的跑到监督夫人家里去。

"秋姑娘好一阵风把你送来了？"

秋儿悲不可抑，但她极力的忍耐着，勉强笑颜去答应夫人。

"夫人！从前劝我的话，我现在决意答应他了。夫人可以代我告诉他？"

筱桥五郎对监督不能不保持他的信用，马上答应和秋儿同居，但他早已不像从前热爱秋儿了。

他们同居了两三个月，公司本部要调筱桥到大阪支工场去。秋儿要同行，筱桥不答应，说他到大阪找定了地方，再来接她。他给了她几十块钱，叫她暂回日本西海岸S村去。

秋儿回到S村里，有点钱在身边，她的继父老牧师待她还不错；到后来秋儿的私蓄渐减，老牧师对待她，也渐渐变了。筱桥去了一个月不见一封信来，她去信催他，也不见答复。

九

做母亲的受悲痛的刺激过度，胎儿也不能发育，她流产了。她经了这样伤心的痛苦，觉得她应受的罚已经够了，她的责任也轻了，她渐渐的忘记有筱侨五郎这个人了。

秋儿从前是看金钱比她的身子轻，现在她觉得金钱比她的身了重了，肉体的受蹂躏事小，精神的受虐待事大，所以秋儿牺牲她的身子，去博金钱，来解除精神上的虐待。

她流产后静养一个月就进这S海岸第一家旅馆招待旅客了。

秋儿到底赋有点"从一而终"的遗传性。她受了筱桥五郎的污辱，不但不图雪耻，还想将错就错去成全"从一而终"的美德。到了现在，她绝望了。她在这旅馆服役期内、她身边的男子，和从前筱桥身边的女工要同数样多了。不单她自己愿意，她的养父——做牧师的养父，也默认她做这种卖身生活，多挣几个酒钱给他。

今年暑假有一个姓H的中国留学生，避暑到这S海岸，在她的旅馆里住了一个月，她为这位中国留学生抛弃了仇视中国人主义，——因为她当中国人个个都像她寿山哥哥一样——渐渐的思慕起来她亡父的祖国！

照国籍法讲起来，她本是中国人，她亡父的故乡，是岭南严冬不见雪的地方，她在日本列岛西南部一个孤岛上生长；她十四岁时跟她妈妈来这雪深二三尺的S海岸求生活，后来她又漂泊到东京去。向一班残酷无情的人讨饭吃。但她所历旅途之苦，赶不上她所受精神上之苦百分之一。她此刻遇见了H。H对她说，他能够洗去她从前一切的耻辱。他又对她说，他能够安慰她将来的悲寂。他又对她说，他能够带她回她亡父的故乡去。他又对她说，他能够像她离开日本列岛一样的，带她离开她现在所处的精神上的悲境。她半信半疑的，对他的要求，还没有肯定过答复。她只问他一句：

"我能够回中国去？我真欢喜不尽！"

十

赤热的火球渐渐的沉没在远山后面，H忙把面西的一扇纸屏打开，放点儿凉风进来。秋儿也放下端进来的膳具，忙跑过去替他把挂在檐前的纱帘卷起。他回到房里，盘腿在一张蒲团上坐下。秋儿跪在他旁边，把膳具在他面前摆开，盛了一碗饭，放在一个黑漆茶盘上。送过来给他吃。

"秋姊儿……"

"……"秋儿并不望他，背过脸去。一手按在一个小饭桶盖上，一手按着一张新闻纸，翻看衣服首饰店的广告。

"秋姊儿……"

"不快点吃么，姊儿姊儿的叫什么！快点儿吃哟！我还要侍候几个客吃饭呢！"秋儿回过脸来，半哭半笑的，向着他发嗔。他倒笑了。

"秋姊儿！你真的想精神的把我杀死么？"

"不要脸的！花言巧语，谁会信你？"秋儿也笑了。

"我就不会花言巧语，所以秋姊儿不……"。

"不……不……什么？"秋儿正色的问。

"不高兴和我交际。"

这几句问答，像专对秋儿的弱点下了一个刺激，她忙低下头去。

她觉得她所遇见过的男子，要算H最诚恳，最不会用能得女人喜欢的饰词，去称赞她，阿谀她，H也将饭碗搁下，偏着头望着屏外的黄昏景色，拇指和食指间夹着筷子的手，按在右颊上，手拐却在膝盖上支着。两个人都沉默了一刻。H回过脸来，微微的叹了口气，秋儿的心给H这一叹羁绊，对H的要求，再没有勇气么拒绝了。

"你要我再到东京上做什么呢？"

"学校的寄宿舍，我再不愿意住了，下宿馆子生活我也厌了。这两年来，不知道为什么缘故，无论迁到什么地方，总觉得没有地方安置我的心。现在我找到能够看护我的心，安慰我的心的人了。秋姊儿！你不要使我失望，不要叫我亡魂失魄的，一个人回东京去！"

"今晚九点多钟你有空么？"

"有空怎么呢？"

"我们今晚上，到海边六角茅亭里，慢慢的商量吧。"

十一

秋儿在S海岸，接到H由距S海岸七里多远的温泉地方，寄来给她的一封信。第二天，她就向旅馆的主人请了两天假，搭乘这村间常用的交通机关——前两轮小，后两轮大的六个人合乘的马车，到温泉地方一家小旅馆去。

"我的信你读过了么？"H见到她，最先问她一句。

"读过了。"

"你决意了么？"

"我没有什么不决意，只怕你没有真心的决意。你将来怕要后悔！"

"为什么？"

"我不是处女了，你也早明白了的。我的身分比'新平民'还要卑贱，我又经过很耻辱的生活。我不相信你真看得起我这样的女人！"

（日本国民阶级，可分六等：皇族，二贵族，三华族，四士族，五平民，六新平民。新平民是朝鲜或台湾人，改用日本式姓名，与日本内地平民混居，数代之后，得有做日本平民之资格。日本人间多轻贱之。）

H身上，给由跪在他面前的秋儿身上发射出来的一种女性的力，引起了一种热焰。他只目不转睛的望着秋儿，并没有听出她说些什么。秋儿知道H呆鸟一样的望着她，忙低下头去，用口咬着手帕的一端，他一端用手拉着，无意识的尽望下拖，也不再说话。

过了一会，还是女人那方面，总有点不放心，先破了两人间的沉默。

"从今晚起，你真的做我的永久保护者么？"

"你现在没有别的关系了么？"

"是的，没有。我只一个人！你真能够不问我过去的罪过么？像我这样不幸的女子，受过奇耻大辱的女子——说明白些，受过强奸和经过秘密生涯的女子，也还有人真心的爱我么？我不是在作梦么？你不是出于一时的性的冲动．当我做玩物么？"

"胡说些什么，秋儿你还不相信我么？谁把你当玩物？"

"当我是玩物，有什么要紧？我巴不得你永久当我是你喜欢的玩物，把我带回去，不中途抛弃！"

H爱秋儿，是一时对秋儿求性的安慰。秋儿满足了他的要求之后，他对她的爱，即消灭了。H堕落的第一晚上，在电光下望着秋儿的睡颜，便联想到《旧约》的《撒母耳》下篇（II.Summuel）第十三章第十五节。

十二

秋儿和H在温泉地方七晚六天的生活不过是温润的热烈的红唇的接吻,丰腴温柔肉体的拥抱,和华氏六十度的温泉池中的鸳鸯戏水。

到了最后那一天,H爱秋儿的热情既过了抛物线的顶点(Vertex)渐渐的下降,秋儿对他的恋爱力,受了H一星期间的放电作用,像新加了速度,和日数成几何的比例,反一天一天热烈起来。但H不能再在温泉羁留了,要趁今天的火车回东京去。

讨厌的秋儿在旅馆里,不饱哭一番,她偏偏在停车场月台上,听见轰轰的车轮和呜呜的汽笛无缘无故的,拿手帕掩着脸,呜咽的哭起来。

"你到东京,找定了地方.要即刻打个电报来接我,……我总忍耐着等你,无论到什么时候!"

她由腰间的衣带里,取出一个小纸包儿,从火车窗口交给坐在车内的H。

"回到东京后打开来看吧。"

H马上想打开来看里面包些什么东西,急得秋儿满脸发红,出了几点不好意思的急汗。

"你要在这里开,我即刻回去!"

"为什么此刻看不得?"

"……"

火车蠕动了。秋儿在月台上,挤命跟着火车跑,H在车里见她往后退。H望不见秋儿的时候,忙把她给他的小纸包儿拆开来看。里面有一张用很淡的墨水涂的一封信,用日本注音字母草书体(平假名)写的,字写得很拙,也很潦草难看。她信里的意思是:

他们——妈妈和养父和村里人——说什么，我都不理，也不怕了。我只跟你一个人去，我以后只爱你一个人。你当我做什么都可以，玩物也好，奴隶也好，只不要再爱上第二个人，来厌弃我。你不要我的时候，宁可把我杀掉，我总不愿生着看你睡在第二个爱人的腕上。你要知道我的性质和蛇一样的固执。我能够爱人，也能够同程度的恨人。

另外一个小包是我的头发，是我的身体的一部，我以后还要绣一个红绸三角袋子寄给你，把我的头发封在里面，你带在身上，好做你的护身符。

我想抱着接吻至唇破都不情愿放手的H郎！这是很寂寞很可怜的秋儿寄给你的信！

秋儿这封浅近粗陋的信，先使H发笑，其次叫H发生一种悲哀，最后使他怀了一种恐怖！

十三

秋儿在S海岸，等了一个多月，才接到H平安到东京的一封信——写了许多甜蜜蜜的话安慰她，叫她格外保重身体的信之外，再不见H来信叫她到东京去。她写了几封信去问，也不见答复。最后寄去的两封信，没有开拆，原封打了回来，封面贴有一张条子写有"收信人不在，无法递交，原函交还"的几个字，还盖有邮局检查人的印。秋儿恨得差不多要发狂，每日哭笑无常。她只说要到东京去，但她的妈妈和养父不允许。她妈妈是怕她到东京去再吃亏，她的养父——做牧师的养父，吃酒的时候、说新旧约圣经里面，并没有戒酒的文字的养父，在礼拜堂里，恭恭敬敬的跪在写有"以玛讷利Emmuel"的，红缎子做的匾额前，高声叫"阿门"的养父，是要叫她每礼拜日，在小教堂里，按按风琴，向礼拜堂听众多捐几个钱；夜间还要叫她到一家教琵琶和跳舞的司匠家里去准备……

恰好这时候，东京警视厅发了一道命令，通告日本全国各警署严重的取缔不良少年男女，并警告做父母的不得轻许儿女单身出都会去。秋儿是S村中的一个人物，常受巡警的监视，所以她一到停车场，就有巡警去盘问她。她很悲切，她抑郁无聊的时候，只和几个渔家女儿，在海边散闷。她看见那六角茅亭，她就联想到H说她的亡父的故乡——在大庾岭南的深山里，景色和这海岸全然不一样的故乡，她不单没看见过，连梦中也不曾梦见过，她只能够按着H描说给她听的话去幻想她的故乡！

秋儿是中国人，她爹爹林商死后，她虽然恨中国人，但她不恨中国。她不但不恨中国，并且很思慕中国。她很想回中国去看她（中国）特有的伟大的壮丽山河！现在她绝望了！她的异母哥哥不爱她！她思慕的中国人也不爱她！她还思念她有几个同胞哥哥，在日本南端的孤岛上，"颜色憔悴，形容枯槁"的劳苦着，也和她一样的不能恢复中国的国籍！她想到这里，她只好在这寂寞的渔村里做一个贪鄙的牧师的养女！她只好改属日本的国籍！她只好重新恢复她从前所怀的恨恶中国人的心！

一九二一年四月樱花落后，脱稿于日本浅间火山麓旅次

木 马

一

C今年六月里在K市高等学校毕业了。前星期他到了东京，在友人家里寄寓了两个星期，准备投考理科大学。现在他考进了大学，此后他就要在东京长住了，很想找一个幽静清洁的能够沉心用功的寓所。

欧洲大战没有发生之前，在日本的留学生大都比日本学生多钱，很能满足下宿旅馆主人的欲望，所以中国学生想找地方住也比较容易。现在的现象和从前相反了，住馆子的留学生十个有九个欠馆账，都比日本学生还要吝啬了。日本人见钱眼开，对留学生既无所贪，自然不愿收容中国人了。并且留学生也有许多不能叫外国人喜欢的恶习惯，更把收容中国人的容积缩小了。中国人随地吐痰吐口水的恶习惯差不多全世界的人都晓得了。

去年我在上野公园看樱花，见三四位同胞在一株樱花树下的石椅上坐着休息。有一个像患伤风症，用根手指在鼻梁上一按，咕噜的一声，两根半青不黄的鼻涕登时由鼻孔里垂下来，在空气中像振子一样的摆来摆去，摆了一会嗒的一声掉在地上。还有一位也像感染了伤风症，把鼻梁夹在拇指和食指之间，呼的一响，顺手一挥，他的两根手指满涂了鼻涕，他不用纸也不用手巾拭干净，只在樱花树上一抹，樱树的运气倒好，得了些意外的肥料。

我还在一家专收容中国人的馆子里看了一件怪现象。我到那边是探访一位同学。那时候同学正在食堂里吃饭，我便跑到食堂里去。食堂中摆着几张大台，每张台上面正中放一个大饭桶，每个饭桶里面有两个饭挑子。有几位吝啬的先生们盛了饭之后，见饭挑子上还满涂着许多饭，便把饭挑子望口里送。

还有许多不情愿洗澡不情愿换衣服的学生，脏得敌不住的时候，便用洗脸盆向厨房要了约一千升的开水拿回自己房里，闭着门，由头到胸，由胸到腹，由腹到脚，把一身的泥垢都擦下来。他们的洗脸帕像饱和着脂肪质粘液，他们的洗脸盆边满贮了黑泥浆，随后他们便把这盆黑泥浆从楼上窗口一泼！坐在楼下窗前用功的日本学生吓了一跳，他的书上和脸上溅了几点黑水，气恼不过跑去叫馆主人上楼来干涉。

有了这许多怪现象，所以日本学生不情愿和留学生同馆子住。很爱清洁的留学生也受了这班没有自治能力的败类的累，到处受人排斥，不分好歹。有一位留学生搬进去，日本学生就全数搬出，所以馆子的主人总不敢招纳中国人。

C在学校附近问了几间清洁的馆子，都说不收容支那人。他伤心极了，他伤心的理由是馆主人不说他一个不好，只说支那人不好。他的头脑很冷静，他不因馆主人不好便说日本人全体不好，他只说东京人对待留学生刻薄，因为他在K市住了三年，K市的馆子和人家都招待他不坏。

C决意不在学校附近找屋子了，他也不想住馆子了。他想在东京市外的普通民家找一个房子寄居，他近来在市外奔走了几天，寻觅招租的房子。

C走了三四天，问了十几所房子，都没有成功。有的是不情愿租给中国人，有的是房租钱太贵，有的说不能代办伙食，有的是C自己嫌房子太宽或太窄。到了最后那一天他在东京北郊找到了一所房子。

馆主人是个六十多岁的老翁，他的家族共四个人，是他，他的两个女儿和一个小女孩儿。

"先生原籍是哪处地方呢？"C的日本话虽然说得不坏，但馆主人的大女儿像知道他是外国人。

"我是留学生。"

"啊！先生是由中华民国来的吗？"

她翻转头来望着站在她后面的约三岁多的小女孩儿，很客气的说。"贵省是哪一省呢？"她再望着C说，她像很知道中国情形似的。

"我是K省人。我来日本住了六七年了，日本的起居饮食我都惯了，这点要望贵主人了解。"C是惊弓之鸟，不待她质问，自己先一气呵成的说出来，可怜他怕再听日本人说讨厌中国人的话了。

"说那里话！那一国人不是一样！这点倒可以不必客气。可是……等我去问问我的老父亲，想没什么不可以的。"她站起来跑进去了。那三岁多的小孩儿也带哭似的叫着"妈妈"跟了进去。

C在门口等了一会，那女人抱着小女孩儿再出来了。"那末请先生进来看房子么？里面脏得很，先生莫见笑。""多谢，多谢。"C一面除靴子，一面说。他心里暗自欢喜，他到东京以来算是第一次听见这样诚恳的话。

二

馆主人姓林，我们以后就叫他林翁罢。日本人的名字本来太赘，什么"猪之三郎""龟之四郎"，不容易记，还是省点精神好些。C常听见林翁叫他的大女儿做瑞儿，大概她的名是瑞儿了。C在他家里住了一星期，渐次和他们亲热起来。晚饭之后，瑞儿常抱着她的女孩儿过来闲谈，C才知道她的名叫瑞枝，她妹的名是珊枝，她的三岁的女孩儿名叫美兰。

"美兰像我们中国女人的名，谁取的名？"

"是吗！像贵国女人的名，是不是？"她笑着说。她不告诉C谁替她的女儿取名。

林家的房子大小有四间，近门首一间是三铺席的房子，安置一架缝衣车和几件粗笨家具。靠三铺席的房子是一间六铺席的，她们姊妹就住这房子里。她们姊妹的房子后面有一间四铺半的房子，和厨房相联，是林翁的卧室。租给C的房子也是六铺的，在后面靠着屋后的庭园，本来是他们的会客室，清贫的人家没有许多客来，所以空出来租给外人，月中收回几块钱房租。

瑞枝每日在家里替人缝衣裳，大概裁缝就是她的职业了。林翁的职业是纸细工，隔一天就出去领些纸料回来做纸盒儿，听说每日也有四五角钱的收入。除了星期日和祭日，C差不多会不见珊枝。珊枝每日一早七点多钟就梳好了头，穿好了裙，装扮得像女学生似的，托着一个大包袱出去，要到晚上八九点钟才得回来，门铃响时，就听得见她的很娇小的声音说"Tada—ima"（Tada—ima是日本人出外回来对在家人的一种礼词）。随后听见她在房里换衣裙，随后听见她在厨房里弄饭吃——她的父亲、姊姊和侄女儿先吃了，她回来得迟，只一个人很寂寞的吃。珊枝不很睬中国人，对中国人像抱着一种反感，不很和C说话。C以后才听见瑞枝说珊枝是到一家银行里当司书生，每日上午八点钟至下午四点钟在银行里办事，每月有二十多块的薪俸。四点钟以后就到一间夜学校上学，要九点多钟才得回到家里，C心里暗想："原来如此，她是个勤勉有毅力的女子，所以看不起时常昼寝的我。"

瑞枝虽算不得美人，她态度从容，举止娴雅，也算一个端庄的女子。看她的年纪约摸有二十五六岁，C几次想问她又觉得唐突，到此刻还不知她多少岁数。家事全由她一个人主持，她的父亲、她的妹妹的收入都全数交给她，由她经理。他们的生活虽然贫苦，但他们的家庭像很平和而且幸福。

瑞枝闲着没有衣裳裁缝的时候，抱着美兰坐在门前石砌上，呆呆的凝视天际的飞云。C只猜她是因为没有衣裳裁缝，减少收入，所以发呆。美兰是个白皙可爱的女孩儿，她母亲说她已满二周年又三个月了。她的可爱的美态，不因她身上的破旧衣服而损其价值。她学说话了，不过音节还不十分清楚。她还吃奶——她母亲说本来可以断奶，不过断了奶之后，自己反觉寂寞。她给她的女儿吃奶算是一种对她的悲寂生活的安慰，——吃够之后坐在她母亲膝上发一种娇脆而不清白的音调，唱"美丽花，沙库拉！……"（日语"樱"之发音为"沙库拉"）的歌。唱懒了伏在她母亲胸上沉沉的睡下去。

听说美兰不会说话时，只会叫"妈妈"和"唉——"。她叫母亲做"妈妈"，肚子饿的时候也叫"妈妈"。"唉——"是她要大小便时候警告她母亲的感叹词。她一叫"唉——"，她的母亲怕她的大小便弄脏了衣裙，忙跑过来替她解除裙子。近来她能够区别大小便了。她用"唉——"代表小便，要大便时另采用一个"咘——"字。

美兰不能一刻离开她的母亲，像瑞枝一样的不能离开她。瑞枝要做夜工，美兰晚间睡醒之后摸不着她的妈妈时，便哭着叫"妈妈"，叫过几次不见她的母亲过来，便连呼"咛——"了。"咛——"仍不能够威吓她的妈妈，她的最后手段便是哭着呼"咘——"，叫得她母亲发笑。

C在美兰家里住久了，有时也带美兰到外边玩。瑞枝要美兰叫C做C叔父，美兰便叫"C督布！C督布！"

瑞枝家里的经济程度像不能够把美兰养成一个天真烂漫、活泼欢乐的女孩子。美兰先天的不是神经质的、忧郁寡欢的小孩子；她的境遇和运命把她造成一个很暗惨的女儿。C后来听人说瑞枝年轻时是一个多血质而活泼的女儿；美兰的生身父也是一个不管将来死活，只图眼前快乐的享乐主义者；那末美兰的忧郁性质当然是她的运命和逆境造成的了。

三

美兰近来穿的是一件半新不旧的青色间紫花条的绒布衫；衫脚已经烂穿了几个孔儿，听说这件衫还是去年中年节隔邻住的船长送给她的。还有一二件棉衣听说是美兰的生身父的友人的送礼。此外几件家常穿的衣服都是由瑞枝自己的旧衣改裁的。瑞枝背着美兰出去，在布衣店前走过的时候，美兰忙伸出她的小指头指着华彩的衣服说："啊！好看的！啊！美丽的！美儿要穿！

美儿要穿！"

美兰跟着她的妈妈称自己做美儿。她拼命的抱着瑞枝的颈不肯放，要瑞枝停着足看那华彩的衣服。

"美丽的！美儿想要！"美兰哭着说。

"妈妈今天没带钱，美儿！明天再来买给你。"瑞枝脸红红的屈着腰硬把美兰驮了去。美兰知道她妈妈又骗她了，在瑞枝背上双肩不住的乱摆，不愿离开那间布衣店，她哭了！美兰回到家后还在哭，瑞枝抱着她也滴了许多眼泪。

"妈妈哪里来钱？美儿！"

瑞枝只能够买三角钱一对的木屐给美兰穿，小屐的趾绊太窄，擦烂足趾皮，美兰不愿穿。她常拖着她妈妈穿的高木屐到外边去耍。她看见邻近小儿们穿的皮鞋，羡慕极了，也哭着叫"C督布！美儿要那喳喳穿！"邻近的小儿穿着橡皮鞋走路时喳喳的响，所以美兰叫橡皮鞋喳喳。C买了一对给她，带她到近郊的草场里玩。美兰高兴极了，穿着"喳喳"在草场上蹒蹒跚跚的乱跑。这是C最初的一次看美兰欢呼。

邻近的小孩子们都有父亲。每遇星期日他们的父亲都携着他们到浴堂去洗澡，洗澡之后又买饼果给他们吃。美兰站在门首歪着头，望着几个小孩子在她面前半跳半跑的口里咬着糖饼走过去，美兰只把一个小指头伸进口里去把涎水抉出来。她望着他们跟着他们的父亲高声的欢呼爸爸，禁不住一对眼睛发焰。晚间C由学校回来了，美兰牵着C的衣角呼爸爸，要C带她出去买糖饼，急得瑞枝跑过来骂美兰：

"C叔父哟！不是你的爸爸哟！"

"无父的小女儿！不是的，不认得生身父的小女儿！"赋有伤感性的C几次要替美兰流泪了。

瑞枝日间很忙，不能陪着美兰玩。美兰寂寞得很，便一个人拖着她母亲穿的高木屐偷出去外边耍。她看见外边有小孩子聚着游戏，便笑着走前去，想加进他们的团体。美兰是不容易笑的，她这时候的笑是巴结他们，望他们允许她的加入。

附近的小孩子们都鄙薄她，侮辱她，骂她"没爹仔"，骂她"私生儿"，骂她"杂种"；骂了之后还要打她，她常带着满脸的伤痕，哭着回来。总之小孩子们欢喜的时候把她来取笑开心；小孩子们争斗的时候，都把她来出气，她是他们的出气袋。有时候瑞枝买些饼果给她，她便拿去分送给附近的小孩子们，像弱国到强国去进贡。

"相依为命"要算他们母女了！瑞枝常对C说，假使没有美兰，她的生存便无意味了。美兰有时候从外边回来，遇瑞枝不在家时，哀哭着寻觅。穿入厨房，跑入茅厕，还不见她妈妈时，便哭得天昏地暗。有时候哭进C的房里来，"C督布！抱抱！看妈妈去！"所以美兰不听她妈妈的说话时，瑞枝便穿着屐去，对美兰说"沙哟拉拿！"（日人别时用语）

有一天下午五点多钟时候，C从学校回来了。美兰拍着手在门前唱歌：

　　桃太郎，
　　桃太郎！
　　爸爸买面包，
　　妈妈做衣裳！

C心里想美兰的妈妈果然不错，会做衣裳；但"爸爸买面包"却是个疑问。

"C督布！C督布！包包给我！包包给我！"美兰望见C不唱歌了，跑过来接C手中的书包。

C牵着美兰的手待要进屋，忽然听见后面有叮当叮当的音响，忙翻转头来看，原来是一位巡警。叮当叮当响的是他佩的剑。巡警后面还有一位穿西装的，C一眼就认得他是警察署里的外务课刑事。他们看见C都行举手礼，C也点点头回了礼。警察在门首叫了一声，瑞枝忙跑出来。

"对不起！那件事怎么样？还打算去么？"刑事望着瑞枝，把帽脱下来点一点头。

"……"瑞枝脸红红的望一望C踌躇着。C很自重的走过一边，把靴子除掉，弯一弯腰，跑进去了。美兰紧紧的靠着母亲的膝，目灼灼的望了刑事又望巡警。巡警用手托托美兰的下颚。

"可爱的小姐！这就是督学官的小姐么？这就是先生的小姐么？小姐快要和爸爸会面了。"

"美儿没爸爸！"美兰翻着一对白眼答巡警。

"谁说的？"刑事笑着用手摸着美兰的头发——金灰色的头发。

"妈妈说的！"美兰便高声的说。刑事和巡警都大笑起来，只有瑞枝满脸通红，低着头。

"先生有信来么？"

"没有。"

"那末你动身的日期还没有定，是不是？"

"去不去还没有定。"瑞枝低声的说。刑事像知道瑞枝的苦衷，很替她同情，不再缠问，说了一句"多扰了"，带着那位有机体的机器跑了。

四

星期六晚上，瑞枝叫C过去和她们一同吃饭。一张方二尺的吃饭台，脚只有五六寸高，放在她们姊妹住的六铺席的房子中间。C占据了一面，对面坐的是林翁。瑞枝珊枝分坐林翁的左右。美兰坐在她妈妈膝上。饭桶放在珊枝旁边，各人吃的饭向她要。各人面前都摆着一碟中国式的炒鸡蛋，半节日本式的火熏鱼和一红木碗油豆腐汤。美兰像不常遇着这样的盛餐，看见炒鸡蛋吵一回，指着火熏鱼又嚷一会。

珊枝恭恭敬敬的用托盘托着一碗饭送过来给C。碗里的是红豆饭。日本人遇有喜事用赤小豆煮白饭，表示庆祝的意思。

"今天有什么喜事？我还没有替贵家庆祝！"C猜是他们里头哪一

个的生日。

"嘻，嘿嘿！我们这样的家庭有什么庆祝……"林翁把铁的近视眼镜取下来，拿张白纸在揉眼睛。他那对老眼不管悲喜忧乐都会流泪。

"不是美兰生日么？"C望着瑞枝问，也希望她的回答。

"美兰的生日不知要到哪一年才有庆祝呢！"瑞枝像对C说，又像对自己说。"美儿的生日是很宝贵的，不给人知道的。是不是，美儿？"她低着头在美兰颊上接了一个吻。

"去年美兰的生日美兰要爸爸买匹鲷鱼给美兰吃，都不可得。这样冷酷无情的人也可做教育家！"珊枝气忿忿的没留心有客在座，不客气的说出来了。C不得要领的不敢多说一句了，瑞枝瞅了珊枝一眼。

"是哟！最多伪善的是教育界和宗教界。"

"是的，我的兄弟，我有一位兄弟就住在那边——F病院的旁边。今天他的第二个儿子迎亲。他知道我们不高兴过去凑趣，所以送了些红豆饭过来。"林翁把头低下来，注视着碗中的红豆饭，两手按在膝盖上用很严谨的态度，把红豆饭的来历述给C知道。"她是不肯去的，"林翁指着瑞枝说。"并且有了这个饿鬼跟着，也怕人笑话，更不应该去。珊儿说她姐姐不去她也不去。像我这么老的人还有兴趣跟着他们年轻的闹洞房么？嘿嘿，哈哈！"林翁的笑是一种应酬笑，他想把她们姊妹间批评教育家的话头打断。（饿鬼是日本乡下人称自己儿女的谦词，像中国的"小儿"，"小女"。）瑞枝没有正式的结婚，林家和他们的亲戚都当美兰的存在是一件羞耻的事。因为美兰没有父亲来承认她。

有一天美兰拿着一张相片跑到C房里来，交给C笑着说：

"C督布！看美儿的可爱的脸儿！看美儿的宝贝的脸儿！"相片里面一个年轻的男子约摸有三十多岁，穿着日本的和服，抱着一个婴儿。男子像向着人狞笑，婴儿的像貌一看就晓得她是美兰。

"美儿，这是谁？"C指着那抱美兰的男子问美兰。

"爸爸！死掉了的爸爸！不爱美儿的爸爸！"美兰睁圆她的一对小眼儿，用小指头指着相片中的男子大声对C说。我后来听见林翁说——美兰离开了她母亲之后，林翁对我说，瑞枝怕美兰长大之后会根究没有父亲的原委，所以趁美兰小的时候就对她说她的父亲如何坏，如何不爱美兰，并骗美兰说她的爸爸死了，不使美兰知道这无情的世界中有美兰不认识的父亲存在！瑞枝是想把"父亲"两个字从美兰脑中根本的铲除得干干净净！C时常看见珊枝指着相片教美兰说："这是美儿的坏爸爸！"也常听见瑞枝对美兰说："美儿没有爸爸了哟！美儿的爸爸早死了哟！"

C和珊枝都带个饭盒子出去，日间不回来吃饭。瑞枝打发他们去后差不多是八九点钟了，才带着美兰陪她的父亲吃早饭。她们在家的一天只吃两顿。瑞枝对人说是胃弱多吃不消化，所以行二食主义。我想瑞枝一个人虽然胃弱，林翁和美兰为什么也吃两顿呢？我虽然怀疑，但我又不敢坦直的质问。果然不错，美兰每天到下午两三点钟便叫肚子饿，这时候瑞枝只买五分钱的烧甜薯，三个人分着吃。星期日和放假日C常在家里，瑞枝要特别整备午餐给他吃，C很觉过意不去。

瑞枝背着美兰时，最怕是在玩具店和饼果店前走过。瑞枝有钱时也拣价钱便宜的买点儿给美兰。没有钱时，美兰在瑞枝背上，紧紧的从后头看着她母亲的脸，要求她母亲买给她。瑞枝看见美兰哭了，便说："美儿想睡了。美儿，睡吗！美儿睡吗！"她从背上把美兰抱过胸前来唱着哄小孩子睡的歌儿，把街路上人的注意敷衍过去。其实美兰何曾想睡？美兰想睡时，先有一个暗示，她张开那个像金鱼儿的口打几个呵欠。

美兰近来常偷出去，跑进邻近人家的厨房里讨东西吃。装出一个怪可怜的样子，看见男人便叫"爸爸"，女人便叫"妈妈"，她当"爸爸"和"妈妈"是乞怜的用语了。

　　C也曾抱着美兰到玩具店里去，买了一匹狗，一匹马，一辆电车，一个用手指头一按便会哭的树胶小人儿给美兰。只有一个大木马要三块多钱，C没有能力买给她。美儿用小指头指着要，她不敢哭着要求，因为她知道C不是她的妈妈，不是她的……

　　美兰睡着的时候梦见那个木马，闭着眼睛说："马儿！马儿！美儿想骑！"

　　醒来的时候也思念那个木马，要C或她的妈妈带她去看那匹木马。有时候笑着向瑞枝。

　　"妈妈给钱给美儿哟！美儿要买木马去，妈妈！"

　　美兰想买那匹木马有两个多月了，还没有买成功。她晓得绝望了，她不再要求妈妈买给她了，她也不要求C带她去看了，她只一个人常跑到那家玩具店去看她心爱的木马。她蹲在木马旁边用小指头指着木马和木马谈笑，木马不理她，她便一个人哈哈的大笑。残酷无情的玩具店主妇——孤独的老妇人，满面秋霜的老妇人，生意不好的时候便跑过来骂美兰，并赶美兰离开她的店门首。急得美兰歪着头笑向老妇人讨饶，连说"妈妈！妈妈！"

五

　　过了好些日子，听说美兰的生日到了。C买了一顶绒帽送给她做纪念。C听见珊枝在隔壁房里发牢骚。她说美儿的爸爸像野鸭，这边生一个蛋，那边生一个蛋，自己却不负责任。她又说美儿的爸爸有钱只买涂头发的香油，搽面孔的香水，去年美儿生后满一周年，没有一件东西买给美儿做纪念。她又说不单没有买半点纪念品，连一匹鲷鱼（日本人有喜庆事时用的食品）都不买给美儿吃。今年瑞枝买了三匹鲷鱼替美儿庆祝二周年的诞辰。

美兰的生日后两天,下午四点多钟,C还是和寻常一样回到林家门首来了。从前见的那个外务课刑事又在门首站着像和门内的那一位说话。C不见美兰的影儿,也听不见她的娇小的歌声。美兰每天总在门首玩的,怎的今天不见出来,莫非病了么? C行至门首略向刑事招呼了一下,刑事也就向坐在门内垂泪的林翁告辞。刑事临去时,高声的像对在屋里没出来的瑞枝说:

"不要哭!哭不中用的!各警署都有电报去了,叫他们留心。一时迷了路,决不会失掉的。我回去再替你出张搜索呈请书罢。"

林翁说美兰一早起来,睡衣还穿在身,拖着她妈妈的屐跑出去,到此刻还不见回来。早饭不回来吃,中饭也不回来吃,他们才着忙起来。因为平日美兰出去最久亦不过一二个钟头就会回来向她母亲要奶吃的。今天不知为什么缘故,迷了道路么? 给人拐带了去么? 天快黑了,还不见美兰的影儿! 就近的警署和站岗所都去了电报或电话去问,现在既过了半天了,还不见有报告到来,大概是给恶人拐了去了。林翁说了之后痛哭起来。她是个不知生身父为谁的女孩儿,现在又和她的母亲生离了,C想到这点,也不知不觉的滴了几点热泪。她不是渴望着那匹木马跑出去,就不回来了么? C想到没有买木马给美兰,心痛得很,他总以为美兰的迷失是他害了她。

电火还没有来,瑞枝姊妹住的六铺席房内呈一种灰暗色,房里的东西什么也看不清,只认得见界线不清的淡黑色的轮廓。C在她们房门首走过时,房门的纸屏没有关,在房中间伏着哭的瑞枝的黑影倒认得清楚,她那没有气力的悲咽之音也隐约听得见。C很伤感,想过来劝慰下瑞枝,又无从劝。他回来的时候肚子饿了,现在给这件意外的事一吓,肚倒不觉饿了。

电火上了,差一刻就快到七点半钟了,还不见警察的消息到来。林翁的家里像满积着冰块,有一种冷气袭人。瑞枝听见邻家小孩子的哭声，重新恸哭。

八点多钟珊枝回来了。平日这时候林翁家里最为热闹，今晚上却异常沉寂。C心里想，像这样的状态若继续下去，不单说林翁父女住不下去，就连C也觉得悲哀！

九点半钟了，来了一位巡警，说T署留着一个迷失道路的女孩儿，约三四岁，要林翁家人去认是不是美兰。瑞枝在房里听见，忙跳出来，跑向T署那边去。过了半点多钟，瑞枝意气消沉的一个人回来，哪里见美兰的影子！

过了十二点钟了，还不见警署有消息来，瑞枝知道绝望了。她再没眼泪流，只觉得脑壳像破碎了，昏昏的睡在房里的一角。

昨晚上爱儿睡在自己怀里，今晚上只一个人！瑞枝像看见美兰站在她枕畔对她说：

"妈妈！你为什么不把我抱着！你为什么不紧紧的把我抱着！妈妈！我每晚上睡醒时的哀哭是要你紧紧的把我抱着！妈妈！为什么骂我？为什么你禁止我哭？妈妈！我以后不再在你面前哭了！妈妈！快抱着我！紧紧的抱着我！妈妈！"

瑞枝伸出两手紧紧的把美兰抱着，忙睁开眼看时，哪里见美兰的影儿？抱在胸怀里的是一件秋罗薄被——美兰专用的秋罗薄被！旁边的一个小花枕儿也像等她的小主人不回来，等困倦了，歪倒在一边。

"美儿！你今晚上睡在什么地方？你在哭着叫妈妈么？你睡着么？你醒了么？你睁开眼睛在寻觅妈妈么？你在哭着呼'唶——'和'咘——'么？"瑞枝脑中循环不息的都是这几条疑问——不再见美兰，不能得正确解答的疑问。

望见衣架上挂着几套美兰的小衣裳，瑞枝便想到美兰身上穿的是一件破烂的睡衣。"你要去，也得穿件整齐的衣服出去，美儿！你穿着那样旧烂的睡衣出去，人家更要欺侮你！美儿！美儿！没良心的爸爸虐待了你！命鄙的妈妈累了你！"

瑞枝房里几个玩具小马儿，小犬儿，橡胶小人儿，不见美兰来和她们玩，也在席上东倒西歪的向着瑞枝说：

"小姐病了么？怎的不见来和我们玩呢？我们等得要哭了！我们等得心焦了！小姐！小姐！你快来安慰我们呀！"

瑞枝看美兰站在一个渺无涯际，萧条的旷野像离群的羔羊，一个人哀哀的哭，不见有一个同情的人来看她，瑞枝又看见一个像夜叉的恶狠狠的人拖着美兰的手，强逼着美兰跟他去，美兰在后面狂哭着拼命的抵抗。瑞枝又看见那恶狠狠的人用手按着美兰的口，禁止她哭。瑞枝又看见那恶狠狠的人把美兰钉进一个木箱里面去。瑞枝又看见那恶狠狠的人和一个狡猾的老妇人在那边争论身价；美兰很瘦弱的，脸色也不像从前红润，站在那恶人身边用她的枯瘦的小手揩眼泪。瑞枝又看见美兰一刻间就长了七八岁了，满脸黑灰的在一间很黑暗的厨房里炊火。瑞枝又看见许多儿童一齐跑过来打美兰，把美兰搔得满脸的伤痕，搔得周身的黑肿。

邻近有许多小女儿，有比美兰大的，有比美兰小的，穿的衣服也有像美兰的，这种种比较都能叫瑞枝恸哭！瑞枝现在只望美兰的死耗，不愿美兰离开她活着！

一天，两天，一星期，两星期，三星期，一个月，两个月，三个月，半年，一年，还不见美兰回来，也不听见美兰的死耗！瑞枝哭着说，只要人能够去的地方，不论地下天上，她如果知道美兰的死所，她一定把尸骨抱回来！

瑞枝的心房经两次的痛击早破碎了，C听见瑞枝哭美兰时，便后悔不该没有把那个大木马买给美兰！

一九二二年五月十五日于东京巢鸭

（初发表于1922年《创造》季刊1卷2号）

一班冗员的生活

一

"C先生！八点钟了！今天不上学么？"他平时每天早晨七点半钟就起床的，今天过了时刻，还不见他起来，房主人怕他贪睡点误了上课时刻，特跑上楼唤醒他。

他给房主人叫醒了，老大的一个不愿意，像在办一桩很要紧的事给房主这一叫，弄失败了似的。他在被窝里发出一种很难听，很不乐意的音调：

"让我睡罢，今天十点钟才有课上！"

C不住包办伙食的馆子，因为近来各处馆子的房钱伙食都涨了价。房子是按席数算租钱的（日本每张土席约长四尺宽二尺）每张席子要三块钱租钱，普通学生住的是四张半席数的房子，要十四块多钱。伙食至便宜的每个月也要二十四五块。若住馆子，这每月几十圆的官费只够开馆账，学校的学费和书籍文房用品便无从出了。所以C在贫民窟里租了一间四张半席的房子，每月租钱只要六块，不包伙食。C的午饭和晚饭跑到一家饭店里去吃，每月只要十三块钱。

他早晨一顿，如何的过去呢？他有简便方法，他每天早上只吃八个铜板半磅的英国式面包和两盅开水，一个月要不到三块钱，合算起来，每月的支出超不过二十二块，比住馆子，便宜得多了。

C在经济上的经验，愈久愈进步，前个月他发现了每天可以再省二个铜子的方法。什么方法呢？他再不买八个铜子半磅的英国式面包了，他只买两颗法国式面包。法国式面包的价钱，不是按重量算计的，是照颗数计算的，一颗要三个铜板。C是个除读书节俭以外不知一切世故的痴汉。他只晓得两颗法国式面包的容积比半磅英国式面包的容积大、并且价钱便宜，所以他改吃法国式面包了。他并不知道法国式面包的分子构造没有英国式面包的那末致密。英国式面包密度要比法国式面包的密度大。

过了几个礼拜，C又发现了可以加省三个铜板的方法。C自吃法国式面包以来、觉得吃一颗和吃两颗，肚子里所受的影响，没有大差别；所以他近来只吃一颗了。他的友人也常笑他，他便说什么废止朝食于卫生有益的话来抵制。

C给房主人叫醒了后，再睡不着，在被窝里翻来覆去。肚子里咕噜的响了一阵，他才觉得有点儿饿。他恨恨的翻身起来，把被盖胡乱卷起，向壁橱里面一摔，飞跑下楼，乱忙忙的抹了脸，漱了口；把用过了几年，又烂又黑的书袋子挂在肩膀上，出门向学校去。他在途中还恨恨的骂他的房主人不该这样早叫醒了他，因为他又发现一种省钱的方法，就是遇学校的先生请假，早上八点钟起没有功课那一天，他就多睡半点钟，连那颗法国式面包都省下来，准备上午在饭店里多吃他半碗饭。房主不明白他的苦衷，今天一早把他叫醒了，把他的计划弄失败了，他那得不恨！他肚子里实在空得厉害，他知道今天的三个铜子省不成功了。

学校的学费、教科书、衣服、鞋袜、文房用品、剪发、洗澡、新闻、邮费 交际会费，每个月的支出实在不少，只靠这几十块钱的官费去分配，怪不得C考究出这许多省钱的方法来。不单是C，和C同境遇的都是一样。

二

C在教室里，没有留心先生教些什么。他只呆呆的想，今天除了学校制服的铜扣子和一枝钢笔之外，他手中身上再没有金属品；不但今天课后，想洗澡没得洗澡钱，连明天买面包的三个铜子还没有筹到手。因为经济问题弄得他上课全是形式的，没有半点心得；他只机械的像打字机一样，把教授的讲义一字一句都抄下来。他是来日本长期的参观学校，他只旁观同级的，日本学生活活泼泼地求学。

他在饭店里吃了午饭，他还只管坐在食桌前，不想到学校去，他像有什么事在这饭店里没有完。他不时注意那几个同食台的，和他的境遇一样的留学生吃完了饭没有，若有人留神望他的脸，就能够看见他的脸发赤。

"痛饮！痛快！厨房！再替我暖一合酒来！"一个天真烂漫的，比他年轻的学生坐在他对面，一盘炒肚尖放在他面前，快要空了，他手里的玻璃盅也比洗过了的还要干净。

店主人是个寡妇，快到五十岁了。她未成寡妇之前是个神户古屋间来来往往的流娼，后来从良嫁给一位守门狗——每日穿件黑衣，拖把短剑，在一个衙署门首站岗的守门狗。前年丈夫死了，她领了些恩俸跑到东京来寻生意做。她不知从什么地方听见留学生的生意容易做，便找了一伙中国厨房，在住留学生最多的H区内开了一间馆子兼饭店。一间小店铺，楼上住了几个学生，楼下的店面排了两张台，替附近住的留学生包办伙食，也买些简单的中国菜。几十个经济困难的大学生也加进了去！

在C对面坐的年轻学生姓章，是个运动大家——在大学运动会、掷圆盘得过最高点的运动家。体魄很强、食欲也大，寻常的饭菜，不够他做燃料。今天天气有点寒，他加吃了两盅酒。

"有兼人这食，而……"坐在C旁边K君向着章君笑。章君不理，只管吃他的酒。K君见章君不理他，便翻转头来，眯缝着眼睛向C"嘿！嘿！嘿！嘻嘻嘻"的笑，他的两列似青非青，似黄非黄的很长的牙齿缝里塞着几片青菜叶的碎屑。C因为经济问题，在搜索苦肠，哪里还有工夫说笑。

"到植物园去走走么？"K觉得没意思，再向C敷衍一句，他站起来了。

"……"C只摇摇头。K一个人出去了。

"你下午还要到学校去？"章君看见K去了，才问C。

"我就要去了。"C也站了起来。

"快到一点了！你还不去？你没带表么？"

"保存在仓库里！"C不觉笑了。

"你的也托了他保管么？痛快！痛快！哈！哈！哈！"章君望着C大笑了一阵。

C巴不得K快点儿去，好向饭店的主妇办个小借款的交涉。C欢喜极了，店主妇竟答应借五角钱给他，等到月底和伙食费一同结算。他有了五角钱在身上，下午在学校里居然听见教授说：

"你们要把Pargonite和Palagonite的区别记清楚。"

"记不清楚，不要紧。"一位爱淘气的学生大声的说。

"为什么？"先生像要恼了。

"到那时候再来问先生不可以？"学生笑着说得全堂笑了。他下了课，顺路去访一位姓彭的友人。姓彭的是和他同一个中学出身的，现在进早稻田的政治经济科。彭君恰好在家，让他上楼拿张垫子给他坐下。

"老C！你昨晚上来就好了！我昨晚上请了客！不是别人，就是馆主人一家。我只花了四五块钱，他们吃得呜呼哀哉！威士忌一瓶！牛肉半斤！猪肉两斤！弄火锅吃！还添了几合正宗（日本酒名）和两大盘生鱼片。真的吃不了，你来了就好了！"

"岂有此理！对我说这些话，不失礼么，彼此虽熟，没有客气，但说话也总得留心些。"C心里这样想，没有说出来。

后来C问彭君寓里的主妇，她说彭先生那晚上买了两合正宗和两角钱的烧山芋请她们吃是真的。还害了她的十多岁的小孩子跑去买烧山芋，跑出了一身汗。

三

C君由彭君那边回到家里，快要四点半钟了。他把烂书袋放下，忙跑去澡堂里，洗他半个多月的积垢。C是很喜欢洗澡的，因为每月的官费青黄不接，所以近来澡也少洗了。洗了澡回来懒懒的倒在席上，他想他的五角钱既去了十分之一了，要把要紧的用品先买回来。矿物学的先生的讲义走得像汽车一样快，速记用抄本还差三四页就要完了，非买一册不行，但最便宜的也要二角钱，买了之后就所剩无几了。官费作算靠得住，也还要十多天才得领，这十天内怎么办呢？他的狮子商标的红色牙粉前星期就用完了，他几天不用牙粉了。到月底领到官费非多买一二包放在那边不行。

到了六点半钟，他还是到饭店里去吃饭。在饭店里他听见一个好消息，说今天下午官费生借青年会做会场，开了一个要求增加官费的大会，已举定了代表，要代表回北京去向教育部直接交涉。

因为要求增加官费不知上了多少禀子，打了多少电报，教育部一个不理。官费生没有不骂教育部无天良的。但是听说教育部也是每月自己筹款，才能维持现状，那里管得留学生许多。

C吃了晚饭，暂不回寓。在一条最热闹的街道上慢慢走着看摆夜摊的。走来走去的留学生都很神经兴奋似的，像给夏天的烈日晒热了的池塘里的一群鱼一样。

C在电车线路终点遇见了同教室的W君。他是南一省的官费生代表。他像很忙，他说的话C还没听清楚，他就急急的跑了。C因为遇见W君便想及W前两星期说的话。C想国家的脸子早失掉了，索性痛痛快快的闹一闹也好。

W前两星期对C说的也是关于增加官费的话。W那班的主任教授是Y博士——对着中国人便拿高帽子出来，背过脸去便把中国人说得卑鄙狗贱的Y博士。前两星期也在青年会开了官费生大会，决议要求增加官费。开会的理由和会场的情形第一天就在各新闻上用大大的字登出来了。那时候W君跟着Y博士到日本中部山中为调查旅行去了。Y博士在旅途中看了新闻，便问："你们留学生每天不读书。在闹什么哟？"W君告诉他闹的是什么。博士又问："你们一个月到底领多少官费？"W君又告诉他。博士后来叹了一口气说"我们日本的乡下人送他的子弟来东京进中学。每月也不止给这几十块钱。你们的政府当初是不是以求学的目的派你们来日本的？我以前叫你买那几部参考书是没有买了，是么？那又难怪你们闹了。"

"政府当我们是冗员，早就想把伐们裁汰。"W君想说出来，又中止了，C也觉得中国政府太无勇气，不敢叫官费生回去。叫了回去，也可以多养几营军拥护自己的势力。

C还有一件很担心的事，他是南省的官费生。南省教育由北方请了一位时髦的教育家去办。这个时髦教育家，头脑是很清晰的，他一定不会批准增加官费给学生。何以呢？因为南方是反对北政府的，教育部的批准，南省当然可以不执行，这个浅显的道理，时髦教育家那有不晓得的。C忙跑去问本省的管理员，管理员所说的果然和C所预料的一致。

学校章程有实习的必修科，到了冬假春假或暑假要利用假期去实习，从前教育部也定有实习费章程，近来说要节省费用，把实习费取消了。到了冬假C就要去实习，他预先去了一个禀子向时髦教育家请旅费，他相信时髦教育家一定不会打起官话来拒绝他。假期到了，他到管理员那边去看由时髦教育家那边批回来的批词却是"前据教育部……该生所请应毋庸议"的一篇官话！C在《新青年》里面，读了许多时髦教育家的言论，他是很佩服时髦教育家的，他不知道时髦教育家的言行不一致！C想批的时候，时髦教育家没把外国学校规则查一查么？没有仔细想想该用官样文章去敷衍了事么？C从前像一班无定见的青年带着灰色眼镜去看那位时髦教育家。现在他用X光线去检查他了。

四

C踽踽躅躅在街上走了半点多钟，觉着有点儿寒，便由近道回到寓里来。坐在门首除鞋，还没上去，馆主人便出来说有客在楼等着。

"言君么？来了多久？"C认的是同乡的言君。

"来了不到十五分钟。听馆主人说，C君吃饭去了，不久就要回来，所以我就上来了。很对不起。"言君是个非常诚恳的绅士，所以说话也和做文章一样。有前提，有结论，起承转合，很能得中。

言君有点年纪了，他早在明治大学毕了业。毕业后就有人请他回国去办正事，但言君立的宗旨很定，不愿随波逐流，不为五斗米折腰，所以他还留在日本研究。言君有点闹名士派，不很讲究外观，他那个大学制帽的四角帽黑色变成黄色了，取下来放在台上，会堆成一堆，全没有一顶制帽的体裁。制服上五个铜扣子，只剩下三个，襟口和袖口早烂了几块，像给鼠儿咬烂了。制服原来是黑色，言君不知穿了多少年数了，他在太阳下走过时．那制服竟映成红色。他的洋裤的正门上几个扣子，也像不是全数了，里面穿的中国裤子半白不白，半黄不黄的露出来。他在家用绝对不用日本服。他穿中国长衫和短褂子，还巴上一个肚兜。他穿的中国裤筒有水桶那末大。制服上一条白色硬领儿早给油垢涂黑了。

言君的日本文很可以，但不很会说日本话。他身边常带着一本日记簿和一枝红铅笔，坐电车、问路都用笔谈。有这种种缘故、他不情愿住日本人的家里或馆子，他在个中国商人的楼上租了一间许多蛛网和煤烟的房子。

言君是来征求C对于恢复救国日报的意见。

"国早亡了，还赶得上救么？"C比言君岁数小，但意志却比言君颓唐。

"不是这样说的，国家还有一秒钟工夫的命，我们都有救国的义务……现在东京的团员里面只有Y君，S君和你。……我看还是望你出来号召一下，比较没有党派的色彩。现在中国……只怕无人，不怕无钱……外可以慑……内可以收……"言君正襟危坐，在C面前演了一场说，结局给他感动了，降服了他了。

"那末我们就在下星期六先在青年会先开一个预备会！这回非C君出来不行。"言君临别时再三的叮嘱要C到会。C送了言君出去，觉得自己的知己要首推言君。

C回到案前坐下，贴屁股的蒲团还没有暖，馆主人又上来说有客。跟着馆主人上来的客戴一顶帽筒上缠有两条白带的制帽，身上披一件黑斗篷，是学生间最流行的一种防寒具。原来是L君。L君说明天是学校三十几周年的纪念日，放假一天，所以跑来谈谈。

"今，今，今今今晚上没没没有出去么？"L君有一个奇癖，他说话是重重叠叠的，他还有一个怪癖，是怕人知道他有钱要向他借。和他同走路，他一定说想买些什么用品，说后便把荷包取出来，一面开一面便说：

"钱、钱钱不够了，改改改改天再买，买罢。"们他的同学都说他身上有两个荷包。听说L君的长男在中国内地中学快要毕业，L君在日本还是高等一年级生。他的同学都说他的笑话，若L君再留级一年，明年他的长男来日本进高等学校就可父子同学了。L君头脑本来不坏，不至于留级。但他志趣高尚，不愿早日毕业回去与鸡鹜争食，所以自己延长肄业年限，在日本领官费多读点书。

五

L来访C不是完全无目的，他是来向C商量一个妥善的方法把他的同乡并且是同学的程君送回国去。

近L君的学校有家成衣铺。成衣铺的主人姓吉江，他的女人名叫文子，两夫妻之外还有一个十八九岁的女儿和一个七八岁的儿子，女儿的名叫绫英，儿子的名叫小虎仔。绫英有位同学嫁了一个早稻田大学出身的中国参议院议员，到中国去了。绫英和她的同学常在通信，她的同学来信说，她到中国去如何的幸福，如何的快乐。她的同学又来信说，她的丈夫如何的爱她，如何的温柔，并不像日本男子那末粗暴。她的同学又来信说，中国的建筑物如何的堂皇，如何的高大，不像日本木造的，草盖的矮那末讨厌。她的同学又来信说，她在支那的首善之区，天天都驾着马车汽车到公园酒楼去玩。她的同学又来信说，她是无产阶级的平民，一来支那就可以跟着丈夫荣贵起来，能够和日本的高官大爵贵族华族交游。她的同学最后来信劝她千万莫嫁日本人，要嫁支那人。

绫英给她的同学灌了两杯鸩毒的酒．每天只昏昏沉沉的在描想支那的空中楼阁。嗣后她常在高等学校前徘徊着，想钓一位留学生去和她凑对。摇摇摆摆来上钩的就是L君的同乡同学程君。

程君无论对什么事都很慎重精细，只有对女人有一件事，他不能够把住他的慎重精细的主义到底。程君是个很和蔼可亲的人，更能够叫绫英相信她的同学说的，中国人比日本人温柔多情。

程君顾着绫英就不顾学校了。程君今年暑假的下第，是第二次了。照留学生管理章程，同一年级不准连续三年，至多读两年，就升级。程君的官费因此就取消掉了。

程君住在吉江家里拿不出钱来，吉江夫妻渐讨厌他起来了。绫英说程君的落第是她害了他．她便在A区的贫民窟里找了一间三张席的房子，把程君的行李搬过去，一同住下。绫英每天到一间烟草制造房里去当女工，每天可以赚四五角钱的工钱，买米回来煮稀饭分着吃。程君没有尝过这种贫苦家庭的滋味的，每晚上对着鬼火一样的洋灯垂泪。可怜他们一个月六角钱的五烛电灯都点不起。

绫英叫程君要继续着用功，准备来年再考第二间官费学校。程君说哪里还有心思考官费。绫英说不考官费也使得，等她加了工资后，再送程君进明治大学去插班，一年可收三年的功效。

不知绫英在什么地方借到了五块多钱，据绫英说是向一位做糕饼店生意的表姊那边借来的。她把这五块饯给程君要他到明治大学去报名入学，因为明治大学只要有钱，随时准中国人进去的。程君第二天出去，买了好些鱼肉回来，因为他吃稀饭吃得太久了；胃袋像枯燥得很，脂肪分要求得利害。绫英嗣后每晚都出去，要九、十点钟才得回来。家计倒比较从容了，但程君总有点不愿意绫英出去。绫英说她在家里，程君不肯用功，只管抱着要她求接吻，所以她出去让程君一个人在家里用功。

程君觉得绫英对自己一天一天的疏远，绫英也觉得程君近来的脾气变坏了，两人中间像给一重烟雾遮蔽着，彼此看不清白了。绫英的妈妈文子不时走过来。在三张席的房子里，你看我，我看她，她看你、各人都不能把自己想要说的说出来。文子像有话对绫英说，注视了绫英一刻，又翻转头来望望程君，这时候程君很自重，站起来说，要到神田去会朋友，一个人跑出来。

　　"你母亲今天对你说什么话？快告诉我！"程君那晚上跑回来，不见绫英在家，一个人参禅一样的坐着等了一点多钟，才见绫英进来；禁个住气愤愤的问。

　　"没有什么。"绫英跑过来坐在程君面前，笑着劝慰程君。

　　"撒谎！坐了一天没有说什么，难道是哑巴么？"程君的怒焰和饥焰随肚子里一齐发出来。

　　"虽然有话说，但是你不喜欢听，也是我不愿意听的，你又何必定要我说出来！"绫英在哀恳。

　　"快说来！不说我别有打算！"

　　"妈……就是希望你说的话能够实现，她望我们俩离开！"绫英伏在席上哀哭着，"我……我们中间的……那，妈还不知道！"

　　"要离开不要离开？离开算了！"程君并不是忍心把绫英撇下，不过他是卑怯，怕负担重重的责任。

　　"啊！啊！啊！你变了……心！……我……"绫英再说不下去，她知道她半年的苦心要归水泡了。"我一个不要紧，那个——虽然不敢预先断定一定养得活——怎么样处置呢！？"

六

绫英近这两个月身体失了常态，近这几天心头时常作恶，吃下去东西都吐出来，身体渐渐的瘦削。她心里很担忧，怕再过几个月身体就不能到烟草局做工，那时候的生活如何过得去！程君知道他的怀疑竟成了事实，他弃绫英之心愈坚决了。

绫英怕几个月后不能到工场去干活，想预节点款，她觉得有些对不住程君；但她精神上确非常的洁白，她爱程君的心一点没有变，不但没有变，还更加热烈！

程君在日本——留学个社会里。身上像烙了印是绫英的丈夫了，他知道不能用硬法弃绫英母子，他只好用软法了。他对绫英说，像这样的状态——像两个猴儿打架，彼此不放手，在山顶上滚来滚去，终久要滚进山溪里面去的状态，他在日本住实在无了日。他又对绫英说，不如让他回国去，去看看机会，也得看风驶船活动活动。他又对绫英说，他能够筹得银到手，他就卷土重来，再来日本定购大学毕业文凭。他又对绫英说，若筹款不到手，他就向政界方面活动，谋个顾问或参谋做做，因为中国现在政局用人不要什么学问，只要头会钻，口会吹，手会拍。他又对绫英说，他的几件行李——几箱烂书和几件衣服——暂存在这边。他又对绫英说，若他觅到了差事，不再回日本．就会寄旅费来接绫英回去。他不把几件烂行李带回去，骗倒了绫英。

程君的回国是他的同乡们劝他的。同乡三四十个人每人捐了两块钱给他，他说这几天内就买船票回去。

C和L和他的同学同乡都以为程君早回国去了。

过了两个多月，一天晚北风刮得非常利害，有一个客跑到C寓里来，把C吓了一跳。

"你不是回国去了么？怎么还在这里呢？"C惊疑得很。

"很对不起，搅扰你了。"程君比平时十二分的谦恭。跪下去磕头。

"那算什么样子？"C止住他。

天气很冰，程君身上没有外套，也没有斗篷，坐着打抖。幸得C房里烧了炭，叫他向火钵靠近些。程君两耳很红肿，双颊也冻得不红不紫，他像感受了热，脸上发痒，双手覆在面上轻轻的摩擦过了一刻，他双手托着下颚，不转睛望着火钵中的火。

"现在住什么地方？"

"住在市外的T村XX番地S馆。我本来要回去！恰好那时候接到南洋的兄弟来了封信，说马上就兑钱来给我。我想来年二月间考了那几间官费学校再回去，相差不过四个多月，所以我就在S馆住下了。"

"没有到那间学校上课去？"

"只自己在家里准备考学校的功课。"

程君还说了许多后悔的话，也说以后要如何努力。两个人吃了几盅热茶之后，沉默了一会。

"你吃了饭没有？你像还没有吃晚饭。"C听见程君肚子里咕噜的响了几阵。

"不，不要紧……我吃过了。"程君挨着饿很客气的说。他不单没有吃饭，并且还空着肚子跑了许多路。

"不要客气，客气是自己吃亏。"C用日本话说。

"C君不是在外面吃饭么？"程君知道C的寓里要不到饭吃的。

"吃面不好么？我叫馆主妇买去。"

"真对不起了，真对不起了！"C早跑下楼去了，程君一个人还在说"对不起"。

过了四十多分钟，馆主妇用一个朱漆的托盘端了一碗肉丝面和两碗净水面上来。程君连说了几句多谢，龙吞宝一个样子，没到一分钟光景，把三碗面吃得精光，连碗边上染着几片葱叶都用舌尖舐过来吃。C看着几乎掉下泪了。

"真对不住了！真对不住了！累你多花钱了！今晚上的面很顶力，比什么还要好吃。"怕系面汤的蒸汽，把程君两道鼻水蒸出来了，他从衣袋里取出一片又皱又黑，毛松松的纸，向鼻门上拭。

七

楼下馆主人的挂钟响了十响。外边风更刮得利害，那几扇窗门给风吹得振动得利害，像快要掉下来。程君看是时候了。

"C君！很对不起，我真不好意思说出口。我由南洋的钱迟早也快到了，到了马上送回来。不知C君从容么可以通融一二十块钱么？我欠了两个月的馆账，实在不好意思再欠了。很对不起。"

"一二十块！"C给程君吓昏了。程君以为C是个很节俭的大学生一定有余钱。

这个难题，C实在没有能力替程君解决。两人向着火钵，守了点多钟的沉默。程君见夜深了。

"很对不起，太晚了，改天再来拜候。"程君站起来，再鞠了两鞠躬。他才踏出房门，身体又打抖起来。他再翻转头来脸红红的向着C：

"不瞒C君了，我因为没有车资今晚上是走路来的。现在坐了许久，腿子坐麻了，走不动了，可以借一二角钱做车资么？"

"由T村跑来的！"C吃了一惊。T村到H区的距离至少也有二十里，若再没车资，不是走到天亮，C向自己怀里一摸。也脸红红的，程君很通气，像看出了C的苦衷。

"不客气，不要替我担心。走路还暖和些。"

"不，不！我向馆主人借看看。"C又跑下去借了五角钱给程君做车费．程君垂着泪跑了。

嗣后C没有听见程君的消息

今晚上L跑了来，C才知道程君因为欠了四个多月的馆账，拉到警署去了。拉到警署里要冻一两晚后倒可以保释出来，现在应研究的是要如何送他回国去。L君用很热心而且诚恳的态度，突，突，突，的说。

C给他们——L和言君——闹了一晚，神经兴奋，睡不着，第二天九点多钟才醒过来。他醒了还不情愿起床，伸手在枕旁一摸，有两张新闻，和几张明信片。这些明信片不是写"本会于XX日假座……开大会……略备茶点……务望拨冗贲临……XX会启。"就是写"本会前于XX日……开选举大会……足下当选为……事关重大务望出席。"C怪他们来读书的人也有许多闲工夫出来练习政治手腕。

C起来之后还是到学校去，下了课之后还是到那家饭店里去吃饭。

"我们到管理员那边去借几块钱用用好么？"C因为下午没有课，吃了饭邀章君到管理员那边去。

"赞成！赞成！你有把握包借到手么？"

"只管去看看，舍一角五分钱不要！"东京市内的电车不问近远一往复十五个铜子。

"我们不应当强硬要求，要多拍几下才对。"年轻的章君，说起话来倒像这海里游泳过来的人。

两个人跑出停车场遇见了陶君，章君丧了胆，因为他知道这位陶君是常到管职员处借钱的。若陶君也说到管理员那边去，我们想借的款就包管不成功。

陶君是省同乡会长又是留学生总会评议部的副议长，他说话时把南北音共熔一炉，调起腔儿说，听的人愈听不清白。高兴的时候就指手划脚，有时候说一句就伸手在下腹部洋裤子的门首摸一摸像有周期似的。

他现在看见C和章君来了，异常高兴，又在指手划脚地说起话来了。

"C君！同乡会选举了你当干事。"

"谁选我的？"C很不情愿当傀儡。

"同乡诸君！"陶君正音正色的把两个肩膀向后一退。"同乡诸君里面我认不得几个，多承你推荐把我选出来了。多谢多谢！你替我运动了多少票数？"C笑了。

"没有什么事干的，挂个名罢。哈哈哈！"陶君行了一个举手礼，搭了反方向的电车去了，章君才安心了。

八

在电车里两个人闭着眼睛坐着，并不说话。C知道章君有一种性癖，他不喜欢在日本人面前和中国人讲中国话。C还有一位同学谢君更利害，他上边穿的是像蝙蝠翼一样的日本和服。下边穿条日本裙和一对日本高木屐，高高的把双肩耸起，左肩上挂一个书袋，右肋下挟一把纸伞，脚未曾举步，头先向前伸，看见他走路的人都很担心，怕他要向前方伏着倒下去，也有人称赞他和日本学生没有两样！

C和章两个在电车里打盹了四五十分钟，在一个停车站下了车。他们到管理员家里时，管理员正在请客。请的客是大学法科出身的法学士，颇负时名，管理员才请他。管理员看见C和章两个，呈一种不高兴的脸色，知道他两个又来缠钱了。

"老先生！我这里要命了呢！你还说借钱！省里打了几个电报都没有复，下个月的学费还不知道发得出发不出呢！"一个可以借，两个也可以借，三个、四个、五个、十个、二十个都要借，管理员也有苦衷。有余剩公款，借还可以，要管理员拿出千本来借给人是万万办不到的。

费了许多口舌，谈判两三个时辰，管理员说C从前预支十五块。现在准再借五块。章君则借十块，两个借到了钱欢欢喜喜走到停车场时已近黄昏了。

章君说要买防寒羊毛衣去，他是个经济大家，他要在几十个大洋货店的玻璃柜前站过几回之后才买得成功。C看章君一个先搭市外电车去后，因为借到款了，他搭比市内电车舒服的高架线电车回到H区，高架车比市内车，车资要贵五分钱。

C在电车里遇见在青年会寄宿舍住的F君，F君告诉C下星期六青年会的人要全体参观K区的女子职业学校。问C加进不加进。C暗想青年会的干事也太无聊了，今星期说参观，下星期也说参观，再下一星期又说参观。至参观的是女子大学，女子高等师范，女子美术学校，女子家政学校，女子医学校，今又说参观女子职业学校。无一而非女子！许多有益的，能够增见闻广见识的男性学校却不愿参观。他们只喜欢看女人。

F君说是看运动会回来，他像跑得很困乏了。C注意及他带的很厚的近视眼镜。因注意到他眼梢的青筋不住的跳动。C到了M停车场要下车，F还差两站，C要F一同下车到饭店去吃饭。F若在M站下车，他的年票就前途无效。

"在这里下车罢。请到我那边吃个便饭去，也得畅谈畅谈。"C催F在M站下车。

"……"吃C一顿饭，回去时还要买张车票，F在这瞬间真大费踌躇。

F君也有怪癖，他到菜店里——不论西菜店中菜店——，他先要索定价表看，若菜单上没有价钱，他就点一个明知做不出来的菜叫厨房做，若厨房说可以做，他又要严限时刻，一定要弄到和菜店吵一回便跑到第二家去。C常带他到几家便宜菜店去吃，先要告诉他哪一种定价多少，哪一样价格便宜，F才安心坐着吃。

F现在青年会单租房子住，饭在外边吃，有时候买些烧山芋烧甜薯回来就过一天。

F从前住在日本人家里，搬家的时候没有钱打赏他的房主，房主妇说，从前某先生在这里住，去的时候打赏她几块钱。F以后便对人说某先生开了这个恶例，累及他，是留学界的败类。

C吃了晚饭回来倒在席上，思索这两天的经过，觉得自己做了不少的事情，他就昏沉沉睡下去了。

借来的五块钱又用完了，年假也快到了，他一面要筹款奔走，一面又要准备试验，C比奔走年关的细民还要辛苦，还要悲哀呀！

一九二二年五月十八日夜 东京

银踯躅

日本东京有一条最繁华、最热闹的街道叫做银座。日本的店铺多系木造而矮小，高的也不过有三层楼。银座的商店却多属铁筋和砖石的建筑，高的高入云霄，矮的也有二三层楼，在日本国内要算最好的大街道了。譬如别的能通电车的街道一遇下雨便泥泞不堪，唯有这银座的街路都用石砖敷着，异常好走。中间的车道铺着木砖，车行无声。

不要说和欧美的宏壮的街道比较，单把上海香港的和它比较，银座本不算什么；不过东京有名大商店都群集在这银座，来往的人数也比别的街道多。天气佳的时候，许多行商在店前街道上摆设夜摊，卖些装饰品，化妆药料，旧书籍，衣履和饼果等，种类繁多，算不清楚。规模大的设备有电灯，规模小的——像卖旧书的——则用碳化石灰（calciumcarbide），遇水即分解，发生一种特别臭味的acetylene gas，（C_2H_2）能在空气中燃烧，日本人称夜晚上在银座街道的游散为"银踯躅"。

"你看多漂亮的书！定价这么贵的书仅卖一角钱，多便宜！一角钱！诸位仔细听着，仅仅一角钱！诸君！诸君作算环游地球，游历天体，也断找不到价钱这样便宜的书！"卖旧书的流着一头一脸的汗，站在燃烧着acetylene gas的铁管前，拿着一本红色书皮的小本子向围在他书摊前的买众像演说似的高声的唱，颈上的大筋一起一伏的在涨落。

这晚上我也混在银踯躅的群众里面，踯躅到银座来了。无意中走到旧书摊面前，免不得要站着把旧书堆乱翻一下。围着摊面前的群众像没有一个爱听卖书人的演说，卖书的也只向着在街路上踯躅的人说他卖的书价钱如何便宜，想再引些人来围着他。

"你这册地图集（Atlas）要多少钱？"我看见书摊上有一本二十几年前出版的"The world wide Atlas"地图虽旧，但地名却记得很详细，Politioal方面虽不可靠，Physical方面还很足以为参考，与其买上海书店新出版的简陋地图，就不如买这本二十几年前的西洋的古物。卖书的有一张纸条子贴在书画上"世界地理集，卖价一圆。"

"呵！呵！先生！多谢了！价钱标在上面了！……"

"不要谢得太快！我们的交易怕不容易成功。"我笑对他说，因为我打算半价和他交易的。

"先生，价钱决不会贵的！先生请乘电车赶回前两站到专卖洋书的丸善书店去问一问，就知道这本书的实在价钱了！嘿嘿，不瞒先生，新的价钱个要十三四五块，嘿，嘿，不是说笑的。"他自己在笑起来了。

"这本书怕早绝版了，没有人要的了，你不认得英文，亚拉伯数字总认得的，你看是哪一年出版的书？"我揭开书的表皮把1895的纪年指给他看。

"不错，先生，这本书果然绝了版，很不容易找的了，卖一块钱，决不算贵。"

我不再和他议价了。翻转身向人丛里想钻。

"先生不要去，不要就跑了！凡事没有绝对的无商量余地的！何况价钱！何况这本旧书的价钱！说句老实话，先生，要多少数目才要？"

"三角钱！"我不停步，还是向人丛外走。

"唉！先生！不要去，再商量一刻！我定一块的价钱纵算不对，先生定的三角钱便绝对的不会错么？"

"加一角给你，再多就不要了！"我很决绝的说。卖书的还要求加价几次，我都拒绝了。最后交易完成。

"我是不认得英文的，还是请先生拿去念罢！四角钱买这样大这样厚的书你们看，你们快来看！多便宜！仅仅四角钱！"卖书的一面替我把那本地图集包好，一面又高声的唱起来。书包好了，我给了他四张一角钱的钞票。

"阿哩哇哚！阿哩哇哚！"卖书的连低了几次头送我出了人丛。"阿哩哇哚"（arigado）是日本人的谢词。

气候快进夏的区域了。但岛国之夜间总是凉不可耐的。出来的时候穿少了衫，觉得有点怯寒。我再不恋看这繁华热闹的银座，急急的抱着"世界地图集"飞上电车，赶回馆里来。

最不可靠的就是自己，你们如小相信，我可以举出几个例来。

某大伟人最初是手无寸铁的，只凭他的一个能辩的口，赢得现在的位置。但还有一班伟人就嫉妒他，说理说他不过，就拿暴力来威逼他，所以某大伟人就有一番反对以武力统一中国之名论发表出来。在他部下的也莫不在摩拳擦掌，口角流沫的大声疾呼说排斥军阀！现在某大伟人也有一部分的武力了，他就忘了从前的自己改头换面的主张武力统一中国不可了！某大伟人尚相信不过自己，其他则又何说！

我虽不是个伟人，但我的自己却和某大伟人的自己一样的靠不住！我的主张不像某大伟人的主张，那末大规模的要统一中国，我的主张是想统一自己！因为自己一身都不能统一的人，决没有能力去干别的事，像我就是一个很适当的例！

我想统一自己，最先从实行"Early to bed，early to rise……"这句格言着手。无奈我寄寓的日本人家距学校过近，听见学校上课的钟声之后才出门上课，还来很及。因此我的统一自己的第一个政策就失败了。我虽然是个弱志薄行的人，但我倒不会像中国近代的伟人容易改变他们的主义。我为实行"Early to bed，early to rise……"起见，卜居到东京郊外去。

由银座回我们寄寓的郊外要费一个时辰，乘换电车三次。下车之后还要步行许久。幸得是外国地方，虽属郊外的村道，也还有一二枚电灯便利行人；不比我们中国到处黑暗。

住惯了郊外的人，回来城市再住不下去；因为郊外件件都比城市里好。空气和风景是不消说的，还有早晨起来听见的鸟声和夜晚过了十点钟以后的绝对的沉寂，这两件是城市里决找不出来的。但住郊外也有一个缺点，就是怕夜盗！谈到夜盗！我又禁不住要叹我们中国没有一件比外国强，只有盗贼一项"差强人意"。你们不看现在中国高居要职的都是强盗吗？他们中虽不是尽由强盗出身、但他们赢得此要职的方法究与强盗何异！你们看某有名巡阅使，他从前是在深山里生活的，他的门联是："山高皇帝远，让我在此称哥哥。"上联我却忘记了。他的福分不浅，竟遇着这千古一回的，难遭的机会"革命"，让他把绿林的招牌放下，换了一面"民军"的旗帜。

我寄寓的是一间半像旅馆半像人家的馆子。同寓的有几个人——有中国人，有日本人，还有高丽人——问题中人X君是我们同寓的一个。

X君是个热心爱国者，此留学界里面谁都知道的。但我想称X君是爱国者，不如称他是忧国者妥当些。他恨日本恨得在日本居留七八年没有一次披过大袖道袍。也没有拖着两块长方形木板走过。他遇着日本的男子，他的很丰满的脸儿马上生出有数的山川陵谷来。他对高丽人倒还平和，但也不情愿和他们多交接。他不愿和高丽人多说话的苦衷我倒知道，他是怕日本人要思疑他也是个高丽人，因为他是个顶怕听人说中国人快要做亡国民的。他这呆子遇见英美德法人倒总不觉什么，他最怕看的是缠红头巾的黑大汉和戴竹笠穿白衣的东方道士们。因为他看见这些人，他的神经立即发痉挛，他的颜色也变成土色，心里像在说"我快要像他们了！"

邻室的高丽先生朴君听见我回来了，忙跑过来——我还没把房里的电灯开上，他就跑过来了。

"P君，今晚上的银踯躅好么？找得有什么便宜的、有趣的东西么？"

我开上了电火灯让朴君进来坐。朴君就要我的地图集看。地图集的最初一页是列国的国旗图，欧美各强国和日本的国旗是很容易认识的，此外还有许多我们不容易认识的怪国旗。有两条绿带中间着一条黄带的国旗。有一匹绿色孔雀站在红圈里面的国旗。有画一把白色铰剪的红色国旗。有匹黄狮，前肢握着剑，四角有四个红色三角形的国旗。有画象的国旗，有画八卦图的国旗。还有一个画龙的黄旗也在他们里面。

我们两个在看这页国旗图，X君蹙着双眉也进来了。

"这是贵国的国旗，是么！"朴君指着中国的黄龙旗在说。

"叱——我不认识那种国旗！"X君当朴君说的话是对我们中华民国加了一种侮辱。

"为什么不是？这回我们学校的寄宿舍创立纪念日，会食堂上面挂的万国旗中还是有黄龙旗的！"朴君偏着头和X君强辩。朴君进的是东京第一高等学校。第一高等是一间泼皮学校。这学校的学生徒对我们中国是最喜欢做挑拨的言论的，他们在食堂挂龙旗不算什么稀罕的事。寄宿舍创立纪念日，各房门首都贴有种种滑稽和寓意画；在农科生住的房门首贴的一张满洲蒙古地图，上面题着"吾人伸足的地方"几个字。地理教室门首贴一张东亚地图，我国的满洲蒙古，山东福建，竟染成红色；和日本，高丽，台湾，是一样的颜色了。上面也题有几个字是"本年的地图变色！"因为这一年就是大隈和加藤高明对我中国下最后通牒的那一年！我中国留学生进去看见了的没有一个不气得气喘喘的跑出来，有冤莫诉！朴君拿出第一高等学校来证明中国的国旗是黄龙旗，把X君气得一个发昏！

"你朝鲜是哪一种国旗？"X君睁着眼睛质问朴君。

"从前是八卦旗，现在是日章旗了！"朴君不度德不量力的，自称是日本国民。

"Slave！Slave！"X君决裂得太快了。

"你怎么开门就骂人！我日鲜两国联合之后，日本天皇就是我的君主！日本人和我们都是兄弟！"朴君大声嚷起来，想求共寓的日本学生做他的后援！经朴君的高声一叫，我房门口早拥了四五个日本学生探头探脑的向房里望。我忙于调停X君和朴君两人间的纷扰，没有工夫理一班站在房门首的日本学生们了。

"支那人和Slave又差许多！"一位日本学生一面默认朝鲜人是日本的奴隶，一面又想奴隶我们中国人！我不禁暗暗叫苦，恨朴君和X君。

"你们俩今晚都错了！你们彼此都错认了敌！你们的共同的敌，你们都没看见！你们都是盲了眼睛的！"

"马鹿！"X君赶出房门首骂那个日本人。（马鹿是日本人的骂人话有"蠢虫"之意。）

"这里没有你插嘴的余地！"我也跟着X君骂那日本人。那个日本学生知道自己多嘴了，缩着头跑了。

离我们的寓所不远有一所站岗，那站岗的巡士听见我们喧嚷，竟跑过来问馆主人到底什么一回事，馆主人也竟一五一十的告诉他，听得我恨极了。

"叫他们不要再闹了！邻近的人太受嘈扰了，你告诉他们不论朝鲜人，台湾人，满洲人，蒙古人，印度人，支那人、我日本政府是一视同仁的！"这位巡士拖着剑笑着跑了。

"该死的站岗狗！我有权力，我一定把你的脑壳打破！X君！X君这才是真正的侮辱，你有法子奈何他？"

他们去后，我一个人对着电灯，思寻今晚上受辱的原因；那本"地图集"却对我冷笑。

我深悔今晚上不该去"银踯躅"！

一九二三年三月七日

绿霉火腿

一

经过了一星期的海上生活，邬伯强在日本的横滨港登了岸。他是初来日本，一句日本话也不会说。他在甲板上和一个红帽（替客搬运行李的人）笔谈了半天，才把自己的意思达到了。红帽就替他叫了两台洋车，把他的行李都装进车子里，也叫他坐上去，送他到火车站来。

伯强在上海动身的时候，曾写了封信给在东京的同乡，约他们到横滨来招呼他。所乘的邮船M丸在神户停泊时，他再写了一张明信片寄给他们。但今天到了横滨，还是自己招呼着几件重笨的行李受了税关吏的检查后，搬运到车站来。他心里不免感着一种孤寂，同时也发生初适异域的哀愁。

"早晓得他们不来，我在长崎登岸，转坐火车直到东京就好了。船停泊在长崎时，有个广东商人劝我上岸并且答应替我招呼行李上火车呢。因为图省几块钱,多吃了许多苦了。我竟没有料到由神户到横滨的海上风浪还这样险恶。"

伯强坐在洋车里,定了定神,许多无聊的琐碎的事情便回萦到他的脑上来。

"他们要白花车费由东京出来;当然不愿意.这也难怪他们……或者他们今天在学校有特别重要的功课也说不定,这更难怪他们了。"

伯强又忙这样地向自己解释。

到了车站了。

他一个人茫然地坐在三等候车室里,不知道如何地买车票,也不明白如何地交运行李,一切唯有拜托这个红帽了。车站钟楼的大钟告知他十一点又十八分了。

红帽的确在热心地为伯强效力,跑来跑去,不时又拿着手簿和铅笔走到他面前来同他笔谈,问他饿不饿,要喝什么饮料不要。伯强只望快一点到东京去,什么都不想吃也不想喝,他只向红帽摇摇头。

在国内,伯强曾听过人说,日本人比中国人富于热情,社会服务心也比中国人强。现在看来,果然不错。伯强想试看那个红帽,他看见自己一个人自远方来,人地生疏语言不通,便热心地为自己招呼一切。纵令是自己的兄弟,朋友,也不能像这个红帽——一个素不认识的异国人——热心为自己出力吧。

一到车站,由洋车跳下来时,车夫就向伯强讨车资。他不知道红帽讲定的车资多少,也没有零碎的银角子了。他想唯有信赖这个红帽。他忙取出一张十元的钞票交给红帽,要红帽碎开来发车资。他望着红帽,指了指自己手中的十元钞票,再指那两个车夫。红帽微笑着点首,表示领会了他的意思。

两个车夫跟了拿着十元钞票的红帽去后,伯强感着十二分的疲倦了。他觉得旅行真是件不容易的事,旅途中没有一件事情不麻烦。他靠在三等候车室里的长椅子上目阴目阳地打了会瞌睡，听见铃声，忙睁开眼睛来。他骇了一跳．因为摆在自己面前的几件重笨的行李不知去向了，只留一件被按在自己肘下的手提皮箧还放在自己身边。他失悔自己不该这样疏忽，不该才坐下来就打瞌睡。

"大概是给红帽搬到运输处去了吧。"

伯强坐在候车室里心悬悬地盼望了好一会，才见那个红帽笑吟吟地走了来，在他的小日记簿上写了"又二十分发车"六个字给他看。他无意识地点了点头，他只希望红帽有关于十元的用途报告。但红帽把铅笔和日记簿插进他的背心的小袋里后，对于十元钞票的事一点也不提。伯强心思十二分的纳闷，但又不便说出来。

再闷坐了十余分钟，还不见红帽回来。候车室里的搭客都各持着一枚红色车票站起来了。查票的栅子门首满挤了一大堆人；伯强看见这样情形，更着急起来。

"莫非那个小鬼骗了我十元还不算，又把我的行李骗了去么。行李里面有许多衣服，许多值钱的书籍，许多食品。此外还有一条真正金华火腿……糟了！自己不该太信任他了！自己应该紧跟着他去的。但是这个小皮箧虽然小，提着就不容易走路了。手无缚鸡之力的自己，怎么能够提着这个皮箧跟着他跑来跑去呢？"

又过了好一会，红帽还不来。挤在查票门的人群都进栅子里去了。听见开车的铃声了，也听见汽笛在呜呜的响。

"不该信他们的话的！他们由日本回国来的都说，行李交托红帽是万无一失的，不过要多给点酒钱给他，日本的下等人比中国的要钱还更要得厉害。但是这个红帽不能如他们所说的靠得住吧。是的，完全是自己错了！自己太不小心了！他们不是说，交托行李给红帽时，他有一个小铜牌——刻有号数的——交回来么？如果行李有失，就可以凭这个铜牌去找警察追问。不向他要回一个凭据来，这完全是自己不小心了。"

候车室里的人数减少了，空气转沉静下来。再过二分钟的光景，红帽来了，交一张运输处的行李收据和红色的本票给伯强，并替他提了那件小皮箧，指着月台，催他上火车。伯强机械地跟着红帽走到查票口，剪了票就走到月台上来，不一会，火车到了。还是红帽先进满装搭客的车里去，替他找着了一个席位，然后从个窗口伸出头来向他招手。伯强进车里来了，红帽就把他提着的皮箧接过来，安置在上面的网架上。开车的铃声响了，红帽就连向伯强鞠了几个躬。随即又听见车长在吹警笛准备开车。红帽忙走向车门首跳下月台上去了。火车慢慢地向前蠕动。红帽站在车窗外再向他鞠躬，脸上也浮着一种讨厌的浅笑。伯强一面无意识地问他微微地点首，一面在思索那张十元钞票的用途。他失悔不该这样怯懦不敢向红帽质问，他想此时来不及了，已经迟了。伯强坐在车中正在呆想．火车走到第二个车站前停了。

二

到了东京，伯强就在神田区住中国留学生最多的一家下宿屋租了一间四叠半的小房间住下了，准备在附近专做中国学生生意的预备学校学习日文日语。在东京的几个同乡差不多会过了，也间接地认识了几个新朋友。伯强到东京时，正是耶稣圣诞节的后一天，各学校都放了假；他们便引着他去逛公园，看影戏，闹了两个多星期，又是开学的时期了。

伯强也在一家预备学校报了名，学习英文和日语。上课的时间只有上午的四个钟头。每天七点钟就要起床，在伯强是件很不容易的工作。后来伯强知道下午也有新设的英日文班，于是他就改到下午上课了。

上过了几天课，伯强觉得日文倒不难学，只有日语不容易记忆！因为难记忆就生了厌倦。但他也有点担心怕学不会日本话时，留学就难得留成功了。

同住的十之八九是中国学生，但能够和伯强说得话来的就很少，——实则一个都没有。伯强看见他们俨然以先进自居，骄心傲气的样子，气不过，也觉得好笑，所以也不愿意去和他们接近。

最困难的是不会说话。下女来招呼他时，一句也不能回答。虽然他习了一二句"要茶"、"要开水"、"要饭"的日常会话，但一天之中这些话的应用时机实在有限。

他上了两个多礼拜课，愈觉得日本话难学，同时也对它起了一种反感。在我们中国一句很简单的话，用日本话说来就啰里啰嗦地有二三十个音，不容易说下去。并且说起来总kanata（那位），nakata（中田），katana（刀），tanaka（田中）一类的发者，不容易分辨。于是他暂把日语放下不学，把脑力转向到英文方面去。他的英文是由中学第二年级的程度补习起，但在他还是很不容易的一件工作。上了一星期的课，觉得grammar和vocabulary双方都和日本话一样地难得记忆，到后来伯强又厌倦起英文来了。

春渐深了，近一星期来无日不是阴云天气。日本的街道一下雨就泥泞不堪，不好走路，并且春冷得厉害，伯强索性不上课了。每日只一个人把房门关紧，盘腿坐在窗前的一张矮桌子前，翻读由故国带来的，自己最爱读的诗词和音韵学一类的古书。当他高声朗读的时候，骇得和他同住的中国学生吐舌摇头，不住地打寒颤；也骇得日本下女用长袖掩着嘴，咕苏咕苏地暗笑。读倦了后，伯强便走到窗前．斜倚窗框，眺望下面街路上的电车，洋车，货车及行人。有时候看见许多阔裙长袖的女学生成群地在自己窗下走过去。

"目逆而送之，曰美而艳！好呀！好呀！"

伯强自己在唱叹；唱叹之后，独自作豪笑。他只恨这个窗口开得太高了，看不清楚女学生们的脸儿。但单看姿态已经很好的了。他想，不要说女学生，即就这家下宿屋里的下女说，其中也有一两个长得满标致的，虽不能称为美人，但自己从来所见的女性就没有像她们这样好的。

"日本有美人国之称，这样看来，的确不错。既到日本来了，有机会时，该领略领略些日本风味。"

伯强望着一群女学生走过去．忽然地神魂飘荡起来，跟着那群蓬莱仙子去了。

"要接近蓬莱仙子，非学好日本话不成。往后还是要努力用功。"

伯强想到这里，忙退回到矮书桌前坐下，把松本龟太郎编的日华对照会话书翻开来念：

张飞君！在！
关羽君！在！
姊姊给我一点茶！
姊姊给我一点水！

伯强才念了这几句又听见在外面廊下扫地的下女们的笑声了。他禁不住脸红起来，不敢往下念了。他想打开门，痛骂她们几句。但细心的他，随即推想到骂了她们后的结果来。

"用日本话骂，自己近来只学会了一句'马鹿'。'马鹿'，'马鹿'，'马鹿'，'马鹿'……地骂下么，完全无意思，怕她们更要笑得厉害吧。用中国的话骂。她们一点听不懂，她们听见了后还是一样地笑吧。"

伯强刚才一肚子的愤气又不知消散到什么地方去了。

他在这下宿屋里住了一个多月了。这一个月来就像坐牢一般的痛苦。他还感着一种缺憾，就是一二星期间不知肉味了。他常看见同住的中国学生三三五五凑伙买些牛肉猪肉回来，把炭火炉端到房里。自己烧来吃。伯强虽然羡慕．很想效法，但因旅囊不充，家中寄款不知何时能到，实在不敢乱用，并且说不来日本话，也有许多不便；想到这里，他就懒得弄了。

"对了，我来弄火腿吃吧。若不是看见他们吃肉，我真想不起来，我箱里还有条金华火腿呢。这是动身时一个亲戚的赠品。尽锁在箱里做什么，拿出来吃了它吧。"

伯强想及他的火腿忙从土席上跳起来，脸上浮着微笑．走近壁橱前打开花纸装裱的橱户，他看见盛火腿的那个藤箱了。

由箱里取出来的火腿生满绿霉了。伯强只手提着火腿，上唇左部微微地掀起，脸翻向窗口，望外面的天色。雨停了，只不见太阳出来．但比早晨就强多了。他想生了绿霉的火腿要晒晒太阳后才好吃，不然怕中毒。他提着火腿站在房中心筹思了一会、想着矮桌旁右壁上是太阳光最常光临的位置，他就决意把火腿挂在那壁高头去。但他同时感着一种疲倦。他觉得这样工作比暗记十页的日本语还要艰辛。他看见那壁上，除了挂帽子的一根钉子外再没有钉子，想把帽子取下来，把火腿挂上，但位置太低了些，怕晒不到太阳。他想这件工作——晒火腿的工作的步骤，第一要放下火腿，把帽子取下来；第二要由抽屉里取出铁钳，把那枚钉子拔下来；第三要把矮桌移近壁边去；第四再拿铁锤，把那枚钉子钉进壁的上部去。

"麻烦极了！这怕要费点多钟的工夫才做得了。为区区的'吃'的问题要费这些功夫，真不合算，还没有下手做，已经感着十二分的疲劳了。幸得自己带了铁锤和铁钳来，不然，要向下宿屋的主人借时，这火腿就晒不成功了，跟着也就吃不成功了。"

一鼓作气，伯强奋斗了半个多钟头，把火腿高高地挂在壁上去了。他的身体也十二分的疲困了。脑膜上像有小蚂蚁在蠕蠕地行动，隐隐作痛。他发奋地把精神支撑起，继续努力，将刚才丢在土席上面的灰泥大帽拾起，塞进壁橱里，再把壁橱里的被褥搬出来，铺在土席上后，立即滚身进去。壁橱门大开，也懒得掩回去了。

他不知在什么时候就睡着了。

三

伯强的父亲是前清末年的一位大员，故伯强从小不曾受过一点点的物质的压迫。天资很好，小时就有神童之称，所以他的父亲对他的期望很大，除教他读书握管之外，没有加以其他的身体的锻炼；结果是用脑过度，患神经衰弱症，体力也很弱、走过一里半里的路，就气喘喘地要叫车叫轿了。他不知道人世间有贫苦到没有饭吃的人，更不知道在读书应试之外尚有其他的种种工作。他知道有做生意的人，但他深信做生意的人不单不苦，还很舒服。至于还有一大部分靠体力为生活的人们因为少和他接近，在他脑中没有半点印象。他的处世立身的秘诀——也是他父亲给他的训条——是读书，做官，赚钱；有了钱就可以买一切的物品。

十五岁的时候，父亲死了。他才略感觉到家计的不容易了，但十六岁，他就进了学。有了秀才的招牌，加以父亲的同年同僚等的援助，走过了几个省份，不是在某大官的家里当家庭教师，就在某大员幕中帮文案，所以他还是感不到物质生活不如意的痛苦。

十八岁那年赴乡试。以他的才名，谁都相信他必名列五经魁内。他自己也觉得有十二分的把握。但进场后，因为不留心，写了一个"玄"字。说是犯讳，文章虽好，终被黜了。

经了这回的大打击后，他才觉悟到科举之无聊。于是他决意离了故乡，走出上海来。他来上海，原是想拜国学大家詹疯子为老师，研究国学的。但到上海后，听见詹疯子发表了一篇革命的言论，清廷加了一个乱党的罪名，要通缉他，他就亡命到日本去了。伯强到上海后，翻读了些关于时事的书籍和报章，才稍知道天下大势，也略明白中国在国际上的地位。他想难怪詹先生要主张推倒清廷。于是伯强赴日本留学的意思便坚决了。

他终于到日本来了。但还没有找着詹先生的住址。

他睡兴正浓的时候，给一个下女惊醒了。

"邬先生，邬先生！饭端来了，好起来吃饭了。"

下女推着睡在被窝里的伯强的肩膀说。这句东洋话，他倒听得出来。他睁开眼睛，看见一个年轻的下女，虽不十分标致，但也有几分动人，并且还笑吟吟地望着他。他睡眼朦胧地也望着她。他再看矮桌前的座蒲团（垫子）旁边有一个朱漆托盘，里面摆着一个小饭桶，一小碗的酱油豆腐汤，一盘熏鱼，一小碟腌萝卜，一只小饭碗，一双红竹筷子。

"又是这种满身刺的熏鱼，怎样哦得下去呢。"

伯强看见这些菜就不想吃，并且睡了好半天才起来，不觉得饿。但他又不能不起来吃，因为日本的菜饭冷了更难吃。他一翻身就伸掌到下女紫红色的脸上摸了一摸。他原来没有这样大胆的。后来看见许多同住的都在大庭广众之中不客气地这样做。就连来访他的同乡看见下女到他房里来时，也同样地摸着她的脸和她说笑。所以伯强也就照样试了一回，看见下女并不发恼，也不抗拒，只是笑；于是他大胆起来了，常常摸下女的手和颊。

"讨厌的邬先生。"

下女忙背转脸向那一边，不像从前那样地向他笑了。这时候，有志气的青年所富有的自负心迫着他从被窝里站起来。他伸手到矮桌子上的茶盘里，把白磁的小茶壶拿过来。他无暇用茶杯了，因为他的舌头给一种有黏性的臭液胶住了，很不好过，他急急地在小茶壶嘴上接了一个长期的——半分多钟——的Kiss。

下女看不惯他的那种简便的喝茶的习惯再背过脸去望那边。她略抬首就发现了挂在壁高头的满染绿霉的火腿,她最初没有看清楚,以为是中国的一种乐器.因为她常在中国学生房里看见许多乐器,如胡琴,三弦,琵琶等等。但仔细一看,明明是条兽类的腿,她便蹙着眉头翻过来向伯强苦笑。

"邬先生那是不是ham?"

有ham一个字嵌在话里面,伯强居然听懂了。

"是的,ham!ham!"

伯强嘴里的牙齿差不多整部露出来了,望着下女连连地点首。

"霉了,邬先生。那个东西有盐分,春天潮气大,挂在那边,会弄坏壁呢。"

这样长的一句日本话,伯强听不懂了。他只呆望了下女一眼,下女看见他不说话,也不再说了。她向着坐在膳盘前的他鞠了鞠腰。

"请慢慢地吃吧。"

她说了后,就站起来出去了。

四

伯强吃过了饭,觉得有点肚子发胀,不快活。他想这定是睡了觉不消化的缘故,要出去走动走动才好。他坐着等了一刻,不见下女来收拾膳盘,也不再等了,披上外套,就往楼下来。当他坐在玄关里的阶段上穿靴子的时候,看见刚才那个下女坐在账房里的柜台前望着他微笑。伯强看见她那种无礼的样子心里有点气,忙穿好靴子。低着头急急地走出来。

方踏出宿屋门,走了二三步,觉得精神舒畅得多了。他想这定是空气的作用。室外的安气比室内的清新得多了。

他走了几分钟,走到神保町的十字街口来了。一辆货车在他身边走过去。他躲闪不及，货车轮在泥水涡中辗过去。伯强的洋裤筒上溅了不少的泥水。他想骂那个拉货车的。但不知怎么骂法。"马鹿"两个字快要由他的喉头说出来了。后来看见那拉车的面貌狞恶不敢去惹他了。伯强只低下头，望着新制的洋裤发痴。

伯强痴站了一会，想横过电车轨道，到街路的那边去。但两方的电车都驶到来了。电车去了后，又来了一群映画戏馆的宣传队，——一队西洋音乐队和几个担旗帜的人，——把路遮断了。他只得站着再等一会。街两旁的招牌上的彩色电灯也亮了。街路上来往的人们都像很忙的。伯强想不出他们所以忙的道理来。他又怀疑，何以自己却有这样的闲暇。

他在一家烟草店里买了一包"敷岛"（纸烟名）和一盒洋火，燃了根衔在嘴里，一面吸一面走。他吸着烟，免不得又要诅咒自己一回。自己原来不吸烟的，在上海的时候，看见朋友们吸烟，便羡慕他们时髦，所以他就学习吸烟，不知不觉间就吸上瘾了。但他又想吸烟的主要原因还是闲暇和生活无聊。

伯强也知道自己的习性和行动渐趋堕落，很想坚决地振作一番。但终觉自己缺少这种革除故习的勇气。

他在电车道旁的书摊上翻看了些书籍。有新的，有旧的，有日文的，有欧文的，但百分之九十九以上是他不能流畅地念下去的。到后来在一家古本屋（旧书店）里发现了庄子，管子，列子，战国策等日译本。他就像哥伦布发见美洲大陆般的欢喜极了。他想把这些书买回来和中国原本对照起来读，那末日本文一定可以以一日千里之势进步起来，有了这些书，日本文的课真可以不上了。

伯强先翻开这些书来查看它们的内容。书的内容是一段汉文一段日文相间地排印。他想这更妙了，连中文原本部可以不用了，对照读时不必用两本书，这是多么便利的事，最后伯强又发见中文段中各字句间有许多"<"的符号。亏他聪明。他马上知道这是日本人读汉文时用的演示文法构造的符号。由这些符号，他又发现日本人对汉文的文法上的解释有比中国人的新颖得多的。他想，这些书是种价值连城的重宝了。

伯强把这几部价钱便宜的旧书买了，就急急地回到下宿屋来。走进自己房里来时，电灯已经亮了。他还没有坐下去，就看见有一封信摆在桌子上，他忙捡起来看，是在九洲K市高等学校读书的一个朋友——谢汉华——寄给他的。

信里并没有说什么重要的事，他知道谢汉华不久就要到东京来了。他在K市大学预科毕了业，要在三月以前赶到东京来投考大学。他研究纯文艺，想进大学的英文学系。伯强和他算是世交，科举废后，他考上了留学预备科，在省城读了两年书、就被送到日本来留学了。

"也好，望他快点来东京同住。我的日常生活也方便些。有事要和日本人交涉时，好请他当翻译。"

伯强看完了信，把它丢进抽屉里里去了。他在矮桌前坐下先取出一本庄子来读。才翻开书页，就听见有人在外面敲门。

"是哪一个？"

伯强想敲门的定是同住的中国学士，想进来和自己闲谈的。自己正闷得无聊，让他进来谈谈也好。

"御免！（对不起）"

外面是日本人的声音并且是男性的声音。伯强才站起来，房门已经给敲门的打开了。伯强一看，认得是下宿屋的番头（账房），就不免发生一种小小的恐慌，胸口突突地跳动起来。因为这个番头顶讨厌，专爱干涉中国人做的事情。伯强几次从窗口倒水倒茶泼到街路上都受过他的干涉，所以伯强见不得他，看见他就头晕。

番头很个不客气地一踏进房就跪到伯强面前来，点了点头，便指着壁上挂的火腿，咕噜了一大篇话。但伯强完全不懂，他只懂得话里的一句ikemasen（不行）。由番头的神色推想知道他是说火腿不该挂在那壁高头。伯强只当完全不懂他的意思，向他摇摇头，同时脸色也一瞬间一瞬间地转变苍白。番头看见伯强不懂话，又站了起来走出去。恰恰这时候，伯强听见有人从楼上下来，随后又听见番头在扶梯口和一个同住的中国学生说话。听他的声气伯强知道是个姓黄的高工学生。果然，不一刻，番头带着姓黄的走进伯强房里来了。他的制帽上贴着一个镌有"高工"两个字的樱花形徽章还戴在头上，威风凛凛地走进来。伯强想，中国人中竟有这样的贱种，——替这个无聊的番头当走狗的贱种。后来伯强才听见这姓黄的欠下宿屋的账欠得一塌糊涂。

据黄君说，——很客气地笑着说，番头的意思是劝伯强不要把火腿挂在壁上，还是安放到别的地方好，因为房壁是新装裱的，下面是木板，上面裱一重花纸，春天潮气大，火腿有盐分，怕裱纸弄破了，房间就不好看了。黄君说了后，番头望望黄君，又望伯强。

"好的！好的！我把它取下来就是了。还有什么可以大惊小怪的。"

伯强说后努着嘴，苍着脸，不正视他俩。他觉得姓黄的高工生比番头更讨厌。

黄君把伯强的话翻译给番头听了后；番头叩了叩头下去了。黄君也得意洋洋地挟着书包，戴着高工的制帽跟了出去。

五

望着番头和黄君出去了后，伯强想，又有一番麻烦了。

"这个小鬼真可恶！专找自己做对头！火腿取下来后挂到什么地方去好呢。"

伯强仰卧在土席上筹思了一会。

"明天取下来挂在房门首的檐廊去吧。这条檐廊是这列三间房子所共通的。住在两侧房里的都是正式学校的学生,并且是官费生,谅不至于偷这条满生绿霉的火腿吧。"

第二天,伯强费了不小的力量,把那个真正金华火腿取下来,走出房门,把它挂在檐廊上的一个钉子上了。

到了晚间,番头又伴着另一个中国学生走到伯强房里来。这位中国学生也和昨晚的黄君一样,戴着学校的制帽走进来。伯强想,他们都像在故意炫示他们已经进了相当的学校。伯强定神一看,他的帽子居然是方顶的,不是圆顶。再注意帽前的徽章,镌有"明治"两个字。

"比昨夜的更凶了。"昨夜的是专门学校学生。今夜来的居然是大学生了。

伯强心里暗暗地佩服这个番头的神通广大。

"对不起得很。"

那个"明治"跟着番头也向伯强行了一个日本礼。伯强只盘着腿向他俩点了点首。

"他要我来替他翻译几句话。"

"什么话?"伯强不等那个"明治"说完,就摆出一副严冷的面孔反问他。

"挂在廊下的那条火腿实在太脏了。外面走路的人都望得见。实在有碍观瞻。"那位"明治"很不客气地和伯强说。

"是你的意思还是他的意思?"伯强睁圆他的双眼问那个"明治"。

"当然是他的意思!"那位"明治"脸红了一红在苦笑。

"那末,他的意思要我怎么样?"伯强说了后紧咬着下唇,向那个"明治"点了点头,双眼还在圆圆地睁着。

"他说下面就是庭园,庭园外就是条多人来往的胡同。对面是医学博士的住家,在他楼上望得见你那条腿,——不,说快了,对不起。——那条火腿。并且……"那个"明治"忽然地笑起来,说不下去了。过了一忽,他继续着说,"并且靠庭园的左边是警察区署。由那边楼上也可以望见那条火腿,给署长看见了时怕要派卫生警察来干涉。所以还是请你把它收拾起来。"那个"明治"说了后,再嘻嘻地笑起来。

伯强看见那个"明治"傻头傻脑的样子,心里愈觉烦厌,因为精神一紧张,脑里又隐隐地作痛起来;他真想一气地把他俩撵出去。

"房里面挂不得,房外面又挂不得!那末,请问他要我把它挂在什么地方去!"

伯强说了后,很留心地听那个"明治"翻译给番头听。看见他向番头咭咭格格地说不清爽,伯强知道这个明治大学生的日本话赶不上昨夜的高工生的流畅。

望着那个"明治"把自己的话翻译完了。伯强又听见番头开始说话了。番头说得很快,一点也听不懂。但当听见有ikemasen这几个音。伯强听见ikemasen,心里更冒火。

那个"明治"苦笑了一会,望了望伯强,不敢说。到后来还是伯强催他说:

"怎么样?到底挂在什么地方好?"

"他说……"那个"明治"又不敢说了。他只管举起他的右手在搔他的短发。

"他说什么?"伯强睁圆眼睛抿着嘴望望番头,又望那个"明治"。

"他说这样脏的东西只好挂在厕所里去。幸得不臭,如果有臭味,挂在厕所里也不妥当,怕上厕所的人闻着要说话。"

"厕所里?放狗屁!"伯强的眼睛愈睁得大了,努长他的嘴唇,注视了番头一会。番头忙低下头去,他只知道伯强要发脾气了,不懂伯强说的话。

明治大学生也像很难为情的，止住了笑，不开口了。

"挂在厕所里，过几天后，火腿不变成屎腿了么？真是欺人太甚"伯强再高声地骂了几句。

明治大学生逃了。番头也只好走了。

经伯强发了一次脾气后，那个火腿依然挂在那檐廊柱上的铁钉上。警察署那边也不见有卫生警察来干涉。伯强坐在房里每听见廊下有生疏的足音，便赶快爬起来把房门微微地打开，望望挂在柱上的火腿是否无恙。

"过几天。等老谢到来了时，请他帮忙吃了它，留在那边总不免叫人提心吊胆的。不过，对那个番头还要复复仇才消得了我这口气，火腿的好味也得叫他尝一尝，使他知道它的价值。"

伯强为处置这条火腿，专望谢汉华快到东京来。

再过了一个星期，谢汉华还不见到东京来。伯强老早不愿意住这家下宿馆了。不过心愿未尝——尚未请番头尝火腿滋味，不想就搬走。

一天星期日，同乡的柳子琛来看他。伯强便把火腿的经过和想请番头来吃火腿的意思告诉了子琛。子琛听见了后，当然十分赞成并且表示佩服伯强有以德报怨感化敌人的精神。

"小鬼比我们还要欢喜吃中国菜。请他来吃，那有不来的道理。"

于是柳子琛替伯强吩咐下女买酒，买鸡，买黄芽白菜；也帮着伯强把火腿洗干净切好了。

火腿，鸡和黄芽白菜，一锅熟的炖好了。下女也把饭送上来了。伯强子琛各喝了一杯酒后，子琛就跑下楼去请那个番头，说邬先生要请他喝杯酒，和吃点珍奇的中国菜。

恰好今天下雨，天气转冷起来，番头听见有酒喝，忙把手中的笔放下，一双冻紫肿了的掌互握着摩擦了一会，向子琛磕了一个头，笑容满面地连说"有难有难"（多谢多谢）后。就站了起来，跟着子琛到伯强房里来。

"邬先生这样厚意，真感谢了。嘻，嘻，嘻！"番头一进来就跪下去，笑着向伯强叩了几个头。

"不客气，请坐吧。"伯强还是睁圆眼睛望着他。但满脸浮着微笑向番头点了点首。

"少一副碗筷呢。"子琛对番头说。

"我叫他们拿来。"番头一面嘻嘻的笑，一面拍掌，但他的眼睛都注视到那个热气腾腾的洋磁锅里的中国菜。一阵阵的鸡味和火腿香蒸得番头几次把涌到舌头上来的馋涎再吞下去。

"ha——i！ ha——i！"一个下女忙跑上来，把伯强的房门推开。"有什么事？"她原来站着的，看见番头也在房里，就跪下去了。

"你到厨房里去拿一只碗一双筷子来。"番头转头来向下女说。

"hai！hai！"因为是番头的命令，下女恭恭敬敬地答应了后下去了。

伯强旁若无人地在喝酒和吃火腿。子琛怕番头难为情，自己尽向番头谈些无所谓的应酬活，去敷衍他。

不一刻碗筷送来了。子琛便斟了一杯正宗酒（日本米酒），送给番头。番头叩了一个头后，拿起来就喝。

"请请！"子琛提起筷子指着磁锅，招呼番头吃。

"不忙！"伯强止住他们，忙提起筷子，在锅子里搅了一会，夹起了一块火腿，细看了一会，丢回锅里去，把筷子伸进锅里，再搅了一会，又夹起一块很大很厚的火腿来。

"这块大些，味也好些。"伯强把那块火腿放进番头碗里去。

子琛想，用自己嚼过的筷子夹菜给客吃，这在日本是绝对没有的习惯。此刻看见伯强在行中国的劣习惯，子琛觉得很不好意思。怕番头嫌龌龊，不喜欢；但又不便和伯强说，因为他晓得伯强的脾气歹怪。他试偷看番头的态度，像一点不介意般的，笑容满面把那块火腿夹过来细细地咀嚼。子琛想，番头大概是看见这许多肉类，喜出望外，再不顾虑到那些无意义的洁癖了吧。

番头夹着那块火腿咬了一口，又放回碗里去，拿起酒杯来呷一口酒。

伯强夹起一个鸡腿，但刚由锅里提出来，又掉回去了。于是他用五指了。左手抓着了鸡腿，把右手里的筷子放下，一面咬手中的鸡腿，一面哈哈地大笑。子琛看见伯强那种怪状，也只好跟着苦笑。番头也表示出一种欢快，凑着笑起来。

过了一刻，番头的火腿吃完了。伯强看他的样子还想吃，但不敢伸筷子过来。

"好吃么？味好不好？"伯强勉强地用他的有限的日本话问番头。

"好得很！好吃得很！味真好！"番头拼命地在称赞火腿好吃。

"你知道火腿好吃就好了！"伯强望着番头连连点头。

"那末，请吧！请多用些。"子琛不得主人的同意，在替主人劝客。

"那末，再顶戴（敬领）一块吧。"番头嘻嘻地笑着，垂涎欲滴地提起筷子来想伸进磁锅里去。

"ikemasen！"伯强忙拿起自己的筷子抵住了番头的筷子，向他摇摇头。"你只许吃一块，不许吃两块！你知道这是什么东西！这是你说顶龌龊的，不该挂在廊下，要挂在厕所里面去的火腿！你知道么，你现在知道了它的价值了，可以下去了！这样脏的东西是我们中国人才吃的。你们日本人是怕吃得的。"伯强再翻望着子琛，"老柳，请你翻译给他听。他当真我是在请他来吃火腿。这个日本小鬼太可怜了。"

子琛无可奈何，只得把伯强的话一五一十地翻译给番头听了。他很担心番头会给伯强下不去。但他偷看番头的神色一点不变，他听了子琛的话后，忙放下筷子伯强叩头，并向子琛说：

"柳先生，请你告知邬先生，那回真对不住邬先生了。那是我错了的，不该说那种无礼的话。我早就想来向邬先生谢过。不过失了一次的机会后，很难为情地一个人到邬先生房里来。今天真好，柳先生在这里，给了一个机会给我，得向邬先生道歉，这真是我顶欣幸的。"番头说了一大篇话后，再向邬柳各行了一个礼，就站起来推开房门，出去了。

伯强看见番头这样规矩地下去了，心里反感着一种空虚，兴致索然的。他想，这真难得，日本人中竟有这样宏量的人。他又在暗暗地佩服那个番头了。

经过这一次的喜剧后，番头对伯强的态度异常恭敬的。但伯强不情愿再住在这下宿屋里了。他等不到谢汉华到来，就搬了家，不通知他的同乡们就搬了家。等到汉华到东京之时，找不着他，问他的同乡们，谁也不知道他住在什么地方。竟有人说他因为住不惯日本地方，已经回国去了。

一九二八年三月于武昌

爱之焦点

一

"N姊！闻你与M家之约已成，甚慰。从此姊履佳途矣。不知姊亦容不幸人从姊友众之后祝姊之幸福否也！吾因姊故，远道来此，今目的既达——欲置姊于幸福之域之目的既达，可以归矣。目前计划以为归时必有为我伴者，孰知吾仍须独行此五十里山道耶！K村坦道本可行，唯L牧场是吾侪伤心地，何忍再睹？ ……尚有相片一枚存姊处，今M家之约既成，则相片徒为姊日后之累耳。望掷交来人带回……"

她由楼上望着他和一个年轻的美丽的女孩儿在楼下过去之后，呆呆的出了一回神，然后慢慢的跑到她平日珍重的文箧前，打开箧盖，寻出他五年前给她的那封信来读。读了之后，懒懒的倒在一张藤椅上，双掌伸向肋后叠着，把头枕在上面，那张半新不旧的信笺由她膝上被吹下来，她也不管——不是不管，她像没有觉着——她只痴望着对面壁上挂着的她的丈夫的相片。

"精神的爱和物质的欲是很难两立的。"这个问题她研究了许多年，她终不敢把这个问题否定，因为事实上她是给物质欲支配着，她思念他的心敌不住她原谅她自己——原谅她对他失信——的心！

现在他把她五年前对他的态度演回给她看了！两两比较，她才领略到他五年前写了这封信来的时候是怎么样的悲痛！

论起社会上的名誉和位置，他果然赶不上她的丈夫，所以她就硬着心肠离开他了，但应当流的泪还是一样的要流，就这一点，她想他该宽恕她的了！

五年前她接到那封信的时候，她在客厅里的风琴面前站着。送信的那女孩儿交了那封信给她后，望着她拆开那个信封，也望着她展开那张信笺，望着她朱唇微动的读，也望着她读完之后伏倚着墙壁咽泪。

"你回去告诉……"她竭力忍着，不愿给那送信的女孩子看的热泪，像有意和她为难，倒益发流得多了。

她忙摇了几次头，想把这种追忆打断，但她不知什么缘故，今天像没有这种力量。

"我不该把相片寄回给他。把相片寄回给他是把他对我一缕之希望截断了！所以他恨我到极点了！"她略一转身，叹口气对自己说。

"但是我怎能够带着他的相片到这家里来？我不能不把那张相片还他！这是我对我的丈夫，也是对他应做的一件事！"她接着又自己辩护。

她从她的女友那边听见他接到那张相片——他最得意的作拿破仑姿势的相片——的时候，竟气哭了。她又从她的女友那边听见他把相片后面"To my future wife．To my Lovin sister"几个字涂抹掉了。她最后又从她的女友那边听见他恨得什么似的，终于把那张相片烧掉了。

她和她的丈夫同栖了一个多月，她愈觉得对她的丈夫不住。但她的丈夫终没觉着。她从那时起决意再不思念他了。可是他的魔力很大，他的幻影不时的在她脑中出没。她的丈夫把她抱着接吻的时候，她禁不住想到和他小学时代在教室内所行的间接交换接吻的方法——她和他在教室里只隔着一个座位，常把口里含过的铅笔借给他，他接到后也把它往嘴里送，然后交还她，教室里教师监督着，他们也能够偷着接吻。——她的丈夫称赞她像埃及女王Cleopayra的时候，她又禁不住思念到他曾说她体重，不容易抱起她。她的丈夫愈爱她，她愈觉得对不住她的丈夫；她愈觉对不她的丈夫，他的影儿在她的眼前更幻现得厉害。

人人都说是他失败了，其实他何尝失败？

记得有一次他要别她的前晚上，他在整理行李，她也在他旁边帮忙，家里用的老妈子只站在门首呆呆的望，因为她不会整理。怕弄乱了他的行李。老妈子望倦了，打了几个呵欠。

"Q先生，我先去睡了，莫要见怪。"

老妈子去后，他举头望望她，不期然的她也在偷望他，她脸红了，她笑了，他也笑了。

"妈妈睡着了么？"

"妈妈早睡着了！"

"此刻多早了？"

"十一点又三个刮（粤人音译Quarter为刮打，又略称曰刮）。"她看着她腕上的表说。

"那末，N姊，你也该睡了！"他催她歇息。

"你呢？"她歪着头笑向他。

"今晚上怕要通宵才整理得清楚。"

"那末我也陪你。"

"这个如何使得，不怕M和我决斗么？"他这句话半像对她的复仇，半又像对她的试探。

"你又来了！你看前天他回家去，我曾替他清理行李么？我曾送他行么？"她半笑半恼的说。

"未婚的，羞人……"他不是笑着说，是很正经的说。

"你还说么？"她真动怒了。

"……"他很担心说过分了，她会跑了去。

"我恨不能把我的心挖出来给你看？"她把右腕枕着伏在案前。两个眼睛角上悬着一对黄豆大的水晶珠，把案上的洋灯光反映过来照着他。

他把行李丢开，跑了过来，只手加在她肩上，低着头俯瞰着她的圆脸儿的全景——长浓的眉，巨深的眼，隆直的鼻，两条红色小弧线围着的口，丰腴的桃花的颊，漆黑的前发半把前额掩着。最后他们的脸遇着了，她允许了给他一个长时间的热烈的接吻。

"我怕一时难回来，我对你总是不放心的。如果你能够把最后的表证给我，我就可以安心离开你……"他的声音颤了。

"望你深信我的心，这最后的表证望你留着罢。今晚上把它给了你，日后再把什么给你看呢？我只坚守着待你回来……"她反泰然的说。

她和他两人中间暂时沉默了一刻，到后来她含着两泡热泪离开了他的书房。壁上挂钟当的敲了一响送她出去。

二

若在二十年前，在这村里稍为受了点新教育的女孩儿一回到她们家里，就要给她们家里的老妇女们——顽固得像我们屋后的几株结大节瘤的古董松的老妇女们一同化去。她们在教会办的女学校里念书时，学校的先生们明明教她们除敬事独一无二的真神外，不要迷信无谓的鬼神，崇拜无谓的木偶石像；可是她们回到家里来，偏又跟着她们的母亲或祖母到寺庙里去求签祈福了。不单迷信，无谓的俗习，腐败的礼节，她们也能一律代她们的前辈保存。

现在和从前大不相同了，近几年来的女学生们的思想竟跟着她们的服装一天一天的变迁起来了；她们不单不会给顽老的前辈同化去，居然有了抵抗力，能够渐把腐败的，非科学的，不经济的旧习惯改了去。

她和他的关系或许算思想变迁的一种现象！

她和他中间的爱，不单他们两个都会自信，就连小学教师，西洋宣教师夫人也从旁守着他们俩的年龄和爱一天一天的增加，也很望他们俩的爱能全始全终的。

由她们的家里到宣教师的住宅只有三五分钟的路程，月亮的时候宣教师夫妻一定着人请她和他到他们家里的骑楼上合唱赞美诗。唱完赞美诗后他们就在楼上斗棋，宣教师夫人和她做一班，他和宣教师也做一班，常很热心的在斗棋分胜负。

有一天月亮的晚上，他们循例的到宣教师家里去，在这晚上宣教师夫人竟把他们可以成夫妻的充分理由告诉他们了。宣教师大人举的好例就是她自己和宣教师的关系。

宣教师的祖父和宣教师夫人的祖父是同胞的兄弟，论血统关系。他们和宣教师夫妻是一样的，不过有宣教师是女性生的，他是男性生的之差罢了。恐怕他和她的血统关系比宣教师夫妇的血统关系还要远些，因为他的祖父是庶出，她的祖父是嫡出的。

那晚上的余兴是夫妻对话剧，宣教师夫妇要他和她学着他们演。

"Oh！my husband！……"宣教师夫人望着宣教师说。

"Oh！my——"她望着他脸红红的不敢说下去。

月亮在他们后面送他们俩回去，他跟在她后面，他们的影儿在地面竟连在一块。

"他们的家庭真幸福？"

"只恨我们……"

"……生在中国。"他叹了一口气。他们在朦胧的月色里默默的行了一刻，他忽然想及什么似的。

"N姊，难道我们没有革命的勇气么？"

她只点了一点头，待要说话时，他们家里畜的几匹狗都走出门首狂吠着迎他们了。

他早没有父母了，她的母亲把他当作自己生的看待。她们的家庭是很寂寞的，男性只有他一个，女性却有三个，她的母亲和从外边雇进来帮忙的老妈子。此外有一匹猫，两匹狗，一群家禽。

梅花落后，田圃间的麦苗在和畅的空气中不时招展，牧场的枯草丛中随处散见有些青芽了。M在这时候来访他们，就在他们家里做了长留之客——不是的，是他们家庭里加增一员了。

M和她是嫡亲的姨表兄妹，家在邻县，距他们的家有九十多里，黎明动身，轿行到晚六七点时分才得到。M未来之前先有信来，说他想习点英文，要来和表妹同学。因为他县里找不出较良的英文学校。他听见M要来和他们一块儿生活，心里就有点儿闷闷不乐，但不便形之于色，只好装着表示欢迎的样子；因为他是认得M的，他知道M来是对他和她两人间之爱情的一个致命伤！

他不是怕M的姓族比他的大，也不是怕M的门第比他的高。也不是怕M的家财比他的富，也不是怕M的聪明比他的强，也不是怕M的年龄比他的大，也不是怕M的衣服比他的美丽，也不是怕M对她的血统关系比他对她的亲密，他所怕的是M和她不同姓！

她在M和他的中间，很像弱国介居二大国之间，真难处了！幸得村人都传说M是她未来的丈夫，所以M对她常避嫌疑，不大说话，她因此也少受他的埋怨。

他若看见M和她亲亲密密的说了半刻话，他定要十天不理他，不知要她来解说几次，赔礼几回才回转意来。他的低气压，不是她的灵敏的风雨计能够预测出来的。她明知他的脾气坏，妒性深，可是她对他的恋爱跟着他的低气压日益深刻。

　　有一天是宣教师感冒，英文休课一点钟，M不同级，庭园的一隅该是他和她两个站在花前谈笑了，他先跑到他们三人平日聚会的地点，料定她一定会跟出来就他。他的低气压的脸色像有催眠力，她果然出来了，她没出来的时候，他盼她来就他，今见她出来了，他又当作没看见，远远的走开。她看见他避她。马上收了她的笑容，站在一株梧桐树下，俯首沉思，不时也抬起头来偷望他，察他的颜色，他们的视线碰着的时候，他又把脸翻了过去。

　　别的学生都散了，她不忍再开她的低气压了，她就近他，把只腕加在他肩上，把脸凑前去问他：

　　"你到底为什么生气？你生气也生得太无理由了！"

　　"问你自己罢！"他轻推着她的肩膀，像叫她离开他。

　　"他们要说，我禁得他们么？"她接着说。

　　他经她的剖辩，这次的低气压期间短缩了许多。

　　他和M两人间的战斗继续了两年，她十九岁，他也十八岁了。最后的胜利在他别她的前一晚上终归给他了。

三

　　他在日记里有一节：

　　X月XX日，这是我再别N姊的一天！

　　人类像Sandwich——人类是给面包夹逼着的一块肉！我是

为面包的缘故要和N姊作别！

两个月前——学校长把出校证书给了我之后——我就想离开村的，N姊，我最爱的N姊，也最爱我的N姊——她不许我这么快离开她。她哭着对我说，"你待M回家后去罢？"我的行程竟为N姊迟了两个月！

今早八点多钟，吃了早饭，他们只让N姊一个人伴我行数里山道，往火车站。到车站时，大钟告诉我再待九分钟，她的两针就要成直角，距开车的时刻还差一点又三十九分。

N姊在休息室里的一隅暗哭，她太哭得不成样子了！休息室中的人都望着她，望了她之后又望我，望得我很难为情。

今天早上起床得快，仅够时间梳洗和装饰。怎么今天她没把平日爱戴的，镶有几颗淡碧色珠儿的黑褐色压发梳儿戴上呢？她只胡乱把头发松松的编了根辫子。额前有好些短发在晨风中拂动。她的口唇也没有点血在流通，脸色也异常苍白。

她明知我看见她哭了，但她总不把眼泪给我看。她想说什么似的，没说出口，便把脸翻了过去，过了一刻又翻过脸来笑向我！

我写给她的信——别她后的几封信，可以当作我的笔记，都抄在下面：

这封信是在火车中写的，N姊！你去之后，等到十点半钟才开车！

我再违你的命令了，我在车中睡不着，取出你给我的那本书来读，读了半页，再读不下去，我无聊万分，所以写了这封信。

火车震动得很利害，你看我写的字多潦草，我怕你看不明白。我后来想，我所写的，我所说的，你都不会明白，不会了解，再有人会明白我，了解我么？

N姊！现在我们离开了不知何时才得会面，我们不要再把我们所热望的收藏着，只把反对的来相探试！我已经把胸腹剖开给你看了！N姊你还在踌躇么？

不时有几个小山冈在我两边走过去，我才晓得火车早过了L平原。L平原是我们俩的纪念地，我竟把她忽略过去了，可惜，真可惜，N姊！你以后还去采雁来红花么？采得的时候，望寄我几枝，采的时候．也望你思念及我！

火车现在蜿蜒的在深山道中进行。两面高冈如飞的向后面退去。

隧道在前，我暂停笔。

黑暗继续了十一分钟。

到了F车站了，我忙翻看旅程表，我知道我已离开K村两百多里了——不是离开K村，是离开你两百多里了！

火车的轮不住的辗转前进，我的心也跟住他们不住的思念你。火车在F车站休息十分钟，我在这十分钟思念你更切！

可恨的汽笛！可恨的汽笛！她只管催着我远离你！

N姊！我的哀愁，我的苦楚，都跟着离开你的路程成正比例！

我头痛得很，我的脑壳像快要破了，我的心房像快要裂了，我想睡，除了睡再没有办法。

我每枕在你腕上，我就安心睡下去。你以前每天晚上看见我想睡，你不许我睡，你要我睁开眼睛，你说我们快要离开了，有限的光阴不要睡过去了。我没有听你的话，我睡了，你就哭了。此刻你若在这车里，和前晚上一样的对我说，我一定不会叫你哭，你也一定不会哭！

K村两月前早没有雪了，北地比K村地方高，也比K村的气候寒，夹线路的两面高山上的积雪还没有融解，由车外吹来的小风也很冷。

你近这几晚上说的话像活动影戏，现在又在我脑膜上重演出来了。

我早就想哭了，我此刻很想哭了，无奈同车的搭客都守着我，禁止我哭！N姊！你不是说，我们太深进了么？我们太冒险了么？我想我们再没有第二条路走，我们既然深进就要深进到底！我们既然冒险，就要把这冒险事业干到底！

车外下雨了，车窗都给看车的关闭了。我更要闷死了！车里黑得很，我暂把信笺和铅笔收藏起。

到了S市，天也黑了，我这封信由S车站寄的。

除写信寄你之外，我像不会干别种事了！N姊！我现在旅馆的一间很狭窄很寂寞的房子里，一个人坐着没事干，我又想写信了，你不会说太多写信讨厌的吧？

我想不到我会有这样寂寞的一晚！

我还有很要紧的话早就想说，还没有说，我现在对你说罢！你允许说么？你不答应，我也可以不说，不过，不过，万一，万一，万一，……是真的……我的胸里，像给什么填满了，我不能再写！你等我下一次的信罢！

这封信和前一封信，你或者会同时收到。

隔一天的日记里，还有下面的一篇笔记，说明了是那一天寄给她的信：

我今天早上要搭小汽船向H城进发，以后我要在那边和人争面包吃了，也要在那边思慕K村了——有你住在那边的K村，我思慕得更要亲切。

我昨晚在旅馆里梦见你睡在我腕上，我梦见你伏在我胸上，我梦见……！到后来我又梦见他，我在梦中失望极了，我在梦中哭了。

我初想不该写，也不敢写，现又觉得想写的不妨写。他们有他们的真理，我们有我们的真理。他们要把你属他，不属我。这不是以五十步笑百步么？不是的，竟以百步笑五十步了！N姊！你说我们犯罪么？我说他们都是犹太的祭司和长老们，他们是胡乱把圣者定罪！N姊！你不要卑怯，你不要灰心！你要忍耐着等我！你不要忘记我！待我把愚昧的义理铲除去，把迂腐社会的束缚解了去！

四

他在以后的日子里，还抄下了以下几封信：

我常在H城公园的树荫下，追忆我们俩的恋爱史的最得意的几段。

自他来之后，我恨你对我的态度太寻常。到后来你把不理我的苦衷告诉了我，我又自恨太愚卤了，我又自恨爱你的心赶不上你爱我的了！

我上学去，你也上学去，他也上学去，我们三个一同上学去。最初我们三个的学生生活算很平和也算幸福。

他很爱你，他应当爱你，他自然的爱你。他或也知道我爱你，也知道不是像他一样的爱你。但他不知道我们俩的爱比他对你的爱还要正当，还要自然！

不知什么缘故，从那时起，我很恨他了！

我恨他之后，我只让他伴你同走，每天我一个人先到学校去，我不和他说话，也不和你说话。你看见我不理你，你偏向他多说话来气我，我恨你不过，我再和他讲和，只不理你！

我在这时解剖了你一半了，你一个人跑来和我讲和，我知道我战胜了他了！他是死守旧道的先生，他是旧樊笼里面的囚徒，他那里知道我们俩的神圣的恋爱！

我不放心离开你，我要求你给我个凭据——爱我的凭证，你给了我，你并不迟疑的给了我，以后我很安心让你们并着肩走。

接姊来信，令人失望！N姊！这是我们俩中间的创作！

N姊！你莫卑怯！你莫踌躇！你只管把你的心交付我！我在准备战斗了！准备向M宣战！准备向你的母亲宣战！准备向戚族宣战！准备向社会宣战！

N姊！到了此刻，你不能信赖我，也要盲从我！你不要把无罪弄成有罪！我们可以去家，可以去国！我们只不愿做懦弱的妥协者！我们为坚持我们的主义，为图尽我们的责任，我们什么都情愿牺牲！

教会中人的颠倒是非不足以证我们的创作为有罪！一班全无根据，瞎评我们，嫉妒我们的人说的话，不足以证我们的创作为浅薄无聊！他们都是徒洁杯盘外面的伪善者？他们是专为自己隐恶扬善的假道学先生！

我信教会，我信真的良好的教会，因为良好的教会一定认我们俩的创作！你本无罪，何用忏悔！应尽之责任不尽、借忏悔为名，遁入教会；像这种伪善的教会简直是养成罪恶的地方罢了！

这种创作，是我们俩的最神圣的，最纯洁的事业！慈爱的，良善的教会也忍心破坏我们俩的神圣的纯洁的事业么？

他们要恨恶我们，由他们恨恶。他们要反对我们的结合，由他们反对，我并不因为他们的恨恶和反对而生恐惧！我们要替未来的青年男女——不是的，不独未来，是现在和未来——倡个先例！我们的结合能成功，不单是我们的再生，也是一班青年男女的幸福！N姊！我们俩的责任很重大，我们要彻底的主张我们所抱的主义！我们若中途放弃我们的责任，使我们俩的创作有功亏一篑之叹；那末一班热烈的青年男女们会误解恋爱是可以不负责任的东西！他们也要误解恋爱是稍遇困难就可以消灭的东西！他们也要误解恋爱是受一种无意味的习惯支配的东西！他们也要误解恋爱是必适合于规矩方圆形式的东西！他们也要误解恋爱是必先预测其对外界所生的影响如何而后可以成立的东西！他们也要误解恋爱是必得一班愚众的同意始能成立的东西！

N姊我寂寞的时候，你是我的安慰。我颓唐的时候，你是我的希望。我黑暗的时候，你是我的光明。我愚昧的时候，你是我的智慧。K村传来的消息果真，我这些宝贵的东西都要失掉了。他们也会在嘲笑我了？

……我梦见他，我梦见他拥抱着你。我梦见他和你接吻！我又梦见他们来对我说，你已有了未婚夫，未婚夫不是别人，是他！我所恨恶的他！如果这梦兆是真，我可怜我自己，我更可怜你，尤其可怜他！

他的怀疑终成了事实。不知道他和她的关系的人不消说个个都赞成欣羡，就连知道他和她的关系的人也因陋就简，以为这才是善后方法，不然K村少就要发生一种与礼教相抵触的大罪案！

这时候M和她是村人所羡妒的目标，是村中的King和Queen，只有他——一个逃罪的囚徒在H城流泪。

她竟和M在K村的小礼拜堂成了礼，她算忏悔了！她算得救了！可是他呢？

M和她结婚后还接到一封信，像他写的又不像他写的：

M夫人！听说你做了M家的女王了，早已即位了，我听见之下，欢慰得很。

不知道可以问么？怕夫人要骂我失礼。不过我很想知道夫人是什么时候行了加冕式的！我想夫人在未即位之前，和他别后没有多久，就给性的冲动屈服了，是么？

夫人一个人在沉醉物质的享乐，肉的享乐，把一切应纪念的事都忘掉了。他一个人在无情的人海中为夫人痛哭，夫人有一秒钟的工夫念及他么？

他因为想始终爱护夫人，才离开夫人到H市去图活。他和夫人坚约了一定回来看夫人，夫人也对他发了誓说一定不会对不住他。他信爱夫人，像信爱他的祖国，他像为国出征的军人一般的很喜欢踊跃的去了。

夫人不爱他了，尽可当他是夫人穿破了不堪再穿的靴子，置之不理。何必又像夸示给人看似的带了他所恨恶的M到车站来呢，这不是一种难堪的讽刺么？

夫人对他的态度，虽然冷酷，但他还始终一贯的不忘夫人，因为夫人从前的热血在他血管中还循环着不容易冷息。

他在H市像被水围着的蚂蚁，到这边去不妥，到那边去也不妥，总找不着一所安身的地点，每天只觉得失了一件很重要的东西似的。

滞在H市这两星期，每天不管天气热，流着汗上二三百段的石级到有名的H市公园去的是谁？在国内的棕榈树下坐者，从衣袋里取出张相片流着泪看的是谁！看了之后把相片送到嘴边去的又是谁？世间像这种痴人很多，不算什么奇事，不过这也得报告夫人知道……

五

她的丈夫死后三个月，她听见他和一位H市的女文艺家L订了婚约。这个消息给了她一个大大的失望。

"我不信她会把我的王位占了去！"

他是H市Q病院的院长了。他虽然业医，但他在文艺家的发表，不在医学家的发表之下。她去年跟M来H市，才发见了他的作品。她把前事忘了似的不时和M来Q病院看他，他反有些不愿意会她了。

"爱情是怎么一种东西？我今知道了？"他常一人叹息着说。

"院长！M夫人又来了。"一个年轻的穿着护妇装的带了一位穿黑衣服的女人进来。

"快九点多钟了，这么晚还来做什么？"看护妇出去后，他把室门关上，走近她，替她除去外衣。两个人低首站在室隅的大炉前。有一种许久不闻，耐人寻味的香气不时扑进他鼻孔里来。两个人沉默了许久她才抬起头来：

"怎的许久不到我家里来？"

"不得空。"他还是低着头。

"婚约真的么？"

"真的！"

"为什么不先告诉我？"

"为爱你的缘故！"

"不能再革命么？"

"时期不同从前了！"

"血还循环着么？"

"早冷息了！"他走近案前，从书堆里取出原稿本一册交给她，她翻看首页来读这篇序文，序文的后五节有一段：

"……本书原稿之抄写悉出吾之爱友——未婚妻——L之手，且……得伊资助者，亦复不少，特志之以表谢忱……"她气得几乎要把这本原稿撕个粉碎。

再翻内容的一段：

"他对他所爱的说……"

"你还在追忆我们的过去么？"她读了一句，微笑着翻过头来问他。

"请再读下去。"

"我到H市以后写了多少信，给X夫人，求X夫人要恢复从前对我的爱，因为我的灵魂早给夫人收藏在胸坎里，离开夫人怕不容易活着……但X夫人只只给了我一封比嚼棉花还要无味的信……"

"他对他所爱的总不说X夫人对他不好。他只说X夫人从前如何的爱他，如何的看护他，如何的安慰他……"

"'你不当犯这种罪！'他所爱的凛然的对他说……他和X夫人的关系，他完全告诉他的所爱了……他所爱的也就恕了他从前的一切罪恶！"

她像死人一般的苍白，也像死人一般的冰冷。他在医院门首望着她所乘的手车在黑暗中消灭了。

一九二二年十一月二十三日夜

梅岭之春

一

她的住宅——建在小岗上的屋，有一种佳丽的眺望。小岗的下面是一地丛生着青草的牧场。牧场的东隅有一座很高的塔，太阳初升时，投射在草场上的塔影很长而呈深蓝色。塔的年代很古了，塔壁的色彩很苍老，大部分的外皮受了长期的风化作用，剥落得凹凸不平，塔壁的下部满贴着苍苔。塔的周围植着几株梅树，其间夹种着无数的桃树。梅花固然早谢落了，桃树也满装了浅青色的嫩叶。

朝暾暮雨和正午的炊烟替这寒村加添了不少的景色。村人的住宅都建在岗下，建在岗上的只有三两家。她站在门前石砌上，几乎可以俯瞰此村的全景。

村民都把他们的稻秧种下去了。岗下的几层段丘都是水田，满栽着绿荫荫的青秧。两岸段丘间是一条小河流，流水和两岸的青色相映衬，像一条银带蜿蜒的向南移动。对岸上层段丘上面也靠山的建立着一列农家。

村民的生活除耕种外就是采樵和牧畜了。农忙期内，男的和女的共同耕种和收获。过了农忙期后，男的出去看牛或牧羊，女的跑到山里去采樵。

她的母亲一早就出去了，带一把砍刀，一把手镰，一条两端削尖的竹杠和两条麻索出去了。她的丈夫也牵着一头黄牛过邻村去了。她没有生小孩子以前是要和她的母亲——其实是她的婆婆——一同到山里采樵去的。可怜她，还像小女儿般的她，前年冬——十六岁的那年冬，竟做了一个婴孩的母亲了。

"哑哑啊！我的宝贝睡哟！哑哑啊！我的乖乖睡哟！"她赤着足，露出一个乳房坐在门首的石砌上喂乳给她的孩子。

邻村的景伯姆，肩上担着一把锄头走过她的门首。

"段妹儿，你的乖乖还没断奶么？"她的生父姓段，村人都叫她做段妹子。

"早就想替他断奶。但夜间睡醒时哭得怪可怜的，所以终没断成功。"

含着母亲的乳房，快要睡的小孩儿听见他妈妈和人说话，忙睁开圆眼睛，翻转头来望。景伯姆。可爱的小孩儿伸出他的白嫩的小手指着景伯姆，"唉，呀呀！唉，呀呀！"的呼着。景伯姆也跑了过来，用她的黑而粗的食指头轻轻的向小孩儿的红嫩的小颊上拍。

"乖乖！你这小乖乖！你看多会笑。乖乖几岁了？"景伯姆半向她，半向她的小孩儿问。

"对了岁又过三个月了，景伯姆。" 村里称婴儿满了一周年为"对了岁"。她笑着说了后，若有所怅触，叹了一口气。"岁月真快过呀，景伯姆。我们不看小的这样快的长大，那里知道自己的老大。"

"这不是你们说的话,这是我们快入墓穴的人说的话!你们要享后福的,你要享这小乖乖的福的。"景伯姆一面说,一面担着锄头向古塔那方面去。

"景伯姆,看田水去么?我送你一程。"她抱着小孩子跟来了。小孩子更手舞足蹈的异常高兴。

"是的,昨晚下了一夜的大雨,我的稻秧不浸坏了么。我想把堤口锄开些,放水出来。"

"你太多钱了,买田买过隔村去。你们有钱人都是买苦吃的。"她且说且行,不觉的送景伯姆到塔后来了。她不敢再远送,望景伯姆向岗下去了。

小孩子还伸着手指着景伯姆,"唉的,唉的"的叫着要跟去。

她翻转头来呆望着塔背的一株古梅出神,并不理小孩子在叫些什么了。她呆呆的望着那株梅树出了一回神,才半似自语,半似向小孩子的叹了一口气。

"怙儿——这还是你的爸爸取的名——怙儿,你去年春在这梅树下和你的爸爸诀别,你还记得么?你爸爸向你的小颊上吻了一吻就去了,你也记得么?"她说了后,觉着双目发热。她还是痴痴的望那株梅树。

对岸农家的鸡在高声的啼,惊破了大自然的沉静。远远的还听见在山顶采樵的年轻女人在唱山歌:

　　蓬辣滩头水满堤,
　　迷娘山下草萋萋,
　　暂时分手何珍重,
　　岂谓离鸾竟不归。
　　共住梅江一水间,
　　下滩容易上滩难,

东风若肯如郎意，
一日来时一日还。

她们的歌声异常的悲切，引起了她无限的追忆——刻骨的悲切的追忆。她望见岗下和隔河农家的炊烟，才懒懒的抱着小孩儿回去。

二

怙儿的来历的秘密，不单她一个人知道，她的丈夫当然知道的，她的婆婆也有些知道，为了种种的原因，终不敢把这个秘密说穿。

她的乳名是保瑛。保瑛的父母都是多产系，她的母亲生了她后仅满一周年，又替她生了一个弟弟。她的父亲是个老而且穷的秀才，从前也曾设过蒙塾为活，现在受着县署教育局的先生的压迫，这碗饭再吃不成功了。像她的父亲的家计是无雇佣乳母的可能。她的母亲只好依着地方的惯例，把她送到这农村来作农家的童养媳了。

魏妈——保瑛的婆婆，是保瑛的母亲的嫡堂姊妹，她的丈夫魏国璇算是村中数一数二的豪农。魏翁太吝啬了，他的精力的耗费量终超过了补充量，他的儿子——保瑛的丈夫——生下来不足半年，他就抛弃他的妻子辞世了。

丈夫死后的魏妈，很费力的把儿子泰安抚育至三周岁了。泰安断了奶后，魏妈是很寂寞的，和保瑛的母亲有姊妹的关系，听见要把保瑛给人家做童养媳；所以不远五六十里的山路崎岖，跑到城里去把保瑛抱了回来。在那时候才周岁的保瑛，嫁到了一个三岁多的丈夫了。

保瑛吃魏妈的乳至两周岁也断了奶。魏妈在田里工作时，他们一对小夫妻的鼻孔门首都垂着两条青的鼻涕坐在田堤上耍。这种生活像刻板文章的继续至保瑛七岁那年，段翁夫妇才接她回城去进小学校。魏妈对保瑛的进学是始终不赞成的,无奈段翁是住城的一个绅士,拿义务教育的艰深不易懂的名词来恐吓她,她只得听她的童养媳回娘家去了。但魏妈也曾提出了一个条件,就是保瑛到十六岁时要回来和她的儿子泰安成亲。保瑛住娘家后,每遇年节假期也常向平和的农村里来。

保瑛和她的弟弟保珍同进了县立的初等小学校,初等小学校毕业后再进了高等小学校。保瑛十四岁那年冬,她和弟弟保珍也同在高等小学校毕业了。这八年间的小学校生活是平淡无奇的,保瑛身上也不起何等变化。高等小学毕业后的保瑛姊弟再升进中学否,算是他们家庭里的一个重要问题了。

"姊姊,你就这样的回家去,不再读书了么?"保珍当着他的父母面前故意的问保瑛。

"够了,够了。女人读了许多书有什么用!还是早些回魏家去罢。你看魏家的姨母何等的心急。每次到来总唠唠叨叨的叹息说着她家里没人帮手。"

裤脚高卷至膝部,赤着双足,头顶戴着一块围巾,肩上不是担一把锄头就担一担粪水桶,这就是农村女人的日常生活——保瑛每次向农村去,看见了会吐舌生畏心的生活。保瑛思念到不久就要脱离女学生生活,回山中去度农妇生活,不知不觉的流下泪来了。

"教会的女子中学要不到多少费用,就叫姊姊进去罢。"

"再读也不能毕业了。姊姊十六岁就要回魏家的。高等小学的程度尽够人受用了,不必再读了。"段妈还是固执着自己的主张。

"不毕业有什么要紧!多读一天有一天的智识!"保瑛恼着反驳她的母亲。

"她既然执意要读,就由她进教会的女中学罢。基督教本来信不得的,但有时不能不利用。听说能信奉他们教会的教条的学生们,不单可以免学费,还可望教会的津贴。你看多少学生借信奉耶稣教为名博教会的资助求学。最近的例就是吉叔父,你看他今年暑假回来居然的自称学士,在教会的男女中学兼课,月薪六十五块大洋!大洋哟!他在H市的教会大学——滥收中学毕业生,四年之后都给他们学位的大学——四年间的费用完全由教会供给。他们心目中只知道白灿灿的银,教会资助他们的银,所以不惜昧着自己的良心做伪善者。其实那一个真知有基督的。他们号称学士又何曾有什么学问!普通科学的程度还够不上,说什么高深学问!但他们回来也居然的说要办大学了。真是聋子不怕雷!这些人的行为是不足为法的,不过你们进了教会的学校后,就不可有反对耶稣教的言论,心里不信就够了,外面还是佯说信奉的好,或者也可以得教会的津贴。这就是孟夫子所说'权'也者是也。"

"是的,你提及吉叔我才想起来了。今天早上吉叔母差人过来——差他家的章妈过来问瑛儿可以到她家里去住一年半年代她看小孩子么?她说瑛儿若慢回婿家去,就到她家里去住,她家离教会和学校不远,日间可以上课,早晚就替她看顾小孩子。"

"有这样好的机会,更好没有的了。瑛儿,你愿意去么?"

"……"含笑着点点头的是保瑛。

段翁和吉叔的血统关系不是"嫡堂","从堂"这些简单的名词可以表明的了。他们的血统关系是"他们的祖父们是共祖父的兄弟——嫡堂兄弟"。

"听说吉叔是个一毫不苟的基督教徒,你看他的满脸枯涩的表情就可以知道他的脾气了。他对你有说得过火的话,你总得忍耐着,吉叔母倒是个很随和的人,她是个女子师范出身的,你可以跟她学习学习。"保瑛初赴吉叔家时,她的母亲送至城门首再三的叮嘱。

"吉叔父——叔父两个字听着像很老了的,听说他只三十三岁,那里会像有须老人般的难说话。我不信,我不信。"保瑛在途中担心的是吉叔父。"真的是可怕的人,也就少见他罢,我只和章妈和叔母说话。"

吉叔的住家离城约五里多路，是在教会附近租的一栋民房，由吉叔住家到教会和学校还有半里多路。礼拜堂屋顶竖立着的十字架远远的望见了。学校的钟楼也远远的望见了。人种上有优越权的白人住的几列洋楼远远的望见了。在中国领土内只许白人游耍，不准中国人进去的牧师们私设的果园中的塔也远远的望见了。最后最低矮的白人办的几栋病室也远远的望见了。经白人十余年来的经营，原来是一块单调的河畔冲积地，至今日变为一所气象最新的文化村了。

"科学之力呢？宗教之力呢？小学校的理科教员都在讴歌科学之力的伟大。但吉叔一班人说是基督教之力。"保瑛怀着这个疑问正在思索中，吉叔的住家早站在她的眼前了。

三

最先出来迎她的是吉叔的儿子保琇，今年四岁了。其次出来的是章妈。章妈说，吉叔在学校还没有回来。章妈又说，叔母吃过了中饭说头晕，回房里去午睡去了。章妈最后问她吃过了中饭没有。

"谢谢你，我吃过了来的。"保瑛携着保琇的手跟着章妈达到会客厅里来了。厅壁的挂钟告诉她午后一点半了。

"姊姊今后住在我们家里不回去么？"保琇跟他的父母回到老祖屋时，常到保瑛那边去耍，今见保瑛来了，靠在保瑛怀里像靠在他母亲怀里一样的亲热。

"是的，琇弟！以后我们常在一块儿。你喜欢么？"

"啊！喜欢，太喜欢。比妈妈还要多的喜欢你。妈妈是不和我玩的。"

"啊啦！你听，瑛姑娘！他那张嘴真会骗人爱他。"章妈和保瑛同时的笑了。

"瑛姑娘，你今年多少岁了？十六？十七？"

"你看我那样多岁数，章妈？"保瑛脸红红的。

"无论谁看来都要猜你是十七岁。至少十七岁！"

"十五岁哟，章妈，我是年头——正月生的；才满十四岁哟。"保瑛同时感着近来自己身体上有了生理的变化，禁不住双颊绯红的。

"我不信，只十五岁？"

"真的瑛儿今年才十五岁。"里面出来的是吉叔母——岁数还在二十五六间的年轻叔母。叔母的脸色始终是苍白的。行近来时，额下几条青色的血脉隐约的认得出，一见就知道她是个神经质的人。

"章妈说你头晕，好了些吗，叔母？"

"中饭后睡了一会儿，好了些了。"吉叔母一面伸出两根苍白的手指插入髻里去搔痒，一面在打呵欠。打了呵欠后，她说：

"学校的用书你叔父都代你买了。你的房子章妈也代你打整好了，你和琇儿同一个房子。房子在我们寝室的后面，和你叔父的书房相联，是很精致的，方便读书。琇儿，你不带瑛姊到你们房里去看看？"

中厅两侧是两大厢房，近门首的是章妈的寝室，那一边才是叔母的寝室。大厢后面有两个小房子。其实一间大房子，中间用木墙分截作两间小房子。章妈寝室后面的：一间是厨房，一间是浴室。叔母寝室后面的：一间是叔父的书房，一间是保瑛和保琇的房子。厢房的门和厅口同方向。保瑛的房子和吉叔父书房同一个出入的。经过书房，再进一重木墙的门就是她的房子了。书房的门正在中厅的屏风后的左隅。木墙门上挂一张白布帘，就是书房和保瑛保琇的房间的界线了。

保琇转过屏风后，早跑进书房里去了。叔母和保瑛也跟了过来，只有章妈向对面的厨房里去了。书房里的陈设很简单，靠窗一个大方桌，桌前一张藤椅子。近门首的壁下摆着一张茶几，两侧两把小靠椅。靠厢房的方面靠壁站着两个玻璃书橱。木墙的门和书橱的垂直距离不满五寸。接近大方桌靠着木墙摆着一张帆布椅。大方桌上面，文具之外乱堆着许多书籍。

"叔父不是在书房里歇息？"保瑛看了书房里的陈设，略放心些。

"不。他早晨在这里预备点功课。晚上是很罕到书房里来的。就有时读书也在厅前，或在我的房里。"

保瑛的房里的陈设比较的精致，靠厢方面的壁，面着窗摆着一张比较宽阔的木榻，是预备她和保琇同睡的。榻里的被褥虽不算华丽，也很雅洁的。

靠窗是一张正式的长方形的书台。叔母告诉她，这张台原是叔父用着的，因为她来了就换给她用。靠内壁也有一个小玻璃书橱。书橱和寝榻中间有一台风琴。这风琴给了保瑛无限的喜欢。书台的这边靠着木墙有一张矮藤桌和矮藤椅，藤桌上面放着许多玩具。近木墙门口有一小桌，桌上摆的是茶具。

保瑛和叔母在房里坐了一会，同喝了几杯茶，章妈跑进来说保瑛的行李送到了。她的行李是很简单的———一个大包袱，一个藤箱子。

"瑛姑娘来了么？"保瑛和叔母坐在厅里听见吉叔父问章妈的声音。

"回到家里来，第一句就是问我来了没有，吉叔父怕不是像母亲所说的那样可怕的人。"保瑛寻思着要出来，叔母止住她。叔父也走进厅前来了。

晚餐的时候，一家很欢乐的围着会客厅的长台的一端在吃稀饭。地方的习惯，早午两餐吃饭，晚上一餐不论如何有钱的人家都是吃稀饭的。几色菜也很清淡可口。保瑛想比自己父亲家里就讲究得多了。

"岁月真的跑得快。我还在中学时代，瑛儿不是常垂着两条青鼻涕和一班顽皮的小学生吵嘴么？你看现在竟长成起来了。"

"啊啦！叔父真会说谎。叔父在中学时代，我也有九岁十岁了，那里会有青鼻涕不拭干净给人看见。"像半透明的白玉般的保瑛的双颊饱和着鲜美的血，不易给人看的两列珍珠也给他们看见了。鲜红的有曲线美的唇映在吉叔父的视网膜上比什么还要美的。

到了晚上，小保琇很新奇的紧跟着瑛姊要和她一块睡。他在保瑛的榻上滚了几滚，很疲倦的睡着了。叔父和叔母也回去歇息了。只有章妈还在保瑛的房里自言自语的说个不了。她最先问保瑛来这里惯不惯，其次问她要到什么时候才回婆家去。保瑛最讨厌听的就是有人问她的婆家；因为一提起婆家，像黑奴般的泰安，赤着足，戴着竹笠，赤着身的姿态，就很厌恶的在她眼前幻现出来。章妈告诉她，吉叔父对我们是正正经经的，脸色很可怕，但对叔母是很甜甜蜜蜜的多说多笑。章妈又告诉她，他们是很风流的，夜间常发出一种我们女人不该听的笑声，最后章妈告诉她说吉叔父是一个怕老婆的人。

章妈去后，保瑛暗想吉叔父并不见得是个很可怕的人。他对自己的态度很恳切的，无论如何叔父今天是给了我一个生快感的印象。叔父的脸色说是白皙，宁可说是苍白，高长的体格。鼻孔门首蓄着纯黑的短髭。此种自然的男性的姿态在保瑛看来是最可敬爱的。

"妈！妈妈！"保瑛给保琇的狂哭惊醒了。保琇睡醒时不见他的母亲，便狂哭起来。

"琇弟，姊姊在这里，不要怕，睡罢，睡罢。"保瑛醒来忙拍着保琇的肩膀。保琇只是不理，还是狂哭不止。

"啊，琇儿要妈妈，要到妈妈床上睡。去，去，到妈妈那边去。"叔父听见保琇的哭声跑了过来。

辫鬓微微的松乱着，才睡醒来的双目也微微的红肿，纯白的寝衣，这是睡醒后的美人的特征。这种娇媚的姿态由灯光的反射投进吉叔父的眼来，他禁不住痴望了保瑛片刻。给叔父这片刻间的注意，保瑛满脸更红热着，低了头，感着一种不可思议的羞愧。

四

"叔父，我不上学去了。我只在家里，叔父早晚教我读英文和国文就够了。"保瑛由学校回来，在途上忽然的对吉叔父说。

"为什么？"吉叔父翻首笑问着她。她脸红红的低下头去避他的视线。

"她们——同学们太可恶了。一切刻毒的笑话都敢向我说。"

"什么笑话呢？"吉叔父还是笑着问。他一面想身体发育比一般的女性快的保瑛，在一年级的小儿女们的群中是特别会引人注意的。她的美貌更足以引起一班同学们的羡妒。

"你不想学他种的学科，就不上学也使得。"

"数学最讨厌哟。什么博物，什么生理，什么地理，历史，我都自己会读。就不读也算了。我只学英文国文两科就够了。"

"不错，女人用不到高深的数学。高等小学的数学尽够应用的了。"

"……"保瑛想及她们对她的取笑，心里真气不过。

"她们怎样的笑你？"吉叔父还是笑着问。

"叔父听不得的。"保瑛双颊发热的只回答了一句。过了一刻，"真可恶哟！说了罢！她们说我读什么书，早些回去担锄头，担大粪桶的好。"保瑛只把她们所说的笑谑中最平常的告诉了叔父。

她们笑她，她和叔父来也一路的来，回去也一路的回去，就像两夫妇般的。她们又笑她，学校的副校长和异母妹生了关系的丑声全县人都知道了；段教员是个性的本能最锐敏的人，有这样花般的侄女同住，他肯轻轻的放过么？副校长和段教员难保不为本教会的双璧。

保瑛是很洁白的，但她们的取笑句句像对着她近来精神状态的变化下针砭。她近来每见着叔父就像有一种话非说不可，但终不能不默杀下去；默杀下去后，她的精神愈觉得疲倦无聊，她有时负着琇弟在门首或菜园中踯躅时，叔父定跑过来看看保瑛。叔父的头接近她的肩部时，就像有一种很重很重的压力把她的全身紧压着，呼吸也很困难，胸骨也像会碎解的。

二月杪的南方气候，渐趋暖和了。一天早上保瑛很早的起来，跑到厨房窗下的菜圃中踯躅着吸新鲜空气。近墙的一根晚桃开了几枝红艳的花像对着人作媚笑。保瑛走近前去，伸手想采折几枝下来。

"采花吗？"

保瑛忙翻过头来，看叔父含着雪茄也微笑着走进菜圃来了。

"叔父！桃花开了哟！"她再翻转头去仰望着桃花。"一，二，三，四，五，六，六枝哟！明后天怕要满开吧。"

雪茄的香味由她的肩后吹进鼻孔里来。她给一种重力压着了，不敢再翻转头来看。处女特有的香气——才起床时尤更浓厚的处女的香气，给了他一个奇妙的刺激。

她把低垂着的一枝摘下来了。

"那朵高些儿。叔父，过来替我摘下来。"

吉叔父把吸剩的雪茄掷向地下，蹬着足尖，伸长左手探采那一枝桃花。不提防探了一个空，身体向前一闪，忙把右臂围揽了保瑛的肩膀。他敌不住她的香气的诱惑，终把她紧紧的抱了一会。

厨房的后门响了。章妈的头从里面伸出来。保瑛急急的离开吉叔父的胸怀，但来不及了。章妈看见他和她亲昵的状态，把舌头一伸，退入厨房里去了。

"对不住了，保瑛。"吉叔父望着她低着头急急的进屋里去。保瑛经叔父这一抱，久郁积在胸部的闷气像轻散了许多。

那晚上十二点钟了。保瑛还没有睡，痴坐在案前望洋灯火。叔父在叔母房里的笑声是对她的一种最可厌的诱惑。不知从什么时候起，这种笑声竟引起了她的一种无理由的妒意。

"我还是回母亲那边去吧，我在叔父家里再住不下去了。我再住在这家里不犯罪就要郁闷而死了——真的能死还可以，天天给沉重的气压包围着，胸骨像要片片的碎裂，头脑一天一天的固结；比死还要痛苦。今早上他是有意的，我承认他是有意的。那末对他示同意，共犯罪么？使不得，使不得，这种罪恶是犯不得的。我不要紧，叔父在社会上的名誉是要破产的。走吗？我此刻舍不得他了。"

自后不再怕叔父的保瑛的瞳子，对着叔父像会说话般的——半恼半喜的说话般的。

"有一种怪力——叔父有一种怪力吸着我不肯放松。"保瑛身体内部所起的激烈的摇动的全部，在这一个简短的语句中完全的表示出来了。她几次想这样的对他说，但终没有勇气。她近来对叔父只有两种态度：不是红着脸微笑，就沉默着表示她的内部的不满和恨意。但这两种态度在吉叔父眼中只是一种诱惑。

"明年就要回山村去了。回去和那目不识丁的牧童作伴侣了。我算是和那牧童结了婚的——生下来一周年后和他结了婚的，我是负着有和他组织家庭的义务了。社会都承认我是他的妻了。礼教也不许我有不满的嗟叹。我敢对现代社会为叛逆者么？不，不，不敢……除非我和他离开这野蛮的，黑暗的社会到异域去。"保瑛每念到既联姻而未成亲的丈夫，便感着一种痛苦。

五

　　造物像有意的作弄他们。那年秋吉叔父竟赋悼亡。有人说叔母是因流产而死的。又有人说是叔母身体本弱，又因性欲的无节制终至殒命了。众说纷纭，连住在他们家里的保瑛也无从知道叔母的死因。

　　那年冬保瑛回山村的期限到了，段翁因族弟再三的请求，要保瑛再在他家中多住三两个月替他早晚看顾无母之儿阿琇。保瑛自叔母死后，几把叔父的家务全部一手承办，不想再回山村去了。但在叔父家里住愈久，愈觉得章妈可怕，时常要讨章妈的欢喜。

　　冬天的一晚，寒月的光由窗口斜投进保瑛的房里来。她唱着歌儿把保琇哄睡了后，痴坐在窗前望窗外的冷月。章妈早睡了，叔父还没有回来。寂静而冷的空气把她包围得怕起来了，她渴望着叔父早一点回来。

　　"呃！深夜还有人在唱山歌。"梅岭的风俗淫荡，下流社会的青年男女常唱着山歌，踏月寻觅情人。"她们唱些什么？"保瑛在侧耳细听。

　　"不怕天寒路远长，因有情妹挂心肠。妹心不解郎心苦，只在家中不睬郎。"男音。

　　"行过松林路渐平，送郎时节近三更，花丛应有鸳鸯睡，郎去莫携红烛行。"女音。

　　保瑛痴听了一会，追忆及两个月前坐在叔父膝上听他们唱山歌和叔父评释给她听的时候的欢乐，望叔父回来之心愈切。

　　狗吠了。叔父回来了。保瑛忙跑出来开门。

　　"阿呀！我自来没见过叔父醉到这个样子！"保瑛提着手电灯把酒气冲人，满脸通红的叔父接了进来。

　　"可爱的，可怜的小鸟儿！"吉叔父把娇小的保瑛搂抱近自己胸膛上来。

他和她携着手回到书房里对面坐着默默的不说话。

"完全是夫妇生活了，我和他！"她也在这样的想。

"完全是夫妇生活了，我和她！"他也在这样的想。

默坐了半点多钟，保瑛先破了沉默。

"叔父今晚在什么地方吃醉了？"

"我们在H市的大学同学开了一个恳亲会。虽说是恳亲会，实是商议对副校长的态度。因为近来有一班学生要求副校长自动的辞职。我们当教员的当然不能赞许学生的要求。最公平无私，也只能取个中立态度。学生们说副校长不经教会会众的推选，也不经谁的委任自称为副校长。学生又说副校长近来私刻名片，借华校长的头衔混充校长了。学生们又说副校长是蓄妾的淫棍，没有做教徒的资格。学生们又说副校长和异母妹通情，久留在他家里不放回妹夫家去，害得妹夫向他的老婆宣布离婚。学生们又说副校长借捐款筹办大学的名，替正校长的美国人聚敛，美国人是一见黄金就满脸笑容的，所以死也庇护着副校长，默许他在教会中作恶。学生们又说学校能容纳这样道德堕落的校长，学校是全无价值的了；为母校恢复名誉起见，不能不把副校长放逐。可怜的就是，有一般穷学生希望着副校长的栽培——希望着副校长给他的儿子们吃剩的残羹余饭给他们吃，死拥护这个不名誉的副校长，说副校长就是他们的精神上的父亲，攻击副校长即是破坏他们的母校，骂副校长就和骂他们父亲一样，他们是认副校长做父亲的了！"

"你们当教员的决取了什么态度？"保瑛笑着问。

"还不是望副校长栽培的人多，叫副校长做父亲的多！取中立态度的只有我和K君两个人。其他都怕副校长会把他们的饭碗弄掉。要顾饭碗就不能把良心除掉。现在社会只管顾着良心是会饿死的！你看副校长的洋楼，吃面包牛乳，他的生活几乎赶得上人种上有优越权的白色人的生活了，这全是他不要良心的效果！"吉叔父说后连连的叹息。

"……"保瑛只默默的不说话。

"他们很可恶的还取笑我。他们像知道我们……"

"他们取笑你什么！"保瑛脸红红的望着叔父。

"他们说，我是个不耐寂寞的人，这两三个月来真的守着独身不是还是个疑问。"吉叔父说了后笑了。

"讨厌的他们的什么话都乱说！"保瑛微笑着斜视吉叔父表示一种媚态。"是的，叔父，章妈真可怕哟！"她像有件重要事要对叔父说，"章妈说，'瑛姑娘你近来变怪了。为什么专拣酸的东西吃？'她说了后还作一种谑笑，害得我真难为情。真的，我近来觉得再没有比酸的东西好吃的。"

"真了么？我们所疑虑的真了么？"叔父觉得自己的双颊及额都发着热。

"知道真不真！不过那东西过了期还不见来。"保瑛蹙着额像在恨叔父太无责任了。

"……"叔父只叹了一口气。

"万一是真的话，我这身体如何的处置，叔父！"

"你就回去，快回去和你的丈夫成亲吧！"无责任的，卑怯的叔父想把这句话说出来；他怕伤了侄女儿的心，又吞下去了。他只能默默的。

两人又沉默了一刻。

"除了这梅城地方外，他处没有吃饭的地方么？"保瑛像寻思什么方法的样子，很决意的问。

"你为什么这样的问？"

"我们三个就离开这个地方不好么？"

由教会的栽培，造成的师资只能在教会学校当教师，别的学校是不欢迎的了，就像个刑余之人一样到外地找饭吃的问题，在卑怯的吉叔父是完全没有把握。他还是默默的。

六

保瑛回山村去时，正是春花盛开的时候。保瑛回去四五日后就寄了一封信来。她的信里说，他和她的相爱，照理是很自然而神圣的，不过叔父太卑怯了。她的信里又说最初她是很恨叔父之太无责任，但回来后很思念叔父，又转恨而为爱了。她和他的分离完全是因为受了社会习惯的束缚和礼教的制限。她的信里又说，总之一句话，是她自己不能战胜性的诱惑了。她的信里又说从梦里醒来，想及自己的身体会生这种结果，至今还自觉惊异。她的信里又说此世之中，本有人情以外的人情。她和他的关系，由自己想来实在是很正当的恋爱。她的信里又说，她对他的肉体的贞操虽不能保全，但对他的精神的贞操是永久存在的。她的信里又说，她回来山村中的第二天的早上，发现那牧童睡在她身旁时，她的五脏六腑差不多要碎裂了。她的信里又说，她此后时常记着叔父教给她的"Love in Eternity"这一句。她的信里最后说，寄她的爱给琇弟。

叔父读了她的信后，觉着和她同居时的恐怖和苦恼还没有离开自己。保瑛虽然恕我，但我误了她一生之罪是万不能辞的。他同时又悔恨不该在自己的一生涯上遗留一个拭不干净的污点。

他重新追想犯罪的一晚。

妻死后两周月了。他很寂寞的。有一次他看见她身上的衣单，把亡妻的一件皮袄儿改裁给她。那晚上他把那改裁好了的皮袄带回来。他自妻死后，每天总在外边吃晚饭。要章妈睡后才回来。

"你试把它穿上，看合式不合式。"他坐在书房里的案前吸着雪茄。

"走不开，琇弟还没熟睡下去。"保瑛自母死后每晚上只亲着她，偎倚着才睡。

"你看，他听见我们说话又睁开眼睛来了。不行，琇弟！哪里每晚上要摸着人的胸怀才睡的！你再来摸，我不和你一块儿睡了。"

叔父听见保琇醒了，走进保瑛房里来。

"不行哟！不行哟！人家脱了外衣要睡了，还跑到人家房里来。"保瑛笑恼着说。帐没有垂下，保瑛拥着被半坐半眠的偎倚着保琇，她只穿一件白色的寝衣，胸口微微的露出。吉叔父痴看了一会，给保瑛赶出书房外去了。

过了半个时辰的沉默。

"睡了么！"

"睡了，低声些。"叔父听见她下床的音响。不一刻她把胸口的钮儿钮上，穿着寝衣跑出来了。

"皮袄儿在哪里！快给我穿。冷，真冷。"

她把皮袄穿上后，低着头自己看了一会然后再解下来。

"叔父，肩胁下的衣扣紧得很，你替我解一解吧。"

吉叔父行近她的身旁，耐人寻味的处女的香气闷进他的鼻孔里来。关于皮袄的做工和价值，她不住的寻问。她的一呼一吸的气息把叔父毒得如痴如醉了。他们终于免不得热烈的拥抱着接吻。

"像这样甜蜜的追忆，就便基督复生也免不了犯罪的。"他叹息着对自己说。

自后半年之间，她并无信来。一直到十月初旬才接到她来一封信。

……叔父，今天是我们的纪念日，你忘记了么？我前去一封信后很盼望叔父有信复我，但终归失望了。叔父不理我或是怕写给我的信万一落在他人手里，则叔父犯罪的证据给人把持着了。如果我所猜的不会错时，那我就不能不哭——真的不能不哭叔父的卑怯。我不怕替叔父生婴儿，叔父还怕他人嘲笑么？想叔父既然这样无情的不再理我那我就算了，我也不再写信来惹叔父的讨厌了。不过叔父，你要知道我身体，因为你变化为不寻常的身体了。我因这件事，我的眼泪未曾干过。叔父若不是个良心死绝的人，不来看看我，也该寄一封信来安慰我。我的丈夫和婆婆都有点知道我们的秘密，每天的冷讥热刺实在令人难受。叔父，你须记着我这个月内就要临盆了。我念及此，我寂寞得难耐。我想，我能够因难产而死——和可怜的婴儿一同死去，也倒干净省却许多罪孽。叔父，你试想，我这腹中的婴儿作算能生下来，长成后在社会中不受人鄙贱，不受人虐待？叔父你要知道我们间的恋爱不算罪恶，对我们间的婴儿不能尽父母之责才算是罪恶哟！最后我望你有一回来看我，一回就够了！我不敢对你有奢望了……

自她生了婴儿后，气量狭小的社会对吉叔父发生了一个重大的问题——宗教上和教育上的重大问题。社会说，如果他真的有这种不伦的犯罪，不单要把他从教育上赶出去，也要把他从社会赶出去。族人们——从来嫉妒他的族人们说，若她和他真的有这种不伦的关系，是要从此地方的习惯，把女的裸体缚在柱上—任族人的鞭挞，最后就用锥钻刺死她；把男的赶出外地去，终身不许他回原籍。虽经教会的医生证明说，妊娠八个月余就产下来的倒很多，不能硬把这妊娠的期短，就断定女人是犯罪；但是族人还是声势汹汹的。

吉叔父看见自己在这地方再站不住了。教会学校有暗示的听他自动的辞职。他把保琇托给亲戚后；决意应友人的招请，到毛里寺岛去当家庭教师。他临动身，曾到山村的塔后向她和她的婴儿告别。他和她垂泪接吻时，听见采樵的少女在山上唱山歌。

"帆底西风尘鬓酸，阿郎外出妹摇船，不怕西风寒透骨，怕郎此去不平安。"

一九二四年八月八日于蕉岭山中

（初发表于 1923 年 10 月《东方杂志》21 卷 20 号）

晒禾滩畔的月夜

一

R君！我有了自己固有的意识和主张时，我这身体已经没有生存的价值，精神上和肉体上早被腐蚀完了的身体了。到了今天沉痛哭——一个人痛哭——也无益了；一个人苦闷也苦闷不出什么来了。女性的最宝贵的花的时代——处女时代——在无意识的期间中就匆匆的流去了。我思念到我那永不复返的处女时代。我差不多像狂了般的，我的胸部也像要碎裂了般的悲痛！我这不幸的运命——悲剧的运命不知不觉间就给他们残酷的决定了！一生涯只一回的处女之婚，不能认真的经验、尽情的享受，在阴影中不知不识间就凋落了。像我这样不幸的女子，在这世中还有第二个么。

R君！像一个重宝——价值连城的古磁瓶，因我的疏忽，因我的不注意失手打破了；我还可以承认负担打破了这古磁器的罪。但这重宝的古磁器明明是他们打破了的，偏要赖我，把打破了的罪推到我身上来。我只垂着眼泪，悔恨地，痛心地两手握着磁器的碎片。明知再无缝合这些碎片、恢复原有古磁瓶的可能的方法，但也还梦想着或有能够缝合这些碎片的仙术的我的悲痛，你也不难想象而知了。R君，我这病身就像那古磁瓶的碎片了！不，比那古磁瓶的碎片还要可怜了！

R君！我深信你是个会可怜我的人，会对我这落寞之身抱同情的人。但我同时又相信你会嘲笑我，"到此时还有什么话说，说也无用了。过了端阳节的菖蒲是没有价值的了。"不独你会嘲笑我，连我也嘲笑自己。我对你写了这一段哀诉后，思念到我这个在生活上疲倦了的再无可救的沦落之身，我觉得只有一种绝望——意识了的，预期着的绝望、把我的由极度的兴奋发出来的对你的哀诉取消了——向热背上浇了一盆冷水般的取消了。我只感着冷寂的微笑自嘲的在我的没有血气的苍白的脸上俘泛出来。

R君你也是个罪人！你听见了我说这一句，你定会惊异起来说，"为什么呢？我？……"

R君，你不要不耐烦，你听我说下去好吗？

让我追忆我们的过去吧。

R君，你不要不耐烦，你不要蹙着眉根，你不要作苦涩的表情；你正正经经的听我说下去。

我们的历史——或许说是纯洁的恋爱的历史——的出发点还是我们的故乡——现在距我们千多里路的故乡。思念到我们的故乡——风景清丽，民俗纯朴的故乡，可惜现在给军阀蹂躏到青草不长的故乡；我又不知涕泪之何从了！

好好的想追忆我们的甜蜜蜜的过去的恋爱，忽然又悲哭起故乡来了。R君，你定会说我是患了神经病，不说我患了神经病也要说我患了歇斯底里症；你怕会不正经的听我的话了吧。但我要求你——我只有这个最后的要求，——望你牺牲三两个时辰忍耐着听我说下去吧。我所说的话无论如何繁芜，无论如何语无伦次，我只望你忍耐着听下去！把我最后想说的话听下去。

二

在我的花蕊时代使我感知爱的滋味的是你。在生理上发育了的，有了性的觉醒的女性的烦闷时代、初给我欢爱的情思的也是你。在这无情的世界对我有真的纯洁的爱的是你。真心的时时思念我——不怀何等的野心，只在纯洁的爱的名义之下思念我的也是你。我对你的这些恩惠和恳意决不会忘掉，一生涯中决不会忘掉。

初恋的对象——或者些说是在我这全生涯中的唯一的恋爱的对象，要算是你了。R君！我很想得个机会和你相会，一同回忆，一同谈叙我们的纯洁的过去；在我们的恋爱的追怀谈中一同醉一醉。我这种希望——或可说是欲望——的动机最初是想对我现在的悲惨而虚伪的生涯给与一个唯一的安慰，并且想把在自己的心里面的深深的一隅还存在着的几分的纯真揭出来给你看，自己也得——明知其无聊——尝尝一点既成了空虚的欢爱的滋味。但到后来这种欲望的动机竟大胆的抬起头来，在长期间内浮沉在无耻的淫荡生活的里面的我对你起了一种奢望——或说是焦望妥当些——想由你得一种你未曾给我的一件东西的奢望；我真的几次想向你伸出我的诱惑之手了，我并非不知道不该怀有这种奢望，但我禁不住要生出这种奢望。真的有了机会时，我真的向你试我的诱惑的手段也说不定；因为我很想能够读你的心的底面镌着的文字……

我听见你还是独身生活——这或许是我对你想下诱惑手段的一个原因，——思念到你的孤寂的悲哀，我很悲切，很苦闷，悲切得苦闷得无以自遣。我觉得你的孤寂的悲哀全是我作成的，我真想一刻走千里的来慰你，伏在你的胸膛上来亲昵你，安慰你。但是……

我对一切异性——所有在我周围的异性——都用猜疑的恨恶的眼，仇视他们。只有你——，正直的，意志坚强的，寡言的你在我眼睛里始终没有变化的，始终是我的唯一的爱的对象。但不知你的眼、你的瞳子，初见我时燃烧着情热的眼，湿润的不住地流动的圆黑的瞳子还能和旧日一样的注视我吗？你那对眼，那对瞳子在我们初对面时不是把不能用言语表示的神秘的东西使我直感出来了么！是的，你那对眼，那对瞳子还是因时期而变化其情态的。当你听见我对你表示诀别，你那对眼，那对瞳子悲恨的凝望着我时，闪出一种种凄冷的绝望的光来。我若有机会见你时，你那对眼，那对瞳子又会另发出一种光来凝望我吧。

"他真的能原宥我吗？"我常暗地里问自己。R君，你明知我力弱，无能抵抗恶魔的胁迫，还不原宥我，这就是你的罪了！但我还有余暇计论这些么？还有资格责问你的罪过么？

我的过去的追忆要一度深一度展开了。我还记得你对我说，"蕙妹，像这样的青春的时代决不会再来了。蕙妹，你不知道青春是不会再来的么，尤其是我们还在学生时代，正当把这个不来的青春慢慢的享受过去——有意义的享受过去。要这样纯洁的享受过去。不要潦草的急促的混过去了！惠妹，你急什么？我们要把在前途等候着我们的幸福很慎重的慢慢地养成。"你说了后还小孩子般的笑着。你的话显然不错——这也许是你的一个罪过——但女性的环境，尤其是在我们故乡的环境是不像男性的那末简单。

三

秋快来了，悲壮的秋在我们青年的心里起了反响。虽然天高气爽，但我终日都是闷沉沉的。暑假过了，想你也快要来C城了。从前几次和你会面时都想把重要的话对你说，但站在你面前，我又很羞怯的战栗着起了一种自责之念。把话题的中心忘记了。别了后又起了一种后悔，一定坚决地对自己说，"下一次会见时，非说不可了！"但再回顾到围绕着我的病身的可怖的暗影，我禁不住要战栗，要烦闷，终于昏倒了。

R君！晒禾滩畔的月夜你还记得起吧！

夏的月夜，凉快的南风时向站在梅江堤畔的我们拂来。在江心闪烁发光的月碎成几块了。一艘帆船由下流逆驶上来。江水太浅了，舟子舍舟而陆，用缆索系着船首，沿着河堤把船拉驶上去。流水击着船头，向两侧发散的白色水花在月色之下分外的美丽。肩上挂着缆索，佝偻着沿堤而行的舟子们一歌一和的附着山歌。他们唱的山歌你还记得么？我还记得呢。他们唱的不是这几句吗？

"底事频来梦里游，因有情妹在心头。旱田六月仍无雨，溪水无心只自流。"

"妹住梅州乌石岩，郎家滩北妹滩南。摇船上滩不用楫，摇船下滩不用帆。"

"郎似杨花不住飞，与郎分手牵郎衣。山高树远郎门远，惟见郎从梦里归。"

"半是无情半有情，要将心迹话分明。伤心妹是无情草，乱生溪畔碍人行。"

我痴望着美丽的绝景，痴听着凄切的歌声，过江的凉风在芦苇丛中索索地作响，我的肌肤感着点微寒，我的神经衰弱，敌不住这样悲寂的景色。我终了哭出来了——伏在你的胸上哭出来了。"为什么？伤心什么，蕙抹！？"你不是摩抚着我的背这样的安慰我吗？啊！R君！晒禾滩畔是我们的伤心地．也是我们的纪念地！我思念到我们故乡的可爱的晒禾滩而不能回去看它。我禁不住狂哭起来了。

你说了后，我住了哭。万籁无声的。我从你的胸上站起来，拭干了眼泪抬起头来望你时，你的脸的全部恰好浴在月光里面了。你那青白的脸给了我不少的悲寂之感。

我们互相痴望着站了一会，夜像深了。我不是先对你破了沉默么？"夜深了，我们回去吧！"你也说，"回去吧！"

我们一先一后的沿着草径向我们的小村里去。拂着我们的脚的草像满装了露水了。

我们在途中还有一段的会话，让我追忆这个黄金时代的我们间的会话吧。过去的恋爱的追忆对现在的孤寂给了不少的安慰。

"蕙妹，你心里难过吗？"．

"是的，我因为心里难过，才约你到这里来散散心。谁知道滩前的凄凉的景色愈使我心里难过了。"我说了后，又哭出来了。

"你何必这样伤心的！你的学校本来办得不好，不毕业也不算什么。你在家里研究，教你的弟妹们，我想比到县城里去混的好些。你父亲或者也是听见你进的那间学校不好，所以不给你继续读下去了。"

我不该隐瞒你的。我不该把我的悲楚的原因推到"废学"上去来骗你。我听见你主张不忙成婚，还要到南京进大学去时，我的希望——我的掩丑的计划——登时给一大铁锤打击得粉碎了。我完全的绝望了。你那晚上怕梦想不到我这身体不能等候你到大学毕业后的身体了。那晚上的我的身体已经不是纯白的身体，早受了外表蒙着"教育家"的皮壳。其实是个野兽般的恶汉的蹂躏了——处女性早给那个伪教育家蹂躏了。

这个伪教育家是谁，你是当然知道了的。他是你的好友，今年春举行学校开学礼时要我们三呼"女子教育万岁"的我们学校的教务长。

四

让我们把我们的恋爱史再上溯一章吧。

X年前的双十节我才认识你。你在H中学,我在M女中学,我们学校间的距离很短小。你和几位同学来参观我们学校的成绩展览,你向你的朋友称赞我写的字,称赞我作的口语文。称赞我的西洋油画,称赞我的刺绣品。你最后还笑向你的朋友说,"成绩要算第一了,不知人怎么样。也怕是个beauty吧。"你当时那里知道我正站在旁边做纠仪员——是的,你来的时候,恰轮着我当纠仪员。我的女友听见了笑向着我想说什么似的,我脸红红的忍着笑,给她个目示,禁止她说出来。那时候,你那对眼,那对黑瞳子——有神秘的媚力的眼,有魅惑女性的瞳子忽然的向着我凝视,给了我一个永不能打消的深刻的印象。这个印象——你的英伟的面影——嗣后无一刻不压迫着我做你的精神上的奴隶。

你是穿着长衫来的,你没有穿制服,我不知道你是那一间中学校的学生。那天晚上你又来了,穿着制服来了,我在幕后偷望了你一会,我知道你是H中学学生了。那晚上的演剧我是扮葡萄仙子。我出场时,看见你从后列跑到前列的座位上来,我唱着歌望你,我跳着舞望你。我的心境从来没有那晚上般的快乐的。我几次望着你微笑。你后对我说,你不觉得我是专对你微笑。你虽不觉得我是专对你微笑,但有人的确知道我是专对你微笑,在嫉妒你呢。

恨只恨你太多寄信给我了,引起了他的不少的嫉妒和反感,他睥视我久了,他早当我是他的爪下的羔羊了。

翌年的春,你说要到京师去进学。你知道我听见你要远离开我的时候的悲伤和烦闷吗?我伤心的是我不能正式的会你,一诉衷曲。我伤心的是此后填塞在我心里的哀愁无从申诉。但我又何能不一面你任你去呢？利用迎春节的盛会，我不能不暗地里约你到东郊外去。

东郊的春的旷野上早集聚了不少的人。我在动摇着和杂闹着人丛中东张西望的想发见你的影子。

他们是何等欢乐的！平日很萧条的满敷着枯草的东郊，到今天的迎春节，成了个陶醉的世界了！他们里面有叫号的，有跳跃的。有咬甘蔗的，有剥红橘皮的。在欢乐陶醉中的他们那里知道我今天的悲楚！

我发见了你了。我们慢慢的离开了嘈杂的人丛，同到关王庙后的幽静的桑田旁边来。

下了几天霪雨，今天才见柔和的阳光投射到我们大地上来。麦田里青嫩的麦叶在阳光之下受着和畅的春风的吹拂。远远的望着雨后呈熏色的山和山下几家门首贴的鲜红的春联，我们的心和魂都像脱离了自己的身躯，消融在春光里面去了。那时候的春的陶醉的情景，你还记得吧。

我们俩痴痴的站了一会，领略领略春的滋味。他们的锣鼓的喧音惊破了我们的春梦。我思念到你不久就要远离这个风光明媚的家乡，我替你心痛达极度了。

"梦般的。"

"真的，梦般的！"

我们只各说了一句，同时各人的胸上都深深地雕刻了"青春之梦"四个字。

在这迎春节，你教了我如何的表示爱的方式——热闹的拥抱和接吻！

自你去后，我住在寄宿舍里亡魂失魄般的，一个多月没有理及校课。你还记得吧、我写那封信——你去后报告我的近状给你的那封信——时，不知流了多少眼泪。那时候我虽然悲痛，但比现在的我就幸福得多了；因为那时候的我对你还抱着绝大的希望。现在的我呢？独自的把自己禁锁在一家破烂的房子里，没有待望的人，也没有人待望我；

我的心就像废墟般的幽暗和冷寂。

五

自你去后，一个多月，虽是青春之日，但我还是很烦恼的度过去了。校课一点没有整理，大受了他的责骂，利用教务长的名义来惩责我。他那对锐利的眼睛早观察出来了我的烦恼完全是由你而起，他忿恨极了，嫉妒极了。我再没有方法逃避像蛇般的恶毒而固执的他了。

我半因经不住他的利用学校制裁的窘迫——你给我一封信落在他手里去了。他利用那封信来要挟我——和性的屈服，我终降服他了。我因为你那封信，不得不听他的命令到他寓里去，那晚上……不说了罢，你是知道了的。重提起来真令人痛恨！总之我在那晚上——夏始春余的那晚上——我的身体交给他，由他自由的处置了。到了第二天的我已经是失了处女之婍的了。

那年暑假，你归回来了。我们相约了在晒禾滩畔密会了几次。你始终固执己见，不受我的哀愿和诱惑，我于是绝望了，由绝望而自暴自弃了。

那年冬的双十节，我再登场演葡萄仙子。我出来只唱了一两首歌，观众尽拍掌的喝采。我望了望台下，男女学生的人丛中还杂有许多军人。今年双十节较之去年我们学校看新剧的人更多了。学校当局很崇拜军阀，谄媚军阀——不单我们学校的当局，中国现代的教育家都是谄媚军阀的，——来宾席里几个好席位都给黄衣佩剑的人占据了。去年曾经你坐过的席位也给一个军人占据着。我在观众中不能发见你，我心里悲酸极了。我想你一个人也怕同我一样的很悲寂的度这个国庆节。我一边唱歌，一边回忆去年双十节我和你会面时的情景，不知不觉的掉下泪来了。心痛到极处时，竟失声的哭了，歌不成声了！

利用我的美貌和歌声和军阀相交结，谄媚军阀的他们教育家看见我哭了，忙走上台来叱责我，叱责我不该无缘无故哭起来，害得台下的军长、师长、旅长、团长、营长……大人们不高兴。

我一连演了三夜，台下都挤拥得不堪的。听说不单驻城的军官，就连县长，审判厅长，检察官，团务委员，教育会长，专会向军阀叩头作揖的县立法机关全体人员和县行政署里鼻粪粒一般大的官吏们都无一晚不到场看我扮演葡萄仙子。十日，十一日，十二日，我一连唱了三晚，跳舞了三晚。爱说我的坏话的人在造谣，说他们军阀和官僚赏了我许多金子。

十三日的下午，他——教务长——写了一张条子给我，叫我今晚上再出台扮演葡萄仙子。到后来我才听见是几个有势力的军官对我们的校长下了一道命令，叫我们一班女学生多演一晚给他们看。他们竟当我们是一班女优伶了。

再过个新年，元宵的前几天，我的父母忽然的向我提起亲事来了。他们说，我的岁数已经不小了。他们又说，女儿达十九的年龄也该出阁的了。他们说，做父母最担心的就是儿女的婚事。他们又说，把我送出阁后，好打算替我的哥哥娶个媳妇回来。他们恳切地劝了我半天。到后来我问他们到底要我嫁给哪一个，他们说，是我们学校的教务长来对我的父母说，他想做个撮合人，介绍我嫁给他的旧日同学，现在在XX银庄当司库员的K。

R君！人心难测！我的婚姻的提议者不是别人，是我们县里顶顶有名的教育家，并且是剥夺了我的处女之娇的他！R君，你想，他的用心是我们意想得到的么？我听了我的父母的话，登时脸色苍白起来，全身起了一种战栗。

因为K是银庄的司库员，父母绝对的赞同了他的提议。我到这时候，失了我的自由，也再无希望——因为在晒禾滩畔，你未曾允纳我的要求，我绝望了——只好听凭父母作主。自晒禾滩畔回来后，我早有了自暴自弃的思想，所以我也不再拒抗他们对我的希望。当我默认和K订婚时，允诺任他们作弄时，对你的爱更加强烈的苏醒起来。但我终成了一具活尸了。

六

和K成婚的那晚上，我觉得自己像娼妇般的很可耻也很可怜。

循着乡间的风俗，洞房里高高的烧着两枝大红烛。虽是初春天气，气候犹寒，但洞房里早都热得难堪了。我双颊绯红的觉得全身在发火焰。到了吃晚饭的时分。K自己跑了进来，把房里挂的十多个红灯里的小红烛点亮，房里的纯洁的氧气更被燃烧干枯了。K进来时穿一件新制的银红色湖绉棉袍子，双颊绯红的燃着新郎的气焰，似笑非笑的趾高气扬。他像在说，"今天是我最得意的一天，我今天是行加冕式。学生社会间艳名最后的任蕙兰终归给我了！"我望见他那种有铜臭的俗不可耐的态度，禁不住厌恶起来。但转思及自己非处女之身，K还在梦中不知道满脸给他的朋友涂了泥垢；又很替他可怜，对他抱同情。

他们在前厅宴会——吃新婚酒了。雇来的一班乐鼓手很热闹的吹唱着。箫鼓之音和贺客的笑声混淆着荡进我的耳朵里来时，更使我增加一种烦恼。

他们像吃了晚餐了，K带了一群男性到洞房里来。不消说是来闹洞房的了。出我意料的，使我战栗的就是那位剥夺了我的处女之娇的教育家也敢昂然的跟着他们进来揶揄我，不单揶揄我，竟敢当着我的面侮辱K。

夜阑人静，K一个人带点酒意进来。至刚才那瞬间止，我还是K的形式的妻。现在这一瞬间……这一瞬间，我是K的实质的妻了。我思念及此．我只痛哭我的离奇的运命——最可耻的再次失身的运命。我这一身全浸溺在泪海里去了。

　　R君，到这时候。我只能听凭运命之神的处置了，不再作无谓的抵抗了。在我，早无所谓恋爱，无所谓希望。在我，只有悲怨，只有咒恨，只有对异性复雠之一念！

　　回忆过去，时间像会飞的那样快，只一瞬间一切现实都成陈迹了；但由数量的说起来，我住K的家里的期间决不能说短小，也有两年余了。在这两年余间，我对他的复雠成功了，他在教育界的名誉破产了，K也因为我和他绝交了，我也因此和K作最后的诀别了。但这些变故都是由他一个人先发难的。

　　R君，人心难测！他真是个色魔！我和K结婚没有半年，他的魔手再伸向我的身上来。R君，我不对你说谎，不欺瞒你，我一因K是满身铜臭，二因我在生理上早做了他的奴隶，三因我对他有宿怨，我想达到我对他复雠的目的；所以我密密地答应他，跟他为二次的犯罪。

　　我和K中间全无恋爱，无感情。但由死尸般的肉身的结合，我们俩的夫妇关系再也不能否定了，不过我对K失事到如何程度是个问题，K由我得了如何程度的性的满足也是个问题。K在这两年余间，慢说没有捉到我的心和魂，就连肉的方面也……

　　K和他的父母不和，不常在家里歇夜，十天有九天在外面游荡，家庭里的波澜不曾平静过一天，阴惨的黑影满布了他的一家；这是什么原因呢？这完全是K的过激的性的冲动，不能由我的身上求得满足，不能不向外发展的缘故。

　　K知道了我和他的关系时，暴怒着来诘责我，"你们男子天天在外面游荡，和许多不认识的女性发生关系，便算得有廉耻么？你有什么资格来责备我？！"我当时把这几句话来抵塞他。但他说，"这完全是你这淫妇的罪过！你自己逼着我到外面去，还假装不知道么？"K真可怜，他说了后，双泪直流的。我觉得我对K太残酷了，在他的精神的生命上结了一个致命伤。R君，你要知道，K和我一样的可怜。我因爱你而不能达目的，遂自暴自弃的堕落了。K因爱我而不能遂愿，也自暴自弃的堕落了。在这时候，我也只能向着K垂泪，再说不出什么话来。

七

我和K离婚后，只得回来和父母同住。虽然悲羞，但再没有方法。父母虽然一样的恕宥我，痛爱我，但家中早有了嫂嫂，家庭的空气和从前不同了。最难堪的就是嫂嫂每见着我都是浮着微笑和我说话。这微笑里面包含有许多意义——轻蔑、诽笑、厌恶和怜悯。

有了嫂嫂以后的哥哥也比从前冷淡了。我本来是寄居在父母的家中。但兄和嫂只当我是寄身他们的篱下。介居在我们中间的父母也想不出完全的调处的方法来。年老的父母只能替我急急的再觅婆家。我在这时候才感知女人是该早和适意的男性组织和暖家庭的必要了。不用看别人，只把嫂嫂和我相比较就好了。

在父母家里约住了一年——像囚在牢狱里般的住了一年。这一年间所过的都是忧郁的日子。到后来像刑期满了，第二次婚事再由父母提出来了。父母说男人是个X西药房的捡药员，每月有十五六元的收入。经济的力虽赶不上K，但M（X西药房捡药员的姓）的父母住在乡下，在生活程度不高的K城，有十五六的收入尽够我们两人的生活费了。R君，你要原谅我，原谅我饥不择食了。我再不能忍耐兄嫂的冷遇了。我早就想一个人逃出来自活，不过不开化的M城的社会实没有容许女性自由的生活的胸度。

我再婚时——嫁M时，再热烈地思念你了，深深池秘藏在心底的对你的爱焰再燃烧起来。我想在这世界里只有你能和我组织和暖的家庭，失掉了你，便失掉了一切。我的一生，身经的不幸可以说是因失掉了你的而生的。R君，你也是个罪人！我并没有说错。

到了这个时代，女学生所有的虚荣和野心早消失了。女学生时代的我的理想早完全的平凡化了。我想能够平凡的过活已是我的幸福了。但造物还继续着虐待我，连寻常的一个家庭的主妇都不许我当，也不许我度平凡的生活。

我嫁M后，家计显不见丰裕。但夫妻间总算是幸福的了，结婚一年之后，我们做了一个玉人儿般的小孩儿的父母了。M的月薪本来有限，因为生了一个玉般的儿子，狂醉了般的喜欢，弥月时很奢侈的做了两天喜酒。虚荣的父母太不量力了。M因生这个小孩儿负了不少的债。A儿（我们的婴儿的名）抱出来，一切装束决不像个月薪十五六元的劳动者的婴儿。不单A儿，我也逼着M，给了我不少的钱制订时髦的衣裳。我看M的经济状态忽然的从容起来，便问他，"你近来有什么意外的收入么？这个月的支出超过你的月薪的三四倍了。"M说，"若单靠月薪，能养活你们么？告诉你也不要紧，不过你不要向他人说出来。店里的同事三四个人勾通了军部里的一个团长，共做了几次的鸦片私贩，我认了一股，也替他们奔走了不少的路，分了这几百块钱。"M说着从衣袋早取了束钞票来。我忙接过来——我看见一束美丽的钞票，爱得心花怒放的，翻开来看，都是五元的钞票，约有五六十张。

"有了这样多钱，你答应我的一件皮袄料该买给我了。我这二三十元的要求不会过分吧。"我媚笑着向M要钱。

R君，你看，我竟变成这样的女人了。我自己也不知道在什么时候我竟变成这个样子了。

M看见我要钱，不迟疑的给了我六张五元的钞票，只说一句，"还是一样的一个女人，看见钱就要的！"在女学生时代的我，听见这样的一句话，一定不依的，一定说他是污辱女性的人格。但现在的我全无女学生的气焰了，并不当这样的一句话是侮辱了。

"这样的秘密生意多干了不危险么？"我很替M担忧。

"是的，给政府侦察出来时是很危险的。我也不想和他们久干。但思念到认我为夫的你，认我为父的A儿，没有得好吃，也没有得好穿，和近邻的几家的主妇和小孩儿比较起来，你心里怎么样我不知道，我心里是很难过的。我想多干三两个月，积蓄得三两千元后，自己抽身出来另做光明正大的生意也未尝不好。"这样的看起来，M的犯罪全为了妻子了，为我和我们间的A儿了。

"你的话虽不错，但我想这样危险的生意，还是早些放手的好。"我最后还是劝他不要犯法。

八

再过了两个月，我所意识的M的眉间的暗影一天一天的明显了。他的活泼性一天一天的减少了。他常一个人坐在案前，一句话不说的像在沉思什么。在我面前常努力着不把他的颓丧的神色给我看。每晚上我和A儿熟睡了后，他还一个人呆坐在书案前，吸着纸烟。他像有什么不能告人的苦隐，一个人在烦闷。我在这时候由M的不安的眼睛里得了一个暗示——我的运命还是在不安定的状态的暗示。到了九月的初旬这个暗示果然实现了。

M从来没有在外面歇过夜，最迟中夜的十二点或一点一定回来看我和熟睡了的A儿接吻。但九月九日的那晚上，我挣扎着和睡魔抵抗。等他回来，一直等到天亮还不见M的影子。到了第二天的九点多钟X西药局的一个药童才来报告说，M在昨晚上给司法巡警带往检察厅去了。我到达时候才知道M不单和一班无赖私贩鸦片土并且私用X西药局的名义向各关系商店骗支了千元以上的金额。

经了刑庭的起诉,再经民庭的判决,结果M被宣告了一年半的有期徒刑。

R君,到这时候,我才知道M是个良善的人。他的犯罪不败露,我还对他怀疑;他的犯罪败露后,我才认识他是个良善的人!M本来不是个犯罪的人。他是因为他的妻子而犯罪的,他是为爱我及爱A儿而犯罪的!不过他爱妻子有些不得其道罢了!他的志行有点薄弱罢了!他对妻子是很能负责任的人!R君,你试把M和戴教育家、宗教家的假面具而实行蹂躏女性的那一类人比较;你能说M是个罪人么?社会对M的批评如何,我不知道,也不愿知道。像我们M城的社会——对人性全无理解的军阀的压逼之下的社会有没有真是非,还是个疑问。但在我的眼睛里的M完全是一个救世主,是一个基督!为我和A儿负十字架,戴棘冠的基督!啊!我们家庭里的基督终给那班伪善者的犹太人杀了。

R君!自己犯了的罪应该自首的,应该负责的。M所犯的罪并不是他自动的犯的,是受动的犯的,是我指使他去犯的罪,他不过是我犯罪时候用的器械罢了。再说明白些,M是受了我的虚荣及浮奢的压逼而犯罪的。M没有罪,他只有一个过失,就是他不该娶虚荣心比一般女性强盛的我,不该娶由似驴非驴似马非马的女学校出身的浮华的女学生。

R君,到这时候,M被解送至C城监牢里的时候,我才后悔我们同栖时不该错疑M,不该酷待M了。我和M结婚后,M的出勤和回家的时刻是很规则的,早晨吃了早饭,七点半钟出门,下午六点钟回来。到最后两三个月差不多每天都不回来一同吃晚饭了。不单不回来吃晚饭,他回家的时刻没有在晚间十点钟以前的了。我怀疑他是有了外遇,在外面游荡。我几次哭骂着向他诘责。他看见我哭了,很温柔的来安慰我。我只不理他,哭骂得更厉害。他到后来叹了口气默默地坐在书案前。我此刻才知道他的叹息和默然的态度里面含蓄有许多苦衷和隐痛。我因为怀疑他的态度暧昧,怕他的钱在外面游荡用了去,我更向他要钱要得厉害。

我向他索钱愈多，他愈不能早刻回来了，有时候到了黎明才回来，睡了一会已响七点钟了，饭也不吃的又匆匆的出去。我看见他这种态度，更向他吵得厉害。

R君，我此刻才知道他每晚上在外面和他们聚赌完全是为我一个人！他所有的财产全部的为他的小家庭耗消尽了。其实他这个小家庭的生活费用得了什么，他所挣来的资财的大部分都给我浮华的耗费去了。

M的父母和兄弟都在恨我——也难怪他们恨我、这个罪本该我一个负责的。——说我是个祸首，说M之陷于罪完全是我害的。M在监牢里写了一封信出来，要我带A儿回乡间和他们暂住一年半，等他的出狱。但他们拒绝了M的托付。M的父母托人对我说，他们只能以祖父母的资格收留A儿，但不愿和我见面。R君，你想，我如何能够离开A儿一个人独活呢？尤其是和M分离后，更不能离开A儿。

九

R君，我一生只有一次的善念和善行，就是决意携着A儿送M到C城去——送着M的囚车到C城去。我终到C城来了。我一星期能得两次的许可和M见面。

到C城后的第一问题就是我和A儿的生活维持方法了。我是个荏弱的女子，能找什么职业呢？但我决意在C城等M的出狱并以养育A儿的责任自任，我最初想从事的职业是裁缝，其次是洗衣裳。M有二三个友人都不赞成我抛头露面去干这种职业，他们集了三五十元的基金，替我在大学校街租了一间小店，要我做饺面的点心生意——每日只坐在店里指挥着一个厨夫两个女工做饮食生意。到这时候，我感激他们万分了，我才知道人是有交结朋友的必要。他们里面的最热心的提倡者P更热心替我奔走，一切都是P替我布置的。P是M城一家洋货店的驻C城的坐办。

我的饮食店开业后一个月间P每日都过来帮忙。

不是奇缘么，R君？我开业半年后，你竟由海外留学回来当C城大学的助教授了。

R君，我是为M——为等候M的出狱才做这种生意的。谁能预料到这种生意就是引我这身体至破灭之境的第一步！就连我这未经锻炼的纤弱的女子敌不住四围的诱惑和压逼，我自己也未曾想象到的！

我的同胞的哥哥不爱我，我的生身父母也可以说不爱我了，M的父母兄弟又不爱我；我在这世界中完全是个畸零人了。像慈惠而诚恳的P，我对他只能咽着感恩之泪，怪得我和他亲近么。

开业后半年间，生意很好，来客的人部分是C城大学的学生。我在这半年间积了不少的钱。到后来我才知道这些来客——大学生们——完全是为我一个而来的。年轻的学生们都患着种病狂——自信是个多情者，自信是个美貌所有者，自信是个对女性有蛊惑力的所有者的病狂。多望他们一眼，多和他们说句笑话；便都深信我是看中意了他们了，没有一晚绝迹的，不论吃得下去吃不下去，都到我的店里来，他们间的嫉妒的情形，看见令人发笑呢！

R君，我等不到M出狱又堕落了，我因爱M而来C市，但终负他了。我在C城的堕落的第一步就是不能克服P的诱惑。我终由P的手堕落了。R君，人心难测！外表看来是很慈仁很诚恳的P原来是个蹂躏女性的魔王。经他的手不知牺牲了残杀了几多女性了。恨我处世未深，不知不觉间遂陷入他的圈套中了，和他有了肉的接触后，才把他的假面具揭了；原来是一个这么可怕的魔王，但已经后悔无及了。嗣后我竟自暴自弃的流入淫荡的生活中了。我常引诱你们学校的几个有钱的和有姿色的青年到我的私室里和他们对饮起来了。

我再做了第二次的活尸！你竟在我做活尸的期间内常到我店里来。我因你得了不少的安慰。我竟不自量不自重的对着你起了一种数年前的纯洁的爱的追忆和燃烧着一种奢望。但望见你去后，我又自笑我的痴愚。

M的监禁期满了，出狱来了。他出狱后住在店里，我的生意也就因之冷淡了。

M知道他在狱中期内的我的生活了。他本不想追问，希望我改过，我也很后悔，想从兹改过再和他组织圆满的家庭。但到了这个时候，M的父母有了口实要求他的儿和我离婚了。

我和M离开后，只能继续着以此沦落之身营沦落的生活。我最近的生活你是很知道的，无庸我再赘说了。

因为你托你的友人来忠告我，希望我早日脱离这种颓废的生活。听你的口气，好像我的不幸完全是我自己作成的。R君！我有罪！我自信有罪！我也不辞其罪！不过我的生涯的里面有不少你不了解的部分，所以详详细细的写了这封长信寄给你。R君，我最后希望你的有两件事，就是：

第一希望你明白，人是有人心的，不是自己喜欢犯罪的！

第二希望你要知道，对贫苦者不能轻施其怜悯，对犯罪者不能轻施其谴责。对贫苦者要有拯救他的自信，才可施你的怜悯；对犯罪者要有感化他的自信，方可施你的谴责！人不当轻施其无责任的怜悯和谴责！

一九二五年二月十二日于武昌长湖堤南巷旅寓

末日的受审判者

一

我们夫妻俩带了驹儿离开了故乡到S市来快满三年了。我初到S市时，由美仙——妻的名——的介绍才认识她的姨母——我的岳母的妹子——并她的女儿春英。那时候春英和她的母亲两个在S市的贫民窟的大佛寺里向寺僧租了一间又黑又脏的房子一堆的住起。春英的年岁怕要近三十岁了，每天从八点钟起就到荣街——S市的一条最繁华最多大商店的大街道——的一家银行里去，因为她们母女的生活费是指望着这家银行每月给她的几块洋钱。

"母亲的年纪也高了，并且十天有八天的病着不能起来。把她一个老人家留在这边，我一个跑到H埠去。无论如何我总不放心的。"春英每到我家里来都是这样的对美仙说。

春英在七八年前早和人订了婚。男家的生活也不是容易，她的未婚夫五年前到H埠谋生去了。一去五年没有回来。听说近来自己创立了一家小店子，生活比较安定些了。从去年秋春英的未婚夫每月有三元五元的寄给她了。

"春英是过了年龄的了，孤孤单单的过了这几年。她早就想结婚的。你看她那对眼睛，不是在渴望着男性的表象么，怪可怜的。"春英去了，我是这样的向着美仙说笑。

"她不是想到H埠去么，她在希望着我能答应她替她看顾姨妈。我是不能答应她的。你单看驹儿一身的事早够我受用了。并且……"美仙那时又有三周月的身子了，驹儿才满一周年。不错，我常听见春英对美仙说，"美姊家里只有一个驹侄儿……"下半句没有说出来，是想她的母亲亦托我们。

我们对春英是很抱同情的，也觉得她很可怜。但我们家里不能容纳姨妈也有几个理由。第一，我虽然说是大学教授，但薪水是不能按月支领的。我来S市是友人W君——S大学的教育系主任——招我来的，他要我帮忙他，担任心理学，伦理学这两门的功课。我初到S市来，适值大学起了校长争夺的风潮，学校里一个钱都支不到手，我又把妻子带了来，一时没有能力另租房子，自立门户，一家三个只好暂时寄托在W君的篱下。W君家里的佣人有一个乳母，一个厨夫，美仙在w君家里受他们的气受够了，才哭着要我到一个在S市开病院的同乡那边去借了些钱，租了一所又窄又暗的房子，才把一家三个容纳下去，但比寄人篱下就好得多了。学校的薪水有时可以支得到几个，但也仅仅够维持我们三口的生活。这是不能容纳姨妈的第一个理由。美仙的身体本来是很弱的，驹儿又淘气得很，兼之又有三个月的身孕了，若又叫她再看护十天有八天在病床上的姨妈，这是于美仙的健康上很有妨害的。这是不能容纳姨妈的第二个理由。又这位姨妈的脾气有点怪的，她受了人的爱顾或恩惠，不单不感谢，心里常怀着一种嫉妒，表示一种不喜欢的态度出来。她原来是个根气薄弱的人，没有一点强毅的力，但表面上还装出一种不食嗟来之食的气概。她因为有这些怪脾气，所以对父母不大亲近，对姊妹——美仙的母亲——也落落不合。到了十九岁那年，还在女子师范学校的二年级就跟了一个男教员逃出学校去了。我怕她到我家里来和美仙不合，反伤了感情。这是不能容纳姨妈到我家里来的第三个理由。

春英要维持母女两人的生活，每天不能不到银行去办事，姨妈常半生不死的病着，有时一连五天或全星期不能起来。遇着她疾病时，春英又不在家，寺僧便跑到我家里来，要美仙过去看护她。有时到夜晚的十点十一点还不得回来。姨妈病好了后，当做没有这回事，看见美仙来了，也没有半句慰谢美仙的话。不单是姨妈，就连春英也有这种性质。有时候，姨妈不过有点伤寒咳嗽，春英便着人过来要美仙到她家里去。美仙去了后，她便有许多事件要美仙帮她做，整天的不放美仙回来。可怜的就是驹儿，把母亲临去时给他的几个糖饼子吃完了后，哭着要他的母亲。很困倦的由学校回来的我，到这时候不能不拖着跛腿，抱了驹儿到大佛寺去找美仙回来。这就是我厌恨春英母女的最大的原因。医生的谢仪和药费不消说要我替她们开支，但我从没听见春英对我有半句谢词。

"姨妈和我的家庭有什么关系？如果是岳母呢，还可以说得过去，妻的姨母和我完全是风马牛不相及的，怎样能够因为她，牺牲了我的家庭幸福的一大部分！春英母女累了别人，过后便当作没有这一回事，好像我们是有供奉她们，服役她们的义务……真的岂有此理！"我时常在这么想，愈想愈恨她们。我到后来很后悔，不该由乡间跑到S市来。我想搬家——搬到离大佛寺远些的地方去——的动机就是这时候发生的。

美仙或许是看出了我讨厌她的姨母，她不踌躇的向我表示她的态度。

"我还不是早想离开她们。她虽然是我的嫡亲姨母，但她并不曾特别的爱我,也没有什么好处给了我。不过她找上了门时,便想不出拒绝她的话来了。"

我们说是这么说,但到了月底她们向我要求的款是无法拒绝的。医生来向我要钱,车夫也来向我要钱,米店来向我要钱,炭店也来向我要钱。

下雪的一天,寺僧又跑来说姨妈的疾势危急了。我跟着寺僧跑到大佛寺时,姨妈睡在一间又窄又暗的房子里,没有一点儿声息。跑进她的房里愈觉得冷气袭人。

"你快打电话给医院的院长,说是我请他到这里来看一个急病的病人。快点儿去!"

我打发寺僧去后,又跑到厨房里去看了一转,炭也没有了,米也没有了。

"荣儿(寺里的小僧),你快到米店和炭店去叫他们快送些米和炭到这里来。"

姨妈像听见我来了,卧着翻转身来,向着我惨笑。这算是我第一回看她对我的笑。黑污的蚊帐,破烂的床席,薄窄的棉被,一一的陈列在我的面前,我当时心坎像受了一种痛刺。

"姨妈,我替你换一副新的被帐吧。"

"谢你……"姨妈用很微弱的气息答应了我,再向我惨笑。

我由大佛寺出来,踏雪回去,自己一个人很欢喜的像今日行了一件善事。心里也不觉得春英母女讨厌了。

"美仙要求你做一件棉裤给她,你没有答应。她又要求你买一件毛织外套给驹儿,你也没有答应。你哪里有许多闲钱替姨妈制被帐呢?"我在途中,雪花扑面吹来时,才想及妻儿的寒衣还没有做。禁不住后悔,暗责自己不该孟浪的答应了姨妈。

二

月杪到了，身体状态不寻常的美仙因为家计不知发了多少牢骚，也流了许多不经济的眼泪。十一月二十一日的上午，我冒着风雪跑到学校会计处去问会计要这个月应支的八分之一的薪水。

"校务维持会把这两千块钱议决给学生寄宿舍作伙食费了。不等到校长问题解决，怕没有薪水可支了。"

我到此时只能对会计苦笑。

"利用军阀的势力，把学校的款押着不发下来做争校长席位的手段也太恶辣了。总之在中国是办不出好学校来的。尤其是中枢移到学生方面去了的学校是永不得发达的。校长要学生决定，教员的去留也要听学生的命令，校务也要受学生的干涉；那末还要教职员干什么！把学校交给学生办去，学科也叫学生自己担任教授——三年级的教二年级的，二年级的教一年级的不好么！"我在由学校的回家途中，愈想愈觉得中国的教育太滑稽了。

近半个月间，姨妈的身体似觉好了些儿。美仙的身体也渐渐的重了，我们便决意搬家，搬到离大佛寺远些的地方去。新历的年前把家搬到隔江去住了。搬了家后，我更辛苦了，因为每天一早七点钟就要冒着寒风或雨雪过江到学校去。

不搬家还好些，搬了家后，寺僧更常到我家里来了，连他过江的船票费都要我给他。一晚上风雪来得很厉害，寺僧又跑了来说姨妈的旧病又发了，这回怕没有希望了。我没奈何的拿了一把洋伞跟了寺僧过江去。在途中的时候，洋伞好几回快要给烈风吹断了。斜雨淋身，衣履尽湿，两足早凝冻得成冰块般了

"这真是前世的冤家！她今晚上真的死得成功，不但我们，就是春

英也算幸福的。只一次，只今晚上一次忍耐点儿吧。"我一面跟着寺僧走，心里恨极了。

"叫医生去没有？"我在途中问寺僧，寺僧说没有来，我们又绕道到医院去叫医生后才到大佛寺来。病人起来坐在床上了，像在梦中般的又笑又哭，完全像一个鬼婆。春英吓倒了，坐在房里的一隅不住的打抖。

"父亲早说要分给我一千块钱，到今一文都不给。""姊姊是个利己主义者，自己好了就不管妹妹怎么样了。""人类真残酷的，只望同类死，望同种绝。""啊！可怕！可怕！"病人是语无伦次的，说了许多怨天尤人的话。她的脸色苍白得可怕，她说到"可怕"时望着墙上的人影颤栗。

"一定是幻见了什么东西！"我望着姨妈的憔悴的脸孔这么的想。姨妈年轻时跟了学校的教员出去，同栖了三年，他们间的恋爱的结晶就是春英。春英生后没有许久那个教员就到邻县去谋生去了。姨妈在家里便有了外遇，到后来竟带着春英跟情夫逃走了。那个教员是很爱姨妈的，因受了姨妈的诱惑，牺牲了——物质的和精神的双方——不少。他听见姨妈跟了情夫跑了，失望之余就自杀了。我敢断定她现在所幻见的是那位自杀的教员的幽灵了。

"怕不行了，除注射外，没有别的方法。"医生看见这个样子先说出不负责任的话来了。春英听见医生的宣告，早哭出来了。医生去后，我辛苦了一夜帮着春英看护她的母亲。

但过了两天姨妈的病居然的好了。我真不能不疑她是伪病了。医生叮嘱了几次，不要给什么她吃，但她死逼着我要买烧饼给她吃。我想她迟早是要死的，买给她吃吧。把烧饼买回来时，她像小孩子般的抢着咬，她并不像个病人。

听说H埠那边来了几封信，春英很急的想一个人跑到她的未婚夫那里去。

有一天入春英过江到我们家里来，恰好是星期日，我也在家。

"母亲近来身体好了些……这样的守着，不知要守到什么时候。我今决意到H埠去一趟……可是……"春英的意思是想我们答应她把她的母亲送到我们家里来，但她有点不好意思，没有把她的来意说下去。

"你的母亲也同去么？"我恶意的抢着问她。她的来意果然给我这一句抵住了。

"大佛寺的人说可以替我看顾母亲，我到了H埠后每月再寄生活费来给她。"春英绝望的说了这一句。

我们俩望春英回去后，心里很难过的，像做了窃盗，怕警察来追究似的。第二天我们俩同到姨妈那边去，问她春英到H埠去了后怎么样。

"唉——不要紧，不要紧！她早就该去的，都是我累了她。春英去了后，我决不会再累你们的，你们放心吧！"姨妈还是用她平素惯用的调子，嘲刺我们几句。我们也不再久坐，就辞了回来。

春英动身的那天，美仙买了一件毛织衬衣，一打手巾，两罐茶叶送到码头上去替她饯别。春英去了后快满二周月了，但她并没有半张明信片给我们。

春英去后四个月，我做了第二个小婴儿的爸爸了。我们在这两个月中并没有到大佛寺去看姨妈了。

自春英赴H埠后，又满半月了。美仙身体恢复后，也曾去大佛寺看过姨妈几回。据美仙的观察，春英不单没有信给我们，就连她的母亲那边也像没有信去的。有一晚，姨妈寄了一张明信片来，大意是说，现在旧病又发作了，春英那边寄来的钱都用完了，不便多去信向她再要，并问我们可否筹点钱借给她。第二天我便一个人到大佛寺去。去年冬我替她制的新被褥，新的帐都不见了。天气也和暖了，姨妈床上只有一件旧烂的红毛毡。被也是旧的，只有席子是新的。此外的家具也完全没有了，这末看起来，春英是一个钱都没有寄了来给她的母亲。

这天我把带来的十元给了她。姨妈决不道谢的，她只说，"暂借给我用一用，等春英那边的钱寄到了后……"我给了她钱后听见这句话真要气死的。我不再理她，就跑往学校去了。

过了几天，看护姨妈的寺僧又跑到我家里来：

"春英小姐那边去了十多封信了。她不单没有钱寄来，连信也不回一封。她们的亲戚住在S市的只有先生这一家了。我们寺里的房租钱我们当然不敢向她要的，不过这半年余的伙食……"寺僧说到这里停顿了一下，"先生这边如果不能招呼她，那末送她到孤老院去可以不可以？我这回来是要先问问先生的意见。"

我给了点钱给寺僧，叫他再等一二个星期，因为S市和H埠间的邮件两个星期就可以往复；寺僧去后，我写了封很严厉的信——当时气忿不过，一气的写出来，写得太过火些了——登即寄到H埠去。过了半个月，春英的复信来了。她信里说，她现在有了六七个月的身孕，不便回来接母亲去。她信里又说，再过二三个月，她轻了身后再回来S市接她。她信里最后说，她未回来S市以前，"一切还要望姊夫照料"，春英常叫我姊夫。

这真是个难题了。把姨妈真的送到孤老院去么？慢说对社会无词可说。就对美仙的面子上也过不去。没有法子，只得把姨妈接到家里来。但是过了几月春英还是没有信来，姨妈的病也就日加重了。

姨妈自来我们家里之后，每四五天就要发病一次，昏迷不省人事，弄得美仙一天到晚不得空。姨妈元气好的时候又拖着美仙东扯西拉的说些我们不愿听的话，气得美仙说不出半句话。她高兴的时候便跋到厨房里来把所有的食物吃得精光。

"又要到学校上课去，又要作小说也太辛苦了。"有时姨妈半嘲笑的对我说。我那时候因为学校的薪水支不出，不能不作一二篇文字拿到书店里去换些稿费来维持生活。我为生活问题正在苦恼着的时候，听见她的嘲笑。真的想一拳的捶下去。

"在S市住的只我和你两个人，有血肉关系的……"姨妈对美仙说这句话时，她的脸色异常的可怕。受到病魔的威压的姨妈身上没有人类的灵魂，只有魔鬼的灵魂了。若她再生存十年、二十年还不会死的话，我们到什么地方去。她也就在后面紧追着来。那末我们的家庭幸福终要给她像撕纸片般的撕得一点不留了，我们俩因为她的事常常口角。

三

好了，我们有了好机会把姨妈送到H埠去了。H埠的春英来了信，说她月前生了一个小孩子。姨妈听见她已经有孙子了，就想早点到H埠去。自接春英的信以来，每天昏沉沉的不住的一边叫春英和初生的小孩儿的名，一边痛哭。

"她这样的想到H埠去会春英和孙儿，我们就打发她到H埠去吧。"我们夫妻俩几晚上都是这么的筹商。不消说我想送姨妈到H埠的动机不单是为她想看初生的孙儿，我的心里面还潜伏着有残忍的利己的思想，就在美仙面前也不便直说出来。

我们替姨妈把几件的简单的行李收拾了，出发的日期也到了。出发的前一晚，我们真担心万一明天发了病，不能动身就糟了。到了第二天，下了点微雨，我还是硬把姨妈送到停车场去。

"如果姨妈还没到H埠，人途中死了的话，那时他们把姨妈的遗柩送回来时，那怎么了呢！"我们送了姨妈出发之后都为这件事担心。姨妈实在是太弱了——能不能平安到H埠还是个问题。自姨妈去后，我们俩常坐至夜深推度着姨妈在途中的状况，这几日间我心里起了一片黑影子，常在自责。

"姨妈的命是你无理的把她短缩了的。"自姨妈去后，良心的苛责使我不曾度过半日快愉的生活。

"她是想见女儿，想见孙儿去的，就死了也是她自己情愿的。"我常把这些话来打消自责之念，但心里的一片黑影是始除不掉的。

过了三星期，H埠有信来了。信里说，姨妈到H埠后每日很欢喜的抱着才生下来的孙儿流泪。春英的信里并没有半句对我们道谢的话。但姨妈还是死了——到H埠后两个月就死了。

由此看来，姨妈的命运是我们把她短缩了的。她是我们催她快死的。如果我们不把姨妈送到H埠去，留她在S市，很亲切的看护她；那末她的命或可以多延长一年半年。姨妈的的确确是我们把她杀了的。我们的生活虽然穷，但养姨妈一年半年的力量恐怕不见得没有吧。我们所怕的是看护她的一件事，但这也是稍为忍耐些就可以做得到的。姨妈在我们家里，美仙虽然很劳苦，但这也不是赶姨妈到H埠去的正当理由。我们讨厌姨妈母女的理由是她们的冷酷态度，一面要受人的恩惠，一面又抹杀人的好意。她们的眼睛像常在说，"我们不是亲戚么！我们不穷，还要来乞你的援助么？这一点儿的生活费的通融算得什么！也值得夸张在说恩惠么？"春英母女的这种态度就是我们不情愿资助她们，不本意的资助她们的重大原因。她们到H埠去一张明信片也不给我们，在S市的时候常把冷酷的眼光对我们，"以后不再累你们了，不再受你们的白眼了。"这是春英的可恶的语气！这一切印象竟把我的复雠的注意力引向她们那边作用了。因为这些小小的不快的印象，望着一个老人的病死而无恻隐之心的不加救济。像我这一个人类——高等肉食动物的体内是有残忍的血在循流着的。

闲话还是白说的，姨妈终是死了。她的寿命是做了人类感情冲突时的牺牲，做了我的冷酷的性格的牺牲。我此刻才知道我是没有一点牺牲的精神和仁慈。莫说对姨妈，就对自己的弱妻幼子还是一样的利己的，残酷的。我如果少和朋友们开个什么恳亲会，那会费就尽够姨妈一星期的伙食了。我若少买几部无聊的书籍，也就够姨妈一个月的用费了。死了之后决不会再生的人类谁不想把他的生命多延几天。平心而论，姨妈的生命可否多延长一年或半年的权力全操在我们手中，但我竟昏迷的把这种权力恶用了。我因为利己的思想和因家庭的幸福终把姨妈的生命短促了。我一面憎恶自己有这样残忍的思想，一面又自认自己的残忍的行为。

　　三年前的冬，我在学校支不到薪水，一肚皮的闷气没处发泄，回到家里看见美仙替驹儿多买了一顶绒织风帽，便把几个月来所受的穷苦的闷气都向美仙身上发泄了。我骂美仙全不会体谅丈夫，全不知丈夫的辛苦；我又骂美仙是个全没受教育的野蛮人，没有资格做一家的主妇，最后我骂美仙快点儿去死，不要再活着使我受累。驹儿卧在他母亲的怀里，听见我高声的骂他的母亲，吓得哭出来了。美仙也给我骂哭了，低着头垂泪不说话，像我这个利己的高等动物对妻子尚且如此的残酷，对姨妈更无用说了。其实我咒美仙的前一天和几个友人还到西菜馆去吃了两块多钱的大菜，美仙买给驹儿的风帽只值得一块钱。美仙有时多买些肉——她是为我和驹儿多买些肉——我便向她警戒，要她节省之上再节省。美仙没有话回答我，只叹口气。

　　春英由H埠回来时，不知作何态度对我们呢。那时候我们要很亲切的招呼她了，我刻薄了姨妈的罪也许减轻几分。但自姨妈死后，半年，一年总不见她有什么消息给我们。我们又忍不住要说春英是忘恩负义的人了。其实我何曾有什么诚意的恩惠给她呢！

四

姨妈死了两周年了。

今天早上春英竟出我们意料之外的带了她的儿子——在H埠生的儿子——来访我们。像母亲般的脸色白皙得可爱的小孩儿,不过身上穿的衣裳稍为旧点儿,脏点儿。春英来后坐了一会,只说了两三句许久不见的话,便很率真的向我们借钱。

据春英说,她早和H埠的丈夫离了婚。她的丈夫仅给她一份盘费叫她回S市来。我后来听见H埠回来的友人说,春英的这个儿子并不是她的丈夫生的。是一个水客(来往S市和H埠间,以带邮件和货物为职业的商人)替她生的。春英初赴H埠是她的未婚夫托了这位水客带去的,春英未到H埠以前先在海口的旅馆里和这位水客成了亲。她和她的丈夫离婚恐怕是这个原因了。

不幸的小孩子!我望着春英的儿子,心里把他和我的驹儿比较时,觉得我的驹儿幸福很多了。由此看来,叫我们不能不相信命运。我觉得春英的儿子可怜,很想把驹儿的玩具分点儿给他;但春英尽管向我们说她的儿子如何的可爱,如何的可怜,对于驹儿兄弟——这时候驹儿跟乳母出去了不在家里,小的在里面睡着了——并没有跟问半句;我又觉得她太不近人情了,终把她厌恨起来了。我决意不借钱给她也是在这一瞬间。我这时候恰好手中也没有钱,不过要用的时候,向友人通融二三十元也未尝做不到。

她那对小眼睛里潜伏着的冷的眼光!纯白色的全没有和蔼的表情的脸孔,贪欲!偏执的性格!没有一件不像死去了的姨妈!

"你们都是我前世的冤家!你们不死干净,我是没有舒服的日子过的!"我同时感着一种不快和胁逼。我忙跑回楼上去,只让美仙一个人陪着她。我在楼上时时听见春英的冷寂的笑声。

吃过了午饭，春英带她儿子回去了。我跑上楼上的檐栏前俯瞰着春英抱着她的儿子的可怜的姿态。儿子倒伏在春英的肩上哭，说不愿回去。

"妈妈买糖饼！买糖饼给阿耿吃！（阿耿是她的儿子的名）不要哭，不要哭！妈妈买糖饼给你吃！"

我望见这种情状，登时感着一种伤感的情调。假定那个女人是美仙，她怀中的小孩子是驹儿时，是何等惨痛的事哟！

"她真的这样穷了么？"我跑下来问美仙。

"她说好几个月没有吃牛肉了。你看那个小孩子不是不愿回去么？"

"是的，她穿的那对袜子真脏极了。她怕只有这一对吧。她是很爱好看的人，有第二对袜子还不拿上来换上。这几天下了雨，她又不敢洗。"

"她今天回去是要洗的了。"美仙说着笑了。

我们是何等利己的哟。春英正在愁眉苦脸的时候，我们漠不相关的还把她当我们的话题。

"她告诉你她住在什么地方？"

"她说是三司街的第四条胡同。她没有明白的告诉我。"

"她有说住在谁的家里没有？"我听见春英住在三司街，心里对她回S市后的生活有些怀疑。

"她没有说住在谁的家里，大概是由自己租房子吧。她像不愿意我们知道她的住所，她像有什么事怕我们知道似的，我疑她回S市后又姘上了谁。"

"这都是父母造的孽。姨妈如果不和春英的父亲离开，春英也是个体面家庭的小姐。因为姨妈有了那回事就自暴自弃了，春英也跟着自暴自弃了。"

"可怜是很可怜的。"美仙叹了一口气。

"……"

"可是我们哪里能够终身供给她呢！答应了她一次，第二次又要来的。所以她说到借钱的事我一口就拒绝了。"

"……"

我心里想，若我所怀疑的春英近来的生涯不会错，那末春英算是世间最可怜的人中的一个了。她来向我们求助——姨妈死后第一次的求助——我们竟残酷的把她拒绝了。我愈想愈敌不住良心的苛责，我也不和美仙再说什么，换好了衣服一个人出去。

我最怕的就是红着脸问友人告贷。我宁可给他们打几个嘴巴，真不情愿开口问他们借钱。是去年的冬季的事了，我这小家庭的人都犯了伤寒症，给医生的谢仪几块钱都没有了。我扶着病叩了几位友人的门，不知受了多少侮辱，最后才借了七八块钱回来。从那时起我发誓不再红着脸向人借钱的了。今天为春英的事，不能不取消前誓。

我向学校的同事借了三十元就跑向三司街那边去。到得三司街时太阳快要下山了，我按着胡同一条一条的数。各胡同口都站着三两个满脸涂着脂粉的女人。我心里异常难过的想折足回去。后想已到了这边来，就不能不把自己的目的达到。

我进了第四条胡同，便闻着一种难闻的臭气。这条胡同有七十多家的人家，天时又不早了，只得找了当头的一家问她们春英住在哪一家。我站在门首便望得见厅里面有三四个涂脂抹粉的女人。一个还在梳装，一个赤着膀子在换衣裳。一个袒着胸膛，露出双乳，对着镜向胸部抹粉，还有一个像装束好了的，她看见我便提高喉咙。

"请进来坐么！"

我满脸绯红的，把帽子脱了一脱：

"对不起得很，我想找一个人名叫春英，他住在哪一家？"

那女人听见我指名找人的，脸上便不高兴起来了。"妈——这边有叫春英的么？"那个女人问了后，一个四五十岁的女人跑了出来笑向着我点头。

"这边的姊妹没有叫春英的，莫非是新来的么。"

"她怕不是你们姊妹行中的人，她是才从H埠回来的，带着一个小孩子，年纪约有三十一二了。"

"啊——老桃！她住在二十七号，从那边数去，第十四家就是她家了。"

我向她们点了一点首，道谢了后走出门外时，还听见她们在笑着说。

"这怕是她的老知交了。她一个月平均没有一晚有生意的，莫非交了好运么。昨晚上她接了一个酒店里的工人，今晚上又有这么一个斯文的客。"

我虽然心里不情愿听，但好奇心要逼着我站着听。原来春英早就回来了，我愈想愈觉得春英可怜。她是不情愿到我们家里来的！她很失望的就是住在这胡同里的职业还不能维持她母子的生活！她不得已才到我家里来！我还对她为礼仪上的形式上的苛责，我真是残忍极了的人！"你看她对她的儿子如何的负责任！你把你自己和她比较看看！"悲楚和羞愧交逼着我，禁不住眼泪直流的了。

春英出来望见我，很羞愧的垂着两行泪。

"我回S市来有三个多月了。因为自己命薄没有面目到美姊家里去……"春英的声音咽住了，伏在门壁上哭出声来了。

"不要伤心了。最好是离开这个地方。出来后再设法吧。"我也垂着泪，找不出别的话来安慰她。

"我想回乡下去。我今天是想向美姊借点旅费回乡下去。"

"回村里去也好，你回去后也不必客气，困难的时候只管写信来，我尽我的能力有多少寄多少给你。你把你那个孩子抚养长成了就好了。"我不能再在这胡同里久站，也不忍在这胡同里久站，我把带来的三十元给了三分之二给春英。

"姊夫的恩，我今这是无能图报的了！……"春英垂着泪低下头去。我平日希望春英对我的谢词她今晚上不吝惜的说出来了。但我听着这个谢词像有把尖利的小刀向我的胸前刺来，我感着我的双颊像给火燃着般的。像我这样的利己的，残忍的人也配受她的谢词，受她称恩人么？

五

我由三司街出来，觉得自己的身体轻快了许多，精神也舒服了些。我走到最热闹的荣街上来时，下了一点微雪。我把剩下来的十元买了一件毛织外套给驹儿。此外买了几尺布，买了一大包棉花是给美仙做棉裤的。美仙两年前就要求做棉裤给她，我不单不答应，还要骂她几句，说她年轻，并不是老年的人要穿棉裤，有了夹的够穿了，还要花钱做什么。把东西买好了后，我便跑进一家西菜馆里去喝了两盅葡萄酒，吃了两碟大菜。由西菜馆出来时，我怀里还有七八个银角子和十多个铜角子。我走一步，怀里的银角子和铜角子便相击撞的乱响。在这瞬间我觉得我居然是一个富翁了。平日我看见坐着汽车飞驰的人是很痛恨的，今晚上飞驶着汽车的人不会引起我的反感了。在江船上看见了许多我平日最痛恨的军人和资本家，但今晚上他们的脸孔不像往日那样的可厌了。

过了江还要走几条黑暗的街道才回得到家里。我带着点酒兴觉得今晚上的踏雪夜行是很有意味的。我在近码头的一条黑暗街道上发现了一个劳动者拖着一驾很重赘的货车走不动,很辛苦的在喘气。我把手里抱着的买来的一包东西放在他的车上,用尽我的双腕之力在车后帮着他推。货车突然的轻快起来。那劳动者吓了一跳,忙翻过头来望车后。

"哈,哈,哈哈!"我望着他笑。

"先生,谢谢你!"那劳动者也笑向我鞠了一鞠躬。

"你到哪一条街去的?"

"我到维新马路的。"

"那末我们是同路。"

"先生也到那条街去吗?"

"是的,走吧!我们走快些。"

他在前头拖,我在后头推。两个哈哈笑着过了一条街道又一条街道。到了维新路口我们要分手了。

"像先生这样的善人我真的没有见过。"他再三的向我鞠躬。我有生以来今晚是第一次听见他人称我做善人。

我走到家门首了。酒意没有退,双颊还是红热着的。奶妈出来开了门,我急急的跑到妻的房里去。美仙正在低着头替驹儿缝补衣裳。我把买的东西搁在台上的一隅,美仙待要站起来,早给我抱着了。我在美仙的双颊上乱接了一会吻。

"狂了么?……酒臭。"微笑开始在美仙的唇上发展。我把买回来的驹儿的小外套和她的棉裤材料给她看,微笑愈把她的双唇展开了。妻把小外套看了一回,又把布的颜色在灯下检视了一回。

"你今天到什么地方去了来?你哪里有钱买这许多东西。"美仙笑着说了后,坐近我的膝边来。

"你不讨厌我了么,近这几天来,你的脸色是很不好看的。这几天真怕你要发脾气。"美仙的眼睛里早镶嵌住几粒金刚石。

"美仙,你说些什么!我到死都是爱你的!死了后还是爱你的。"

我一面说把只手加在美仙的肩上了。

"真的？你不厌弃我？……世界中除了你……"美仙的眼泪终于掉下来了。

"自你到我家里来，除苦劳之外没有一点好处到你身上。美仙，对不起你的就是我。除了你还有人能受我的爱么！"

"不，不，我是喜欢苦劳的，苦劳是我自己愿意的。你真的永久爱我？……"美仙垂着泪像小女儿般的飞投到我怀里来紧缠着我的胸膛。她的黑瞳里的幸福之泪是很灿烂的。

"把驹儿叫醒来试试外套合穿不合穿。"我一时高兴的想叫醒了驹儿抱着他耍。

"等明天试吧。天气冷，莫着了凉。他醒来时非等二三个时辰是不睡的。"美仙微笑着向我说。

"像我们这样贫苦的家庭，你也感着幸福么？"我今晚上才感知我们是幸福的。

"幸福哟！有你在我们母子的身边，我们是幸福的。"美仙今晚上像处女般的双颊绯红的表示她的羞愧。

驹儿和骆儿呼呼的睡在床的一隅在做他们的幸福之梦。和骆儿并枕睡着的就是美仙，她今晚上像很信赖她的丈夫，微笑着在做幸福之梦。她今晚上是很安心的入睡乡了。我望着这三个可怜的灵魂，觉得她们母子未免太过信赖我这利己的，残忍无人性的人了。我同时又觉得我实没有资格做她的夫，做他们的父。美仙时常是这么样的对我说：

"你如果死了呢，我也立即跟着你去的。"这虽是女人通用的口吻，但她是决不说谎的。如果妻比我先死，我怎么样呢？我纵不续娶，也不能跟着她死。我们两人间的爱是有这样的一个异点。但这是美仙推度得到的。她并不奢望我要和她爱我一样的爱她，她只望我有点儿爱她，她就满足了。

只一件棉裤子的材料，就把她一切的悲哀赶开了，她就很安心的熟睡了。美仙哟！可怜的美仙！你自嫁给这个利己主义者以来每天在渴望着爱！像我这个利己的残忍者几把你的爱苗枯死了。我只给很微很微的一点儿爱给她，她竟把自己的生命来作交换条件。这样的看起来，我是个罪无可赦的利己的高等动物——春英的泪固不能感动，就美仙的美丽纯洁的泪也不能感化的动物！

我坐在灯前正在沉思，骆儿哭起来了。何等可爱的美丽的啼声！我望着美仙微睁着倦眼，解开她的衣衾，露出一只乳来给骆儿吃。

"几点钟了？还不睡么？"美仙微笑着望了我一回，又闭着双目睡下去了。

一九二四年十一月二十八日夜十二时半于武昌

三七晚上

一

阿鸿儿死后满二十天了。今晚是第三七的晚上，母亲很担心阿鸿儿岁数小，在冥间不敢过黄河桥，又怕看守黄河桥的"黄官"欺侮他，她从今天正午就很悲痛的哭，一直哭到晚饭后，晚饭也没有吃，哭困了，就睡了。

我有两个弟弟，大的阿鹄儿七岁了，进了初等小学的一年级，小的就是阿鸿儿，他死时才满三周年又两个月。阿鸿儿平日是很活泼的，我每天出学校回来，他听见我的声音——听见我喊妈妈的声音，便高声欢呼着"姊姊"迎出来。我每早上学总不敢给他看见，他看见了定不放我走，哭着赶到门首的街口来。

阿鸿儿死去的前X天。——我的确记得是星期四那天，天色像要下雪般的，满天遮着灰色的云。阿鸿儿每天早上起来是我引他到厅前或门首去玩的,玩到吃早饭后交回给母亲,我才打算上学去。星期四那天早上阿鸿儿虽和平时一样的六点半钟就起来,但他不像平时一样的喜欢我,不要我抱他到外面去玩了。每天早上一望见我就伸出两个小手来笑着喊"姊姊"的,那天他死不肯离开母亲的怀里,侧首伏在母亲的左肩上,望见我进来,只呆呆地望着我,不笑也不说话。他看我伸出双手拍着要抱他时便带哭的说,"不要你!歔,歔,歔!不要你!"他望都不望我了,拼命钻进母亲的暖怀里去。

"你试摸摸阿鸿儿的额不是有点热么?不烫手么?"母亲要我检视阿鸿儿的体温。

"不要你!不要你!"我伸手摸到阿鸿儿的额上时,他哭出来了。他像很讨厌我的。他像除母亲外看见谁都讨厌。

吃早饭的时候,母亲左手把他抱在膝上,右手拿筷子吃饭。他无论如何总不肯离开母亲的怀里。他平日喜欢坐的矮藤椅也不坐了,饭也懒吃,话也懒说,笑也懒笑,甚至东西也懒看了。

那天早饭后我还是照常上课去。下午回来,才踏入门首就听见阿鸿儿的哭声。我忙跑进母亲房里来。一个年轻的医生手中持着检温器要检阿鸿儿的体温。阿鸿儿倒卧在母求的膝上挣扎着狂哭,因为母亲只手抱着他,只手替他解衣服。

"不要你!死鬼!"阿鸿儿哭着向那医生骂,举起他的一只小手拍打医生的臂。"妈妈!妈妈呀!救我!"他像怕那医生怕极了,翻过他的那对泪眼望着母亲,向母亲求救。母亲还是继续着替他解衣裳,叫医生把检温器插进他的肩胁下去。阿鸿儿知道母亲是和医生共谋的人了,恨得伸出那只手的五指来在母亲左颊上乱拧。

"妈妈鬼!妈妈!"阿鸿儿哀恨的痛哭。

"乖儿!给先生看看,病才会好。病好了,乖儿不会这样的辛苦。"母亲的颊上垂着两行清泪。

"姊姊！姊姊！抱，抱我！"我走前他身旁时，他更可怜的哀哭起来。阿鸿儿像流了许多鼻血，鼻孔门首满涂着深红色的干固了的血。他的双颊像焚着般的红热。他的双眼满贮着清泪。他的口唇鲜红，但很枯燥。他哭得满额都是汗珠儿了。

检温的结果，知道阿鸿儿的体温很高，超过三十九度了。医生检了温，听了脉，查问了一切病状后说，近来麻疹很流行，阿鸿儿怕是要发麻疹，房里的光线不得太强了，要把门窗关上，不要叫他吹风着了寒，食物要拣流动性的容易消化的给他吃。

医生去后阿鸿儿才止了哭，但咳嗽得厉害。母亲说吃了早饭才注意到阿鸿儿的一对眼睛淌着泪，但他并不曾哭。用棉花替他揩干了后，过了一会又淌了出来。吃了早饭没多久就很疲倦的样子倒在母亲的怀里睡了。只睡了半点多钟，但这半点多钟间惊醒了两三次。最后醒来时哭着流了不少的鼻血。

二

到了第二天，阿鸿儿周身果然发了无数的针口大的红疹，先在眼旁和颊部发，次在颈部和腹部发，又次及全身四肢了。

阿鸿儿发麻疹后不像前两天哭得厉害了，但热度总不见低下，只昏昏沉沉的睡着。

我因为阿鸿儿的病也请假不上课了，只让阿鹄儿一个人去。窗扉紧闭着的黑暗的房子里，不是我守着阿鸿儿就是母亲守着他；睡着时坐在他旁边，醒来时便哄着他玩。阿鸿儿的体温太高了，不曾继续着熟睡二小时以上。呼吸稍为急一点，就咳嗽起来，终哭着醒来了。

"妈妈！妈妈！"只哭喊了两句"妈妈"，更咳嗽得厉害。咳嗽得愈厉害，他愈要哭。我忙把他扶起来坐着，因为怕他睡着哭，呼吸不顺，所以咳嗽得厉害。

"鸿弟！鸿儿！姊姊在这里，你看！姊姊不是在这儿和鸿哥儿玩么？鸿哥儿，不要怕，姊姊在这里！妈妈就要来的，烧开水去了——烧开水冲牛奶给鸿哥儿吃！你看妈妈就来了！"我只手拍着坐在被窝里的阿鸿儿的背，只手指着房门首。

阿鸿儿还是哭着，哭了后又咳嗽，咳嗽了一阵后再哭，他的双颊像烧红了的炭般的赤热，他终把鲜血哭出来了。

那晚上阿鸿儿的病状更昏沉沉的！我和母亲都没有睡，共守着阿鸿儿，母亲几次叫我去歇息歇息，但我还是和母亲一样的睡不着。

半夜时分，阿鸿儿又醒了过来。

　　月光光，照莲塘。
　　莲塘背，种油菜，
　　油菜花……

阿鸿儿这次醒来不哭了，把一只小拳伸出被窝外，睁着他的黑水晶般的瞳子望着帐顶在唱歌，但他的双颊还是赤热的炭般的。

　　上间点火下间光，照着新娘叠嫁妆……
　　牛拖笼，马拖箱！……

"鸿儿，好乖，你喉干么？要牛奶喝么？"

"不要！妈妈啊，妈妈抱！"阿鸿儿不唱歌了，微侧着身体，伸出双手伸向母亲，母亲坐进被窝里去把阿鸿儿抱在胸怀里。我也伸过手来摸了他的颊和额，我的手感着灼热。

"鹄哥，做纸鸢！姊姊！……狗狗吠！狗来了！花毛儿来了！妈妈！我怕！"这时候是午夜时分了，万籁俱寂的，外面并没有犬吠的声音。

"阿鸿儿不是在谵语么？"我想及日间医生所说的话来了，心里异常的忧恐，但不敢直捷的向母亲说出，怕她伤心。

"母亲也怕在这样的想着，不敢向我明说吧。"想到这里，我心里更觉难过。

"阿鸿儿恐怕是发了梦，梦见阿鹄儿做纸鸢给他，又梦见邻家的花毛狗吠他，才说出这些话来。是的，他定发了这种梦。决不是谵语！决不是谵语！"我此刻又把刚才的犹疑取消，自己安慰自己。

三

到第二天正午，阿鸿儿还不见通便，我们不得不守着医生的指示，替他人工的通便了。阿鸿儿这两天来吃了十几格兰姆的蓖麻子油了，但还不见通便。

甘油注射进阿鸿儿的肛门内后，过了三分多钟，便通了。最初下来的是一条硬结了的黑粪，后来下的是灰黄色的很稀的粪水了。这大概是服了蓖麻子油的结果。

自行人工通便后，那天下午阿鸿儿一连泄了五六次。到傍晚时分的一次，粪水竟带点肉红色了。我望见这肉红色的粪水，心房像冷息了的不会鼓动。母亲看见后，先就流泪，后竟哭出声来了。

吃过了晚饭，阿鸿儿的体温像低减了些，但昏迷状态比昨晚上还要厉害。

八点钟前后，阿鸿儿抱在母亲的怀里。我们都希望着他能够安静的多睡一睡，但他总不睡，只睁着眼睛痴痴的仰望着母亲的脸。

"妈妈！妈妈痛！我痛！"阿鸿儿指着他的足向母亲说。他常在很痛苦般的伸他的双腕。有时又自摸着臀部说痛。大概他是手足和腰部酸痛。

这是阿鸿儿的最后的一晚了！也是我们能听见阿鸿儿的呼吸的最后一晚了。这晚上母亲的眼泪并不曾干过。

像循着周期律般的到了午夜时分，阿鸿儿再醒了过来。

"妈妈！抱！妈妈！抱抱！不要放！有人来了！妈妈不要放，快快抱我！"阿鸿儿的声音虽微弱．但他的音调很悲哀并带点惊恐的分子。

黎明时分，阿鸿儿昏沉沉的永眠了！

母亲在狂哭！狂哭着说，她如何的没有爱护阿鸿儿，终把阿鸿儿杀了。母亲又哭着说，她太把阿鸿儿不值钱了，才会患了这种病。母亲又哭着说，阿鸿儿是因为看见母亲没有能力爱护他．才跑了去的。母亲又哭着说，阿鸿儿在阴司遇着父亲时，父亲定会咒骂她。哭来哭去，说的都是一类的对不起亡父和阿鸿儿的话。

我只痴望着母亲流泪。阿鹄儿不解事，看见母亲哭，他也哭了，但他在哭着劝母亲莫哭。

阿鸿儿是患了麻疹和肠窒扶斯的合并症死了的。阿鸿儿死了一星期后，我还不很信阿鸿儿是死了的，我只当是一个不祥的梦。我的意识中总觉得阿鸿儿还是在房里睡在母亲的腕上。但看见厅里的小棺木和听见母亲的哭声时，我像从梦中惊醒起，眼泪像泉水般的涌了出来。

四

阿鸿儿死后过了二十天了。今晚是第三七的晚上了。母亲又在伤心着哭。我和阿鹄儿打算不睡觉了。要等到十点多钟同在鸿弟的灵前烧纸钱并祀看守黄河的"黄官"。

八点钟时分，母亲像哭倦了，睡着了。我把我的针线箱取了出来，替阿鹄儿做鞋子面。阿鹄儿坐在对面的案前，手里拿着一支石笔在石板上索索的写。

"六九五十四，得商六，余数六，六又九分之六。"阿鹄儿在低声的念着。

他念了后，就不再念了，石板上的索索的声音也停息了。很寂静的寒夜，什么都听不见。

"鹄弟！习题么？"

"唔，是的，明天要在黑板上算的。"阿鹄儿再在翻他的算术教科书，"姊姊，算术真讨厌，弄得我没有工夫读'儿童世界'。再算两题就可以了。算完了，我念'儿童世界'给你听。"

"唉——"

阿鹄儿再低下头去，他手中的石笔又在石板索索的作响了。我停了针，抬起头来望了他一望。他很可爱的微笑着俯着头。

再过了一刻，阿鹄儿放了石笔.

"妈妈醒来了么？"

我们又听见母亲在里面欷歔的哭了。

我们无从劝，也不敢劝母亲不要哭。

"妈妈"阿鹄儿只喊一句妈妈。

"黄官"那边要多烧点纸钱！"X儿，你要替阿鸿儿祈愿，快点引他过黄河。"

"是的，妈妈！你歇息吧！"

"阿鸿儿今晚上可以平平安安的过黄河桥吧！"母亲说了后又哭了。

"像阿鸿儿般的可爱的小孩儿，没有人难为他的。妈妈，你歇息歇息吧。"我虽然装出乐观的声调安慰了母亲，但胸里像给什么镇压着，眼眶里也满溢着眼泪了。

我跑到母亲的床前去，安慰了母亲几句，再走出来。我们听见母亲的叹息，以后就沉寂了。

寒风在外面忽然的哀号起来，空气的温度也急的低下了。我倾听着风声，更悲楚的流了不少的眼泪。

"姊姊，妈妈又梦见了鸿弟么？怎么你也哭了？"阿鹄儿惊望着我的泪眼。

"低声些！"我用手巾揩了眼泪。"阿鹄儿，你以后要格外的孝顺母亲哟！要多听母亲的话哟！"

"没有了阿鸿儿，母亲一个人睡不惯吧。"

"当然！怪不得母亲每晚上悲痛。"

"真的不惯，我也不惯。"

"你也觉得不惯么？"

"我不得再做纸鸢给他玩了。我不得再看他哭了。我很不惯的。"

"是的，你的话不错。"

"不要想阿鸿儿的事了！想起来不快活。我读'儿童世界'给你听吧。"

"你就读吧。"

阿鹄儿忙伸手到他的书袋里去摸今天新买回来的'儿童世界'。寒风一阵一阵的在户外哀号。

"儿童世界"取出来了。我望着阿鹄儿的小口一张一闭的。

"从前有一个人，生下三个儿子，两个是很硬心的……"

户外的寒风还在一阵一阵的哀号。

一九二五年二月二十六日午夜于武昌长湖堤南巷旅寓

雪的除夕

一

"那末明年再见了。"

"是的，要明年才得见面了。是的，代我问候问候B君，我明天不来拜年了。"

雪片下得愈大了，V和Y出学校出来，冒着雪跑到街口的三叉路口来了。各都怀着一束破票子——每张值一吊钱的官票——想赶快点回家去。他们就在这路口分手了。

一早就下雪，到了下午的四五点钟时分下得更大了。V今天出来时没有带伞，他穿的由旧衣服店买来的那件黑呢马褂满披着雪花了。

今年阴历十二月没有"三十"那一天的。今天是二十九，明天就是乙丑年的正月初一日了。昨晚上他一晚上没有睡，翻来覆去的很担心着学校的代表失败，向政府要不到款，那末他的一家五口漫说过新年，就连明天一天的三顿饭都怕不能全吃了。他听见十二点，一点，二点响过去。他虽然闭着眼睛，但总睡不着。他再筹思，如果明天分不到那几十块钱，不能不向那一位朋友借点钱把这年关度过去。但想到朋友，他有些丧胆了，因为现代的朋友是讲交情的，谈不得金钱的。学校的钱不能分，朋友处又借不到钱时，那只好把身上穿的一件烂旧的皮袍子拿到当店里去了。这么旧而且烂的袍子又能当得多少钱呢？但除当皮袍子又有什么方法呢？是的，明天一早到代表那边去问问，看校款的交涉成功了没有。若没有希望，就快把皮袍子脱下送到当店里去。过了正午，当店是要关门不做生意的。那末明天起来就穿那件棉长褂子吧，不要穿皮的了。穿上了后又要脱下来，虽不是说怕受寒，但心里总有点不舒服。他翻来覆去的把这几件事循环不息的考虑了一个通宵。刚要天亮的时分，他的脑壳疲倦极了，待要睡了。他的男孩子——生下来一周年又五周月的小孩子——又醒来哭起来了。续儿（V的小孩子的名）近这两天来像受了点寒，微微的发热，他的左眼不时的流了点眼泪下来——并不是哭的时候流的眼泪，只左眼睛会流眼泪。每从梦中醒来就要痛哭一阵。待要睡下去的V听见续儿的哭声再不能睡了。他把微微地发着热的头从被窝里伸出来。几束灰白的光线从破坏了的窗扉上的间隙射进来。他感着今晨的空气特别的冷。

"植庭！植庭！"植庭是V的舅父的儿子，V的外祖父托给他带到W城来进学的。他今年十六岁了，V因生活困难——学校领不到薪水——没有余钱送他进学——V不想久住W城也是不送他进学校的一个理由——只把他当个听差用了。V发穷气的时候还要打他几掌或骂他几句。V带他的表弟植庭来W城后，可以说是没有一点好处给他——除打骂之外没有好处给他。只有这一点——每晚上和他的表弟同一床睡的一点，V或可以对得住他的表弟吧。"植庭！植庭！"V连叫了他的表弟两声，把睡在他身旁的一个又小又黑的童子推醒。植庭的岁数说是十六，听说他的母亲不足月数的把他生下来，从小就不善发育，看来不过是个十二三岁的人。

"冷！"植庭爬起来，把衣服穿上。

"快把窗门打开，放光进来。阿续儿看见黑又要哭的。"V夫人抱着续儿坐在内首的一张床里催着植庭开窗。

植庭下了床爬上靠面南的窗下的书案上站着，先把两扉玻璃窗向里面开，再把两扉破烂了的洋铁窗扉向外推。强烈的白光和一阵寒风同时由窗口冲进来。

"X哥！下雪了哟！满地都是白的！"岭南生长的植庭是初回看见雪，禁不住欢呼起来。

"大惊小怪的干什么！今天没饭吃饭呢！"V还是睡着很烦忧的不愿意起来。

植庭给V骂了后，知道他的表兄因为没有钱过年又在发穷气了，他忙跑到火厨下去向火，和老妈子说笑去了。

"你过来看看续儿的左眼又淌眼泪了，并且比昨天流得多些。我看还是引他到医院去看看吧。"V夫人很伤心的说了后叹了口气。

"爸爸！爸爸！爸爸！"续儿坐在母亲的怀里喊他的父亲。他虽然不很会说话，但他很会听，他知道他妈妈是在向他爸爸说话，他也跟着催V起床。

V起床了。他真的把皮袍推在一边，把棉长褂子穿上，跑到内首的一张床的面前揭开帐口，把穿着一件红色的毛织衣的续儿抱在胸前，由外面的雪反射进来的强烈的白光射到续儿的脸上来了，续儿把双目眨了一眨，由左眼睛里滚出几颗泪珠来。

"不是有点发热么？你看，没有目粪，也不见化脓，决不是眼病。把点解热药给他服下去，大便一通就会好的。不要白花钱叫医生看。叫医生看还不是用硼酸水洗么？自己不会洗么？"

"大鲫鲫！"续儿看见V不即抱他到楼上去看大鲫鲫，只顾说话，一边呼着"大鲫鲫"，一边握着他的小手向V的左颊上连捶了两捶。续儿叫鱼叫鲫鲫，看见重七八斤的大鱼就叫大鲫鲫。前个多月邻近住的有钱人的家门首都晒着咸肉和熏鱼，陈妈（V家里雇用的老妈）抱着续儿到外面去时。续儿看见家家门首挂着的大熏鱼便很羡慕的欢呼起来，欢呼了一阵后便哭着要。看见卖鱼的走过门首时也哭着要，指着鱼篮哭呼大鲫鲫。论V的近来的经济状况是吃不起鱼，他每天吃两顿饭，所买的菜都是蔬菜和豆腐。月前C书店寄了五十块钱稿费给他，他才买了一尾八斤重的大鱼，用盐腌了四天取出来挂在楼上的窗口，自V买了这尾大鱼后，续儿说不尽的欢喜，睡的时候呼"大鲫鲫"，醒来时也呼"大鲫鲫"。

"……"V夫人虽没有再说话，但她的脸上表现着一种不纳意的表情。她不赞成V的话，她当V是图省钱，不管儿子的疾病。

V抱着续儿才踏出房门，就看见两个商人坐在厅前等他，一个是煤炭商人，一个是卖青菜的。V看见两个都不算是重要的债权者，稍为安心点，约了他们下午来取钱。把他们辞退了后急急的跑到学校去打听消息，打听催款代表向政府交涉的款有领到没有。

二

V怀着一束破烂的官票回到家时，已是黄昏时分了。气温愈低降，雪也下得愈大了。V夫人站在门首很焦急地盼望着他回来。

"款领到了么？怎样走了一天不回来？午饭也不回来吃。米店的伙伴来要钱，来了三次了。等你不回来咕噜了一阵走了。我在房里听见真难过，植庭竟对他哭了。"

"快叫陈妈送钱到米店去，并叫他送两斗米来。"V一面解除满披着雪花的马褂一面说。

"有了钱么？何不早点回来？"

"开会去了——开紧急会议！昨晚不是送了封校长的信说开会么？"V除下了马褂交给植庭拂雪，随又从衣袋里取出一束破票子交给V夫人。

"有什么重要的事，今人还开紧急会议？"V夫人把票子接了过来取了十多张交给站在房门首的陈妈叫她上街到米店去。

"W先生挨了一个嘴巴，政府方向才把款送过来。W教授是我们教职员公推的索薪代表，他因为我们没有钱过年挨了一个嘴巴。我们为这件事开会的，我今早到学校才晓得。我们真对不起W教授，他不挨这个嘴巴，我们没有年过了。真对不住他了。"

"政府不该给我们的校款么？怎么不给款还要打人呢？"

"论理该把款给我们，但论力是不该给我们。他们用力剥削来的怎肯讲理给我们呢？"

"开会的情形怎么样？"

"许多教职员在磨拳擦掌说非向政府强硬交涉不可。"

"能够强硬到底么？"

"校长怕以后难向政府要款，当然强硬不来。教职员听见有钱分，都麻麻糊糊决议了两件议案举了两个代表就急急地闹分款了。款分了后就鸟兽散。吃亏的是W先生一个人。所以中国的团体事情是热心不得的，是当前阵不得的。"

"你们太真率！原始人类的特性太真率地表现出来了！分了钱就鸟兽散，不理W教授的事了。你们太自利了。"

"明天是正月初一了，还没有准备米的人怪得他急么？"V苦笑起来了。

"……"V夫人凝视着掌里的一束破票子，叹了口气。

"……"

"你还是快点改行吧！我情愿回岭南山里吃稀饭！一天吃两顿稀饭还怕饿死么？教员是当不得的，教育饭是吃不得的。像乞丐般的问政府讨欠薪，已经够惨了，还要受他们的辱打么？"

"不当教员当什么？"

"不会耕田，不会做生意？"

"真的想做农夫没有田耕，想做生意没有资本！"

"那末，拉车子去！"V夫人也苦笑了。说了后又叹口气，"你就专门做小说去不好么？"

"一年发得两三篇小说，养得活你们么？"

"你要算是世界第一个可怜人了！日间一天在学校编讲义，夜间坐到十二点、一点还不得睡，说要做小说。看你每日的休息时间还不足四小时！你这样的劳苦还养不活你的妻子，你不可怜么？一个儿子够累死你了，第二个又说来了。"V夫人说了后再叹了一口气。神经过敏的V看见他夫人的态度，怀疑她在后悔不该嫁给他。

V夫人这时候已经有了八个月的身孕了。

V早就厌倦了他的教员生活了，只两个月的粉笔生涯他就厌倦了。他很想能够靠他的作品维持他的生活，但他还没有这种自信。他近来听见外面有人批评他的作品，说他的作品太多浪漫的艺术的分子，把现在的很旺盛的时代思潮来衡量他的作品，他的作品可以说是旧式的了。他所见他的作品受了这种残酷的批评，他更不敢自信他的作品能维持他一家的生活了。

不错，V每天由学校回来吃过晚饭后，什么都不理也不干，就伏着案从抽屉里取出原稿纸来开始写他的小说。他用的原稿纸是由日本定购回来的专写钢笔的稿纸——每页五十行，每行二十五个字。他虽然穷，但他不惜这种原稿纸的购买费——每千页五元的价，远托住在日本的朋友买了寄回来；因为他用惯了这种原稿纸，换用了别的原稿纸，他的小说就写不出下了。他每晚上非到十二点、一点是不就寝的。有时有兴趣的时候还要彻夜。但他写了一千页的里面，没有三百页成功的——不能说成功，没有三百页完成的。但他并不因此而失望，他每晚上还是被着红毛毡，蜷屈着身体，脸色苍黑的继续着写。

三

"中国现代的文艺还不算发达，读者也很少。想专靠作品维持生活，还不是个时期。"

"那末你还热心着做小说干什么？不是白费精神！"

"你们女人知道什么！因为想吃饭才做小说，那是你想错了！你织好了一条围巾，织成了一双袜子，你不是很喜欢么？你说，你小的时候做了一双小鞋给你的弟弟，望着你弟弟穿着那双小鞋喜欢得很。你何曾想把你织成的东西去卖钱呢？我们做小说也像你们们女人织围巾，织袜子，做鞋子一样的心理。自己的作品发表了后，变成一种印制品后，自有一种特殊的快感！想自己的作品发表是一般作家共有的希望。说不想发表，不想出版，都是不近人情的话。"

"你那篇短篇创作集想作单行本发表么？"

"是的，我不客气的说'想发表'。我不像一部分的作家假意的说什么'不敢发表'，什么'经友人某的赞许和劝告才敢出版'。其实他们还不是和我一样的想发表，或者比我还想得急些呢。"

"爸爸！爸爸！嫩肉肉！"续儿每天下午三点多钟是要睡的。现在他醒来了。他听见他的父母在说话，不像平日醒来的哭了。他平日醒来不见他的父母在床前，要哭一场的。V忙走前去，续儿双颊绯红的流转着他的小小的圆黑的一对瞳子望着他的爸爸。"嫩肉肉！"续儿自称是爸爸妈妈的嫩肉肉。他此刻是告诉他的父亲，"嫩肉肉醒来了"的意思。

V望见续儿的左瞳子还是浸浴在一泡清泪里，他心上像疼疼的受了一刺。

"你看他的眼睛，比昨天更凶了。"V夫人也走了过来。

"说是眼病，怎么不会化脓也不红肿呢？"

"化脓了红肿了还了得么，你还是快点引他到同仁医院去叫西医看看吧！我身重走不动，不然……呃！你看续儿的鼻孔！出鼻血呢！"

"大鲫鲫！"续儿还没说完，不住的咳嗽。

三个人沉默了片刻，听得见室外狂号着寒风。窗外的雪下得更大了，一片一片斜斜地由玻璃窗前卷过去。

续儿的晚饭吃不下，他再昏昏沉沉地睡下去了。看睡下去后又醒来，睡下去又醒来，每次醒来只有咳嗽和痛哭。V夫妇一晚上没有睡，通夜的听着室外或近或远的爆竹。

"牛宁宁！牛宁宁！"续儿几次醒来像喉干，哭呼着要牛奶吃。

第二天起来，风也息了，雪也停了，但续儿的左眼睛的眼泪还在流着。

吃过了早饭，V用他夫人的围巾覆在续儿的头上，抱他到教会办的同仁医院去。他在途中遇见不少穿新衣服的小孩子，只有他抱中的续儿在元旦还穿着一件旧棉长衫到病院去。他想到这一点，他异常的伤感，几乎掉下泪来了。

"今天不看病！"同仁医院的号房今天也骄起人来了。

"有急病也不看么？"

"要一块钱的挂号费！"

V把三张破票子给号房，号房把一支竹签子并三百文的找头给他。他把竹签子到挂号处换了一张诊察券，然后抱续儿向小儿科的诊察室来。

一个年轻的看护妇笑容可掬的在门首招待他。他吃了一惊,当她是认识他的,因为他望见她手里的一本小说。这本小说就是他三年前发表的长篇处女作!他看见她读他的小说,心里虽感着一种快感,但他又很担心她们会认识他是那篇小说的作者——其实是他的杞忧——因为他曾听一个同学对他说。W市的教会中人很不喜欢他,因为他的作品描写教会的里面写得过刻了。他今天神经过敏的很怕她们对他的这种误解累及他的续儿的眼睛——这更是他的杞忧了。

V抱着续儿在小儿科诊察室坐了一刻,来了两个蓝眼睛黄头发的西洋女医士。续儿望见她们就要哭起来。那女医生问了病状和日常的生理状态有没有变化,然后过来检过续儿的眼睛。

"爸爸!爸爸!"女医的两指按在续儿的眼上时,续儿便挣扎着狂哭起来。

"你这小孩子的脾气太坏了!叫个人来抱他吧。"站在旁边的西洋女医生出去叫了个中国看护妇来。

进来的看护妇谨守着女医的命令,从V的腕上把续儿夺了去,续儿更狂哭得厉害。他的脸颊通红的,满额都是汗珠了。

"爸爸!爸爸!"续儿倒在看护妇的腕上动弹不得,翻着他的泪眼向V哀哭,他像在——他的眼睛告诉V——哀求着父亲的援助,又像在恨父亲的无能!

女医的一个把双手按着续儿的左眼的上下皮,把眼睛扯开,他的一个女医提着一个尖嘴玻璃瓶,瓶内满盛着药水,她把这药水注倒在续儿的眼里去。

续儿的哭声与其说是痛苦的,毋宁说是恐怖的;但他的一阵一阵的哭声像锋利的刀向着V的心窝一刀一刀的刺去。

"爸爸!爸爸!"由V听来,续儿像在骂他,又像在哀求他,像在说，"爸爸！你也忍心看着我在外人磨灭么？爸爸！你怎么不快把我抱着，抱着我离开这样可怕的地方！"

"爸爸在这里！续儿！"从未经验的强烈的父性之爱在V的心头上激烈地震动。"算了！算了！不洗吧！改天再洗吧！"他终流下泪来了。他伸出双手想把续儿抱回来。

"你不要看！不洗如何会好？你站开些！"女医怒叱着V，继续把瓶里的药水注进续儿的眼里去。在这瞬间两个慈善的女医在V眼中全是个残酷的恶魔了。她们像在谋杀续儿替给V恶写过了的教会复仇。

眼睛洗完了，续儿终无恙的回到他的腕上来了。续儿伏在他的肩上还在哀哀的哭。

"爸爸！"续儿像在怨恨着哭。

"是的爸爸害续续！"V把续儿负在肩上出了同仁医院。续儿还伏在他肩上呜咽着喊"爸爸"。

他在途中想，今天的印象又是小说材料了。

再过了三四天，续儿的身上，脸上和四肢满发着针口大的红疹，每晚上哀哭着睡不着。检他的体温，四十度！

一九二五年二月十五日夜一时于武昌

兵　荒

一

因为生活问题，近一星期来V不能不加紧他的翻译工作，再次失业的V的一家生活唯有指望此项工作的报酬费了。

此项工作是一位同学介绍给他的，因为是属自己的专门学科，并且其中材料多半是从的引用过来教授学生的，所以翻译时倒不觉十分困难。

过于热中从事翻译了，对于外面时事近一星期来差不多可以说是不闻不问。他一连五六天都在家里伏案工作没出去。他并没有预料到W城的时局变得这样快。

V早想到上海去过他的清苦的生活，专门从事创作。他写信问了上海的友人，友人也竭力赞成他辞掉枯燥无味的大学教授早日离开W城。

话虽然容易说，但一想到往后一家的生活费，他就不免有点踌躇。

他深恐繁华的上海城不易居。但他对上海又有一种憧憬，他深信在上海生活定能够使他的艺术生一种变革。

"真的要到上海去？在这W城里都不容易搬家，何况搬到上海去呢！搬一回家多少要受一回的损失，并且此刻我也不方便走。"妻听见他说要赴上海时就先表示反对。

"始终有一回要到上海的，早日去不好么？"

"上海的房租钱怕比这里贵得多吧，你住得起？"妻的长吁短叹差不多成为习惯了。

"那末，你想一辈子住在W城么？"

"等到明春，由汕头到家的路途平静了时，你真的送我们回乡里去吧。"妻再叹口气。

"你终日长吁短叹，叹得什么好处出来么？"V虽然苦笑着说，但看见妻的枯涩的态度也确有几分厌意。

"你这个人只顾目前！死后有没有棺材你是不管的！谁能够像你这样地快活！"妻在冷笑。

"在W城又没事可做了，还不走做什么？"V像无意识地说了这一句。

"不说别的话，你试数数看，快够月数了呢。"

"由这里到上海要不到一星期，不见得一星期内就会轻下来吧。"

"但是等到我定了房子，安定地住下之后就不止一星期了。如果必需的物事还没有准备时，那不苦人么？"

S儿坐在一把矮竹椅上，呆呆地听了一会父母的话后，突如其来问了一句：

"爸爸不在学校里教书挣钱钱，到上海去也有饭饭吃么？"

从小受了穷的锻炼，变成异常Sensitive的S儿今年只四岁半，但对父亲的劳苦的生活没有一点不了解。他虽然在笑着说，但V的眼泪已经被他这一句涌到眼眶里来了。

"没饭吃,到上海做叫化子去。"他的母亲笑着对他说。

"不——S不做叫化子!"

"等一下妹妹又拿棍子来打妈妈了哟!"给V宠坏了的快满三周年的T儿在歪着头,抿着嘴骂她的母亲。她每听见父母说她的坏话或父母表示不满时就用这一句威胁的话,几成为她的习惯了。现在她是不愿意听父母说他们兄妹做叫化子。她原本坐在床沿上的,说了后就嚷着要穿鞋子下来。

"要做的时候还由得你们不做么!"妻又在叹了口气。妻的意思自己的儿女和他家的比较,不论吃的穿的都坏些,常说对不住儿女。但V都常骂她,只朝上比较,不朝下比较。他还常常叫她去看附近的贫民窟呢。

V听着妻子们的话,望了望壁历:十一月十日了。他想后天是孙总理的诞辰呢,W城里又该有一番的闹热吧。

"早点吃中饭吧。吃了饭我到F先生家里去看看,问他什么时候能动身到上海,他的一家是要到上海去的。来得及时,和他们一路走也好。"V向妻说了后,妻往厨房里去了。

"爸爸抱!爸爸抱!"T儿伸出一双手来要V抱她。娇养惯了的T儿时常要父亲陪着她,妈妈不在时定找爸爸的。

V才把T儿抱上,老仆人吴送了一封信进来。

"老爷,学校里有封信来,说是重要的一封信,请在这收发簿上签个收字。"

吴是同住友人陈君的老仆,今年七十一岁了,每日坐在大门内看守门户。V住的两间房子是向陈家分租来的。

V拆开那封信一看,知道是教授会定当天下午在第一院开会讨论维持校务的办法。V想当局已经对学校声明不能再负经费的责任了,又闹了这么一个大风潮。校长L也跑了；教授有什么能力，能够讨论得出什么结果来。V当时想不出席。但过了一会又想在家里伏处了几天没有出去，今天下午出去走动走动也好。F也定出席的，不必到他家里去了，就到会场上去碰他吧。

V哄着T儿叫她坐在一张藤椅上，S儿还坐在矮竹椅上玩六面画。

"爸爸，把猫翻过来就是狗啊？"S儿在捞着嘴欢呼他的破天荒发见。

"哪里？给我看！"T儿忙由藤椅跳下来！走近她哥哥旁边，伸出手来抓了几颗六面画。

"讨厌的T儿！又把我的狗狗搅乱了！"S带哭音的说，一面和T儿争。弄得T儿又哭了。经V苦心地调解了一会。两兄妹才平复下去。不一刻，他们的母亲也端了饭菜出来了，他们才跑出堂屋里去。

他们小兄妹出去后，V在整叠他的译稿。原本的"岩与矿"只剩七八页了，且着七八页里面还有许多插图，真的要译的文字实在没有好多了。V想明天总可以把它译完吧。

二

由V的家到大学第一院本有不少的路，平时他是坐洋车到学校去的，近一个月来，因为生活困难，他只好安步以当车了。

教授会是定午后一时开的，但等到二时半还不足法定人数。一直等到三点钟才凑足二十个人，够三分之一了，于是大众要求主席宣布开会。

二十个书呆子围着一张长台站了起来，主席把总理遗嘱背念了后，大众再脸色苍白地坐下去，张开口痴望着主席报告，V坐在长台的一隅，在猜想他们脸色苍白的原因。V曾听过一个学生的报告，前早期风潮起时，一位数学教授的额皮给学生用茶杯打伤了，流了好些血。V想他们的脸色苍白大概是怕挨学生的打吧。

——不对，不对！他们怕挨打，就不出席了。他们脸色苍白恐怕完全是因为生活问题不得解决吧。

V旁听了一会，才知道时局紧张起来了。综合他们的议论看来，快则今夜，迟则明天，W城的治安怕就要有点危险。

"那末，我们明天全体向当局索薪去。"讨论到经济问题时，一位热心教授站起来主张到财政当局家里去坐索。

"不行，不行。现在军事吃紧的时候，他们管不到教育，莫去惹他们笑我们是书呆子，且挨过这两天看看时局再算。"又有一位教授起来反对索薪。

V也是不赞成索薪的一个。他旁听了大半天把头脑听得晕痛起来了。天色渐渐地暗下来了。他只望主席快点宣布散会，好回家去。果然主席站了起来，V当他是宣布散会。谁都没有预料到在这黄昏时分还有两三个学生代表来向教授会作长篇的报告。学生代表共三个，二男一女，V就注意那个女学生，觉得她的姿态很不错，因是不转睛地饱看了一会，觉得愈看愈好。当这瞬间他便联想到家里的病弱的妻，心思异常地不快。V胡思乱想了一会，觉得自己到底还有点封建思想，因为这种封建思想，阻害了自己的很自然的情恋的活动不少。

两个男的学生代表的报告完全了。V觉得学生代表的议论也和教授们一样的迂腐，他也听得脑壳快要胀裂般的痛得厉害。他还在希望能够听那女的学生代表的报告，但终于失望了。V觉得近代的女性还不能说是完全解放的，她们还是和从前一样地信赖男性，一切执行权还是让给男性；这决不是根本解放女性的表现。

V看见那位女学生有几分可爱，很想听听她的说话。现在他失望了，又看见外面天气愈黑了，他便站了起来走到衣架前把自己的旧黑毡帽取下，轻轻地偷出会场外来了。他站在会场门首的扶栏前，向空中行了一个深深的呼吸，但脑壳还是一样的沉痛。他懒懒地踱下楼来。

——像我这样深的脑病，不久就患脑溢血症而死吧。你还发什么迷梦！单就你的服装而论就不能引女性对你发生恋爱！进行恋爱时，衣服的漂亮还是第一个条件呢。你看哪一个女学生不喜欢漂亮的装束呢？

V昏沉沉地无意识地走出校门首来了。他想这回的车子钱不能省了。自己像大病要来临了般的。他和一车夫议了一会车价，才坐一架洋车到家里来。

沿途他看见街路上挤了不少的伤兵，也看见许多军官家眷搬行李出城，有好多间店都早把店门关上了。街路上的秩序很混乱。V不免惊慌起来。

——糟了，糟了。时局真的变了！这不是像去年革命军将要到时一样的情形么？再围一次城时，我们一家就非活活地饿死不可了！现在只望今晚上平平安安地不发生什么变故，明天送他们母子过江到法帝国主义的租界里一个朋友家里躲几天吧。

V后悔不该拒绝了一个学生的劝告。这位学生姓H，在特别区办事。前三四天H到V家里来，告诉他，W城的时局不久就要发生变化，怕住在W城危险，劝V一家搬到日本租界上去，并且有现成的房子，即H的友人住的房子楼上空着。

"托庇于日本帝国主义之下么？" V苦笑着说。他想，住法租界还可以麻胡一点，住日本租界就有点难堪了。因为V前在某部里做编译工作时认识了几个日本记者，他们都住在日本租界里，V从前对他们讲了好些大话，吹了好些牛皮。此刻若躲到日本租界上去，遇见他们时，那就太丑了，这是他不情愿住日本租界的最大理由。

——生命要紧，财产没有什么，几箱书籍，几件破旧的衣服让他们抢了去也算了。但是那一百块的银洋怎么样处置呢？那是这个月一家生活费。被抢了去时，翻译工作又还没有成功，那非饿不可了。革命军是不会伤人的。洋钱呢，就难保他们不要！V在车子上想来想去，结局还是这一百元现洋的保藏问题，V想早该花二十五元去分租日本租界的房楼，可以保存七十余元，也可以保存几件衣服，至少，小孩子们的衣服是该保存的。

V又想法国租界的同乡家里本来也可以去躲几天，不过去年政变时V曾向他商谈过，被拒绝了，所以不好意思去再说；并且他们家里的人多，寄住在他那边终是不方便；但到万不得已也只好送家小到法租界去。

天气愈黑了，电灯还没有亮。寒风一阵阵地由江面吹进街路里来，跟着就扬一阵尘灰。江面上的大小汽船的汽笛不住地呜呜地悲号。V想，大概是运伤兵回来的吧。

V回到家门首了。他看见老吴跟着一个挑炭的由街巷的那一头进来。

"老爷回来了么？太太叫我去买炭呢。炭涨了价，昨天卖一元一角的，今天要一元三角了。"

"好的，好的。"V像没有听见老吴的话，急急地向里面走。因为他看见街路里的无秩序的伤兵愈来愈多了，心里十二分的害怕。

V走进堂屋里，看见黑昧昧地没有声息。他待要进房里去，忽然听见S儿的悲楚的声音：

"爸爸！"

V忙翻过头来，看见S儿蜷卧在后隅的一把藤椅子上。

"你怎么一个人睡在这里？妈妈呢？"

"妈妈烧饭去了。我不舒服，想睡觉。"S儿说了后又把眼睛闭上。

"要睡到后房里去。这里有风。"V忙把S儿抱起来。看他的嘴唇枯燥，裂了一条缝，还有点血痕。

V抱着S儿回到房来时，电灯已经亮了，他看见T儿早睡下去了。V把S儿刚才的情形告诉妻，妻才说S儿两天不通便了。

"时局这样的不好，小孩子们再发病，真不得了。"妻还是依她的老习惯在叹气。

据往日的经验，小孩子们不通便时就要买水果给他们吃，V忙叫了老吴来，V还没有吩咐他上街去买水果，他先开了口。

"下头怕是停了战了，昨天前天开往下游的兵都回来了。此刻满街都是兵了。不晓得什么一回事，他们说怕时局不很平静，什么事物都涨了价，米，炭，洋油。老爷，怕明后天买不到食物，要准备点才妥当。像去年关起城来，那就不得了。"

"米，炭，油都买了。你只去叫挑水的多挑几担水来准备着。"V高声地向老吴说。

"是的，我去叫挑米的来。"老吴拈着他的颔须连连点首。V的小表弟J站在旁咕苏咕苏地暗笑。

"小孩子不懂事，这有什么好笑呢？"老吴怒视着J。

"不是叫挑米的叫挑水的！"V再向老吴高声地喊。

"老爷说什么事啊？"老吴歪了一歪头，把左耳倾向着V。J笑出声来了。

"叫挑水的多挑几担水来！"

"啊！那是的！当然要叫他挑来。"老吴话还没有说完就想转身走了。

"老吴，不忙，叫了挑水的，你去替我买一个柚子回来。"V再高声地说。

"买油？什么油？洋油还是麻油？"

J又开始笑了。

"有什么好笑!"老吴再叱J。

"买水果柚子!不是油!"V再高声地说。睡在床里的T儿给他们闹醒了。

"文丹,是不是?"

V点了点头,把钱交给了老吴后走进床前来抱T儿了。

三

吃过了晚饭。S儿和T儿都洗过了脸脚,上床上去玩六面画了。S儿好像患肠加答儿,不很高兴,和他的妹妹玩了一会就说要睡。他的母亲就替他解除了衣服,让他枕在一个薄棉枕上卧下去了。

"今晚上怕有点危险。比较值钱的衣裳装进一个箱子里,藏到楼上去吧。"V叫妻清理行李。

"是的,陈太太的几只皮箱都抬上楼去了。那百多块洋钱怎么样呢?也一起的放进箱里藏到楼上去么?"妻问V。

"现洋恐怕不妥当吧,要另外想法子藏起。"V低声地说,因为隔壁就是雇的妈子的卧室。

"那藏到什么地方去呢?"妻蹙着眉端说。

"低声些,怕给人听见了。"V说了后沉思了一忽,"埋进院子里的大树头下去不好么?那边本来堆着许多枯叶的,埋好了后就用枯叶遮盖在上面,一定看不出来。"

"不妥,老吴在前头住,J又是多嘴的,也隔我们房间远了,照顾不到,怕有失……"

S儿望着父母在低声地商谈,也像有点知道,在枕上不住地呻吟。

"S,你知道爸和妈商量什么事么,妈妈明天带你到江边看马车,汽车哟。"S顶喜欢马车,汽车,时常要求V带他坐马车汽午去。他的母亲怕他害怕,忙这样的安慰他。

"妹妹也要去!"T儿听见过江去,禁不住欢呼起来。

"是不是到富贵馆去,爸爸?"S问他的父亲。去年因为兵乱,V曾带他们到租界上的旅馆住了几天,这个印象大约是在S儿的脑里还很深刻。V禁不住回想起去年正当S儿病后逃难的惨状来了。

"为什么要到富贵馆去呢?"他的母亲笑着问他。"不到富贵馆去!过江去玩的。"母亲再哄着他。

"不是的!我晓得!走兵荒呢!"S儿说了后不再望他的父母,他只仰视着帐顶,像在微微地叹气,又像在忍吞他的涎沫。这么小的年纪总是这样Sensitive的。V忙凑近他的枕畔去安慰他。

"S,不要害怕,爸爸在这里。"

"兵兵要进来抢钱钱怎么样呢?爸爸又打不赢他!"S儿带哭音的说。

"东西都藏起来,兵兵进来也找不着,不会抢了去。你乖乖地睡吧。睡到天亮就没有事了。"此刻他的母亲走过来哄他睡。

"妹妹不怕兵兵。兵兵来了,拿棍棍来打死他。是不是,妈妈?"T儿到底岁数小些,不知道兵的厉害。

"是的、是的。妹妹也早点睡。"母亲笑着答应她。

约过了一个钟头,妻把比较必要的衣服检清楚了。一口大皮箱里装的V的一件旧皮袍子,妻的一件华丝葛棉袄,一件绒毡,小孩们的两件棉长袄和几件绒衣。这几件衣服早把一口皮箱装满了。

"你的一件外套怎么样。又放不下去了。虽然不值什么钱,但丢了又可惜。后来要新置一件就花钱了。"

"算了,算了,总得留些东西给他们抢。他们进来了时,若空空如也抢不到什么东西,就会晓得都把它藏起来了,会更吃亏也说不定。"

"……"妻愁容满面，无意识地点了点头。

"时候不早了，锁起来叫他们送到火厨楼上去吧。"

"这里还有点空，我那条裙和小孩子们现在穿不着的鞋袜索性装进去吧。丢了可惜！"妻苦笑着说了后又叹了口气，又像有几分不好意思。

老吴和J把皮箱送上后楼去了。S儿和T儿也先后睡了去了。V和妻只等隔壁房里的章妈睡了后就好处置现银了。

看看时表，快响十二点了。

"章妈！"妻试叫叫隔壁里的婆妈，看她睡了没有。

隔壁房里没行什么声息。

"大概睡了吧，十二点钟了，还不睡！"

"这个东西藏到什么地方去呢。"妻箍着左手的食指和拇指问他。

"还不是院子里的大树头下稳当些。"

"我看，还是就埋在这窗前的天井里去吧。院子里隔远了，照顾不来。给他们知道了挖了去就糟了。"

"这天井里的砖头挖得动么？"V低声地问。

"松得很，用挖锄或火钳得起来。"

"你试过了么？"

"……"妻点了点头。

V这时候暗暗地佩服妻的聪明和细心。

"那末，就快点动手。"

"等我到火厨里去拿炭锄和火钳来。"妻轻步地摸着门墙走进厨房里去了。

不一会，她只手拿一把挖锄，只手提一把火钳回到房里来。她把这些家伙放下一边后，从衣橱里取出几个小纸包和一个小布包来。

"这包只有二十元，合共一百二十元。"

"还有一百二十元！"据V的约略计算，存款只有百元左右。现在听妻说还有一百二十元，真是喜出望外。

"这一包是什么？"V问妻。

"小孩子的颈链和我的两个……"妻说着伸出指头给V看，妻的指上的金指环已经不见了。

V提着挖锄和火钳先走出，妻点着一根蜡烛跟了来。V蹲在天井里，妻举着蜡烛站在一边望他挖土。费了点多钟工夫，才在两块满生了青苔的砖下挖开了一个六七寸的空穴。他把几包金和银堆进这空穴里去，把碎石和泥土敷上，然后再把那两块砖头照原来的位置盖上去。妻又去取了一个粪斗和一把筱帚过来，把多出来的碎石和泥土扫得干干净净。"真好，看不出一点痕迹来。"妻一面扫一面夸赞自己的工作。

"不见得吧。砖缝里的泥巴总有点不一样。"

"那完全是心理作用，再洒些水去看怎么样。洒些水去后怕更不容易看出来。"

"让我撒一泡尿去不好么？"V端着粪斗笑向妻说。

"啐！还不把那些泥巴快送到院子里去？不早了，洗干净了手脚好歇息去了。"妻忍着笑回答他。

V由院子走进来时，妻还在洗挖锄和火钳柄上的泥巴。

"为什么？"

"不洗干净，他们会知道的。"

他俩把一切收拾好了后才一同洗手。V的脚跟上也涂了好些泥巴，妻再倒了些热水给他洗脚。

"章妈！"妻再试叫了叫睡在隔壁房里的妈子，但还是不见回答。妻的脸上现出一种安心的颜色。

"黑夜里看不清楚，明天一早他们还没有起床时就要先起来看有没有痕迹。砖面的泥土也怕有没有扫干净的。"V再叫妻注意。

"不要紧吧，我们整天的守着怕什么。只求兵来抢时，找不着就好了。"

"妈子们不会引流氓地痞进来抢么？"

"那怎么了！"妻着急起来了。

"算了哟！过了这一夜，明天再看情形吧。今夜大概可以平安过去了。已经过了一点钟了，还没有听见枪声呢。"说了后打了一个呵欠。妻在什么时候才睡着，他不晓得了。

四

天还没有亮，V就醒来了。他并不是为埋在天井里的洋钱担心，实在是为时局担心。他深恐时局变化得激烈，W城的秩序不能维持时，妻子们要受惊恐，受痛苦。并且S儿又有点不好。妻说，S儿的掌心和膝部微微地发热。他想，体温再增高时，想逃过江去避难了。

V正在翻来覆去思索，忽然听见窗外有人的足音，他忙揭开帐门，视线透过玻璃窗扉望了一望，他骇了一跳，他发见了章妈站在窗前的檐阶上痴望着天井里。

——糟了，糟了！我们的秘密给她晓得了。今夜里我们睡着了后她走来挖了去怎么样呢！他知道这个秘密工作完全失败了。他咳了咳。章妈听见他醒来了，两只小足抬着她的胖体飞跑向里面去了。

妻听见V起来了也跟着起来，这时候天已经大亮了。他便把刚才所发现的告诉妻了后就出来检视昨夜里做的秘密工作。果然，他看见还有好些泥土没有扫干净；他想，一场辛苦完全失败了。

"丢丑也算了，还是托庇法帝国主义的稳当些，决意送到巴黎街上先生的家里吧。"V向妻说。

"做中国的小百姓真冤枉可怜！"

V决意把昨夜埋进去的东西再取出来寄放到法租界的同乡L家里去，他忙叫了J来，帮着把五包现洋，一包金器挖了出来。

　　吃过了早餐，恰好F来了。他也提着一包洋钱，说要送到日本租界的友人家里去。V更决心过江到法国租界去。

　　V和F坐在一只小筏子上，到江心里来了。寒风从东北吹来，黄色的浊流迎风击起满江面的蜷波，艇身不时向一边倾动，V有点害怕。

　　几只大洋船由下面驶上来，满载着穿灰衣军服的兵士。汽笛呜呜地此呼彼应。太阳隐进灰白色的一重密云里去了，回头望望苍灰色的W城全给一种哀愁暗澹的氛围气封锁着。

　　不时听见枪声，V望见沿江岸密布着的兵士，心里着实担忧。

　　——万一今天不得回W城，妻子困在城里时怎么样好呢？V很失悔不该为这几块钱在这样紧急的时候离开妻子。

　　"W城这次怕难幸免了。要被抢两次，退去的光顾一次，进来的光顾一次；这是有定规的。"F笑着和V说。

　　"进来的要受人民的欢迎，哪里还会抢的！"

　　"你看吗！"F鼻笑了一响不再说了。

　　"我们都是参加过革命工作的人，现在又挟款到帝国主义的租界上去，以后给人家晓得了，真难为情。"V苦笑着说。

　　"言行不一致的不仅我们啊！追随总理数十年的革命领袖——我们对他希望很大的X先生都是前话不对后话的不能始终一贯！我们小人物还怕什么！以后朋友们晓得了要笑我们时，我们只说以后不再干就好了，'勇于改过'就好了。"F说了后哈哈地大笑，

　　"真的，整个的三民主义不知给他们革命领袖，革命军人解释成什么主义了。他们把民族主义解释成部落主义，把民权主义解释成军国主义，把民生主义解释成……这倒难找一个适当的主义来形容。"F浅笑着凝想了一忽，"是的，它们把它解释成长江轮船主义了。"F说了后

又哈哈大笑。

"何解呢？"V笑着问。

"本来不十分确切，不过形容其阶级差别的成见太深罢了。特等有特等的待遇，官舱有官舱的待遇，房舱统舱又有房舱统舱的待遇。"

"我还不十分懂你的意思。"

"他们革命领袖和军人们以为只有他们该享最优的物质生活，余剩的洋钱都一大批一大批地送到租界上帝国主义的银行里去。有些怕人说的就送到国家——如伦敦，纽约——的帝国主义银行里去，其实他们一辈子用不到这些钱，只送给帝国主义者作资本，加紧它的经济侵略罢了。"说了后还举了几个实例给V听。

"我觉得没有一点稀奇，这是很平常的事。你才从国外回来，所以有这种书呆子的论调。其实他们总比军阀好些。他们总算有所主张——有革命的主张的。"

"是的。他们是有所主张的。他们说要把人民的生活改良，他的理想——或许说是梦想——是使没有饭吃的人吃一碗稀饭，原吃一碗稀饭的人改吃一碗干饭，原吃一碗干饭的人加吃半碗干饭。但梦想终于是个梦想。只有他们住洋房子娶姨太太的理想倒实现了。"

"革命军人的勇敢倒可使人佩服，不过革命领袖太无聊了，终日跟在军人的屁股后头跑。在这边创设一个会，过了两天不负责任了跑到那边又提倡一个会，到后来又对人说他不赞成了。结局对双方失信！你看多无聊？现在又要去跟第三个军人的屁股了。这样乱糟糟的局面，其咎不在军人，完全是由这种骗子式的政客挑唆出来的。他叫我们信仰他的青年站在这一边，但他老人家却滚到那一边去了。我们青年希望他指示革命途径的结果只有彷徨，找不到出路了。"V叹了叹气。

"这样的'勇于改过'毕竟是'无耻'！"F也跟着叹了叹气。

小筏子荡近码头边来了。

五

V由汉口回来，看见W城的形势更加紧急了。回到家里看见两个学生在等着他，力劝他的夫人要带小孩子们到租界上去躲一躲，免得坐困在城里受惊恐。V原来也想带她们过江去的，因为妻有身孕了，S儿和T儿还要人抱着走，兼之有几件小行李不能不随身带去，V一个人实在招呼不来。他只和F约到了紧急的时候就到F家里去躲一二天；再紧急时就进外国人的病院。因为F住的T街是没有逃路的，靠城的东北角的一条小街道，溃兵决不会跑到那边上。T街附近就有教堂，也有外国人的病院。

现在这两个学生来了，V很感激他们的热情；于是变更了计划，决意和他们护送家小到租界上去。租界终比中国街道安全。V想，这并不是帝国主义对中国人保护得力，这完全是中国兵的纪律太坏了。他听见到一处抢一处的某军和某军，就十二分的害怕。

V送妻到租界上去后，自己再搭小筏子去W城。近黄昏时分了，筏子荡到江心时，枪声满江面了。V到这时候却一点不惊恐了。他还觉得筏子走快了些，没有充分地观察败兵沿江拉筏子的情形。V想象今夜里的江面情形大概可以用"宵济终夜有声"一句来形容吧。

"先生们！我的小船不靠H门了！"筏夫向V和共搭筏子的客人们请愿。

"你就拣你方便的码头靠岸吧，"V回答他。

V在下面的一块泥滩上登了岸，沿着江南岸上，他是要进H门的。过了几条龌龊暗黑的街道，他看见由下游败退下来的兵士像蛆虫般的挤拥着。到了P码头了。近P码头的城角本拆毁了一处——大概这是P省建设厅一年来的成绩吧——，V想，不要再进H门吧，就从这里进去吧。

但他看见这条进路口上也站着几个荷枪的兵士，他有点害怕，踌躇了一会才走上前去。果然那几个兵士持着枪来拦阻他。

"往哪里去！？"操湘音的灰衣大汉喝问他。

"回家去的。"V战战兢兢地恭恭敬敬地回答他。

"你住哪一块？"兵士再高声地问他。

"就在这里面的K坊巷。"

一个兵士在V的身上摸索了一回，才让V进去。

进了城后，他想X军的军纪还不错，他们搜身的时候没有把自己袋子里的两块现大洋光复了去。

这晚上V一个人睡在家里，心地异常平静的听了几个钟头的枪声和炸弹声，但他没有一点忧虑，因为妻子已经到了安全的地界里，在这W城中的家空无一物，徒有四壁了。

V起来时。红日满窗了，章妈进来打洗脸水给他洗漱。

"昨夜里放枪放得厉害呀，吓得我一晚上睡不着。"

"怎么不见有溃兵进来抢呢。"V说了后又后悔。他想，人类总是这样自私自利的。

"还不是抢了几家店子！不过没有抢到这里来罢了。"

不一会，老吴也进来报告消息。

"兵退了。兵全退了。只有一两个兵士守城门了。像刘备取成都。各家店门首都挂起欢迎的红旗了呢。哈！哈！哈！"

V洗漱了后，匆匆地吃了两小碗稀饭就由后门出来打算到T街去看F一家人，因为昨夜黄昏时分F还打发一个人送了封信来叫V快送家小到他家里去躲几天，并且说今晚上定听得大炮声呢。

V出来先到黄鹤楼前的城墙上望了望H门前出入的人们，他知道平民可以行动自由了，只有由江那边来的兵士或形迹可疑的才要受检查。V忙由城墙下来走进H门大街里来。他看见各家店门首都悬着党国旗，还有几面用红纸做的欢迎旗在空中飘动。V想，又是一番新世界了，他走了一会，忽然看见一间公共厕所，他就想撒溺了。他向前后左右望了一望，没有认识的人，他就走进厕所里来。走进来后，他才失悔不该进来，因为几个毛坑都给人盘踞住了，他们都像新得势的军阀占据着地盘般的满面骄气和臭气。V待转身，忽然有一个人站来打算让地盘给他。他想，中国的干净土都给军阀们占据完了，只有这一小块非干净土，我可聊把它占领占领，撒一泡尿进去吧。V一面扯裤腰，一面望给一班无智识阶级鬼画葫芦地涂满了的墙壁，他发见了一联反革命的文章了。

那联文字是，"革命不能成功，同志仍须努力。"V想，这决不是无智识阶级的人写的了，是个很有智识并且很顽固的人写的吧。他当时断定这联文字定是岁数在五十以上的人写的，因为这些老年人虽有点智识但决不愿意让年轻人在革命道上先跑。他骂先跑得快的青年，"疾行先长者谓之不弟！"他们的意思是，革命是应当由几个老同志引导的，革命只是他们老者专干的职业。中国人到底不能革命，因为"依老卖老"和"尊老"的封建习惯不能完全打破！V想，老者长者在毛厕里拨的这联文章完全是批评他们自己了。这种反革命的文字，公安局是有严禁及检查的责任。但是斯斯文文的巡警哪肯走进这样臭而且脏的厕所里来行他的职权呢。

V到F家里后，就把途中所闻所见一一的告诉F。

"不错，中国人的国民性是尊老崇古的。你看那有名的革命领袖先由东而西，再由西而东，再由东而西，最后由西而南，近又由南而东，到处受欢迎，到处讲演；但他自己没有半点主见，前话不对后话；革命青年犹奉之若神明，这不是封建思想是什么！？"

"是的，现在割据的局面完全变成功了。一年来的革命到今天才成功！以后我们可以安居乐业长享太平了吧。"

"……"F沉着脸不说话，但表示出一种看不起V的颜色来。

V在F家坐了一忽,和F一路出来在街上转了一转,看见满街都贴着"欢迎得胜军"的标语了。

"不错,'欢迎得胜军'真是千古不变的公理!"

"大概总有半年的太平可享了吧。"

"有两三个月的太平,我就很满足了。不单是我个人,一般的人民都总这样想吧。"

"我要到租界上接妻子回来享这短期间的太平了。明天再见!"

V在一个十字路口向F脱帽告别,F微笑向他点首,像笑他卑怯,又像嘲笑他过于自私自利。

一九二七年十一月二十三日于武昌

师经典

中篇小说

张资平精品选

约伯之泪

一

自听见你和高教授定了婚约以来,直至写这封信的前一瞬间,我没有一天——不,没有一时一刻不恨你,也没有一时一刻不呼喊你的名字。有时咒诅你的名,有时喊着你的名流泪,及今想来——开始写这封信的瞬间——我只能说是我的灵魂还在依恋着你,因为我并不觉得对你还有这样深刻之恋!

现在,开始写这封信的瞬间,我虽然一样的呼喊你的名字,但呼喊时的感情完全和从前大不相同了,我的态度是很泰然的了。

T君今早来病院看我。他说你和高先生将于下月中旬举行婚礼。珲珊,让我替你们俩献几句祝词么?但我想,我向你们颂几句不切实际的祝词时;你定会怀疑,说我是因嫉妒而写的恶意的讥刺吧。所以我把这几行虚饰的文句涂抹掉了,谅你能体察我,不会怪我全无友情吧。

琏珊好友——这个称呼，谅你总可以答应我对你呼喊吧——我不能不感谢你，因为你替我装饰了我的青春期之历史的前几页，我的青春期不至于完全无意义的度过去，可以说是出你之赐！我的青春期结束得这样快，不至流于凡俗，也可以说是出你之赐！这是仍当感谢你的。不过我不再致谢词了。我若再致谢词。你又定会怀疑我的谢词是恶意的讥刺吧。

　　琏珊好友，我们都是研究生物学的人，对人类的本能是有相当的了解的。我是向青春快要告最后的诀别的人，对过去的青春常怀着恋，常痛惜青春逝去之速！想你定会笑我不善解脱，尚迷恋着我们的过去。但，琏珊，你要知道，我的心是和我的身躯一样，不喜欢外饰的，这是我对你的不伪的自白，我对我所怀恋的青春不能无泪的匆匆别去！

　　我的青春之历史已经念到最后的几页来了。

　　爱我的、怜我的友朋们都说。我的病突然的增剧，完全是琏珊害的。换句话说，缩短我的青春期的就是琏珊！但我不敢怨琏珊，也无勇气再怨琏珊了。我从前曾向你颂我的赞词——你是我的青春期中的太阳！你是我的青春期中的光！你是操有我的生死权的天帝！你是我的生命之神！我的近状完全是神对我的一种刑罚，又何敢怨！

　　明知我的青春不久就要幻灭了，但我仍不能不衷心的感谢琏珊——我的上帝！自认识琏珊以后的数年间可以说是在我一生涯中最光辉灿烂的时期。每想及琏珊，禁不住要肉跃血涌！每想及琏珊，暗夜亦觉光明，粪土亦呈馨香！近日的病中生活虽然苦楚，但我并不觉得生涯悲哀而寂寞！我得认识琏珊，我可以说不虚生了！因认识琏珊，我才有过去的灿烂美丽的青春，因认识琏珊，我的心上才印有永生不灭的可怀恋的追忆！我的生涯中有这一段的精华，我是满足了的，死无怨言的了！我的病院中生活，在一般人看来，是何等痛苦，何等悲哀，何等孤寂的哟！但我——曾在你的幻影中呼吸过来的我觉得这些微微的痛苦，悲哀，孤寂，实算不得什么；我的一生已经是很有意义了。

不能得你的永久之爱，不能长跪在你的裙下的我。听见你和高教授的婚约成立以来，数个月间对你不能无怨。但现在我对你只有感谢而无怨了。琏珊，望你了解我，了解这封信之来，第一是表示我对你的谢忱，第二是报告你，我的生涯因琏珊而增加了不少的光辉和色彩，我的生涯因琏珊而变为极有意义的了！

我这个有意义的灿烂的青春历史，不忍听其自然湮没。我想你也定和我同情，不忍听其湮没吧！琏珊，望你再忍耐些，我们再把过去的我们的历史翻过来从头再背念一回吧！

二

我初次认识你并不是在进校以后。我们的初次认识是在入学试验之前。我还记得，你也怕记得吧，我们初次认识是天气炎酷的立秋日的晚上——×年前的立秋日晚上。

那年的暑假期内，你我都由乡间出来投考W大学。你是A县女子师范第一名的毕业生。我是B县中学第一名的毕业生，都是代表母校的Champion。这个共通点或许是联结我们的感情的一个因子。

立秋日距考试期还差三天，我还有×年前的日记可以查考。考期迫近目前了，一千多的投考生都流着臭汗在旅舍里埋首书中做温习的工夫，只有你我很脱落——或者很多和我们一样脱落的投考生，不过我们不认识吧——还跑到公园里去乘凉。我们同由公园出来同搭电车时，约有九点多钟了。这时候电车里没有几个搭客，空席很多。你恰坐在我的对面。我那晚上在朋友家里喝了点酒，还不很清醒，坐在电车里只闭着眼睛打盹。引你注视我的就是我这样的丑态——头脑跟着电车一起一伏的摇动，满脸通红的和瞌睡的丑态。你终笑出声来了。我听见你的笑声，忙睁着醉眼来向周围张望，我这种茫然不得要领的态度更引你笑个不住。到后来我才发见笑我的就是你，坐在我的对席的你的笑声是为我而发的。你看我注视你，你忙侧过脸去，用手巾掩着嘴，还在忍笑。

"你这个女子真失礼，有什么好笑！"我当时这样的想着望了你一眼。只一望，我的微愤登时消失，我的灵魂登时给你的有Charm的圆黑的瞳子摄取去了。

"有生以来初次看见的美人！初次看见的天仙！"我当时起了这样的感想。你的断了发的姿态更觉动人。

发见了你这个美人坐在我对面时，我的酒意也清醒了！

电车过了几个小停留所，停止了后再行驶，停止了后再行驶，在这个短期间内，我不能不时时偷看你。但我看你时，你也在看我，我俩的视线几次碰着了。你的无邪的笑颜终再演给我看了。你对我笑了后，我也笑了。我们这次的相视一笑，完全是放电时的两极的火花！最初一二次的望你，还觉得有点不好意思，经这次的相视而笑之后，我的胆大起来了，我再不客气了，不转瞬的痴望着你继续了十分钟以上。你看见我这样的凝望你，你才红着脸低下头去。

电车到了P门内，你站了起来。我知道你要下车了。P门离我住的旅舍还差三四个小停留站，我决意步行回去，跟你下了车。

你向大街左手的横街进去。近十点多钟了，街上很少行人，我也跟着你进了那条横街。你几次翻过头来看我，看了我后就急急的跑。你后来不是说，怕我是个不良少年，对你有什么意外的举动，所以急急的逃避。在一个小胡同口，我追及你了，我用我的肩头向你的肩膀擦过去，你忙翻过来怒视我——电柱上的电灯照着你的怒容给我看，——你终向我发言了。

"跟我来做什么事！"你的coquettish的声音在暗空中振动。你说了后，急急的走进那条单口小胡同里去了。我望着你的倩影在胡同里的一家小洋房子中消失了后，才步行回自己的旅舍来。

三

到了考试的那一天了，W大学校庭里拥挤着千多的投考生，他们都不情愿闷坐在黑暗而狭小的休息室里面。

我——恐怕不止我一个人，所有男投考生都和我一样，走过女生休息室前，发见你端端正正的坐在一个椅子上，手里拿一本书，大概在温习今天要考的功课吧。我望见你时，初觉得不好意思，继又感着一种惊喜。我免不得要停着足望你一望。我俩间像连络着有无线电波，你像知道在休息室门首望你的是我，你也翻过脸儿来。当我们俩的四条视线碰着时，我知道你心里也感着一种意外的惊异。

事有凑巧，我们的座席不但编在同一试场里，并且座席还相毗连着。你还记得吧，试场里的座席不是每行二十人么？我的坐位是第四行的六十八号，你的坐位是第五行的八十八号。若不是那几个监考员——面貌像阎罗王吃着辣子般的可怕的监考员在高声的警戒着我们，我定偷看你的试卷的内容了。但有一次我比你先缴卷，你的字写得异常的娟秀，我已知道了。

我们正式的初次交谈在什么时候你还记得么？考数学那一天，你比我先缴卷。你站起来收拾钢笔和墨水瓶时，我正在计算最后的一个三角题。我看见你先站了起来，心里烦乱起来，想跟你出去，就把最后的一题牺牲了。揭晓时，你的名列在我的前面，也怕是这个缘故。我跟着你把试卷送到缴卷处了。你翻转头来望着我一笑。我当时想，我这回考不入选也算了，我的劳苦已经得了高价的报酬了。这个高价的报酬，就是你那天交卷时的对我一笑！

"今天的数学试题太难了！"我捉着了机会向你说了这一句。你竟赏了我个脸子。

"今天的题不算顶难，就是第四的几何题有点难。其余的几题都算普通，适合我们的程度。"

"是的，不比N大学故意唱高调，专出难深的问题难为我们中学生。"

你再不说什么了，只点了点头就向外面去了。及今想来，我太胆怯了，我当时该跟着你出去。我想我跟了你去，你总不至于拒绝我不许伴你同走一程吧。但当时的我——在无邪的时代，也是在性的烦恼的时代的我——总觉跟着你去是一种可耻的不道德的行为，终把这样好的机会失掉了。

我那晚上回到寓里来只幻想着你的倩影，教科书虽然打开着摆在我的面前，但何曾寓目——只顾着幻想你。那里有心思温习！

幸得没有下第。若下了第时，我定怨你，说是你害了我的。

第三天的考试科目为地理博物。有一个监考员穿着很漂亮的西装，年纪也还轻，大约不过二十多岁吧。他常跑到你的座席去看你的答案。以你的美貌，引起了一班监考员的骚动，本不算什么奇事。全场约有十多个监考员，没有一个不在你座席旁边多走几回罢。但那位穿西装的监考员到你座席边来的回数特别的多。琏珊，我为你所受的损失不少了；因为监考员多在我们座席的附近徘徊，我的思索力因之陷于混乱的状态了。不然我的入学试验的成绩不会这样坏吧——不会由榜末数上去的第十名那样坏吧。

不用我说了，我们进了学后，才知道那个穿漂亮的西装的监考员就是高教授！当你把博物的试题解答完了后，站了起来收拾你的笔墨，高教授忙跑过来，要你手中的博物卷子看，你不是微笑着说：

"我都要缴卷了，还看末事？"

啊！你的coquettish的声音又波动进我的耳朵里来了，我的博物的答案再写不下去了。博物是我顶得意的学科，但却失败了！

我们进了校后，以你为中心不绝地围集了许多年轻的男性。第一是高教授——生理学兼解剖实习的教授。跟在高教授后面的有音乐教师C，本系的你的同乡H，工科大学生M，医科大学生F，教育系的二年生N和我七个人，算是包围你的第一圈——最内圈的人物。以外的人都晓得对你绝望了，渐次的纷散了，只剩下我们七个做你的盲目的俘虏，不得志的同学们就替我们造了一个名词——七星伴月！

在W大学校的你的确做了青年男性的礼赞的对象！

四

你没有住校，你做了个走读生，每天由你的伯父家里来学校上课。七个人中要算我和高教授接近你的机会最多，因为我和你同系兼同级，高教授每天教我们的功课。按理我对你比高教授有优先权，对你表示爱的机会也比高教授多。我的失败的原因，说出来或许你不愿意听下去，是为我没有高教授那样的学问，没有高教授那样的美貌，不像高教授那样的有钱，不像高教授那样的有胆量进行恋爱！论我的学问，只会念高教授的讲义；论我的资格，不过是个大学预科生；论钱财，家里并没有充分的求学费寄来；并且我是个瘦弱身躯的所有者，没有能得女性爱顾的风采；我也是个一和女性接近就会脸红红的怯懦者！

我还算是个在恋爱生活上由你得了一部分的装饰的人。C音乐教师因为你去了职。你的同乡H君因为你发狂了。工科学生M因为你犯了神经衰弱症，自杀了。医科学生F因为你连年留了级，退了学。教育系的二年生N和我同病，犯了咯血症中途退学回家去。终于……啊！不说吧，说出来何等的伤心呢！

琏珊！我写到这里，不住地咳嗽，终咯了几口血！看护妇进来看见我的病态，禁止我执笔！当看护妇禁止我写字时，我便联想起The Lady with the Camelias来了。我和她像同运命，所差异的我是男性，她是女性罢了！

但我的有意义的青春历史何能让它湮没呢！前半部是欢爱的历史，后半部是惨伤的历史，我都不能让它湮没！看护扫去后，我还是继续写下去。

以你为中心，包围着你的几个男性，或因为你受了致命伤，或因为你成为社会上的落伍者。你听见我这样的说，你定会疑我把他们所蒙受的祸害的责任都移到你头上去。你如果这样想，那你就误解我了。他们之为社会上的落伍者，他们之受致命伤，完全是他们咎由自取，当然无要你负责的理由。因为我深知你初在学的一二年中还没有对异性发生恋爱的意识。勉强的说，要你负点责任的就是你那对深黑的瞳子，有曲线美的红唇太把青年男性的情热煽动起来了。我们的学校寄宿舍生活像在沙漠上一样的枯燥；你的有曲线美的红唇能润湿我们的枯燥的生活。我们在性的烦闷期内的生活也像在深夜中一样的幽暗，你的深黑的瞳子是一对明灯，照耀着我们。我们像夜间的飞蛾，都向着由你的瞳子发出来的火焰扑来，或被饶死，或受灼伤。但是火焰自身并不任咎，也没有罪！那对明灯并不知道它们的火焰下横陈着几个飞蛾的死尸，仍然继续着放射它们的美丽的光线。

我们称你为Innocent Queen！你真是个无邪的处女！你真是个不知罪恶为何物的处女！

琏珊，当时在你周围的这几个男性，互相排挤，互相倾陷，互相诅咒，互相憎恶，争先恐后地扑进由你的那对瞳子所发出来的火焰中去。或受重伤，或杀其身。但你还是无感觉地仍然保持着你的无邪的处女之尊严，你那对深黑的瞳子仍然放射出纯洁的光辉。

淘汰的结果，到后来只剩我和高教授没有陨命也没有负伤。我知道我们站在最后的一幕的前面来了——我和高教授互处于相克,不能并立的位置来了。

我尊敬高教授是堂堂的一个绅士。我尊敬高教授是一个勤勉的科学研究家。他不单精通专门的生物学,在他的专门学问外,对文艺哲学也有相当的研究。其他的教授在围坐着空谈,围坐着喝酒,耗费有用的时光。但高教授却笼在实验室里翻参考书,看显微镜,的确是个有数的勤勉的科学家。

但我在这里要说几句赤裸裸的话,我因为你,我从那时候起——入学试验那时候起,我对高教授就没有好感,对高教授事事都抱曲解。我当他的笃学的态度是种夸炫。我当他的沉着的性格是伪善者的惯用手段。我一面赞许高教授的美点,一面别有一个"我"戴着强度的色眼镜观察他。我那时候真梦想不到高教授是将来支配你一生的运命的人!因为我深信你是个女神,是个最高尚的处女!我想不单高教授,在这世界上没有能够自由转移你的处女性的男性存在罢!谁知道我的想象完全错了!

五

恐怕是我过于怯懦了吧。或过于追寻浪漫的梦了吧。我到此刻还不能由那空想的幻梦解脱出来呢!琏珊,你那里知道我写这句时是何等的伤心哟!

琏珊!我所描想的你的尊严而高尚的幻影就这样轻易的给高教授一手破坏了。我的胸只印着一个名叫琏珊的大理石的塑像,我不敢亵渎你,不敢说你是个属一个男性的所有物;我只当你是永久的给欢悦与青春的人们的至上的艺术!

琏珊,你还记得吧。我第二年的暑假不是到K山去采高山植物,寄了许多标本给你么？我一面采草花，一面在胸里描着你的深黑的瞳子和有曲线美的红唇。回到家里来的我没有半点生趣，幸得利用寄标本给你的口实，每天写封短简或明信片寄给你，以慰我的寂寞的情怀。我几次想在信末加批一句，"我在这信笺上接了无数的吻寄给你"，但我终没有这样的勇气。琏珊，你要可怜我是个怯懦者哟！

我在暑假期中没有一刻不在胸里描想你的倩影的。在烟雨迷蒙的K山上采植物时思念你，冒着朝露在草原上摘野花时也思念你。戴着草笠坐在烈日之下时思念你，仰卧在床上望窗外的明月时也思念你！谁知你就在这暑期内和高教授携手并肩在耽享你们俩的恋爱之梦呢！

二个月的假期快满了，我忙赶回学校来。我回到学笑来时距开课时期还差两星期。我上午到校，下午就到你的住家去访你。我在途中，胸里起了一种热烈的鼓动。但我走到你的书房门首时，我的热烈的鼓动就完全冷息了。映在我的网膜上的景象是——

开着南窗，学校里的扩大率最高的显微镜搬在你的书案上来了。你和高教授头接头的轮着检看显微镜下的标本。

你听见我的足音，先翻转头来招呼我。随着高教授也翻转头来，我不能不向我的最敬而又最恨的先生鞠躬了！在这瞬间，我自己能够感得着我的脸色变成苍白。我的没有血色的上下唇石化地在颤动了。

我这时候的心和身给从没有经验的强烈的嫉妒和丑劣的猜疑激烈地燃烧着了。我呆呆地站在你的书房门首好一会，不知道进来好呢，还是回去好呢。

"我们接到你的信，知道你几天内就会回来了。料不到你到得这样快。进来坐吗！"

琏珊，当你看见我时，不是说了这一句么？你的话里面的"我们"二字引起了我不少的反感。

"进来谈谈吗。"高教授也脸红红的微笑着看我，我知道他很不好意思的了。"你寄来的高山植物标本很多有价值的。"他再敷衍了一句。

我到了这时候,只得进来了,坐在你的书房的一隅。

"J君,你前学期试验的成绩很好!"高教授像不好意思到极点了,只把这些话来敷衍。

"我想你早就该回来的。我真的天天都在望你哟!你看你的脸晒成这个样子,像个Negro了哟!"你不是这样的笑我么?你真是个Innocent Queen,你说笑的态度,无论谁面前,都是很自然的。我看见了你的自然的态度,又觉得自己太卑劣了,刚才竟对你怀了一种丑恶的猜疑。

我很感激你,也起了不少的快感,因为你竟过来把我手中的草帽和夏布长褂子接过去挂在衣架上,并对我表示一种亲切的微笑。你这时候的态度真的叫我感动,因为你的态度完全是做姊姊的对她的弟弟的态度。我不敢仰视你了。我同时又感着心里对你起了一种丑恶之念,很可耻!

我当时想,你以姐姐的态度对我,我是很欢迎的。不过我想到,万一要我叫高教授做姊夫时,那我就不情愿了。

高教授像不好意思,过了一刻,他就告辞回去了。

高教授去了后,你把我寄给你的花草标本再拿出来给我看。经你的整理后,你一一夹在一册大书里面。你从书里取出来托在掌上交给我。你的掌背的温暖柔滑的感触引起了我不少的兴奋和快感。我俩的手触着时,我看见你红着脸,斜睨着我一笑。

六

琏珊,我恋你的程度一天深似一天,我的烦恼也愈陷愈深无从解脱了。你那时候思念我的程度如何虽不可知,而我则常常为你流泪。我自回校后，没有从前那样勤勉地清理我的校课了。我只喜欢耽读各种文艺书籍，也时时学写些"临风洒泪，对月长吁"的一类文字。最奇怪的就是我常常无缘无故的悲楚起来，忍不住要流泪。每遇这样精神奋激的时候，我便一个人跑到操场里去，在无人的地方痛痛快快的洒一番悲泪。自我的精神变态后，看见你活活泼泼地和高教授谈笑，我更感着一种无名的嫉妒，也对你怀恨起来了。琏珊，我会对你怀恨不是件奇事么？

琏珊，我的确恋爱着你，十二分的恋爱着你，但对你，我可以发誓说，我不敢望你为我的所有，因为我的确是自惭形秽！恋爱着你而不敢希望你为我之所有，是何等的一种矛盾哟！琏珊，我告诉你，我不敢希望你之为我所有，是因为我自知我抱有不治的遗传病！告诉你，则你定急急的远避我；不告诉你，自问良心上过不去！第二的原因，就是我为一个家无担石的人。作算你对我的病深抱同情，愿和我同甘苦，但我无足安置你的家，你跟着我同栖几年后，难保你不后悔吧。

最痛心的，就是我没有一次对你表示过我的恋爱。及今想来，你定会笑我愚笨吧。这半是因为我是个怯懦者，半是因为我有不愿在你面前吐弱音的自负心。我怕我把恋爱向你表示了后，不得你的容纳时，是何等的杀风景哟。

我告诉你一件事。因为这件事，我知对你的希望什九绝望了。秋深的一天，我和T君到杏花天酒楼去吃酒。我听见隔壁大厅里有高教授的声音。T君从木栅缝隙偷望隔壁厅里的来客，原来四个人都是我们学校里的教授。一个是植物学教授章先生，一个是国文教授俞先生，一个是历史教授谢先生，还有一个是高教授。

我听见俞教授和谢教授同声的说：

"老高，老高！你的艳福真不浅！你居然独占花魁了！我们都贺你一盅。"

"不错，该贺的！我也贺一盅。今天要罚他做个东道才对。"老教授章先生也发他的风流的论调。

神经过敏的我马上直觉着他们所说的花魁是你了。你想想，我当时听见，如何的难过哟。

"学生间年轻的美少年不少呀，怎么没有一个和她生恋爱的？"谢教授在提出他的怀疑质问他们。

"她说，亲口对我说，学生里面没有一个有出息的人。她说，同学中没有可佩服的人，只有可怜悯的人。"

"啊？恭贺！恭贺！啊！吃酒！吃酒！我们预先替高教授和×女士举个祝杯！"滑稽的俞教授在狂笑着催他们喝酒。

琏珊，大概我也在你的计算中的没出息的一人了！我本不望你的佩服，只望能得你的怜悯。我能得你的怜悯，我死都情愿了。

高教授只笑着说，"没有的事，没有的事！"但他口调是很得意的，马上听得出来。他当他们几个教授前默认你是属他的所有了。

从杏花天酒楼回来后的我，化身为两个"我"了。我决意不再思念你了，但另一个"我"只管在催促我莫离开你。我本想请假，或竟退学回乡下去养病，但另一个"我"又在逼着我要受学期试验。

T君是我的挚友，他知道我的一切秘密，他知道我痴恋着你，他知道我因为你咯血。他常流着泪劝慰我，劝我早回乡下去调养。因为有你在前，挚友的忠告和劝慰终不生效力了。我太对不起我的挚友了。我当日若听T君的忠告，我今日的病势不会这样沉重吧。

但是要死的还听他死的好。失了你的我早无生存的价值了，就死了又何足惜！

七

　　琏珊，就今日的我的情形——失恋和疾病的情形而论，我后悔和你认识了。我若不认识你，我不会有今日的痛苦罢。琏珊，我近来的苦状，恐怕不是你所能梦想得到的。

　　冬期的学期试验完了后，我不是到你家里去看你么？一钩新月挂在西天角上，气温虽然很低，但没有风，我没有带围巾，也不觉得如何的寒冷。

　　我到你家里时，你才吃过晚饭。你还在厅前抹脸，看见我很亲热的过来和我握手。

　　"请进房里坐。我一刻就来，请到我书房里坐。"

　　你这几句话在我的冷息了的心房里生了点温气。你房里的暖炉里生了火，里面的温度和外面的相差得很远。我坐在你的房里身心都温暖了。

　　今晚上是我对你最后的访问。

　　我只坐了刻，就向你辞别，告诉你我明天就动身回家去。我来时候，心里准备着很多话要向你说，但坐在你面前，又说不出想说的百分之一来。

　　难得你竟踏看月色送我一程。

　　"高教授是个很和蔼可亲的人。但我总不很喜欢他，因为他的性质差不多和女性一样。"你忽然对我说了这几句话。神经过敏的我只当你因和高教授亲近而自惭，故随便说这几句无聊的话来安慰我。但我听见了后，也不便加什么批评。

　　"做了人对各方面总不免有点牵扯不自由。我们能够到不受任何种感情的支配的地方去就好了。"你说了后，又叹了口气。

"是的，我总想我们能够到没有人类的地方去！"我在这瞬间，又觉得他们说的话都是谣言，不是真的了。高教授虽然爱你，你不见得定属意他吧。但我翻顾着天仙一样的你，同时思念到苍黑瘦弱的我，又自惭形秽。我觉和你并着肩走，不亵渎了你么？

新月早在水平线下隐了形，只我两个人全浴在幽寂寒冷的暗空中。我们默默的在街道上行了一会，都像耽溺于一种空想里面。

"就这个样子告永诀么？这是如何难堪的事！"我终于流下泪来了。在这暗空中，大概你没有看见吧。走到大街口来了，你停着足向我说"再会"。我愈觉得悲楚，不知不觉的握了你的双手，像兄妹握手般的，握了你的双手。

"你的手多美丽！"

你伸着双掌给我，任我拧摸了一会。你像在说，"我们的会面只有今晚了。这一点点的亲爱还吝惜着不表示也近人情么？"

我的神经过敏，事事都对你抱曲解。

我在这瞬间，心脏起了一种高激的鼓动。这种鼓动在生理上引起了一种难堪的痛苦。我很想乘势拥抱着你接吻，但一念及我的可诅咒的疾病，忙放了你的手。

第二天我动身向故乡出发，三天之后我回到家里来了。我在途中只后悔前几晚上不该轻轻的放过了你。我只望年假快点过去，早点来学校会你。

我回到家里后一星期，接到T君寄来一封信，他告诉我，你已经知道我的病了。他又告诉我，你托他向我致意，并望我调摄身体。我读了T君这封信，我的身体像掉在绝望的深渊里去了，我想你必因我的病而厌弃我，连丝毫的余情都不再给我了吧。我自己对我的痼疾尚且万分厌弃，何况他人呢。

我在家中住了三星期了。在这三星期间咯了四次血。我的病又像加重了些，远因是学期考试时，用功过度了，近因是这两三星期间天气太冷，我伤了寒，体温高至四十度。继续着静卧了十多天才平复下去。我想我不久就要和N君同运命了罢。

八

旧历十二月的中旬了。村里的人们都在忙忙碌碌地准备迎他们的新岁。他们一年间的劳苦已经告终了，各人都元气旺盛的继续着向他的生活的道程前进。我对他们怀着一种嫉妒，觉得他们都是在嘲笑自己的病弱。

记不清是那一天了，那天的天气很暖。可爱的太阳，整天的照在我们顶上。我吃过午饭，精神稍觉舒畅，决意到田野去转一转，呼吸新清空气，因为我不出户外，快要满一个月了。

提着一根手杖，双足运着病躯走到屋后的一条溪水附近来了。溪的两岸丛生着杂草，有认识的，有不认识的。到了后来我发现了一种植物——只听过先生的讲义，没有看见过实物的属禾本科的串珠草，它的学名是Coix Lacryma-obi，就是我们从前戏译它做"约伯之泪"的。你大概还记得吧。章教授只会暗记它的学名，至约伯出自何出，他并不知道。同级的专做绩分奴隶的蠢虫们当然更不知道。知道约伯的典的只有我和你两个人，我们望见章教授在黑板上写出这个学名来时，我们不是相望而笑么，下课后，你还告诉我约伯那篇的文章很好，劝我买一部圣经来读。我本来不喜欢圣经的，但因为是你的命令，我终买了一本装订很精美的新旧约合本。遵着你的命令一篇一篇的念。

我发见了"约伯之泪"和遇着你一样的欢喜，因为它的确是联结我们间感情的纪念物！我采了几枝回来，打算寄二三枝给你，这种植物并没有什么美观，但我一念及它的名，心中就受着一种感动。

采了"约伯之泪"后，身心都感着一种疲劳，我再无力远行，只得咳嗽着缓步回来。

那晚上，我禁不住翻开那篇书来看。我无意中翻到第六章第八节以下的一段了：

……Oh that I might have my request;and that God would grant me the thing that I long for!

Even that it would please God to destroy me;that he would let loose his hand,and cut me off!

Then should I yet have comfort;yea I would harden myself in sorrow;let him not spare;for I have not concealed the words of the Holy One.

What is my strength,that I should hope? ang what is mine end,that I should prolong my life?

Is my strength the strength of stones? or is my flesh of brass?

Is not my help in me? and is wisdom driven quite from me? ……

我不是把这几节抄下来，不再写信的，和"约伯之泪"一同寄给你了么？

我住在家里，怜悯我的人只有我的老母和邻家的少女了。邻家的女儿只十三岁，她知道我的病，但她并不恐怕，时常跟着我来田野间散步，大概她是没有这种传染病的知识吧，但我只当她是爱我而不畏避我的病。按理，我自己应当远离一般健康的人。但我对畏避我的病的人总是抱反感。对不畏避我的病的人便生无穷的感激！在这世界中只有她——邻家的少女可以算是我的知己吧！

我自己知道我的病无恢复的希望了，我自暴自弃的想早点结束自己的一身。但同时希望着能有一个人和我一同死。能得一个人——尤其是女性——和我一同死时，我可以说是不虚生了。但我的目标不在你的身上就移到邻家的少女身上了。对你，我可以说是全无希望的了。但乘她的机智，强要邻家少女为我牺牲她的如旭日之初升，有无穷的希望之身，在我的良心上是不忍做的事。

但是另一个"我"常在催促我早点觅个机会向邻家的少女要求接吻，把病毒传染给她。她大概不会拒绝我吧。

我联想至假定向你要求接吻时的你的态度了。你不知道我有病毒时，不会拒绝我的要求吧。但现在你已知道我的病了，对你早绝望了。

九

邻家的少女在我眼中算是顶美丽的女性了。我的变态心理几次逼着我想去要求她的生命为我的牺牲。一种欲逼着我想去和她接吻。

我随后联想到对她的牺牲我应当提出的代价。但我是个前途黑暗的人，能提出什么代价呢？尽我的物质的所有，不过三五亩田，一头牛，几头豚罢了。但这些都是我的父亲生前辛辛苦苦挣下来遗给我的和母亲终年劳苦不息的产物！

"母亲！你只有一个儿子，但快要死了！我死了后，你也快会死吧！没有我，你那里还有勇气生存！所以我叫你不要再辛辛苦苦的耕作和饲养这牛豚了。都送给邻家吧！因为我们死了后，邻家的少女也会跟着我们来，我们也不至于寂寞。"我几次想这样的对我的老母说。

"×儿。你的精神今天好了些么？没有血了吧！"母亲说了后蹙着双眉，叹了口气。她的多皱纹的焦黄色的双颊不住在微振。说了后又踉踉跄跄的跑向柴房里去了。我看见老母的衰老的样子和听见她的悲叹，刚才想说的话终不敢说出口来了。

我此刻领略到老母的伤心了——看望独生的儿子患不治之病,每天只她一个人在烦忧和劳苦中的伤心。我此刻才领略到了。

"母亲,母亲,你看见你的儿子患这样的病,你的脑中就不断地描想着父亲咯血而死的情状吧。"

琏珊,你听见我去年冬在家度这样的惨伤的生活时。你总不至于全无感动吧。

琏珊,我真是个可怜人,在这荒凉的山村中,只一个能和我畅谈衷曲邻家的少女也离开我了,离开了她的我真的是个孤独者了!虽有老母,但我不情愿和她多说话,也不忍和她多作伤心之谈。因我一启口再说不出乐观的话来了。

快要过新年的一天下午,我一个人倚着手杖站立屋后溪水上面的石桥上俯瞰着流水。我看了一会抬起头来,望见邻家的少女急喘着跑向石桥边来。

"×哥"她只叫了我一声,红着脸不说下去了。

"什么事?你这样的急喘着跑了来。"

"对不住了,我问你,你是不是患肺痨病?"她说了后睁着她的无邪的眼睛仰视着我。

我听见她的这一问,像听见霹雳般的,一时不会回答她,只觉胸的内部紧痛着,忙用左手按着胸口。

过了好一会。

"谁对你说的?"我意气消沉的反问她。我想在这茫茫的世界中,我只有这个小朋友,无邪的女性的友人也快要给这种可诅咒的病夺了去了。我想到这点,我心里感着一种悲伤!我不该不早告诉她我是个患肺病的人,我太自私自利了。我太无道德了。琏珊,我并没有——也不情愿把咯血的事告诉你,但终给你知道了。我又还想瞒这个天真烂漫的少女，但也终给她晓得了。

"家里的母亲说，你天天吐血，像呕酒一般的吐血！"

"还说了些什么话？"

"母亲叫不要再和你接近，叫我不要再跟你走路。"

"你母亲说的话是真的。你以后不要跟了我来，不要和我说话吧。"我说了后黄豆粒般大的泪珠一颗一颗的掉在石桥上面了。

我在石桥上痴站了一会，觉得双腿有点酸软，忙蹲下来。邻家的少女看见我蹲下来了，她也蹲下来。

"×哥，我不和你说话，你就这样的伤心么？那末我不给我的母亲知道，还是和你一路玩吧。"少女忙凑近前来安慰我。琏珊，在这瞬间自暴自弃的思想，险些叫我向她犯罪了。我的唇待翻过来向她的嘴边送时，她忙站了起来。

"臭！×哥，你呼出的气息很臭！"她用她的小袖掩着她的鼻，蹙着眉凝望我。

琏珊。你可以想象的出来，当时的我如何的难过哟！不单难过，她竟向我宣布了我的死刑！

十

琏珊，我的老母看见我的病势沉重，把她饲养了一年多的肥豚卖给肉店里，向县城德国教会办的医院请了一个西医来看我。

医生诊察了后，像知道我的病身是再无希望了，但他不便说出来。他只给了我两瓶药水，一瓶是饭前喝的，一瓶是饭后喝的。他听我每天还在喝酒，便要我戒酒。

医生来一回，老母便花钱不少，三元的轿费，五元的诊察费，两元多的药费和款待他们的酒菜等要十二三块钱。隔一天还要雇一个人到县城去检药并报告病状。但取回来的，还是一瓶黄药水和一瓶黑药水。我常看见母亲一个人在厨房里流泪。我看见了后忙轻轻地退回自己房里来。老母的伤心，当然是为卖肥豚的钱快要用完而我的病状却没有变化。

我不听医生的忠言，每天还要喝酒。老母哭着哀求我，要我暂时停杯。我没有法子，不敢在家里喝酒了，我只一个人跑到村街里的一家小酒店里去秘密的痛饮，村里的人们没有不知道的，只瞒我的母亲一个人了。

琏珊。我一个人觉得一停酒杯，心里就万分难过。一思念及你已属他人的所有了，我的心房就快要碎裂般的难过。我不能不喝酒！要喝酒把这样的痛苦的岁月昏昏沉沉的度过去。

酒店的后面是几家用木栅围筑起来的民房，可以说是个贫民窟。有织袜的，有剪头发的，有做木匠的，有拉牛的。听说那个剪发匠一天的收入不满五百钱，不够他一个人的伙食费。但她有妻，有一个十二三岁的女儿，妻现在又做了第二个女儿的母亲了。

酒店里的人说，一天两顿稀饭，他的妻若不预先留两碗藏起，让剪发匠一个人吃时是没有余剩的。因为他的胃袋像橡胶制的，不论饭量多少都装得进去。他不管妻和女儿有得吃没有得吃，他一个人吃饱了就跑出去了，他的妻女看见他走了后才把留下来的稀饭拿出来吃。有时候听见他的足音，他的妻女又忙把才吃了几口的稀饭再藏在橱里去。他的女儿常跑出酒店门口向街路的两端张望。

"你的爸早跑了，安心吃饭去吧！"酒店中人笑着和她说了后，她就忙跑回家里去报告她的母亲可以把稀饭端出来吃了。

单靠剪发匠的收入，不够他们一家的生活费，剪发匠的妻替人家的小孩子们做小鞋子，把所得的凑起来，才把一家三口的生活维持过去。自他的妻生了第二个女儿后，不单产褥期内的一切用费无从出，连做小鞋子的一部分收入也没有了。我每到酒店喝酒，就听见婴儿的啼音和产妇的哭声。酒店中的人说，没有钱请接生妇，连脐带都产妇自己剪断的。剪发的躲了两三天不回来，产妇和她的大女儿饿了三天了，幸得邻近的人分给了点稀饭和米汤才把她们的生命维持起来。

琏珊，我是个神经衰弱的人，听见她们母女的哭声，我的眼泪早准备着流了。听见了这些哀话后，眼泪就掉下来了。

我在那时候，说不尽心里的苦闷，喝了几盅闷酒后，不给他们知道，走到酒店后的剪发匠家门首来。我在门首叫了一会，十二三岁的女儿走出来，我忙把衣袋中剩下来的七八个小银角子交给她。

"你去告诉你的母亲，拿去买米吃吧？"我说了后急急的离开那家贫民窟。那小女儿接了银角子后，只睁着惊异之眼不转眼的望着我。

琏珊，后来我才晓得我的老母那天给我的银角子，是把我们家里的米卖了两斗的代价。我们母子已经是很可怜的人了，谁知还有比我更可怜的人！

半个月后的一天下午，我循例到那酒店来时，店中人说剪发匠在做小棺了——借他的做木匠的邻人的锯斧做小棺了。好奇心引我到店后去看那剪发匠做棺木。并不算什么棺木，是个长方形的木箱子罢了。剪发匠一面刨一块长方形的木板，一面也居然流着眼泪了。

酒店里人说，那个产妇睡了三天就起了床，她敌不住饥饿，托人找了一个人家当奶妈去，过了十天她就把自己的婴儿交给大的女儿抱，自己就出门当奶妈去了。每吃过晚饭就回来看一次，给点奶给自己的婴儿吃。只有半点多钟的工夫，又要急急地跑回雇主的公馆里去。每晚上睡醒来摸不着母亲的婴儿的痛哭，真的叫听见的人敌不住，个个都为那个小生命流泪。

婴儿今天早上死了。她的父亲没有钱买小棺木给她，只得自己做，把厨房的门和两扇窗扉做材料。

母亲还在喂奶给别人的儿子吃，不知道自己的婴儿因没有奶吃死了呢！琏珊，你想这是如何的残酷的社会，又如何的矛盾的人生哟！

有生以来，我像所听见的，所看见的都是这一类哀惨的、令人寡欢的事实。这个世界完全是个无情的世界！

十一

我回到酒店里来，感着一种悲哀，坐在酒堂的一隅沉默的喝酒。我想欲去这种悲哀唯有痛饮！我的母亲若看见我的痛饮的状态，不知如何的伤心呢！

——啊！母亲呀！母亲！我的不孝之罪，真万死莫赎了！但我并不是立意要做个不孝的儿子。我是无意识的不知不觉成为不孝的人了！母亲！我知道你没有一点野心。你并不希望我做大政治家，也不希望我做大富豪，你更不希望我做大学者，也不希望我做在现代有最高的权威的军人！我深知你只希望我的病早日痊愈，只希望我的身体早日恢复健康！但是，母亲，你那里知道我是个废人了，是个前途绝望了的人！我深知你只希望我的病能够早日痊愈，你就做你的儿子的牛马亦所不辞！但是做儿子的再不忍看着母亲做儿子的奴隶牛马而永不得相当的报酬！我再不忍母亲为我受苦了！我今决意了！母亲，你迟早都有伤心痛哭的一天。经一次的伤心痛哭之后，你得早日由痛苦解脱出来。母亲，我不愿再看你每天为我的病受罪了！——

我一边喝酒，一边起了这种自暴自弃的思想。琏珊，我思念到我的惨痛的运命，不能不归怨于你了。

我喝了几盅热酒后，望见外面的天色忽然阴暗起来。像快要下雪的样子，空气非常的寒冷，但我的体温陡增起来，皮肤的寒感更觉锐敏。我不住地在打寒抖。我待要站起来准备回去，但鲜血已经涌至我的喉头来了。

我醒过来的时候，我发见我的老母亲坐在我的枕畔垂泪。

"妈，什么时候了？"我气息微弱的问她。

"快要天亮了吧。你此刻怎么样？精神好了些么？"

我只点了点头，母亲说，我今天咯血过多了。医生来说，体温能够低下，就不会有意外的危险。但我的双颊还异常的灼热，四肢的温度比较平时也高得多。

到了第二天，我望见长案上有几封信，我要母亲拿过来给我看。母亲说，医生吩咐过，体温未低下以前，不许读书和有刺激性的信件，母亲苦求我等病好了些后再看。但我执意不肯。母亲看见我要坐起来时，只得把那几封信给我。我在这几封信里面发见了T君由学校寄来的一封信，我忙先拆开来读。我读了这封信后，苦闷了半天，到了早晨八点多钟，才静息了的鲜血再由肺部涌上来。

琏珊，我不知恨你好呢还是恨T君好。T君这封信是报告你和高教授的婚约已经成立了。琏珊，这本来是我意料中的事，T君这封信，不过在我的旧伤口下再刺一针罢了。

我的青春的历史快读到最后的一页了。

琏珊，我对你们的婚约并不怀嫉妒，我只恨你。知道你眼中的我和高教授的比较，我也自知对高教授无怀嫉妒的资格。但精神上杀了我的还是琏珊！

我终于出县城进了医院了。循环在我脑中的是酒，血痰，肺结核，女性，学校，退学，约伯之泪，琏珊，高教授这些东西！

T君突然的到医院里来看我，把你和高教授的婚期告知我了。我对你再无恋也无恨了！这是我最后不能不告诉你的！

我只觉得我的周围完全黑暗！

看护妇每天替我的被褥洒两次香水。但她每次还是用她的袖口掩着鼻孔进来。T君进来时，也同样的用手巾掩着鼻孔，进来后又连吐了几口口沫。

"臭？"我不得不伸手向病床边的小台上的香水取过来交给T君。

"她说，她想来看你的病呢。"这恐怕是T君说谎来安慰我的吧。

"她还来我这里？我也不希望她的来访了。"我只能苦笑着向T君。

琏珊，你就真的想来，我也不允许你进我这房里来。除了我的老母外，在这世界中再没有人愿意进我这房里来的了。

琏珊，我最后抄"约伯"第十七章里面的几句在下面寄给你吧：

……My breath is corrupt,my days are extinct, the graves are ready for me.

……Are there not mockers with me? and doth not mine eye continue in their provocation?

……Lay down now,put me in a surety with thee; who is he that will strike hands with me?……

一九二五年八月二十六日夜脱稿于武昌

小兄妹

一

　　寂寞的寒夜，J一个人低着头在黑暗的街路上急急的走。路上不见一个行人。只有一名巡警站在一家的墙面打盹，听见他的足音忙睁开眼睛来。他一面走一面听见那位巡警在他后面打呵欠。

　　铜圆局的汽笛在暗空里悲鸣，他知道夜已深了——中夜的十二点钟了。J想在这样深夜的时分还冒着寒风在街路上跑，禁不住发生一种悲感。他并不是因为到十二点钟还不得歇息而生悲感的，他的悲感之发生还有别种的原因。过了十二点钟还不得睡，在他本算不得一件稀奇的事。

　　他每晚上把第一天的功课准备好了后，不响十二点钟也快要响十二点钟的了。他准备好功课后，定要打开抽屉来望望里面的时表——玻璃罩给小孩子打破了还没有余钱修整的表，所以没有带在身上。他看了表后不久就要听见铜圆局的汽笛的悲鸣——引起他无穷的哀愁的悲鸣。

有时候功课容易些,他的准备时间也短些,这时候他痴坐在书案前可以听得见过江小汽轮的汽笛和叫卖烧饼油条的哀音、此外听得见的是在抽屉里的嗒的嗒的时表的音响了。

墨水瓶打开着,原稿纸也在他面前摆好了,只有那支钢笔终是懒懒地倒在书案上不情愿起来。

照例至迟十二点钟他是要就寝的。因为他近来每一提起笔来就感觉得头脑是异常的疲劳,他曾跑过江去问他的友人——一个医生——有什么方法能够医治他的头脑。若头脑坏了,他一家四五口就怕没有饭吃的了。他的友人劝他要早睡早起床,最好十二点钟以前能够就寝,所以他近几个星期勉力守着他的友人的忠告。过了十点钟。不管想睡不想睡,他要就寝的。但今晚上又不能照他友人的忠告履行了,不单今晚上,近来好几晚都过了十二点钟才睡。

因为生活问题,每晚上准备了功课后,他总想写点东西去换稿费。在中国政府办的学校当教员是不能完全维持生活的。薪额上说来很好听,二百元三百元,但每天所能领的只有十分之一二。他既不能决绝地辞职,所以每天对功课不能不稍事敷衍。他最以为痛苦的也是这种敷衍。他早就想辞职,但再想一回,辞了职后半年半月是很难找相当的职业的,所以也就忍气吞声的受学生们的揶揄,决意再挨半年苦。

他每晚上总想写点儿东西,但什么也写不出来。他近来很抱悲观,他觉得他的头脑一天坏一天了;看了一两页书,写了三五百字,他就觉得头痛了。

他的脑病的重大原因是没有充分的睡眠时间。教员生活是要早起床的,每天七点钟以前就要起来。他的妻身体太弱了,并且不久就要做第二个小孩子的母亲了。大的儿子又还没有满两岁,时时刻刻还要人看护,加以厨房的琐务,所以她勉强支持两天,到第三天就要倒下去的。

妻的神经和她的身体同样的衰弱，常通宵不睡，早晨四五点钟听见面外街路上的车声就醒了起来。妻起来了不久，小孩子也哭着要起来。他到这时候就睡也不能再睡了，只好陪他们起来看小孩子让她到厨房里去。

有一天晚上天气特别的冷，她的脸色苍白得可怕——这是她病前的预兆——才把碗筷收拾起就往床上倒下去了。她虽然倒下去了，但还忍着痛苦抱着小孩子要哄他睡，她是怕小孩子妨害了他的功课——编讲义或写点东西——想把小孩子快点哄睡了后让他舒畅地做点文章。可是小孩子像故意和她为难般的，拼命向他妈妈抵抗，不肯睡，要起来。

"爸爸！爸爸！"小孩子看见母亲睡下去了不和他玩，他带哭音的要他父亲抱他到书案上玩去。

"乖乖，睡吧！明天起来爸爸再抱你。"妻哄着小孩子，说了后又连连叹气。小孩子不懂事，看见母亲禁止着他起来，爸爸又不过来抱他，便拼命的挣扎，狂哭起来了。

"我敌不住了，你可以过来抱下他么？"妻再叹了口气哀恳他。明天有两点钟的课，结晶学一点钟，结晶光学一点钟，都是很要花时间准备的。打开抽屉来看看，快要响九点钟了，他有点不愿意再为小孩子损蚀他的贵重的两三个时间，因为他不单要准备明天两点钟功课，他还想创作几页原稿。

"真的就病到这个样子了么？不能坐起来抱S儿了么？"他是个病的利己主义者，他怀疑妻是装病不愿起来抱小孩子。他想妻的身体或者有点不舒服，但他不信她就不能坐起来抱小孩子了。

"我可以坐起来，还来哀求你！"妻像怨恨他对她全没有谅解，也没有同情，起了一种反抗心。

"这样的不中用，又跟了我来干什么？"

"谁跟你来的？！你不带我们母子来这里，谁愿意到这个人地生疏的地方来？"

他语塞了。他是没有家的，他的家庭就是这个样子，三个人四条生命！在他的原乡实无家可以安顿妻子的，他就做乞丐，做流氓，也要带着妻子跑来跑去的。

"在乡下你有一亩田一间房安置我们的么？谁情愿跟了你出来受苦？！你怕我们累了你，就不该娶了我过来！"妻的歇斯底里症发作了，在呜咽着哭起来了。小孩子看见他妈妈哭了，也狂哭起来。

"……"

妻愈哭愈伤心，哭音也愈高了。他怕妻的哭音给外面来往的人听见，尤其是怕学校的学生听见，忙变了口调。

"算了，算了！给外面的人听见了才好看啊！"他想再骂或再和她争论决不是适当的方法了，但他又不能马上变过脸孔来向妻说好话。他说了后，心里也感着一种惭愧，因为他既怕外面的行人听见他和妻的口角伤了他的无意义的虚荣心，又不能低声下气的向妻谢过以保持他做丈夫的不值半个铜子的威严。

妻的哭声越发高了，他急得没有法子。

"还哭么？真不知一点羞耻！"

"我知道羞耻，今晚上还向你哭！"妻愈哭愈伤心。"你就送我回去吧？就送我回岭南去吧！你送我回母家去，决不再累你，次不再要你一文钱！送我们回去后，我们母子有饭吃没有饭吃你莫管！送我们回去后，看我要累你一分一厘的就不是个人！"

"你这个女人完全不讲道理的！完全是一个……"他想说她"完全是个泼妇"，但终不忍说出口。他自己心里也觉得对妻的态度前后太矛盾了。初结婚时，她只十八岁，完全是个小女孩儿，她这种态度并不算是初演，他曾戏呼她做Child wife，每看见她哭着发脾气时，便搂着她劝慰她莫哭。他自己也不明白自小孩子生下来后，对妻的态度会变成这个样子。

二

　　他的妻虽然不算是个美人，但初结婚时在他的眼睛里是很娇小可爱的，自生小孩子后，她的美渐次消失了，他对她的爱也无可讳言的一天一天薄减了。

　　她近这半个月来稍为劳动些到晚上就说周身酸痛，所有骨节都像碎解了般的。大概她快要做第二个小孩子的母亲了。

　　"除上课外，你不要跑远了，怕胎动起来时不知道到什么地方去找你。万一……"他的妻眼眶里满装着清泪没有说下去。过了一会，她转了一转话头。"S儿到那时候谁看他呢！"她的清泪终于掉下来了。

　　"我不走远就是了。"他也觉得妻实在可怜。"后面的单眼婆婆和她的孙女儿，你和她们说好了没有？"

　　"我把一吊钱给她们了。她的外孙女儿答应每早晨来，晚间回去，在这里代我们看厨房的事，要洗的东西都交给她。不过他们要求的工钱太贵了些。"

　　"……"他只在筹思要如何筹借五六十元才得把这难关度过去。顶要紧的就是教会办的慈善医院的接生费，要二十块大洋。他想无论如何穷，这种支出是省不掉的。

　　"幸得临时雇她们，只有一个月！过了一个月我的身体恢复原状，可以不用她们了。"她说了后又叹口气。

　　他因为生活困难，家里没有雇用老妈子，家事一切都由他的妻和他一个表弟T料理。他的表弟T今年才满十五岁，在他家里完全是个厨司了。

　　妻因为快要临月了，关于厨房的事，看S儿的事和洗衣裳的事先的忧虑了不少。他家里虽然穷，但还有人比他更穷的。他住的房子后面两列木造的矮房子是个贫民窟——其实他住的房子也和贫民窟的房子差不多。不过稍为干净一点。单眼婆婆就住在这贫民窟里。

今晚上吃了晚饭他到学校里去出席教授会，开完了会回到家时快要响十点钟了。妻和S儿都熟睡了，他想趁这个好机会做点工夫。他从书堆里取了一册 Maurice Baring 的 An Outline of Russian Literatuer 来读。刚刚把书翻开就听见他的妻在帐里面呻吟。

"你的身体怎么样？"他顶怕的就是要坐在夜间临盆，他最以为辛苦的，就是夜间要他到医院去叫产婆。

"没有什么。"妻呻吟了一会不再呻吟了。

"胎动了么？"

"微微地有点腹痛，不是胎动吧。"

他稍为安心了些，再继续翻他的书。他才念三五行，妻又在呻吟了。

"今晚上的腹痛虽然不很痛，但回数来得密些。"

"怕是间歇痛吧。"他忙打开抽屉来看时表，九点五十一分。等到妻第二次呻吟时是九点五十九分。他知道间歇痛的时距是八分间。

"照前例看来——S儿出生时——当在天亮时候，到天亮去叫产婆不迟吧。目前最重要的事还是借债！快借债去！明天婴儿产下来时，没有钱如何得了呢！"他想了一会，知道借债这件事，无论如何踌躇都是挨不掉的。

"去吧！快去！他们睡了时就不妙了。要借债还是快点去。"他站了起来，把才脱下了的外衣重新加上。

"向人借钱——开口向人要钱是何等难堪的事！向人借钱——向人说好话借钱比挨嘴巴还要痛苦！"他走出来在寒风里一面走一面想。街道上有好几家店门早关上了，还有几家没有关店门的是小饮食店和青菜店。拦面的寒风一阵阵地吹卷了不少的尘沙到他的口鼻里来。街路上没有几个行人了。他在途中遇见了几个双颊给风吹红肿了的童子，紧张着支气管发出一种凄音在叫卖他们的油饼和油条。

"快点走！要找四个同乡去！快点走！时间不早了！零星借款，一个人向他借十块八块，那就够妻这次的用费了。"他一面想一面急急的走。

他前几天也曾伸出掌来向他的几个同事的朋友们告贷。这几个好朋友都向着他的掌心打了一打，只是一笑，一个钱也不借给他。及今想起来他的双颊还在发热，像才给朋友们辣辣地打了几个嘴巴。

他觉得知识愈高的人的良心愈麻木，所以他决意向几个做生意的同乡告贷了。

由十点钟起奔走了两个钟头，拜访了十几家商店，零零星星共借到了二十八块钱。他虽然穷，但他的同乡们还相信他，相信他是个读书人，相信他是个烂大学的穷教授。他想到他自身的价值只能向他们借二十八块钱，他心里觉得异常的悲哀，几乎掉下泪来。

"不必再作无聊的悲感了！借得二十八元到手还算你的幸运呢！快点走！跑回去吧！妻在蜷缩着悲鸣呢？"

他赶回家来时，抽屉里的没有玻璃罩的时表告诉他已经是一点二十分了。

他跑到妻的床前报告他今晚上的成绩——零星借款并借得二十八块钱——叫她不要为接生费担心。他的话还没有说完，妻又呻吟着呼痛了。呻吟期间继续了两分钟。等到妻第二次呻吟时，他检视时表知道间歇期由八分间减至五分间了。

"妈妈！奶！妈妈，妈妈！"S儿给母亲的呻吟惊醒来了。他还没有断奶，每晚上醒来要找母亲的奶吃，含着母亲的乳才再睡下去。他每次醒来摸不着母亲时是要哭的。他惊醒来了，看见母亲背着他睡着就哭起来。他从被窝里钻出来，按着母亲的肩膀想站起来。才站起来又跌坐

下去，才站起来又跌坐下去，最后他狂哭起来了，

"S儿乖乖！爸爸抱！来！爸爸抱！"

"不爸爸抱！"S儿愈哭得厉害了。

闹了半点多钟，S儿知道绝望了——知道母亲再没有把奶给他吃了。或者是他哭倦了。最后看见父亲手里拿着一颗柑子，便呼着要爸爸抱了。

"爸爸！爸爸！抱抱！"

S儿在父亲怀里虽然止了哭，但还抽咽得厉害。他抱着S儿摇拍了半点多钟再睡下去了。他把S儿放进被窝里去，替他盖上了被。小孩像哭累了，呼呼的睡了去了。他忙跑到后面开了厨房的后门，去摇蔡家的后门，把那个单眼婆婆叫了起来，叫她过来替他生火烧开水。

"老爷，我的孙女儿要五吊钱！这个月要五吊钱！她明天不再到炭店里捏炭团了，一早她就来替你抱少爷。……"那单眼婆婆迟迟的不肯到他厨房里来，在要挟他，提出比日本的二十一条项还要苛酷的条件。他知道那个单眼婆有意乘人之危，要求过分的工价，恨得想一脚踢下去。但听见妻在房里很痛苦的呻吟着，只好忍下去了。

"好的，好的！你快过来替我烧开水。我即刻要到医院请医生去。"

"……"那老妈子一手扶着满涂了黄油垢的门闩，一手提着一个小洋灯盏，睁着她的独一无二的眼睛——含蓄着一种欲望的眼睛——望他。

"你快点过来吧！"他心里恨极了。今天下午妻才和她新订了约，这一个月给她六吊钱，给她的孙女儿三吊钱，怎么又变卦了呢？

"今天我和你家太太说过了，我要双工。"单眼婆婆说了后，她脸上现出一种卑鄙的狞笑。

"双工？！"

"是的，十二吊！"

"可以可以！"

"先把十二吊钱给我们买米好不好？"

他听见她这种要求真恨极了，很想把她谢绝。但他一转想，这个单眼婆婆也很可怜。她曾把她的身世告诉过他的妻。她二十多岁就因为一个儿子守寡。现在这个儿子也四十多岁了，生了一个女儿和一个男儿了。她的儿子从来就在铜圆局里做工，做了二十多年。大概是中了煤毒和铜毒吧，前年冬由铜圆局赶了出来。他患了一种风瘫病，双脚不会走动，双手也抬不起来。每个月包伙食费的工资共八吊钱，终害他成了个废人了。他还想把这残疾医好再进铜圆局去站在炉门首上煤炭，他把祖先遗给他的木造的房子里的前头两间卖给了一个做青菜生意的人。他得了这两间房子的代价二百吊钱，进了教会办的慈善病院。他住在每天向病人苛抽三吊钱的慈善病院里满两个月了，两间木造房子的代价也用完了，但他的病还是和没有进病院前一样双足不会踏地，双手抬不起来。他自得了残病之后，不单没有能力养活妻子，就连他的一口也要他的母亲做来给他吃了。他的母亲，他的妻和大女儿每天到炭店里去捏炭团，辛辛苦苦的支持了半年，他的妻再挨不得苦，终逃走了。爱儿子的还是母亲，这两年来儿子和孙儿的一天两顿稀饭，还是这个六十多岁的单眼婆婆做来给他们吃的。

"她的乖僻的性质，她的不道德的不正当的嗜利欲，大概是受了社会的虐待的结果。你自己还不是因为生活困难，天天在嫉妒富豪，在痛骂铲地皮的官僚和军人么？在这个单眼婆婆的眼中你是个她所嫉妒的富豪。十二吊钱！答应她吧，十二吊钱！"他因为想利用这个单眼婆婆，便想出了这种浅薄无聊的人道主义来欺骗他自己的良心。他心里何尝情愿出这十二吊钱。但他不能不对单眼婆婆为城下之盟。妻在呻吟着，阵痛更密了些。他忙跑进去拿了两吊钱出来交给那个单眼婆婆。

三

　　三点钟又过五分了。下弦月还高高的吊在铜圆局的烟囱上，天色很清朗的，只有几片像游沙般的浮云点缀着，拂面的晨风，异常冰冷的，但他像没有感觉。急急地跑向D医院来。

　　行过了C学校的门首，斜进了一条狭小的街路，出了这条狭小的街路是高等检察厅和高等审判厅的大街道上。过了这条大街道就是D医院。

　　D医院门首的街道上还不见有一个行人。门首的铁栏上面吊着一个白磁罩电灯，电火异常幽暗。他跑近前去，一手抓着铁栏，一手伸进铁栏里去拼命捶里面的镶着铁皮的门板，捶了一会，手也捶痛了，还不见里面有人答应。他住了手，把拳缩回来，他左手揉摸着右拳，一面仰起头来望望天空。黑蓝色的天空渐渐转成灰白色了，天像快透壳了，他心里愈急，忙着再攀抓着铁栏，开始第二次的敲门。又敲了五六分钟，右拳痛极了，他忙向地面捡了一块砖片拼命的敲了几下，才听见里面号房里打呵欠的声音。

　　门开了。铁栏里面站着一个四十多岁的男子，只手在揉眼睛，只手在结他的扣纽。

　　"是哪一个？有甚事？"

　　"来叫产婆的。"

　　"住什么地方？"

　　"N街第七号！"

　　"你在这里等一会。"那位号房并不把铁栏打开放他进去，只揉着眼睛向里面去了。

　　约摸又过了二十多分钟，刚才那个号房才跑出来把铁栏打开，后面跟着来的是一个面目狰狞的壮汉。

"你从哪里来的？"那个狰狞的壮汉也揉着眼睛问他。

"你没有报告医生去么？"他看见这个狞恶的壮汉的态度讨厌极了，只翻过来问那个号房。

"我告诉他了。由他进去报告给女医生的，我们不能进去。"号房指着那个恶汉介绍给他。

"就请你快点进去报告医生！"他只得又翻过来向那恶汉说好话。

"忙什么！问你住在什么地方！"

"他不是告诉了你么？"他指着站在旁边的号房答应那个恶汉。

"我知道了！N街，是不是？你要知道，要我们这些的医生到外边去接生，要收二十元的接生费的。车费在外！车费你要多把些哟？"那个恶汉睁圆一双凶眼，咬着下唇说。这种狞恶的表象完全是对他提出一种要挟，像在说，"你若不答应我的要求，我便迟些进去报告。"

他到了此刻才知道那个恶汉是D医院专雇用的车夫。他答应了给一吊钱的车费后，那车夫慢慢的进去了。

像这样一个狞恶的车夫竟有特权在女医生们的睡房里自由行动，他禁不住思及杨太真爱安禄山的故事来了。

他在D医院的庭园里守候了一会，才见那狞恶的车夫出来。

"她们快起来了，请你略等一刻。"

"已经等了好几刻了！还要等到什么时候？"

"那有什么法子！她们姑娘小姐们起来了后，要抹脸，要漱口，要搽粉……没有那末快的！"那车夫一面说一面把双掌向他的黑灰色的双颊上摩擦，装女人搽脂粉的样子，说了后一个人在傻笑。

又过了二十多分钟才见一个头戴白巾，身穿素服的看护妇跑了出来。

"医生问你，什么时候开始胎动的？痛的回数密不密？"

"昨晚上九点多钟就说腹痛,我来的时候间歇期只有三分间!此刻怕要产下来了,望你们快点去!"

"是初胎还是第二胎?"

"是第二胎。"

那看护妇像飞鸟般的再跑进去了。再过了十分多钟走出来的一个是全身穿白的高瘦的女人,大概是产婆了;一个是穿浅蓝色的——D医院的随习看护妇的制服的胖矮的姑娘,大概是助手了。后头还跟了两个看护妇,各抬着一个大洋铁箱子出来。

D医院只有一架包车。他又忙跑到街口叫了两把车子,因为助手要坐一把,自己也要坐一把,在前头走。

车夫把他拖至街口时,天已亮了,几个卖小菜的乡人挑着菜篮在他面前走过去。他望见菜篮里的豆芽白菜和小红萝卜,他连想到这次的借款,除了接生费二十元外剩下来的八块大洋的用途来了。坐在车上在几分钟间,他起了胎稿、作了不少的预算案出来。

照原乡的习惯,产妇在产后一个月间要吃一二十只鸡的。S儿出生时他还在矿山里做工,故乡的生活程度也比这W市低些,所以那时候产妇产后的滋养料的供给算没有缺乏。现在呢!怕无能力了。

自己是不消说得,娠妊中的妻和还没有两周年的S儿,近三四个月来不知肉味了——大概是阴历新年买过了两斤牛肉两斤猪肉和一尾鱼之后,他们便不肉食了。他只对人说天气渐渐热起来了,吃肉是很不卫生的,最好是吃豆腐和菜蔬。他在吃饭时遇见有友人来,便这样的向他们辩解。他过后也觉得这种自欺欺人的辩解无聊。但他还像乡间的土老绅士一样,抱着一种摆空架的虚荣心。

他又追想到虐打还没有满二周年的儿子的事实来了。三月间的一天——星期日——吃了早饭,他打算抱S儿到屋外的湖堤一路去走走,藉吸新鲜空气。他抱着S儿才跑出门,就碰见一个挑着鱼篮的老人。那老人发出一种悲涩之音叫卖到他们门前来了。

"爸！大卿卿！……"S儿指着鱼篮里的鱼在欢呼，他欣羡极了，口里还流了好些涎沫出来。

"那鱼太小了，不要它！下午爸爸上街去买大的给你。"J抱着s儿要向前走。但S儿执意不肯，挺着胸把身体扭翻向鱼篮边去。

"阿爸！琢子（角子！）"S儿圆睁着他的美丽的眼睛看他的父亲，在热望着他的父亲买一尾鱼给他。

"妈妈，妈妈！卿卿！琢子！"S儿知道父亲没有意思买鱼给他了，他转求母亲去。

妈妈果然给他叫出来了。

"买几斤鱼吗，太太？"卖鱼的老人看见J的夫人出来时，便怂恿她买。

"多少钱一斤？"她说了，后微笑着望他，想征求他的同意。到最后她看见她的丈夫一言不发的脸色像霜般的白，她忙敛了笑容低下头去，不敢再说话了。

"三百二十钱一斤。"卖鱼的说。

"妈妈，阿妈！……"S儿向他的妈妈哀恳着说。

"你还多少呢？"卖鱼的当J的夫人嫌价钱太贵了。

"大鲫卿！妈妈！琢子！"S儿终于伸出他的白嫩的小掌来。

他不见得穷至买三两斤鱼的钱都没有，但他想学校的薪水拿不到手时，他的财源就算竭了，买鱼一斤的钱若拿来买豆腐利小菜尽够一天的用费。妻子都在想鱼吃，但他无论如何是不能答应这种浪费的。

"快挑去走！快挑去走！我们不要鱼。"他挥着手叫那卖鱼的快点走开。

卖鱼的老人老有经验了，他碰见这种吝啬的老爷们不少了，知道和这位老爷的交易再做不成功。他挑起鱼篮叫了两声"卖鱼！卖鱼！"慢慢的走了。

"啊！大鲫鲫！大鲫鲫！爸爸！大鲫鲫！"S儿伸出两手来要跟那卖鱼的去。卖鱼的走远了，S儿哭了，把他的小身体乱扭，拼命向他的父亲抵抗不愿回家里来。

"不哭！不哭！明天买！"母亲也含着清泪伸手过来接抱S儿，其实快要临月的J夫人是不能抱小孩子的了。S儿不要他的母来抱，他怕母亲抱他回房里去，他只手按在父亲的肩，只手伸向卖鱼的走的方向，弯着腰表示要追那卖鱼的回来，不住的狂哭。

J看见歇斯底里的妻在垂泪，儿子在狂哭，门首来往的行人走过时都要望望他们。他又急又气，恨极了，伸出掌向S儿的白嫩的颊上打了一个嘴巴。

"快进去！站着干什么？！"

四

S儿的左颊有点红肿，倒卧在母亲的巨腹上呜呜咽咽的啜泣，一对小双肩抽缩得厉害。到后来像又倦了，就在母亲的怀里睡下去了。

"这样小的孩子敌得住你打嘴巴么？看你以后要如何的磨灭他。你已这样的讨厌我们就早点送我们回去吧，省得在这里惹你的讨厌，千不是万不是都是我们母子不是，我母子累了你，对不起你了！"妻说了也哭出声来了。S儿还没睡熟，听见母亲的哭音再醒转过来陪着母亲哭。

残忍的J也有受妻儿的眼泪的感化的一天，到此时他一句话也说不出来了，两行清泪禁不住扑扑簌簌的掉下来。

J到这时候才发现自己是个残忍无良心的人。他曾听过一个友人说，无论物质生活如何的不满，妻总是情愿跟着丈夫吃苦的。若在长期间内不得和丈夫同栖就是女人的精神上的致命伤，所以妻除非敌不住丈夫的虐待，决不愿意和丈夫离开的。当J听见友人说时，觉得自己的妻也有此种弱点。以后便利用妻的这个弱点，每次和妻争论时便要以送他们母子回乡下去威吓她。

她终敌不住J的虐待和威吓了，她自动的提出和丈夫离开的话来了。形式上虽说是要求带儿子回乡下去，实质上就是妻向他宣告离婚了。不过小国的女人——不，只J夫人——没有充分的胆识和勇气用"离婚"的名词罢了。

S儿在母亲怀中睡了半点多钟，醒过来时，父亲不知跑到什么地方去了。他再哭着找他的父亲，他像忘记了半点钟前的一切，他并不因此记恨雠视他的父亲。傍晚时分J才回来，S儿望见他的父亲忙伸出两只小手来欢呼，要J抱他，J也忙跑前去，但J夫人还是一声不响的。

"啊！爸爸！爸爸！爸爸，抱！"

J不忙抱他的儿子，忙从衣袋里取出一个纸包来。S儿看见纸包又欢呼起来。J夫人望着J打开那个纸包来，里面有三个熟盐蛋。这是J特别买来给S儿送稀饭的。向S儿赔罪的一种礼物！

妻太可怜了！妻太可怜了！你看她近来多瘦弱，双颊上完全没有肉了。脸色也异常苍白！产后无论如何穷，都得买二三只鸡给她吃，不买点滋养料给她吃，她的身体怕支持不住了，产后要看顾两个小孩子了！

"野蔬充膳甘长藿，落叶添薪仰古槐。"J坐在车上无意中念出这两句诗来了。

"万一妻因难产而死了，又怎么办呢？！"他愈想心里愈觉得难过。

……棺木……埋葬费……乳母……这些事件像串珠般的一颗颗涌上他的脑里来。

但他同时又起了一种残酷的思想。若有钱买棺木，有殡殓费，有埋葬费，有钱雇乳母来看护小孩儿，那末妻就死了也不要紧——像冰冷的石像般的，对自己完全没有爱了的妻就死了也不要紧。死了后再娶一个，学校里花般的女学子多着呢，再做一篇romance吧。

妻真的完全对自己无爱了么？他又发生了一个疑问。不，妻是把性命托给自己了的，她在热烈的爱着自己。自己之所以感不着妻的爱，完全是自己把妻的爱拒绝了。

J追忆及和妻订婚约的那一晚——妻对他说的话来了。

J三年前才从法国得了博士回来，就做了故乡教会办的中学校的教席。这时候妻也在教会的女中学毕了业。由宣教师夫人的介绍J才认识她。不消说宣教师夫人是希望他和她成婚约的。

秋的一晚上，J和他的妻（还没有订婚）浴着月色同由宣教师的洋房里走出来，一个要回中学校一个要回女子寄宿舍去。

行到要分手的地点——一丛绿竹之下，两个都停了足，觉得就这个样子分手是很可惜的。J无意中握着她的手了。

"听说这学期聘来的几个教员都是学问很好的，你都认识么？"

"都是一路来的，没有什么大不了的学问。只在外国住三五年，外国的语言文字都还没有学懂，有什么学问。都和我差不多吧。"

"但是都在大学毕了业吧。"

"大抵都说有自己的专门学问的……"

"那就很好了。你看内地的大学生毕了业什么也不懂，又骄傲得很。"

"外国毕业回来的也很多坏的。"

"他们都结了婚吧！你们娶外面的有学识的女子。像我们乡下的女学生说是念过书，其实什么都不懂。"

"不错，妻那时说的话并不错。妻说的学识是指女人的活泼的社交的才力。妻只能做贤妻良母，不能做活泼的善于交际的主妇。这就是近来拒绝妻的爱的唯一的理由。"他一天一天的觉得妻太凡庸了。他真的有点后悔不该早和妻结婚，不该和妻生小孩儿了。尤其是花般的女学生坐在他面前，他便后悔太早和妻结婚了。

想来想去，J坐在车上最后还是想到今后八块钱的用途来了。无论如何妻产后吃的鸡非买二三只不可，大概要两块钱吧。再买三块钱的米一块钱的炭。还剩下两元作每日的菜钱和杂费。挨过了一二星期后，学校总怕有十分之一九分之一的薪水发下来救济一班教授的生命吧。

J又回忆到两年前的在矿山的生活来了。他在矿山里两年间也赚到了一两千块钱。但朋友，亲戚，族人都当他富翁，逼着他要和他共产，所以他在矿山里苦工了两年，只把一妻一子和自己的生命养活了之外，一个铜钱的积蓄也没有。

他也曾编了一部教科书，想藉着那部书的稿费补助他的生活费。出版后半年，书店寄来的版税结单，给了他一个大大的打击，因为他知道他的教科书是陷于"拙著万年一版"的命运了。

他还在大学预科时代，有一个心理学教授Y著了一部《挽近心理学之进步》。这位心理学教员每遇学生问他介绍参考书时，他定在黑板上写十个大字"拙著挽近心理学之进步"。这位Y教授虽说是专门心理学，但对物理学和生理学的智识一点都没有，学生也就为此一点很怀疑他，因为心理学要考物理学和生理学的地方很多。Y教授的心理学要参考物理学和生理学的地方很多。Y教授的心理学既不高明，所以《挽近心理学之进步》也很不容易销售。但他的讲义多出自这部书里，所以学生不能不各买一册，过了学年考试就把书卖到旧书店去。第二年的新生又从旧书店买回来，念完了后同样的卖给及旧书店或新进的同学。因有这种情形，Y先生的"拙著挽近心理学之进步"十余年间还没有第二版出来。有一次Y教授向新进学生提起粉条在黑板上才写了"拙著……"两个字，就有一个学生站了起来，

"先生那部大著再版几次了？"

"嘻，嘻，嘻，还是一版！"Y先生翻着一对白眼望了望那个学生后红着脸笑了。他们的一问一答引起了全堂的哄笑。

"拙著万年一版"是这么一个典故。

J每晚上痴坐在书台前总想写点什么东西。但J夫人却要他抱小孩子。

"你做的文章都是'拙著万年一版'的，莫白费了精神！做什么书？"

J坐在车上想完了一件，第二件又涌上脑里来。想来想去都是这些无聊的事。车早在自己家前停住了，才跑进大门就听见妻在里面很悲惨的哭着呼痛。

五

妻做了两个小灵魂的母亲，J也做了两个小灵魂的父亲。妻还勉强把为人世的责任敷衍过去了，只有他做一个小灵魂的父亲的责任还没有尽，又做了第二个小灵魂的父亲了。

产后的J夫人脸色像枯叶般的闭着双眸昏沉沉的睡着。不单再无能力看顾S儿，就连新生下来的小女儿她也无力看顾了。每天成了一种习惯要母亲抱着才睡下去的S儿，到了午后的一点钟这是他午睡的时刻了，他哭着找他的母亲。

"S儿要睡了吧！"J夫人听见S儿的哭声，微睁开她的眼睛叹了一口气。

"T你抱他到外边玩去，睡着了就抱回来。"J叫他的表弟T把S儿抱出去。

"不！不出去！妈妈！妈妈！"S儿在T的抱中拼命的挣扎。

"抱他到这儿来吧！叫他睡在我旁边吧！"J夫人再叹了一口气。

"一边一个了！"她再望着她的丈夫惨笑。

"使不得，使不得。医生说，你这两天内身体振动不得，也不可过多思虑。S儿睡在你身边时，你就要翻这边，转那边。万一在产褥中发生什么毛病怎么好呢？现在已经不得了了，不说别的，病了肝，也是了不得的了！听S儿哭去吧。"J虽然这样的安慰他的夫人，但听见S儿的哭声心里也很难过，觉得S儿怪可怜的。

结果S儿还是睡在J夫人的身边了。她虽然闭着眼睛，但分娩后的二十四时间内完全没有一睡。

最初哭的是小哥哥，妈妈忙翻转身来搂着他，引他睡。小哥哥才睡下去，小妹妹又哭起来了，妈妈又忙翻转身去看小妹妹，喂奶给她吃。小妹妹吃奶吃睡了后，小哥哥醒来摸不着母亲的胸怀又哭起来。哥哥的哭声把妹妹惊醒了，于是兄妹一同哭起来。在产褥中的母亲到这时候真是左右做人难了。

最可怜的就是S儿的断奶没有断成功。在妊娠期内没有奶的时候，他每晚上要含着母亲的乳才睡下去。现在有小妹妹了，母亲有了点奶了，他便和妹妹争着吃，平时就营养不足，并且在产后很衰弱的J夫人的身体终敌不过他们小兄妹的剥削了。

因为妻的分娩，J向学校告了一星期的假。在这一里期中日间看护S儿由他完全负责。一星期的假期满了，要到学校上课去了，他上课去后，小兄妹两个的看顾责任完全要由J夫人一手兼理了。J夫人也知道这星期非起来劳动不可，所以两三天的她就离开了产褥。

星期二的下午四点多钟，J由学校回来，还没有进门就听见里面小兄妹一同齐合唱般的痛哭着。平日他回来一定看见T抱出S来迎他的，今天也不见了T的影子。他才踏进门，小脚的单眼婆婆抱着S儿慢慢的迎出来。S儿在她腕上拼命的挣扎，哭着喊妈妈。

"T呢？"

"老爷没碰见他么,太太有点不好,他到学校叫老爷去了。"

"太太怎么样?"J不等单眼婆婆的回答,忙跑向里面的房里去,S儿看见父亲不理他更狂哭起来。

小妹妹倒在母亲的身旁不住的哀啼,J夫人闭着眼,张开口,呼吸很急般的。她像很担心睡在身边哭着的小女儿,但无余力去看她了。

"你怎么样,身子不好么?"

"头痛,发热!"J夫人叹了口气,"眼睛也睁不开!"

J把掌心按在妻的额上,就像按在盛着热汤的碗背上一样。

"这还了得?产褥期内的体温高到这个样子是很危险的!这非快些请医生来诊不可!但是医药费呢?"J站在床前痴想了一会,这种危险的病状告诉妻不得,没有医药费的苦衷也告诉妻不得。他听着他们小兄妹的哭声和妻的病状,双行清泪不断的滚下来。幸得J夫人闭着眼睛没有看见。

营养分缺少,睡眠不足,产后的思虑和劳动过度的J夫人终惹起产褥炎这种危险的病症来了。

J跑到书案前把书堆里的"家庭医药常识"那部书抽了出来,翻开妇人产科那篇来看。默念了两三回觉得妻的病状有些像产褥炎,有点不像产褥炎。他愈查看医书愈不得要领。他只注意到这一段"……若体温过高,为预防脑膜炎及心脏麻痹起见须置冰囊于病者之额部及胸部。……"

"莫说我们家里没有这种时髦的东西,作算有时,在这地方这时候也买不出冰来。"J想了一会拿了两方手帕浸湿了冷水,把一方贴在妻的额上,一方贴在妻的胸口。冷湿的手巾贴在胸口时,妻的呼吸更急激了些。

他在瞬间决意请医生去了,——不能再吝惜那五块钱的诊察费了。他忍着眼泪打开衣箱,他捡了几件见得人的衣裳——妻的唯一的蓝湖绉棉衣（她的嫁妆）和文华绉裙，S儿的一件银灰色湖绉小棉袍和自己的一件旧皮袍，用一个大黑包袱把这几件衣裳包好了就急急的出去。

他本想把妻手指上的定婚戒指取下来，但又怕她伤心，所以终没有取，把这几件衣裳来替代了。幸得妻和S儿是很少外出的，她自知命鄙，很自重的不到外面去，也没有人来看她；所以她这件比较好一点的衣裳也只锁在箱里没有穿的机会。

J出去的时候，小妹妹像哭倦了，睡下去了。只有小哥哥还抱在单眼婆婆的腕中，看见父亲不理他便出去了，又悲哭了出来。

医生来了，诊察的结果，说是急性肺炎——产后睡眠不足，受了寒气生出来的毛病——不进医院是很危险的。

"进院要多少使费，先生？"

"分三等，三元，二元，一元。三等病室恐怕住不得，因为病人是产后的人，要看护周全些，不能进一等病室也要进二等病室。"

"小孩儿怎么样？跟母亲进院么？"

"雇个奶妈吧！"

"……"

单眼婆婆到这时候竟流出眼泪来了。

J送妻进了院后，买了一罐"鹰牌"的炼乳和一个喂牛奶的玻璃瓶子回来。小妹妹像饿得厉害了，不再专拣母亲的奶了。他抱着小妹妹把牛乳给她吃时，小哥哥在旁边也哭着说要吃。J忍着眼泪把小妹妹交给T抱着，他只手抱着S儿坐在他膝上只手拿着玻璃瓶喂奶给小妹妹吃。

冒失的单眼婆婆重重地把房门推开，跑了进来，轰的一声把小妹妹吓哭了。

"什么事？"

"老爷，房主人说，这个月的期限又过了四五天了，至少前个月的租钱要清算给他。"

J低着头一句话也说不出来。妻进院的钱还不知向什么地方筹措呢。

小妹妹还在不住的悲啼,大概她找不着她的妈妈哭的吧。爸爸和哥哥的眼泪都给她引诱出来了。

一九二五年五月二十九日夜十二时脱稿于武昌长湖堤南巷旅寓

苔 莉

一

克欧今天回到T市来了，由南洋回到一别半年余的T市来了。他是T市商科大学的学生，今年三月秒把二年级的试验通过了后，就跟了主任教授K到南洋群岛一带去为学术旅行。他和他的同级生跟着K教授在南洋各岛流转了几个月，回到T市来时又是上课的时期了。

他在爪哇埠准备动身的前两天，预先写了一封信来报告苔莉。他的信是这样写的：

……终年都是夏，一雨便成秋的南洋诸岛的气候是很适合我们南国人的健康。南洋的热带植物的景色也很有使人留恋的美点。但我对这些都无心领略与赏玩，我只望我能早日把我们的学术旅行事项结束，赶快回T市去和我的苔莉——恐怕太僭越了些，不知道你会恼我么，——相见。

我所希望的一天终要到来了。K教授说，我们出来半年多了，菲律宾岛的参观俟毕业后举行。我们后天即乘荷兰轮船向新加坡直航。到了新加坡大概要停留三两天，然后再乘船向香港回航。我们不久——大概三个星期后就得会面吧。

此次旅行得了相当的收获。除学校的实习报告外，我还写了点长篇的东西。一篇是《热带纪游》，一篇是《飘零》。这两篇就是我送给我的苔莉的纪念品——此次南行的纪念品。

我们的交情是很纯洁的，我们纯是艺术的结合。你也曾说过，我们只要问良心问得过去，他们的批评我们可以不问的。不过我想，这封信你还是不给表兄看见的好。因为他对我们的艺术的研究太无理解了，恐怕由这封信又要惹起是非来，我倒没有什么，可是累你太受苦了。

你寄苏门搭腊得里城M先生转来的信，我收到了。你说下期再不能分担社务的一部分了，这是叫我很失望的。因为你的家庭幸福计，我们也不好勉强再叫你担任。不过你有暇时，还望你常常投稿。

我在各地寄给你的风景画片谅已收到吧。你读这封信时我怕在新加坡与香港间的海上了。

克欧于爪哇，九月三日

克欧到了海口的T市就打了一个电报给她，他希望她能够到T市车站的月台上来迎他。

克欧坐在由S港开往T市的火车里。车外的景色虽佳，但也无心赏玩。他心里念念不忘的还是T市东公园附近的景色，尤其是夏天的晚景。他很喜欢那儿，去年的夏期中东公园中没有一晚没有他们俩的足迹。

火车由S港赶到T市车站时，灼热的太阳光线之力也渐渐地钝弱了。他跟着K教授和一班同学从火车厢里跳出月台上来。

"——我的电报——在S港打给她的电报——她该收到了吧。怎么不见她来呢？"克欧还没有下车前，站在车厢门首就不住地向月台上东张西望。他望了一会很失望地跳了下来。月台上虽拥挤着不少的人，但他终没有发见有个像她的面影的人。

——也好，她还是不来的好。她真的来了时，他们又要当作一件新闻去瞎评了。她的信里不是说，我一到T市就要赶快去看她么。那么她是不来了的，克欧虽然这样辩解似的在安慰自己，但他总感着点轻微的失望。

他的同学们，有的已回家去，有的跟K教授回校去了。克欧在T市是无家可归的，但他也不忙着回学校去。他就在车站附近的旅馆名叫T江酒店的三楼上开了一间靠着江岸的房子。

二

吃过了晚饭，克欧就想到苔莉家里去，但他想了一想。晚间去看她是不很方便，因为那时候她的丈夫是在家的。

克欧再深想一回，觉得自己未免有点矛盾。自己不是很有自信，对苔莉的心是很洁白的么，何以又怕见她的丈夫呢？每念及她时，何以心脏又不住地在跃动呢？

——还是明天去看她吧。九点多钟，她的丈夫是到公司里去了的。克欧这么想了后，又觉得自己太卑怯了，他暗暗地感觉一种羞耻。

季节虽到了秋初，但位置在亚热带上的T市的气候还是很郁热的。他坐在旅馆的房子里不住地从茶壶里倒茶出来喝，喝了一杯又一杯，一面喝一面呆想。

他到后来才觉得肚皮有点膨胀了，他就向一张藤床上倒下去。楼外江面的天色由薄灰转成漆黑了。由天花板正中吊下来的一个电灯忽然的向四围辐射出无数的银白色的光线。

下到二楼去的扶梯上像不住地有人在上下。楼下和隔壁旅馆不时有麻雀的轰响吹送过来。三楼上比较的寂静，但相邻的几间客室里不时有低音的私语，或高音的哄笑。此外还听得见的是不知由哪家酒楼吹送过来的女性的歌声和胡弦的哀音。半个月间在旅途中精神和体力都疲倦极了的克欧早就想睡的，现在他的视官和听官又受了不少的刺激，再难睡下去了。

——看她去吧，还早呢。表兄在家时怎么样呢？不，该去会她的。就和他们夫妻俩谈谈吧。不，我总不情愿见他，乘丈夫的不在常去访他的妻的我未免太卑劣了吧。……可惜了。今天的火车迟了两个钟头！早两个时辰赶到来时，还赶得及去看她的。克欧痴望着在热烈地辐射的电灯和绕着灯光飞动着的一群飞蛾。

外面敲门的音响把他由痴梦中惊醒过来。他站了起来，开了房门。

"你是不是谢克欧先生？"茶房很率直地问他。

"是的。有什么事？"克欧的反问。

"东公园N街白公馆有电话来，要你去接。"

他听见东公园三个字，心房就激烈地颤动起来。

——他听见我回来了，现在打电话来叫我去的。克欧跟着茶房走下二楼到电话室里来。他一面走一面在唇上浮出一种愉快的微笑。

克欧站在电话机的送话机前，只手拿着受话机。

"你是哪一个？……你是阿兰？……病了？什么病？！肠加答儿？好了些么？……是的，是的！我一早就来。"

克欧才把受话机放下来，忽想到忘记问阿兰，苔莉病了多久了。他忙翻转身再接电话机，叫了几声，那边早没有人回答了。

三

这晚上，克欧在T江酒店的三楼上整晚没有睡着。他翻来覆去都是思念她的事，思念她的病，思念他认识她的经过。

白国淳的母亲和谢克欧的父亲算是同祖父母的嫡堂兄妹。他们的原籍是离T市六百多里的N县。白国淳的父亲在T市有生意，国淳是在T市生长的，与其说是N县人，宁可说是T市人。

国淳的父亲虽在T市做生意，但他的爱乡心却很强。他在T市赚来的钱十中七八都寄回N县去买田和建筑房屋。国淳在T市的法政专门学校第二年级的那年秋，他的父亲一病死了，这时候克欧才从乡间出来，在一间高级中学校里补习。克欧认识苔莉也是在这时候。

国淳的父亲死后，国淳就废了学。他对他父亲遗下来的生意完全摸不到头绪。只半年间就给伙计们吃蚀完了，生意就倒闭了。国淳所得的遗产只有银行里存的六七千块钱。

国淳替他的父亲治丧时。克欧因亲戚的关系，跑过来替他的表兄招呼一切。因为在T市的亲属实在没有几个人。

苔莉是国淳在法政学校时代娶的一个很时髦的女学生——高谈文艺和恋爱的女学生。他们是自由结婚的，没有得白翁的许可。所以结婚后国淳在东公园的N街租了一家小房子安置她，不敢带回来家里住。

国淳向苔莉介绍克欧时，笑着说：

"这就是新进作家谢克欧，——你所崇拜的作家。"

"你就是《沦落》的作者？还这样年轻的！谁都不相信吧。"她脸红红地向克欧笑了一笑。"是不是？"她再翻向她的丈夫问。

克欧只脸红红的望了望苔莉，没有话说。他只注意着她的高高地突起的腹部。

黛色的修眉，巨黑的瞳子，苹果色的双颊，有曲线美的红唇，石榴子般的牙齿及厚长的漆发；没有一件没有一种特别的风韵。若勉强地把她的缺点指摘出来，就是身材太矮小和上列的门齿有点儿微向外露。

"她是个小说狂。"国淳笑着告诉克欧。"你要研究文艺最好请他教你。"国淳笑着向她说。

"是的，我以后要慢慢地向谢叔叔请教呢。"苔莉也笑了，很自然的向克欧的一笑。

——像这样的美人是不应当替人生小孩子的。克欧自认识了苔莉之后，觉得他的表兄是没有资格享受她的。他想她大概还没有知道她的丈夫的秘密吧。

国淳因为清理故乡的产业——收田谷和店租——每年冬夏两季要回到故乡的N县去。在乡里勾留三个星期或一个月才回来。

四

去年的暑期中，国淳循例回故乡去了。在这假期中克欧差不多天天都到苔莉家里来。在这时候苔莉的霞儿已满周岁了。

一天晚上克欧吃过了晚饭又散步到苔莉家里来了。他走进来时看见苔莉和一个克欧从未见过的，比苔莉还要年轻的女子对坐着吃饭，他觉得这个女子比苔莉还美些，第一她的肤色比苔莉的洁白些。身材虽然矮小，但比生育过来的苔莉富有脂肪分。

"欧叔叔，我们可以安心到戏院去看映戏去了，我雇了这么年轻的妈子来看守房子，一定靠得住的了。"苔莉接着克欧就笑说起来。

那个女子还没听完苔莉说的话就嗤的笑出来了。由她这一笑他认识她是苔莉的妹子了，因为她笑时和苔莉笑时是一样的娇媚。

"你的老妈子退了么？"

"偷米，今天给我看见了，把她退了。"

"你这位令妹叫什么名？"克欧笑着问苔莉，一面走过来看睡在摇床里的霞儿。

"谁告诉你说是我的妹子！你猜错了哟。"苔莉快要把口里的饭喷出来了，忙把筷子放下来。那个女子也像很喜欢笑，现在她也在笑出声来了。

"是苔芸？苔兰？"克欧再紧追着问。

"啊唷，不得了！连苔芸，苔兰的名字他都晓得。"她们再哄笑起来。

"你自己告诉我的，你又忘记了你说过的话了。"

苔莉早就告诉过克欧，她的父母的家计不很好，她有姊妹三人，没有兄弟，她居长，在女子中学读了两年就退了学。第二个名叫苔兰。由高等小学出来就不再升学了，在一个女裁缝家里习裁缝。只有第三的苔芸现在进了女子师范第一年级。

苔兰是她姊姊叫了来的。此后打算长住在她家里，日间习裁缝去，下午三点多钟就回来。苔莉家里不想再雇用妈子了。

等到她们吃完了饭，霞儿也醒来了。克欧就邀她们同到东公园里去乘凉。

"等一刻，周身都是汗了，不单背部，连腿部……你看！"她笑着略把她的右腿提起叫克欧看。果然在湖水色纱裤子的上半部渗印了几处汗湿。"等我进去换换衣服，你替我看着小孩子，要替她扇。"苔莉一面说一面把一把扇子给克欧。

——她的举动，她的说话，无论在什么时候都是这样不客气的。克欧想若不是他时，定会错猜她是对他的暗示了。

过了一刻，苔莉换上了一件淡绿的纱裇子，套了一件黑纱裙，电光透过她的纱衣，里面的粉红色的紧身背心隐约看得见。走近前来就是一阵香粉的香气。他觉得她的装扮是带有几分官能的诱惑性。

"快走，快走。快走出去吹吹风！再站在这里头又要流汗水的。"她一面说一面把霞儿抱起来。

"她不去么？"克欧看着苔兰问她的姊姊。

"今天轮她看守房子，明天轮我看守房子。明天就让她伴你去逛公园，看映戏，到什么地方去都使得。"苔莉笑着说，说得她的妹妹脸红红的低下头去笑。克欧也跟着苦笑起来。克欧有点怀疑苔莉是种醋意的说笑。

克欧跟苔莉由她家里走出来。

"热，真热！"苔莉抱着霞儿一面走一面呼热。只转了三两个弯过了几条小巷就走到东公园门首来了。

五

他们还是到他们所常来的一个茶室里来。在这茶室里他们拣了一个比较僻静的南向的座位，两个人在一台小圆桌的两面对坐下来，吃汽水，吃冰淇淋。

他们来的时候客还少些，等到他们坐了半点多钟，客渐渐的多了。他们见茶室里的人数渐多了，就叫走堂的清了账，两个人出来在公园里并着肩找比较幽静的地方去散步。

在公园里的花径上，在葡萄架下，在清水池畔也遇着几对的男男女女。

"走累了，你们在这里歇歇吧。"他们走到池畔小山上的六角茅亭中来了。亭里有个圆形石桌和几张石条凳，这时候抱霞儿的不是苔莉是克欧了。

"你多抱她，她不久就会叫你做爸爸的。"苔莉在一张石凳上坐下来笑向克欧说。

"叫不叫爸爸不要紧，但霞儿的确帮助了我们不少。抱着小孩子出来，他们就不很注意我们了。"

"为什么？"

"要问你了。"克欧此时只能一笑了。

"他们猜你是霞儿的爸爸？"

"……"克欧觉得自己的双颊有些发热。幸得亭子里的电灯光暗暗，没有给苔莉看见。

"是的，欧叔叔，你怎么还不结婚？"

"学生时代能够结婚么？并且也还没有发现可以和我结婚的人。"

"你不着手找，那就永不会发现你的理想的女性。"

"……"克欧只含笑不说话。

"听说做小说家的都是多妻主义者。你虽没有结婚，可是你恐怕在暗中活跃吧。"

——你的丈夫才是多妻主义者呢。克欧心里觉得好笑，同时又觉得苔莉可怜。因为苔莉像不知道她的丈夫的秘密，还当自己是个有家庭的幸福者。

"你真的还没有和谁恋爱过？"苔莉再笑着问克欧。

"这时候还谈不到这些事。"克欧只摇摇头。

"我替你做个媒好么？"

"是哪一个？"

"呵啦，你还是想有个女性。真的，上了二十岁的男子也和女人一样吧，没有不渴想异性的吧。"苔莉在狂笑。

"只问一问，怎么就说是渴想呢？"克欧苦笑着说。

无邪的苔莉说的话都是这样不客气的。克欧就很想说，"就现在的我说，相知最久的只有你苔莉一个人。"但他终不敢说出口，他怕说出来引起了她的轻视。

"我们回去吧。夜深了。等到警察来干涉，说我们是密会的野鸳鸯时就不妙了。"苔莉又狂笑。

"有霞儿替我们作证。"克欧也笑着说。

"莫太高兴了。附近的警察有认得霞儿的爸爸的哟。"苔莉这么一说，克欧更觉得双颊发热得厉害。

"所以我说，她可以证明我们是乘凉来的。"

"你真辩得巧。算了，你把霞儿抱过来。"苔莉站起来了。克欧抱着霞儿走近她。一阵有刺激性的香气向克欧的鼻孔扑来。她把霞儿接抱过去时，克欧的手触着苔莉的汗腻的手了。只一瞬间，他像着了电，心脏不住的在跳跃。同时他也感着一种微妙的快感。

离开了六角的茅亭，他们沿着小山坡的草径慢慢的步下去。由小径和坡下的通路相联络的是一段倾斜很急的石径。克欧走到她的前头。

"让我抱霞儿吧。"

"不，我自己慢慢的下去。"

"那我牵你下去好吗？怕滑倒下去不得了。"克欧有了刚才的微妙的快感的经验，希望再有这机会触触她的汗腻的手。

苔莉看见他伸出手来，忙向路侧一退，她像怕他在这薄暗中对她有意外的举动。克欧看见她退避，很失望的也不好意思的先跑下坡去了。

六

他们俩默默地一前一后的走出公园门首来了。才踏出公园门，克欧就向她告辞。

"到我家里去喝了茶回去不迟吧。还有几条黑暗的小巷子，你放心让我一个人走么？"

克欧不做声的只得跟了她来。他送她到她的屋门首了，他才向她点一点头就回学校的寄宿舍去了。

约有一星期之久，克欧没有去看苔莉，往时苔莉有事要和他商量时，就会寄封信来或寄张明信片来请他到她那边去的。克欧虽然硬着心不去看她，但心里却在希望着她那边有消息来。

距开课只有两星期了。克欧觉得虚度过了这两星期很可惜。快开课了。表兄也快要由乡间出来了。黄金般的这三两星期应当常去看她，尽情欢笑的。受着这样的小小的失意的支配就把这样好的时光空过了，未免可惜。但是克欧自那晚回来后近两个星期没有出校门了。

——她恐怕在望我呢。我还是当做没有那回事般的去看她吧。不，不，要去时第二天就该去的。强硬了这两个多星期了，要得了她有相当的表示后才有脸子去了。

克欧近这两星期为这件事苦闷了不少，也感着了异常的寂寞。

——她是什么样人，你知道么？你的表兄嫂哟！你没有思念她的权利哟。假定她真的对你有相当表示时，不是小则闹笑话，大则犯罪了么？你还是对她断念的好。这样的变态的恋爱是得不到好结果的。克欧有时又这样的提醒自己。

但是，但是他的心上像给她着了色，他到后来觉得有时虽有这样的理性的反省，但是很勉强，很不自然的一种反省，没有看见她时或对她失望时，偶然间发生的反省，一看见她之后就会完全消灭的反省。

开课的前几天，他接到了她寄来的一封信。信里的意思是，她接得霞儿的爸爸来信，几天就会回到T市来。霞儿爸爸未到T市之前，她希望他能够来谈谈，她信里又说，她很望他能即刻来，苔兰在望他来，霞儿也在望他来。她在后面有一行说，他许久不来，她们一家人都是很寂寞的。

——什么！有信来就该早点来！怎么挨到这时候才来？过去的两个星期不是很可惜了么？索性不去了！克欧觉得前两个星期的黄金般的时光是给苔莉一手破坏了的。

接到她的信时是下午的四点多钟。那晚上他忍耐着没有马上跑到她家里去。可是那晚他通宵没有睡着。到了第二天，挨不到吃午饭，他就在她的家里了。

七

克欧看见苔莉抱着霞儿开门迎他时，他觉得很不好意思的，禁不住双颊发热起来。但她还是和平时一样的对他始终微笑着。她像忘却了一切的过去。

"怎么许久不见你来！"她又像在嘲笑他。"病了么？"

"……"克欧只苦笑了一阵。

克欧走进厅里待要坐下去。

"我们到后面院子里去坐吧。上半天那边凉快些。"

"兰呢？"克欧把手中的草帽放在厅前的桌上，跟着她到后院里来。

"她才出去，就回来的。她今天也没有习裁缝去。她买线去了。"

院子里只有一张藤床和一张圆小藤桌。桌上泡好了一壶茶。苔兰像泡好了这壶茶后才出去的。

苔莉看克欧在藤床上坐下去了后，抱着霞儿也过来坐在藤床的一端。他们虽然没有并坐着，但他们间的距离不满两尺了。

"这两星期旅行去了么？"苔莉才坐下来就这样的问了一句。

"天天在学校里睡觉。"

"你这个人真妙。一个人在学校里不寂寞？"

"没有回去的同学有四五十个，怎么会寂寞！你呢？"

"我？不单我，阿兰也这样说，你不来时我们家里很寂寞的。"

"表兄快回来了吧？"

"是的，公司里去信催他回来，催了两次了。他的假期早就满了的。不知为什么事迟迟不来。"

国淳是在T市的一家小银行里当司书。银行的经理是他的父亲的老友。他的父亲遗下来的生意倒了后，这位父执就招呼国淳到他银行里去。

克欧接到由家里寄来的信，约略知道了国淳迟迟不来的原因。他听见国淳家里因为苔莉的事起了小小的风波。但他不能直接把这些详细对苔莉说。

"恐怕田谷的事还没有清理吧。今年的收获期比较迟些。"克欧只能这样的敷衍。

苔莉的今天的态度不像平日那样的活泼，像心里有什么放不下的事情般的。

"你今天像很沉郁的样子。身体不好么？"

"……"她只摇一摇头。

"妈，妈妈妈。"在她膝上的霞儿打了几个呵欠叫起妈妈来。她像想睡了。

苔莉解开衣衿露出一个乳房来喂霞儿。

克欧不敢望她。低下头去，彼此沉默了好一会。

霞儿衔着母亲的乳嘴睡下去了。

快近午了，四围像死一般的沉寂。克欧只听见由远处吹送过来的低微的蝉音。

苔莉抱了睡着了的霞儿进里面去了。过了一会她空着手走了出来。

"外面蚊蚋多了，让她在里面床上去睡好些。"她说着走过来坐在克欧的旁边。他们间的距离更近了。

她虽坐下来了,但仍然低着头没有话说。二人间的沉默又继续了好一会。

"欧叔父,你的表兄到底是怎么样的一个人?你该比我详细些。你不要替他隐瞒,你要正直的告诉我才对得住我。"

克欧给她突然的问了这一句,一时答不出话来。他只睁着眼睛呆望她。

"你不单是和他同乡,并且是亲戚,你当然很详悉他的性质,你告诉我吧。我深信你是个很诚恳的人,一定不会瞒我的。"

克欧当苔莉是听见了国淳的家庭的状况,想骗她是骗不过了。但把国淳的乡间的家庭状况告知她时又觉得对国淳不起。并且国淳常常叮嘱他不要把他的秘密向她泄漏的。

"他?他是个好人,再好没有了的人。他一点怪脾气也没有,气性也很好。这些你该比我详细的,要我再告诉你什么事呢?"

"是吗!男人是袒护男人的。你拿我和你的表兄比较,你爱你的表兄当然是情理中的事,不过我……"苔莉说到这里咽住了,她的眼睛里满贮着水晶珠,不一会,一颗一颗的掉下来了。

八

出他意外的她的流泪把他骇了一跳,因为他认识她一年多了,只看见她笑过,从没有看见她哭。

"什么事,伤心什么事?"克欧着急起来了,他真不知要如何的安慰她。他想凑近前去,但翻想一想自己实在没有这个权利。他马上也自责不该乘人之危以发展自己的欲望。

苔莉听见克欧这一说,她枕着只腕伏在藤桌上,双肩抽动得更厉害了。

　　几次想把腕加在她的肩背上去问她为什么事伤心，但克欧总觉得这种利用机会的动机是很不纯粹的，很卑劣的。

　　苔莉哭了一会，从衣袋里取出一封信来交给克欧。克欧接到信，忙抽出来读。信像是一个女人写给国淳的，信中的意思大意是责国淳许久不到她那儿去，也许久没有钱寄给她，暑中回乡之前该到她那边去也不去，她想他现在该由乡间出来了，该快点到她那边去，不然她就要访上门来。

　　克欧读完了信后在信笺末和封面检视一回，都没有住址，邮印又模糊得很，看不出是从哪一处寄来的。但他骇了一跳，因为他发现了苔莉所不知的秘密外的秘密了。他更觉得苔莉可怜。

　　——表兄完全不是个人了。但克欧又想，社会上本不少抱着三妻四妾的人，但没有人批评他们半句，假定自己和苔莉一个人对一个人的恋爱成立时，那我们就马上变为万目所视万手所指的罪人了，社会上像这些矛盾的事情本是很多的。

　　克欧现在觉得他的表兄和苔莉结婚的经过也很有知道的必要了。他想详细的问问苔莉，但又觉得现在不是好机会。

　　——把苔莉所未知的表兄的秘密告诉她吧。那么她定会投向我的怀里来。一般的女人发见了她的丈夫不是真的爱她时，她对她的丈夫的反抗心也加倍增强的，连克欧自己都觉得惊异，怎么自己会发生出这样卑鄙的念头来。

　　——但苔莉这个人决不是能委曲求全地做人的妾的人。她迟早有一回会发见她的丈夫的秘密，就是迟早会同她的丈夫有一次的决裂。作算表兄有本领能够把这些事情敷衍到底，苔莉的物质生活虽可以勉强过得去，但精神生活就太苦了。一生就这样的在暗影中过日子，这是何等可怜的事！她赤裸裸的把她的心扉打开让她的丈夫进来，但她只在他的心扉外徘徊，不知道丈夫的心扉开向那一方面，这是何等伤心的事！她是蔽着眼睛在高崖上彷徨，下面就是深渊，她的前途是很黑暗而危险的，我该告诉她的，把表兄的一切秘密告诉她的。这样的立在危险的高崖上的女性，我是有救她、惊醒她的义务！

"苔莉！……"我初次呼她的小名，但她并不介意。她此时收了眼泪了，仰起头来睁着大眼凝视克欧。

——不，我不能把表兄的一切告知她。告知她也可以，不过要附加两个条件，第一是和表兄绝交，第二是和苔莉诀别。第一条件还可以勉强做得来，至第二条件，在现在的我就太痛苦了。今后不能再来看她是何等难堪的事！但是告诉了她后，我和她之间的爱情继续着增长。她或终竟投向我这边来时，那我完全是个……至少社会的批评定说我是苔莉的拐诱者。

"怎么你的话又不说下去？你什么时候都是这样的，真气死人！"苔莉气恼着说了后凝视了克欧一眼，表示她的愤恨。

哭后的苔莉，双目周围带着红色的晕轮，眼皮微微的浮肿起来，脸色却带几分苍白。在克欧的眼中觉得此时的苔莉另具一种魅力。一阵阵由微风吹送到他的鼻孔中来的发油和香粉混合而成的香气把他陷于沉醉的状态中了，他觉得自己的身体不住地胀热，他早想过去把她拦腰的抱一抱。但他觉得自己很危险的站在罪恶的面前时，他忙站了起来向苔莉告别。

九

过了几天，国淳由乡间出来了。克欧料定他们间在这几天之内定有小小的波澜发生，国淳初抵T市的一天，他到他们家里去了一趟后，好几天没有到他们那边去了。

怕他们间发生什么波澜，不愿在他们间作调人，虽然是不到他们家里去的小小的一个理由，但是最大的理由还是不愿在国淳的身旁会见苔莉，不愿由看见国淳后发生出一种可厌弃的想象——她的身体在受国淳的蹂躏的想象。

出乎他的意料之外的是苔莉并没有根据那封信和她的丈夫发生什么争论。她像忘记了那一回事般的，又像对她的丈夫绝望了般的。

——论苔莉的性质，她决不是能容忍她的丈夫对她有这样欺侮的行为。虽然他这样推想但她近来对她的丈夫像绝了望般的，从前国淳迟了点回来，她总是问长问短的，可是近来她不关心她的丈夫回来的迟早了。他过了晚饭的时刻还不回来，她就和苔兰，霞儿先吃。他过了十点钟不回来，她就先带霞儿就寝。

克欧在这个时期中也很少到他们那边去了。他和几个友人共同组织了一个研究纯文艺的紫苏社，每月发行月刊一次，发表他们的创作。本来就喜欢读小说的苔莉每次接到克欧寄给她的《紫苏》就不忍释手的爱读。读了之后也曾提起笔来创作过，自她第一次的短篇《襁褓》经克欧略加以改削在《紫苏》发表之后，她对创作更感着一种兴趣了，除了看引霞儿之外的时间都是消磨于创作了。第二篇创作《喂乳之后》可以算是很成熟的作品，是描写一个弃妇和丈夫离婚之后带着一个小儿子辗转漂流，到后来她发见了她的第二个情人，这个情人向她要求结婚时，她为这件事苦闷了两三个月，到后来她终拒绝了她的情人的要求，望着衔着乳嘴睡在自己怀中的小儿子拒绝了情人的要求。这篇创作发表后，得了社会上多数人的喝采。但文艺界只知道苔莉是紫苏社的新进女作家，不知道她是白国淳的妻（？），尤不知道她是做了人的母亲的女性。有些喜欢说刻薄话的青年学生就说苔莉是克欧的Sweet henrt，是克欧的未婚妻。

克欧早由学校的寄宿舍搬了出来，在T市的东郊租了一所房子和友人同住在里面经营紫苏社的一切社务，这个房子外面墙上就贴了一张紫苏社的黄色条子。

国淳和苔莉间的沟渠像渐渐的深了起来，他很不常回家，有时竟在外面连宿几个晚上才回来，苔莉对他的越轨的行动像没有感觉般的，并且还希望着国淳少和她接近少和她纠缠。

双十节那天，克欧到她家里来看她。他有个多月足不踏苔莉的门了。

"我当你永久不会来我这里了的。"苔莉笑着出来迎他。

"我不常来是怕妨害了你们的欢娱的时间。"

"你还在说这些话来嘲笑人！你看我定要复仇的！"她说了后把双唇抿紧，向他点了点头表示她在恨他。

他们一同走进房里来了。克欧从前不敢随便跑进她的寝室去的。现在他跟她到她房里来坐了。

靠窗的书案上散乱着许多原稿纸。还有几册小说和文艺杂志堆在一边。克欧想她原来正在执笔创作，那些书籍是她的参考书了。

"阿霞呢？"

"兰背她到外面玩去了。"

克欧走到她的案前翻她写好了的几张原稿纸，苔莉忙走过来夺。

"先生！此刻还看不得！做好了再把你看。"

但克欧早把那原稿抢在手里了。他高擎起他的手。她就靠近他的胸前仰着首拼命的把他的手攀折下来。不是克欧没有力，他早给她的气息和香气溶化了。有暧昧的她的一呼一吸吹在他脸上时，他的全身就像发酵般的膨胀起来，原稿给她夺回去了，他只看见题名是《家庭的暴君》。

她还靠在他的胸前咕噜着怨他。一阵阵的由她身上发散出来的香气把他沉醉了，他听不见她说些什么。他到后来发见他是站在危险线上，才忙急的离开她，退出来站在房门首。

十

这年冬国淳循例的又回乡下去了。苔莉去年还在车站上送他回去，叮嘱他能够赶得上时要回来T市和她们母女度团圆的新年。今年呢，她并没有留神他是那一天动身的了。

过小年的那天，邻近的家家在燃爆竹。只有苔莉的家里异常寂寞的。

吃过了早饭，克欧提着一篓红橘子两方年糕到苔莉家里来。这些东西安慰了霞儿不少的寂寞。

"陈先生说要到T市来，现在到了么？"苔莉接着克欧就问他们紫苏社的同志陈叔平——驻×市的代表，也是常有创作在《紫苏》杂志上发表的人——由×市到了T市来没有。

"三两天内总可以到来吧。"

"他的散文真做得好。他怎么不进文科呢？他研究遗传？"

克欧只点点头。陈叔平是×市农科大学的二年生。

"小胡今年也不回家去。你们都到我这里来过年吧。我买了副新咔特，准备新年玩的。"

克欧听见小胡，心里就有点不快。因为小胡是个比他年数小的美少年。据苔莉说，他是她的同乡，他常到她这边来是为看苔兰来的。但苔莉愈向克欧辩解，克欧愈怀疑他，因为苔莉从前不很喝酒的，现在也狂喝起来了，从前不爱晚出或到戏院去的，近来也很常晚出。和小胡一路出去到戏院看戏去了。

——看她近来有点自暴自弃的样子。作算她不爱那个小孩子，但他们都是在性的烦闷期中……克欧自己也不明白自己近来对苔莉为什么会发生出这些不必要的疑心来也不知道自己近来为什么这样的关心她的行动。

——不是你的妻子，也不是你的姊妹。她有她的自由，你管她做什么。克欧气极了的时候也曾这样的想着自己排解。他虽然这样想，但心里总不当他所想的是正确。

——我不知不觉的沉溺下去了！我的精神完全受着她的支配了。我该及早反省，不然我就难在社会上立足了。可是，我往后不能见她，不能和她亲近，我的生活还算是生活么？作算是生活，也不过是留下来的一部分的痛苦生活吧。恨只恨她不该不告诉他一声私私地把我的心偷了去。现在我的心全握在她的掌中了！

除夕的晚上他在苔莉家里斗牌斗到天亮。那晚上陈叔平和小胡都一同抹牌。初一在社里睡了一天，睡到下午四点钟才起来。他起来略用了些点心后，又和陈叔平出去赴友人的新年招宴了。

初二的早晨，克欧睡到九点多钟才起来。他吃过了早点就一个人赶到苔莉家里来。走到她家里来时只苔兰一个人出来迎他。

"姊姊呢？"克欧看见苔莉不在家，心里有点不快。

"出去了。"苔兰望着克欧用很谨慎的态度回答，因为她直觉着克欧快要发怒了。

"到哪里去了？"

"姊姊说告诉你不得。怕你发恼。"苔兰这句话没有把克欧激怒，倒把他引笑了。他想苔兰竟老实得到这个样子，完全不像苔莉的妹妹。从前克欧就曾向苔莉说笑：

"苔兰美得很，你替我做媒好不好？"

"要她这样的女子做什么？比她好的多着呢。"

"她还不美？"

"十七八岁的女儿没有丑的。不过像橡树胶制的人儿有什么趣味？"苔莉的话不错，苔兰太老实了，太不活泼了。

克欧听见苔兰的说话后禁不住笑了。

"和胡先生出去的，是不是？"

苔兰只点了一点头。

"阿霞也带去了？"

苔兰再点了一点头。克欧听见阿霞也抱着出去了。心里比较的安静下来。但再翻一翻想又觉得阿霞这样小，决不是他们俩的监督者。他们要时，什么事干不出来？克欧由她们家里走出来时心里愈想愈气不过。他想作算你对自己绝没有一点爱时，也当认明白自己是国淳的表弟，他托了我来照拂你，那么对你，我是有相当的监督权的。

但到后来他觉得自己的愤恨的动机完全是醋意，他也觉得自己有这样的态度是太卑鄙了。

——我自己错了机会。她不是有几次向我表示，和我接近么？我自己太无勇气了，我太和她疏远了，她对表兄早没有爱了，她由表兄把爱取回来了。

她在等着接受她的爱的人。她当我是个候补者。现在她知道我是怯懦者，无能力接受她的爱。她向他方面寻觅接受她的爱的人，论理是无可苛责的！目下的问题只问你自己真的爱她不爱她。爱她时就快些把她由小胡手中抢回来。不爱她时你就以后莫闻问她的事好了。

十一

克欧自大年初二那天回来后，又有一个多月不到苔莉家里去了。在这一个月的期间中，他想表兄也该回T市来了，就去也没有什么意思，索性莫理她吧。在这期间中苔莉也曾写了几封信来，说要他去和她商量什么事，但他终没有复她一封信。

他有几次由学校回到社里来都听见当差的说苔莉曾来看他，听见他还没回来就走了。克欧也很想见她，但再一翻想觉得还是趁这个机会切断了两人间的缠绵的情绪的好。料想到两个人再这样的敷衍下去，到后来彼此都不得好结果的。所以他有意的规避她，一早就出去，到傍晚时分才回来，吃了晚饭后又出去，到十一二点钟才回来。

二月中旬的一天，他接到了她一封很愤恨并且很决绝的信，她信里说，她一点不明白他为什么这样痛恨她，不理她；作算她对他有什么失礼的地方也得明白告知她，让她改过；她只有常常思念他的记忆，并没有对不住他的记忆；作算他觉得她有对不住的地方时他也该原谅她。最后她在信里郑重地说，希望他能在最短速的期间内去看她，并替她解决一件疑难的事件。

克欧读了这封信后不能不到她那边来了。他在门首敲了一会门，但打开门迎他的不是苔莉，也不是苔兰，却是克欧不认识的老妈子。

"你是新来的妈子？"

那个老妈子微笑着点了点头。克欧转过脸来望里面。苔莉不像平时一样听见他的声音就出来厅前笑着迎他了。

克欧心里有点不高兴，但又不好转身回去。他元气颓丧的步进厅里来了。

——她自己心里不好意思，却用这样的态度来先发制人的。克欧站在她的房门首看见她坐在床前的矮椅子上垂泪。蚊帐垂下来了，阿霞像睡着了。

"你来了吗？"她只抬一抬头就低下头去揩泪。克欧来时本打算不先开口的，现在不能不先说话了。

"你为什么事这样的伤心？"克欧把手杖和毡帽放在一边，在靠窗的一张藤椅上坐下来。

苔莉听见克欧问她，更哭得厉害，她用只腕枕着头伏在床沿上，双肩不住地耸动。

"什么事？到底为什么事？难道我来错了么？"

"你不情愿来我这里你就回去吧！等我死了……"苔莉说到这里，更悲痛的哭出声来了。

"谁说过不愿意来！？你不喜欢我来我才不来！"克欧很倔强地说。

"谁又说过不喜欢你来！你自己疑神疑鬼的！"

克欧本想把小胡的事责问她的，现在听见她说了这一句不敢再向她提小胡的名字了。

克欧大胆的只手拍着她的肩膀，只手拿一条手帕要替她揩泪，她才住了哭。

"谁要你揩！"苔莉站了起来向着他笑了，但腮上的泪珠还没有尽干。

"兰儿呢？"

"回我母亲那里去了。后天才得回来，你今晚不回去使得？"苔莉说了后向他一笑。

"我要回去。瓜田李下，犯不着给人说闲话。"克欧也笑着说。

"你这个人无论什么事都向恶方面解释。你放心吧。"苔莉也笑了。"你太看不起人了。"

克欧今天果然在苔莉家里吃晚饭了。和苔莉对坐着吃。吃了晚饭后一直谈到九点多钟才起来回去。

十二

再过了几天，克欧也接到了他的表兄的信。这封信是来报知他，他的姑母——国淳的母亲——于三星期前逝世了，母亲死了后的家庭再不许他有住T市的自由了。他希望克欧能在春假中送苔莉母女回乡下去。前几天晚上苔莉要和克欧商量解决的也就是这件事。

"看霞儿的爸爸来信的口气，他家里像还有人般的，若真另有女人时，我就没有回去的必要了。"

"……"克欧在这时候只能沉默着。

"你这个人一点勇气也没有。告诉我怕什么呢？人类又不是狗，又不是猫。这边姘一个，那边偷一个，也还像个人么？你也忍心看着我当狗当猫么？"

"我有我的苦衷。你该原谅我。因为我对你太亲密了。"

苔莉点了点头说：

"那你春假期中送我们回去么？你若回家去，我就跟你到乡下去看看也使得。如果他家里另外有人时，我就马上回T市来。"

"……"克欧只摇摇头。

"为什么？"苔莉睁着她的大眼望他。

"我们春假要到南洋旅行去，不得回家。"

"到南洋去？几时才得回来？"

"来回恐怕要费三四个月的时日吧。"

"要这么久？"苔莉很失望的问。

"要游历十多个埠头，各埠停留一星期也就要三个多月的期间了。兼之来往的路程，恐怕要四个月以上的工夫呢。"

"那么我只好在T市等你吧。"苔莉的眼波红起来了，她低下头去。

"还要等一个多月呢。我不是就要去的，你伤心什么？"

"迟早还不是一样去的。"苔莉的泪珠一颗一颗的掉下来了。

"你无缘无故的又伤心起来做什么？你该保重你自己的身子。"

"为谁？为霞儿？"

"也要为你自己！"

"我是前途完全黑暗的人了。"苔莉说了后再掉下泪来。

"那不能这样说！命运本来可以自己改造的。"

"真的么？"苔莉忽然仰起头来凝视着克欧。

克欧给她这一问，又觉得自己说得太快了。

"总之，我希望你以后对世情达观些才好。"

"我问你，前途没有希望，没有目标的人也能改造她的运命么。"

"到了有希望的时候，发见了目标的时候也未尝不可以。"

"那么，我就等那一天到来吧。等到前途最有希望的一天，发见了目标的一天！"

克欧要动身赴南洋的前两晚到苔莉家里来辞行。苔兰也由她母亲那边回来了。一连下了两天雨，气温很低。阿霞睡了，他们三个围着台上的一个洋灯谈笑。苔兰有时参加几句话，她只把她的全副精神用在她的裁缝工事上。

"欧叔父，南洋不去不行么？"苔莉斟了一杯热茶给克欧。

"这回的商业实习是必修科目，要算成绩的。"

"学什么商业？你就专写你的小说吧。"

"对小说我还没有自信。在中国想靠小说维持生活是很难的。有一张大学的毕业文凭在社会上比较容易找饭吃。社会如此，没有办法的。"

"结局还是面包问题！面包问题不先解决，其他的问题是提不到来讨论的。"苔莉叹了口气。

"……"克欧只低着头。

"你们男人真没有志气！像我这样无用的女人也不至于饿死吧。你们男人怕找不到饭吃么？"苔兰听见他们谈及面包问题，从旁插了这一句。

克欧惟有苦笑。

"你们男人的思想到底比女人长远。男人的名利欲就比女人大。无论如何重大的事物都不能叫男人牺牲他们的名利！我们女人就不然。女人所要求的，在名利之上还有更重大的东西。"

"那是男女性上的根本的异点。因为男人是主动的，女人是受动的。女人的责任比男人的小的缘故。"

"那是什么东西呢？"苔兰抬起头来笑问她的姊姊。

"你做你的工夫！要你多嘴做什么？"苔莉笑骂她的妹妹。

"我告诉你好么？"克欧笑向着苔兰。

"也不要你多嘴！你莫教坏了天真烂漫的女孩儿。"苔莉再笑着禁止克欧说话。

过了两天，苔莉，苔兰轮抱着阿霞到T车站的月台上来送克欧。苔莉洒着泪答应克欧替他照料社务后，火车就开始展轮了。

十三

克欧由南洋回到T市来了。那晚上他在T江酒店的三楼上整晚没有睡，到了黎明时分才歇息了一会。等到他睁开眼睛时，腕上的手表告诉他快要响八点钟了。

茶房打了脸水上来，他匆匆地洗漱。洗漱完了就换衣服，他换上了一套潇洒的西装，戴上巴拿马草帽，提一根手杖走了出来。

他把房门下了锁，把钥匙交给那个茶房后一直向楼下来。

工商业繁盛的T市一年间遇不到几天晴明的日子。坐在高深的洋房子里面看不见天日，所以昼间还是开着电灯的。二楼比三楼更幽暗，晚来的电光还没有息。扶梯下几个茶房东横西倒的脸上在流着腻汗呼呼的睡。二楼的空气也比三楼浑浊，一股臭气——像由轮船大舱里发出来的臭气，直向克欧的鼻孔扑来，他快要呕出来了。

由旅馆出来后，在道旁站了一会拼命的吸取新鲜空气，他的精神也爽快起来。几辆货车在街路上来往，还有一个卖豆腐的和两三个叫卖油条的小童。

他在电车路旁站了二十多分钟，有一架电车驶到来了。他跳上车去，车中没有几个搭客，一个老妇人，一个商人模样的三十多岁的男子，还有几个提着书包上学去的中学生。

电车在街路中央疾走，克欧望见两侧的店门什九没有开，电车到了仙人坡下，他换乘了驶向东公园的电车。再过了二十多分钟，他站在东公园门首了。他在公园门左侧转了弯，穿过了几条小巷，走到N街来了。全是民房，只有几间小店的N街是很寂寞的一条小街道。克欧走进这条街路上来时心房就不住地颤动，同时发生出一种恋恋的心情。他觉得这条街道的任何一家的房子，街道上的任何一颗砂石都是很可爱的。

一家小小的房子站在克欧的面前了。他敲了门就听见阿兰的"来了"的声音。

克欧在厅前站了一会，踌躇着不敢就进苔莉的房里去。因为苔兰告知他苔莉还在睡着没有起来。这时候阿霞由房里走出来。

"啊呀！阿霞长得这样大了！"克欧走前去把她抱了起来，他听见苔莉的微弱的声音了。

"请欧叔父进来坐吧。"

克欧抱着阿霞走进苔莉的房里来了，房里两个窗扉都打开着，空气很流通，光线也很充足，绝不像是病人的房子。

苔莉脸色苍白的枕在一个棉枕上。她望见克欧，她的心房好像起了意外的激烈的颤动。微微的惨笑在她唇上浮了出来。

他和她彼此痴望了一会都没有话说。不是没有话说大概是想说的话过多了，无从说起。还是阿霞先开口给了他们一个开始说话的机会。

"欧叔父,带我到外头玩去。"阿霞只手揉着她的眼睛,张开她的小口连打了两个呵欠。

"欧叔父才回来,你就这样的闹,他以后要不来了!快下来,跟兰姨到后面院子里去玩。安静点!"

"你的精神好了些么?今天身体怎么样?比春天就瘦减了许多了。"

双行清泪忽然由苔莉的眼眶流出来。她低了头。

苔莉望见阿霞还在克欧腕上,她忙叫阿兰。阿兰像在火厨下,不一刻走来了。

"你背阿霞出去买些点心回来。"她说了后又望克欧,"你早上起来没有吃什么吧。"

克欧也觉得有点饿了,点了点头。可爱的阿霞听见买点心忙伸出双腕来转向苔兰要她抱。引得苔兰笑起来了。阿兰笑时和她的姊姊笑时一样的可爱。

十四

苔兰引着阿霞出去了。只剩他和她两个人了。

"你坐吧。你把那张矮椅子移到这边来。坐近些,好说话。"苔莉说了后向克欧微微地一笑。

"说话多了,怕你的精神来不及呢。"

"我没有病了。我的精神早恢复了,昨晚上听见你回来了,我的病就好了一大半了。"

克欧把那张矮椅子移近她的床前。他不忙坐下,走到床前把这一面的帐门挂起来。没有遮住的她的一双白足忙伸进回字纹褐色羊毛毡里去了。她的脸上淡淡地起了一阵桃色,嫣然的向他一笑。笑了后还是红着脸低下头去。

——你看这种态度，完全是个处女的态度！谁说她是做了人的母亲的！这种羞怯的态度多可爱，多娇媚！克欧望着苔莉，周身发热。他想我们间的爱到了成熟期了，我该凑近前去搂抱她了。她决不会厌恶我，这是可断言的。作算她怕社会的批评不敢和我亲近，但她决不致使我面子上下不去，我今就鼓着勇气向她表示我对她的爱吧。她决不会拒绝我吧。平时她或因羞怯而躲避，现在在病中的她，只能任我……克欧的心房突突的跳跃，周身也不住的胀热。

"苔莉！……"他只叫了她的名字，说不下去了。

苔莉仰起头来，把惊疑的眼睛望着他，待他说下去。克欧给她这一望，双颊通红的反说不出话来了。他这时候只不客气的把苔莉饱看了一会。她的脸色苍黄了许多，眼睛的周围圈着一重紫黑的色晕，口唇呈淡紫色，鬓发散乱，克欧想，苔莉的此时候的姿态在普通的男性眼中决不能算是个美人，但在我，除了她世界上再无女性了，他此刻才明白他所渴望的完全是她的肉身，除了她的肉身之外虽有绝世的丽姝也难满足他的渴想。

"尽望着人的脸做什么事！"苔莉恼笑着说。

"瘦是瘦了些，但是比春间更美了。"不可遏制的一种自然欲逼着他坐上苔莉的床沿上来了。苔莉略向里面一退，让出点空位来给他坐。她并不拒绝他的亲近。

"撒谎！病得不像个人了。我自己在镜里看过来，完全由坟墓里再抬出来的死尸般的。还有什么美！你这个人总不说实话，所以我……"苔莉说到这里深深地叹了口气，眼泪再扑扑簌簌地掉下来。

克欧看见她伤心，后悔不该随便说话。他这时候真想不出什么话来安慰她了。他想，能安慰她，同时又可以安慰自己的方法唯有趁这个机会——苔兰她们还没有回来——和她亲近亲近，最少，亲个嘴吧。

——不行，不行！无论如何这件事是做不得的！慢说这是种犯罪行为，现在怀有这种念头，自己都觉得太卑鄙了。经这一吻之后自己的前途只有死亡或沉沦两途了！快离开她，我现在站在下临深渊的危崖上了。……但睡在他面前的苔莉像在向他不住地诱惑。他又觉得自己的飘摇不定的精神，除了苔莉无人能够替他收束。他的彷徨无依的心也非得苔莉的安抚不能镇静。

——迟早怕有陷落的一天，除非我们以后永不见面！但这是明知不可能的我们若尽维持着这种平温的状态，我们都要苦闷而死，这是预想得到的。我们若再深进，在她还可以理直气壮；在我是要受人的指摘和恶评了。恋爱这种无形的东西是很难用于抵御社会一般的批评。作算我和她向社会宣布正式的同栖，在法律上虽是正当的行为；但在中国的社会不能不说是破天荒的创举。到那时候有谁能谅解我们是恋爱的结合而加以同情呢？

苔莉看见克欧沉默着许久不说话。

"对不住，你才回来，我该欢喜才是。你看见我这样愁眉泪眼的，很觉得讨厌吧。"她用袖口揩了眼泪后勉强的笑出来。

"那里！我把你引哭了，我才真的对你不住。在病中的人，神经比较的脆弱，容易伤心。这是于身体不很好的，你要自己留意。"克欧大胆着伸出只手来牵她的手。她也不拒绝的伸出只手来让他紧紧的握着。

"手腕也瘦得这个样子。"克欧把她的袖口略向上撩，给几条青筋络着的苍白的手腕前半部在他眼前露出来了。克欧还想把她袖口往上撩。

"啊啦！"苔莉脸红红地把臂腕往后缩。"这样脏，这样瘦，怪难看的。我两星期没有洗澡了。"

"对不起！"克欧也脸红红的，"太失礼了。"

"我是不要紧的。不过……"她的脸色更红润起来了，禁不住向克欧嫣然地一笑。

"你喜欢时，让你握吧。"她说了自己把只手的袖口高高的卷起，可爱的皓腕整部的露出来了。"你看瘦成这个样子，瘦得看不见肉了。"她红着脸避开他的视线。

"多美丽，多洁白的臂！"克欧也觉得自己太卑鄙了，但一种燃烧着的自然欲驱使着他摩抚她的臂腕。

两个人握着手沉默了一会，苔兰背着霞儿回来了。

十五

预想到未来的社会的制裁和非难，克欧终没有勇气向她有更深进的行为，也没有把自己对她的希望向她表示。但自那天回来后，他感着异常的苦闷——在由南洋回航的途中，每想念她想念至兴奋的时候，自己也曾决心这次回到T市之后非拥抱她不可了，一切的社会的非难可以不听，未来的沉沦也可以不管，只要我们以为能度我们的有意义的生活，有人气的生活。我已经达到这样的境地了——除了她活不成功的境地了。恐怕她对我也是这个样子吧。

——不知为什么缘故一看见她我的勇气就完全消失了。无论如何未得她的同意之前，总不敢向她有握腕以上的行为。握腕是得了她的同意的了。她不是早向我表示了么？"你喜欢时……"不是对我表示她的同意么？克欧那天下午回到T江旅馆来后在床上翻来覆去的想，觉得自己今天是错过了机会了。坐在她的身旁边，握着她的腕，距苔兰回来还有半点多钟的时间，她的病也好了大半了……我真错过了机会了！

——你这个人真无耻！你怎么会发生出这种卑劣的念头来？乘她在病中去强要她，这还是个人干的事么？幸得对她还没有什么粗暴的举动，不然她以后要看不起我了，要鄙视我了。不，不，她决不会看不起我，作算我对她有什么表示……她不是说"你这个人太本分了，一点没有勇气"么？自己反问她"什么事"时，她不是说"你像个感觉很迟钝的人"，说了后叹了口气么？

克欧翻来覆去的想了半天，到后来还是觉得机会太可惜了。他想，苔莉现在定在流泪呢，她恨我不能理解她，拒绝了她的表示，不和她亲近，不和她拥抱，不和她接吻……的确，她是在渴望着男性的拥抱。

克欧又想到临走时苔莉和他说的话了。

"你就搬过来住吧。空租社的房子，多花费。并且霞儿的爸爸也同意，他看见我决绝地不回乡下去，只得让我母子住在T市，他说过了年定出来看我们，要我请你搬过来住，有什么事发生时家里少不得男人的。"

"让我考虑一下。"

"考虑什么。你怕我么？你放心吧，决不侵害谁的自由的。"苔莉笑着说。

"不是这样说法。不过……"

"不过什么？"苔莉紧追着问。

"我和你们是亲戚，并且我和你也太亲密了。我们虽不至于做出不能给人听见的事来，但恐怕社会还是要猜疑我们的。"

"那你以后再不来看我们了！是不是？"

"来看你们是很寻常的事。"

"那么，我们只问我们的良心。能不能给人听见，能不能给人知道，我们是无能过问，也可以置之不理的。我们只问我们心里有没有不能给人知道的念头。有时，难怪社会猜疑，没有时，不怕社会的猜疑。"

克欧禁不住双颊发热起来。他想自己还是想搬来的，自己的心早握在她的手中了。他又想自己太卑怯了，赶不上她的诚挚，也不能像她一样的有勇气。

——我爱她是很正当的！怎么我这样的卑怯怕给社会晓得呢？你爱她不算罪！你想不给社会知道密地里爱她，这才是罪！还没有决心完全对女性负责任以前，你是不能向她表示爱，也不能要求她的爱！

"苔莉，我不再对你说谎了，我实在有点爱你。我搬到你这里来就像住在喷火口旁边，迟早要掉进火口里去的。到那时候怎么办呢？"克欧很想说出这几句话来，但握着她的上半腕时打了一个寒抖，默杀下去了。

紫苏社的几个友人星散了也是一个原因。并且苔莉说社里的一位S君对苔莉常怀着野心，对苔莉有过不自重的表示；这又是一个原因。克欧实在不想回学校的寄宿舍去住。他在T江酒店住了两天之后到第三天跑到苔莉家里来复信，等她病完全好了后他就搬过来。

十六

病后的苔莉比从前的风姿更娟丽了。替克欧扫除房子，替他整理书籍，替他折叠衣服，一切操作都由她经手，决不让给她的妹妹做，望着殷勤地操作的苔莉，克欧觉得她又另具一种风致——年轻主妇所特有的风致。她洒扫着在他面前走过时，就有一阵香风——能使他沉醉的香风向他的脸上扑来。

一天早晨克欧抱着霞儿从外面散步回来，看见苔莉在他的房里替他整叠被褥，叠好了被褥后又把克欧换下来的衣服一件一件的拿出去浸在水盆里。过一会又由厨房里拿了一把扫帚进来替他扫除房子。

"妈妈，休息一休息吧。"克欧替霞儿喊苔莉做妈妈了。

"啊呀，啊呀。俨然主人公的口气了。"苔莉笑说了后，红着脸看了一看克欧，随即低下头去。

克欧才觉得自己太不谨慎了,也双颊绯红的。苔莉像知道克欧不好意思。

"就不认识我们的人来看,也不相信吧。这样老的主人婆不会有这样年轻的主人公吧。他们都会猜我们是姊弟吧。是的,前几天邻街的邹太太过来玩,她看见你也是这样的问,问我,你是不是我的弟弟。"苔莉笑着说。

"我就叫你姊姊吧。叫表嫂就不如叫姊姊方便些。以后,我就叫你姊姊了。"克欧也笑着说。

"你不见得比我年轻吧。你是乙未?"

"不,属马的。"

"那么,我还比你小一岁,外面上看,我就比你老得多了。是不是?"

"不见得。"克欧摇摇头。"你还像个十八岁的观音菩萨。"他笑着说。

"等我过来撕烂你的嘴。"她真的笑着走过来,伸手到他的脸上来。克欧忙躲过一边。苔莉又赶上去。她笑得腰都酸了,走近他的身旁,伏在他肩膀上还不住地笑。那种有刺激性的香气薰得克欧像吃醉了般的。他若不是抱着霞儿,早就拦腰把她抱近胸前来了。

霞儿看见她的母亲笑,也跟着笑,听见苔兰由火厨里出来的足音,苔莉忙离开他的肩膀,从克欧手中把霞儿抱了过去。

——她的表示不单过于急进,也很大胆的。我的运命已经操在她的手中了。一切任她自然而然吧。人力是有限的,你只有两条路可走了,不即日离开就快一点向她要求你的最后的要求吧。这种不冷不热的态度决不是个办法。

"菜弄好了?"克欧听见苔莉问苔兰,才从默想中惊醒过来。

"都好了。你们到外面吃饭去吧。"苔兰抱着一个饭甑向厅前来,他们也跟了来。

克欧坐在苔莉的对面，占有主人的席位。每次吃饭时，他觉得他像个有了家庭般的人了。对苔莉只差一步的距离，但由不认识他们的一般人看来，他完全是她的丈夫了。

吃了早饭后，他挟着书包上学去。苔莉抱着霞君送出去。他们走出N街口来。

"霞儿，回去吧。欧叔叔去买东西给霞儿，即刻就回来。"

霞儿那里肯听她的母亲的话。她一面挣扎一面哭说要跟克欧去。

"不得了！"苔莉抱着霞儿再跟了来。街路上的人在望他们。克欧有点不好意思。但他看苔莉的态度是很自然的。

"你家的老爷在哪一家公司办事呢？"街路旁的一个老妇人在问苔莉。

"不是到公司里办事。"苔莉很自然的答应那个老妇人。但她并不辩证——并不辩证他不是她的丈夫。

"那么，到衙门里去的？"

"到学堂去的。"

"真幸福，有这么年轻的老爷。"老妇人说了后自跑了。

苔莉只红着脸向克欧微笑。克欧也脸红红的只低着头向前走。

苔莉抱着霞儿送克欧到电车路上来了。那边来了一辆电车。他要上车了，他大胆的走近苔莉身边向霞儿的颊上吻了几吻，他的鼻尖几次触着她的右颊。

"霞儿，欧叔父要去了哟。"

一阵暖香扑向克欧的鼻孔里来。若不是站在大马路上，他定搂抱着她亲吻了。他坐在电车里如痴如醉般的，他想，那时候马路上并没有什么行人，不该错过了这样好的机会的。

十七

那天下午还没有到两点钟他就赶回来了。他觉得过了三四个时辰看不见她时，心里就不舒服起来。

——我终于陷落了！

克欧回到N街时，打开门迎他的不是别人就是他在切想着的苔莉。他在途中就想今天回去决不再顾忌什么了，定要求她接吻了。但是苔莉才打开门，只望了望克欧的脸后忙躲在一边。

——她像知道我对她想有什么表示般的。平时她就不是这样的远远地躲开的。莫忙，等一会她要送开水到我房里来的，那时候再拥抱她吧。

克欧望了望她就回房里来。她始终微笑着不说一句话。他把书包放下，把长褂子除了，就往床上斜靠着被堆躺下去。他周身发热般的焦望着她进来。

——最好不要抱着霞儿进来。抱着霞儿进来时就有点麻烦了。她在黑夜里苔兰和霞儿睡熟了后也曾到我这里来坐谈过。她问我要不要热茶喝，也问我要不要点心吃。她也在这床沿上和我并坐过来。我握过了她的手，我摸过了她的背，我的只手也曾加在她的肩上，她也曾斜着身躯靠到我的肩膀上来。那晚上我何以会笨得这个样子，把好好的机会错过了。那晚上我何以会这样的胆小，不趁那个机会搂抱着她要求接吻。

克欧等了好一会，还不见苔莉到自己房里来。他想，平时我由学校回来，她定跟了进来的。怎么今天像预知道自己另有心事般的故意不到自己房里来。他等得不耐烦了，不能不由房里踱出来。他听见她进厨房里去了的，他满脸红热的走到厅后的门边来。同时他也感着一种羞耻。他喊了她一声后，她在厨房里答应了，但不见出来。

"阿兰呢？"

"上街买菜去了。"她还是在厨房里答应，不见出来。

"霞儿呢？"

"睡着了。"

克欧想进厨房里去。但马上又觉得这种行为太可耻了，并且他感着自己的两腿忽然的酸软起来不住的颤动。他终没有勇气到厨房里去。

"你在里面做什么？"他的声音颤动得厉害，他背上同时感着一个恶寒。

"烧开水。"她还不出来。

"你来！我有件事告诉你。"

"什么事，"她走出厨房门首来了，但不走近他的身旁。她微歪着头向他媚笑。她的态度半似娇羞，半似暗暗地鄙笑他。

"请到我房里来！"克欧的声音愈颤得厉害。他这句话差不多吐不出来。他的胸口像给什么东西填塞着，呼吸快要断绝了般的。

他回到房里来了。她虽然跟了来，但在房门首就停了足，不进来。

"你为什么不进来？"克欧坐在床沿上再颤声的问她。

"……"她只脸红红的微笑着低下头去。

"进来吧！"

"我害怕！"

"害怕什么事？"他有点恨她了。

"这房子里除了我们，再没有一个人，我有点害怕。"

"那么你怕我？"

苔莉点了点头。

"你今天回来得特别的早，你的眼睛也比平日可怕。我怕看你的眼睛。"

——啊！我的眸子已经把我今天的心事表示给她看了。我错了，我不该对她怀有这种奢望的。她真的像爱她的弟弟一样的爱我吧。我不当对她有不纯的思想的。她不能像我爱她一样的爱我。这完全是我观测错了的。

克欧虽然这样的反想了一会，但他周身还是像燃烧着般的。站在房门首的苔莉今天在他的眼中就像由月宫里降下凡尘来的仙女。

他跑近她的身旁来了，她想躲避已来不及了。

"给我一个……"他搂抱着她了，把嘴送到她唇边来，但她忙用只手掩着口，把脸躲过一边。

"不好，不好的。克欧，快不要这样！"

她给了他一个——不是Kiss，是一个大大的失望！他脸色苍白的退回到床前躺下去了。

十八

那晚上的晚饭时分，他就不想出来陪她们吃，但他说不出不吃饭的理由来，经苔兰再次的催促，他只好出来陪她们吃。每天吃饭时都有两个美人陪着他吃，和他很多说笑的。可是今天他和苔莉都默默地吃，一句话也没有说。苔兰看见他们不说话也不便提出话来说，她也默默地提起筷子来把饭向口里送。

克欧今晚上少吃了一碗饭。吃完了第一碗饭就回房里来。过了一刻，他穿上了外衣走出来。

"我今晚上怕不得回来。"他望着苔兰说，他再不看苔莉了。

"到什么地方去？"苔莉忙站起来问他。

克欧像没有听见苔莉的话，急急地走出去了。苔莉痴望着他出去，她觉得刚才的确太使他难受了。

——他回来时依了他吧。怪可怜的小孩子。自己也是这么样希望着的。迟早是要给他的……她看不见克欧的后影还在站着痴想。

"姊姊，什么事。他为什么气恼得话都不说了？"

"谁知道他！？"她虽然这样说，但同时感着一种酸楚。

苔兰像有些知道近来她的姊姊和克欧间的空气有点不寻常，也不再追问了。

听见霞儿醒来了，苔莉忙回到自己房里来。霞儿过了两周岁了，但还没有断奶。她解开衿口把乳房露出来便回忆到克欧才搬了来没有几天的一晚上的事了。他初搬了来，一连几晚上她都抱着霞儿到他房里来玩，有时喂着乳走进来。

"这么大的乳房！"雪白膨大的乳房给了克欧不少的诱惑，他失口赞美起来了。

"现在没有奶了，不算得大。霞儿还没有满周岁时比现在还要大。你看，现在这样的松了。"她一面说一面把第二个乳房也露出来。这时候她是半裸体的状态了，这时候克欧也壮着胆子过来按了按她的乳房。

"不紧了，是不是？"

克欧这时候像吃醉了酒，说不出话来，只点点头。他乘势伸手到她的胸口上来。

"不行！讨厌的！"她笑恼着说。他忙把手缩回去。

苔莉回想到这一点，她对他感着一种不满足。

——他太怯懦了。我的表示拒绝何尝是真的拒绝他。我是想由我这种拒绝引起他对我的更强烈的反作用。但是他一碰着我的拒绝的表示就灰心了，就不乐意了。他这种怯弱的态度，不能引起人的强烈的快感的动作，未免使人失望。

她愈想愈兴奋起来。由克欧又联想到胡郁才来了。论肌色，小胡比克欧洁白，由一般人看来都肯定他是个美男子。论岁数，也比克欧年轻。

——他比克欧的胆子大得多了。他对苔兰对我都是一样不客气的。那个人除非莫表示，表示了后就非达到目的不可的。在电映戏场里并坐着就常常伸手到人的腰后或胸前来。有一次他也和今天的克欧一样要求我的接吻，我也拒绝了他，但他死不肯放手，用腕力来制服我，把我的颈部紧紧的搂住不放，触着了我的唇才放手。他的举动的确比克欧强烈。但他平时的举动和说笑时就没有一种男性美。并且周身涂着香粉，时时发出一种女性臭味。看他就俗不可耐的。他这个人始终嬉皮笑脸的。他像永不会发怒的。他这种人是没有做家庭的主人翁的资格。他只图性欲的满足吧。暑假期中他竟跑了来向我作最后的要求。自从那次给我斥退了后，他许久不来了。现在克欧搬来了，他更不愿来了吧。现在想来，他的痴狂的状态，强烈的举动，当时虽然有点讨厌，但过后想来也有耐人寻味的地方。

　　苔莉早就想由克欧和小胡两个人中拣一个作永久托身的人，她是迟疑的先拣了克欧。不幸的就是名义上和克欧是亲戚，在社会上由这样的名义就发生出种种阻碍——他们俩间的恋爱阻碍来。若拣小胡，那就很神速的可以成功，社会也不能加以不道德的批评。不过小胡太年轻了，恐怕将来两人间发生出岁数的悬隔——容貌的悬隔时，就无幸福可言了。第二是小胡缺少男性的勇气。她恐不能长期间尊奉他为一家庭的主人公。等到发见了他无作家庭之主的资格时，以后的家庭幸福就难维持了。第三小胡虽然貌美，但没有一点风雅的态度，对文学的理解一点也没有。对文艺没有一点理解的人就失了人生的真意义了。

　　——还是等克欧回来时，允许了他吧。苔莉这时候觉得克欧是她的唯一的爱人了，在这世界里再找不出第二个理想的男性来了。

十九

苔莉近来感到性的寂寞了，由性的寂寞就生出许多烦闷来。受了这次克欧给她的刺激后，她的性的烦闷更深也更难受了。她几次都想自动的向克欧求性的安慰，但恐怕遭了他的意外的轻视。并且翻想一回又觉得女性是不该有此种无责任的享乐。一句话，她是渴望着克欧给她一个保证——以后对她的身体完全负责任的保证。她得了这个保证时，她的身体也就可以一任他的自由。

克欧一连两天不回来，苔莉就有点着急。但也没有方法，自己又不便出去到他的友人处打听他的行踪。

——他总不至因这小小的事件自杀吧。他真的自杀了时，就可以证明他是爱我到极点了。那么他死了后，我也可以为他死。最少，我是不再和别的男性同栖了的。

但是到了第三天的下午，克欧回来了。苔莉姊妹都微笑着出来迎他时，他也不能不以微笑相报。

"这几天到哪里去来？又到什么地方去旅行了么？"克欧常常说要旅行，也曾邀苔莉一同旅行去，所以苔莉这样的问他。

当着她的妹妹的面前，他不能不答应她了。

"S港。"

"真羡慕！秋的海滨，很好玩吧。我也想去走走。"克欧只笑了一笑向房里来，苔莉把霞儿交给苔兰抱，自己跟克欧进来。苔兰抱着霞儿往后院里去了。

他和她一同走进房里来时，她走近他面前要替他除外衣。

"不，我自己会……"

"你还在恼我么？"苔莉笑着问。

"不，我恼你做什么？"他也笑着说。

"但是你走了几天了，你的脾气我真怕。"她把他的外衣解下来就在他的床上替他折叠。一种有刺激性的香气又把他包围起来了，他像块冰消溶在温水里面了。他禁不住坐近她身旁来。

"早晓得你会气恼到这个样子，我该给你……"她说到这里仰起头来向他嫣然的一笑。

"什么？"他像没有听见她说的话，又像故意的反问她。

"啊啦，你还在装不知道。"她把他的外衣叠好了，远远地坐在床沿的那一边。

"什么事？"

"前天的事你忘了？"苔莉凑近他，差不多和他膝部接膝部的了。出乎她的意外的就是他像无感觉般的对她迟迟的无表示了。他只痴望着她的脸。

"你前天不是对我……怪不好意思的。"她低下头去。

但克欧只摇摇头。这时候她反觉愕然。她深信他的心是一天一天的向她接近，怎么忽然的发生了一重薄膜呢——在他俩的心房间发生了一重薄膜呢？她想，非快叫他恢复从前的状态不可，非把才发生出来的薄膜除去不可。

她的一双皓腕揽在他的颈上了，把有曲线美的两片红唇送到他的嘴上来。更使她惊骇的就是他像她前天拒绝他一样的拒绝她了，他忙把她的脸推开。

"片面的爱是终难成立的！你并不爱我，并不是诚挚的爱我，你是怕我恼你才爱我的！有何意义？"他很残酷的对她说了后，他也知道自己所说的话无成立的理由，他也想马上把她搂抱过来狂吻她。但他觉得就这样的恢复原状是太便宜了她，自己也不能得满足的强烈的快感。就这样的和她讲和，那么我们的爱只是微温的爱，我所感到的快感也只是微温的快感。要我们间的爱促进到腾沸点时，非对她加以相当的虐待不可，要我们所感知的快感达沸腾点，就要她在痛哭中把她紧紧的搂抱着和她接吻。

"你这个人真残酷！"苔莉还不松手，只手揽着他的颈，把头枕在他的肩上来。她流泪了。

他望着她流泪，心里感着一种快感——能使他的五脏松懈的快感，同时他觉得自己的心理完全是变态的。但他还更进逼一步。

"你喜欢小胡吗？"说出了后他才后悔。

"什么话！"她流着泪站了起来，她想走出去。他也忙站起来捉着她的臂不放她走。她倒在他的胸上哭出声来了。

"你这个人真残忍！"她的肩膀不住地抽动。

"决不要哭！给阿兰看见了不是个样子。"他仍坐到床沿上来，她此时被抱在他的怀中了。

"不，不怕她。她早晓得我们的态度不寻常了。"

此时候他觉得苔莉完全是他的了。世界上再没比坐在他怀中的苔莉可爱了。

不一刻他的舌尖上感着一种粘液性的温滑的感触。

二十

克欧自和苔莉亲吻之后觉得自己完全是个罪人了。

——这是一种偷窃的行为，是一种罪。欲赎此罪，非早对她表示负责任不可，非向她求婚不可！他抱着她在狂吻了一回后低声的：

"你能不能答应和我结婚？"他诚恳地说了后再和她亲了一个吻。

"你有这种勇气？此时还谈不上吧。结婚？全是骗女人的一个公式！这公式是靠不住的。我和你的表兄很尊严的举行过结婚式的。要什么结婚不结婚？不是一样么？我和你更要不到……"她说到这里不再说了。

"可是我们怕不能这样的就算个结局。"

"听之自然吧。真的到了非结婚不可的时候就结婚也使得。"

"……"他更把她紧搂近胸前来。

但是苔莉觉着克欧对她有比接吻以上的要求了，她忙摇了摇头。

"我们慎重些才好。我们莫太早把纯洁的爱破坏了。我们该把它再扶植长了些。"苔莉自己也不知什么缘故，她总直觉着克欧不是个能在社会上承认她为妻的人。

克欧听见她的否定的回答忙缩了手回来。他感着自己的双颊热得厉害，也觉得自己的这种摸索是太卑鄙。他同时发见了他自己的矛盾了。他一面对苔莉表示爱，一面又瞒着苔莉默许家里人替他在乡里向他方面进行婚事。

——故乡的社会谁都知道，也承认苔莉是白国淳的第三姨太太。谢克欧娶白国淳的第三姨太太做正式夫人了。他像听见乡里人这样的讥笑他。他愈想愈没有勇气向她求婚了。

——名誉是不能为恋爱而牺牲的。恋爱固然神圣，但社会上的声誉比恋爱更神圣！换句话说，男人为自己的将来事业计，就牺牲他的心爱的女性也有所不惜的。谁也不能否定我们俩间的恋爱。但是她背后的确有一个暗影禁止着我和她正式结婚。她是霞儿的母亲！她是白国淳的第三姨太太！她不是个处女了！

克欧那晚上和她们共一桌子吃晚饭。他不敢望她们的脸。他尤不敢看苔兰。有时苔兰望他一望，他就觉得他和她的一切秘密都给苔兰晓得了般的，他的双颊又在发热。苔莉也很少说话了。她只低下头去吃饭。她觉得她的头壳比平时沉重，不容易抬起来。她尤怕看克欧的脸。

秋深了，晚饭后穿着一件衬衣，加上一件单长裤走出来的克欧感着点冷。他低着头在弯弯曲曲的接续着的几条暗巷里走。他像犯了罪——不,他的确犯了罪,意气消沉的低着头向前走。

——不该的!燃烧着般的热爱给这一个接吻打消了。不是给接吻打消了,是给接吻后的反省遏止住了。

他快走到最后的连接着电车路的巷口来了。他远远的望见由电车路射进来的灯光,他的精神也稍稍恢复了点。

"喂!克欧!"

克欧忙抬起头来看,虽然背着光,他认得拍他的肩膀的是个同乡陈源清。他心里觉得很对不住这个友人,也很不好意思看见他。

"你到哪里去?"

"来看你的。"

"我就要到你那边去的。"

陈源清是省立大学的预科生,住在大学后面的一家宿舍里。由N街乘电车去只要半个钟头,也不要换乘电车。

"那么到谁的家里去呢?"陈源清苦笑着说。

克欧本想回折来。但后来一想万一源清谈及那件事,给苔莉听见了不方便,尤其是今天更不方便。

"我们到马路的咖啡店去喝红茶吧。"

"也好。"

他们便一同走到电车站上来,只等了一刻,一辆电车到来了。吃晚饭时分没有几个搭客。他们走进来,各占有了相当面积的席位。才坐下来,车就开行了。

"老谢,刘先生答应了,他一回到家里就叫他的小姐寄张相片来给你。"

克欧听了源清这一句话,虽然好奇心给了他一点儿的快感,但一思念到今天下午的犯罪,胸口就痛痛地受了一刺。他敌不住良心的苛责了。他只低着头微微的勉强一笑想不出什么话来回答源清。

二十一

　　电车路两旁的电柱上的电灯都给一大群的飞蛾包围着向他们的后面飞过去。

　　"求婚，求婚。论理只有男向女求婚，没有女向男求婚的，你算是个特例，不要等到她的相片到来，你也寄一张相片给她吧。"陈源清笑着说。克欧只摇了摇头。

　　"要女人方面先寄相片本来是很难做到的。她寄了来，你看了后说不要时，在她是很难堪的事，要受人嘲笑的。不过刘老先生很夸赞他的女儿，他说他相信你一定不会拒绝他的女儿的。并且我也替你做了个强硬的担保，所以答应叫他的小姐先寄相片来。"源清像在向克欧夸功。

　　"刘先生什么时候回乡里去？"

　　"还有几天。教育厅那边的事交涉定妥了后就动身回去。"

　　源清完全猜不着克欧的心事，他只当克欧盼望刘小姐的相片早日寄来。

　　——叫他辞绝刘先生吧。也叫他不要再替我斡旋这一门的婚事吧。真的把婚约订成了时就害己害人——一连害了三个人，但是无论如何想不出谢绝的口实来。并且对这位热心着为我作成的友人实在不忍使他失望的。真的决绝地谢绝他们时，不但要引起他们对我的怀疑，并且也会减损我们间的友谊。等到刘小姐的相片寄来时再想个口实把这件婚事搁下去吧，最好是望刘小姐害羞不寄相片来。他坐在源清的身旁低着头沉思了一会，再抬起头来望望源清的脸色。他和苔莉间的秘密——今天下午接吻的秘密像给源清晓得了般。他想向这位友人提一提苔莉的事，表示他对她是很坦白的。

"苔莉也很可怜。她常一个人流泪。"克欧说了后故意的叹了口气。但他随即又觉得自己太可怜了,犯了罪要在朋友面前作伪,太可怜了。幸得是晚间,电车里的电灯也不很亮,源清没有留意到他的脸红。

"她的确太可怜了。久留在这里也不好,但回乡里去恐怕又有风波。一家里怎么能容得下三四个女人!国淳也太无责任了。"

"他近来很少信来了。家里有了女人,像把苔莉忘了。苔莉说只要他按期把生活费寄来,他不和她同住也算了。能给一笔资金她做生意更好。"

"女人有什么生意好做?"

"她说,她想开一间小小的杂货店,带她的妹妹和女儿度日。她的妹妹又会替人裁缝,也有相当的收入。"

"国淳前星期来了封信给我。他要我托你带她回乡里去。他说,苔莉回去和他家里几个女人不同住,另外分居也使得。是的,我忘记告知你了,他对刘小姐的事也很替你出力呢。他叫他的大太太去向刘太太说,称赞你如何好,如何好。"

克欧听见了这些话,心里更觉难过,但他此时只能摇摇头微笑。

"看她无论如何都不情愿回乡里去。很坚决的。"

"那以后的问题不是我们调停人所能解决的了。"

——我或者就是解决这个难问题的人,只要向社会说一句话——宣布和她结婚。不过这样的解决太便宜了国淳了。

二十二

刘老先生是N县中等商业学校的校长。他是个老秀才,没有什么商学的知识。因为他做这个学校的校长有七八年了,在县里的声望也还好,以后进的商科专门毕业生又都是他的门下生,所以得保持他的校长的位置。克欧在N县的社会上本有点虚名，听说明年就可在商科大学毕业，刘老先生很想克欧毕业后回县里去帮他办学，做甲种商业学校的教务长。刘老先生因为学校的事件每年要到T市来几次和教育厅接洽。他认识了克欧，觉得克欧的人才外貌都还好，所以托了他的学生陈源清替他的小姐做媒。明年刘小姐也可以在县立第三女子中学毕业。在N县，刘小姐可以说是数一数二的才貌兼备的女性了。

源清初次把刘先生的意思告知克欧是在克欧未赴南洋修学旅行以前。当时克欧没有完全答应，也没有完全拒绝，他的最初的态度就有点暧昧。他只说等由南洋回来后再谈。那时候他的心里也有点活动，因为他在乡里时就听见刘小姐有相当的美名。并且那时候他也没有意料到他和苔莉间的爱会深进至这样的程度。

由南洋才回来T市没有搬到苔莉家中之前，源清伴着刘先生待到T江酒店来访他。这时候恰好刘先生因为学校的事件来T市。他看见刘先生的诚恳的态度，并且是自己从前的受业师，当然很难推却，当时胡乱附加了几个不重要的条件就答应了。要刘小姐寄相片来也是这时候提出的条件中之一。他意料不到刘老先生很爽快的容纳了他的一切条件。

一方面思念着苔莉一方面又向刘小姐进行婚事，克欧觉得自己的矛盾，同时良心上也发生出一种痛苦来。听说刘小姐长得很标致，但到底未曾会过面，无从生出思慕来。苔莉近在咫尺，又是旧识，正在性的孤寂生活中的克欧每到苔莉那边去谈谈就得了不少的安慰及快感。自那天探病回来对苔莉的爱慕愈深。并且苔莉的皓腕一任他抚摩之后，每日沉醉着想和苔莉亲近之心愈切，想和她亲近多享受些这种神秘的快感。

克欧从咖啡店别了源清回来苔莉家里时已经十一点半钟了。提着一盏小洋灯出来开门迎他的就是苔莉。

"阿兰、霞儿都睡了？"克欧望见换上了睡衣的苔莉，并且在这黑夜里只有她和他两个人相对，他站在她面前就感着一种刺激。

"早睡了。"她像留意到今天下午的事很不好意思的只管低着头。她的可怜姿态又把他的心挑动了。

"你就要睡了？"两个人同上到厅前来了。

"不，有什么事？"她虽然望了望他的脸，但总不见平时她所特有的微笑在她脸上浮出来。她的眉头紧锁着。

"不到我房里去坐坐么？"

"……"她看了看他的脸就低下头去不说话。

"怎么样？你要睡时我也不勉强你。"他再笑着说。

"不；我还不得睡。有件小衣服没有缝成功。"

"那么，拿到我房里来缝。霞儿一时不会就醒吧，我喝了点酒。一点睡不下去，很寂寞的。你过来谈谈吧。"

苔莉只点了点头。

——因为有了今天的记忆，她就变成了这样忧郁的人了么？那么她在后悔了，后悔和我亲吻了？克欧一面想，一面先回到自己房里来。

他回到房里后，开亮了电灯，就换衣服。换了衣服喝了一盅茶后，再坐等了一会还不见苔莉进来。他不得已再走出来看时，她一个人凝视着台上的小灯痴站在厅前。

"不进来谈谈么？"

"唉……"她心里像有迟疑不能决的事。她还不动身。

"要来快点来！"他的态度像有点忍耐不住了。

"……"她像怕他发怒，忙移步向他房里来。

克欧看见她来了，先退回房里来在床上躺下去。她只站在近门首的台旁边不走近他。

——怎么只半天工夫她完全变了！自经我的接吻的洗礼后，她就变为驯服的羔羊了。他望着她的忧郁的姿态愈觉得动人怜爱。浅红色的睡衣短得掩不住纯白的裤腰，短袖口仅能及时。曾经他多次抚摩的一双皓腕在电光下反射着，愈见得洁白可爱。

"过来坐吧。"

她点了点头，走过来坐在床沿上，只向他微微的一笑，一句话不说。她像下了决心般的，她再不畏避他了。她想迟早总是有这样的一幕。管他以后对自己负责不负责，就现在的状态论，自己是在沙漠中旅行的人，他是在沙漠中不容易发见的清泉了。明知以后非离开它不可，但现在不能不尽情的一饮，消消自己的奇渴。

"今天很对不起你了，对你很失礼的。"

"不，我对不起你了。有一点不觉得什么。完全是我累了你，使你心里不舒服。"她低着头很正经的说。

"那么你不会把今天的事告诉人？"他虽说是故意和她说笑，但同时也觉得心里有点卑怯。

"我是靠得住的，不知道你怎么样？"她忽然的笑了。

过了一会，她继续着说：

"但是我们的关系以后太深进了时，恐怕瞒不住注意我们的旁人吧。你怕人知道？"

他硬着胆子摇了摇头。他本来就喝了点酒，兴奋极了。他坐起来把她搂抱住了。他和她像今天下午一样的互相拥抱着接吻——狂热的接吻。

"我们同到什么地方旅行去好么？"

她只点点头。

"那么，到S港去好么？到旅馆里时共住一个房子的。"

"我一点不要紧。只怕你以后要后悔。"

"到了这时候还有什么话说。我本想保持着我们的纯洁的恋爱。纯洁的恋爱以接吻为最高点。但是现在……"

"纯洁的恋爱是骗中学生的话。所谓恋爱是由两方的相互的同情和肉感构成的。"

"那么……"

"讨厌！"她忙推开他。

他真梦想不到他会这样快的陷落下去。

她在他房里一直到午前的二点钟前后才出去。

"那么，明天晚上！"他望着她微笑着轻轻地回她的房里去了。

二十三

克欧第二天起来时已经响过了九点了。苔兰到裁缝匠家里去了，只剩苔莉母女在厨房里。她听见他起来了，忙走出来到他房里去取脸盆和漱盂。

"今天不上学？"她双颊绯红的低声的问他。

"我打算请假几天。"他也笑着说。

"为什么？"她睁圆她的大眼问他。

"舍不得你。"他笑着说，"才成婚呢，就能离开么？"他笑着过来把她搂抱了一刻。

"啊啦！不得了！你晚上不是在家么？"她满脸绯红的。

"阿兰在家里总不方便的。"

"……"她自从一身的秘密通给克欧晓得了后，比平时更觉温柔了。她对克欧的要求像始终取无抵抗主义般的。因为他的新鲜的青春之力——强烈的肉的刺激在她身上引起了比国淳给她的更强烈更美满的快感。她不单精神全受着他的支配，现在生理上她也是他的奴隶了。

克欧一个星期间不上课了。苔兰每天下午回来只当克欧是比她先回来的。他一星期间不曾外出一步，整天的昵就着苔莉的身旁。苔莉除了背着霞儿出去买菜外也足不出户的。

"我们到什么地方度蜜月去吧！"克欧一天这样向苔莉说笑。因为他觉得在苔莉的家里总不能尽情的欢娱。

"为什么？在家里不是一样么？"

"但是每天早晨起来看不见你，我总觉得是美中不足。"

"真的，我也这样的想。苔兰下星期因事回母亲那边去住一星期，你就到那边睡吧。"苔莉姐妹和阿霞是同在里面房里的一张床上睡的。

"但是只剩我们俩，左侧右面的邻人不会猜疑我们么？"

"你怕人猜疑？他们早就有闲话了。苔兰亲耳听见下街井旁的老妇人说我乘丈夫不在家偷汉子呢。"

"真的？"克欧听见这句话心里已经万分羞耻了。看见苔莉的泰然的态度，更觉羞愧得难受。

——那么我是个奸夫了！她呢？她对她的丈夫尚有理直气壮的主张！我？有什么面子去见表兄呢！我做了她的牺牲者了！到这时候还有什么话可说！

我们只有享乐，饮鸩般的享乐！我趁早觉悟吧！和她说明白，得她的同意后分开手吧！但是现在的我，沉醉于她的肉中的我舍了她还能生存么？还有人生的意义么？我在精神上肉体上都是属于她的了。

"你在想什么哟？"她走过来坐在他的怀里。

"没有什么。"他只摇摇头。

"你怕他们说你的闲话？"她问了后脸上显出不舒服的样子。他马上直觉着她是在希望社会能够早点知道他和她的关系。并且他知道她看见他怕社会的非难就怀疑他是对她要求不负责任的享乐。

"怕什么！"他勉强支持起勇气来。"就死我也不怕，还怕什么？"

一接触她的肉，他又陷于沉醉的状态中了。

她虽然有点讨厌他的频繁的要求，但仍然不忍使他脸上下不去，她对他惟有忍从。

二十四

他们俩在爱欲的海中沉溺了两个多月了。他有时惊醒来时,忙把头伸出到水面来时,觉得四围都是渺渺茫茫的,不单不见一个人一艘船,连一片陆地都看不见。他觉得自己的前途只有黑暗。非再沉溺下去死在这海里不可了。她呢?她像不知道这爱欲的海底是个无穷深的海渊,她不知不久就要沉溺下去死在这深渊里面,她只攀揽着他的臂膀,她迷信他是能拯救她的人。她只裸体的攀附在他身上流着泪和他接吻!

——她先掉进去的!我是为救她而沉溺的!可恶的还是她,诱惑我的还是她!

才把她搂抱到怀里来和她狂热的接吻。忽然的又恨起她来了,忙坐起来紧握着铁拳乱捶她。

"你恨我时就让你捶吧。捶到你的愤恨平复。你只不要弃了我,不理我。"

她流着泪紧紧地贴靠着他的胸膛。

"恨你,真恨你!"他拼命的捶。捶了后又和她亲吻。

"恨我什么事?"她流着泪问。

"恨你不是个处女了!"

"……"她听见了这一句,脸色灰暗的凝视他。她像受了不少的惊恐,她像听见他给她一个比死刑还要残酷的一种宣告。

"你的处女美怎么先给他夺去了呢?"他再恨恨的骑在她身上乱捶她。

"对不住你了!真的对不住你了!你要我做什么事我都可以替你做!你的任何种的要求我都可以容纳。只有这一件是我无力挽回的。望你恕了我吧。只望你恕我这一点！你的要求——比阿霞的爸爸还要深刻的要求——我没有拒绝过一回。只有这一件，望你恕了我吧。"苔莉痛哭起来了。

——只要你是个处女时，就拒绝我的要求，我也还是爱你的。他望着她的憔悴的姿态愈想加以蹂躏。

她比从前消瘦得多了。但他的冲动还是一样的强烈。不单和两个月以前一样的强烈，比两个月以前，要求也更频繁。蹂躏的方法也更残酷——使她感着一种耻辱的残酷，因为他，她近这一个月来没有一晚上不失眠，她觉得容许他的一切要求就是一种痛苦。但她不能不忍从他，忍耐着这种痛苦。她只能在这种痛苦中求快感了。

有一次苔莉在酣梦中给克欧叫醒来。

"你还没有睡？"

"无论如何睡不着。"

她虽有点不耐烦，但不敢拒绝他的要求。她觉得接近着自己的脸的克欧今晚上特别的丑陋，她忙侧过脸去。她只贪图自己的快感。但她所感知的惟有痛苦和可咒诅的疲倦。她睡在他怀里不断地呻吟。

"你讨厌我了？是不是？"他看见自己的热烈的动作不得同等的反应，就这样地质问她。

"为什么？我不懂你的话。"她蹙着眉愈感着可咒诅的痛苦和疲劳。

"要怎么样才好？你要我怎么样，你说出来，我听从你就是了。"她觉得克欧近来对她的热情也不比从前了。除了性的要求外，没有向自己说过一句温柔话，也没有和自己筹商过他们的将来。自己的健康只两个月间为他完全牺牲了。但她还勉强支持着拼命的紧抱着他，伸过嘴来紧咬他的下唇。但她很羞耻的觉得这些举动全是虚伪的。

"好好的哭什么？"他由她的身旁离开时叱问她。

"没有什么。"她只扯着被角揩泪。

"你讨厌我了。思念起他来了吧！"他冷笑着说。

"你这个人真残忍！你到底要我怎么样？"她还没有恢复她的装束再钻进他的怀里来。

"那么，你思念小胡，是不是？"身心都疲倦极了的克欧触着苔莉，发生一种厌倦。但她紧搂他，伏在他的胸部痛哭。

二十五

到了严冬的时分了，苔莉和克欧像醉人般的沉溺在爱欲的海中也快要满三周月了。苔莉近来发生了一种惊恐，就是每天早上克欧外出时，只给她一个形式的接吻而不像从前的热烈了。早晨八点钟出去，直到薄暮时分才回来，也不像和两个多月前一样回来得早了。但她所受的蹂躏的痛苦却有加无灭。

克欧也觉得苔莉和自己接近的态度是很不自然的，觉得她并不是爱他，完全是忍从他。想到两人的将来，克欧也找不出个完满的解决方法来。他觉得尽这个样子混，终不是个方法。他也未尝不知他现在所该走的只有两条路，——第一决绝的和她分手，第二就是早些宣布和她正式的结婚。但现在的他是站在分歧点上，对这两条路都没有迎上去的勇气。的确，他只说他没有勇气，他并不肯定他自己是卑怯。

受着冲动的驱迫，有一天克欧很早的由学校回来和她亲近。他以为迟了回去，苔兰回来了时是很不方便的。可是事实竟和他所期待的相反。开门迎他的不是苔莉，是苔兰。平时他进来总可以在厅前发见笑吟吟的她，今天却看不见她的影子。

"姊姊呢？"他笑着问苔兰。

"在房里。"平时看见克欧回来也微笑着迎他的苔兰，今天却用惊疑的眼睛望他。

他走向她的房里来。他想苔兰若不跟进来时,他就拥抱她了。苔兰果然不跟了进来,但叫他骇了一惊的就是苔莉坐在床前淌眼泪。霞儿酣睡在床里面。他想,莫非是阿霞病了么,看她的酣睡的样子,又不是有病的人。

"你为什么事伤心?"克欧凑近她,但她伸出只手来拒绝他,不许他触着她的脸。

"我想,我没有做什么对你不起的事,……"克欧微笑着问她。

苔莉只是不理他。他就在她对面的一把椅子上坐下来,两个人对坐着沉默了一会。

"你当我是个什么样的人?"她用手帕把眼泪揩干了后问他。

"我不懂你的话是什么意思?"

"我问你当我是个什么样的人!?"苔莉有点气恼的样子。

"……"克欧真的不知道她为什么事气恼,此时只痴望着她,说不出话来。

沉默在两人间又继续了许久。

"受人的冲动的牺牲者不单是娼楼中的女性了!"苔莉像对自己说了后深深地叹了一口气。

克欧听她说了这一句,禁不住脸红耳热。他觉得自己实在没有诚恳的对她负责的决心。想不出什么话来劝慰她,他只有失望地回到自己房里来。

他回到房里,在书台上发见了一张短笺。

　　奉访不遇,甚歉。刘老先生于昨日来T市。刘小姐的相片也带来了。明日请来敝寓一叙。

　　　　　　　　　　　　　　　　　　　　弟源清留字

克欧看了陈源清的留笺后知道苔莉一个人淌眼泪的原因了。他忙跑到厨房里来问苔兰，陈源清来时对她的姊姊说了些什么话。

"陈先生说，你快要定婚了。"

——糟了，糟了！我该预早嘱源清不要告诉苔莉知道的。但是那就要引起源清的猜疑，这也不是个方法。总之我不该再站在分歧点上迟疑，把刘家的婚事谢绝吧。早点宣布和她结婚。就事实论，她不能离开我而生存，我也不忍把她的一身——曾经我爱抚过来的她让给他人了！我当始终爱护她！

二十六

第二天晚上苔莉枕着克欧的腕，在他身旁休憩的时候，他感着一种可咒诅的疲倦。她几次向他要求亲吻，他虽没有拒绝她，但他总觉得自己的微温的唇像接触着冰冷的大理石般的。

"你哭什么？"克欧听见苔莉啜泣的声音忙翻过来问她。

"我也不知道为什么缘故。我近来觉得很寂寞的。一感到寂寞就禁不住流泪。在这么大的世界中像没有人理我般的。"她的双肩更抽动得厉害。

"苔莉，你又在说傻话了！我不是在这里么？快不要哭！"

"你的身虽然在我旁边，但你的心早离开我了吧。"

"她的相片不是让你撕掉了么？你还不能相信我的心？我不是对你说过了，因为要瞒源清，怕他猜疑我们，所以敷衍的答应了叫刘先生把他的女儿的相片寄了来。这完全是敷衍他们，不叫他们对我们生猜疑的。我没有见过刘小姐，爱从何发生呢？你看我是个能够和从无一面之缘的女人结婚的人么？"

"那么你如何的答复了陈先生呢？"

"我今天对他说，单看相片看不出好歪来，最好请刘小姐出来T市会一会而后再行议婚。像这样的难题在深闺处女是很难做到的。这不是和完全拒绝了她一样呢？"克欧说了后感着自己的双颊发热，因为他在对苔莉说谎。

他今天一早吃了饭，就跑到陈源清的寓里来。单看相片，他觉得刘小姐是个风致很清丽的美人，她的态度虽有点过于庄严，但这是坐在摄影机前免不了的态度。最使他对那张相片——给苔莉撕掉了的相片——难忘情的就是在清丽的风致中他还发见了一种高不可攀的处女所固有的纯洁美——在她的朴质的女学生服装中潜伏着的纯洁美，在苔莉的华丽的服装中决不能发见的纯洁美。他觉得睡在自己怀中的苔莉虽艳而不清，虽美丽而不庄严，他想到这一点很失悔不该麻麻糊糊的就和苔莉混成一块的。她是国淳的第三个姨太太。处女美早给国淳蹂躏了的她，此后就为我的正式配偶么？要清丽如刘小姐的才算是我的正式的配偶！但是，丧失了童贞的我再无娶处女的资格了吧。

父母听见刘家的婚事像异常欢喜，写信来表示万分的赞成。父亲在乡里是个比较多认识几个字的农民，梦想不到自己的儿子能够娶刘校长的小姐。在父亲的意思，能够和刘家结亲，就多费点钱，变卖几亩田亦所不惜。

克欧为这件婚事一个人苦闷了许久。他觉得自己并不是不爱苔莉。他也知道离开了他的苔莉是很可怜。但利己主义的克欧终觉得组织家庭是不该在黑影中举行的。自己的正式之妻，是不该娶丧失了处女之贞的女性。他是个怯懦者——虚荣心很强的怯懦者。他不能舍去他的故乡，没有伴着苔莉双双的逃到无人追问他俩的地方去的勇气，虚荣心嗾使他羡慕着日后和刘小姐举行庄严的结婚式，他期望着日后村人对他和刘小姐的礼赞——礼赞和刘小姐是村中的Kin和Queen。

他终于把自己的一张新照的相片和一个金指环偷偷地交给陈源清，托他转交刘老先生作定婚的纪念品。

　　把相片交给了陈源清后，到下午的三点多钟源清跑到商科大学来找他。源清一见面就告知他，刘老先生接到他的定婚的相片和金指环时万分的欢喜，说了许多感激克欧的话，并且要请克欧到他旅馆里去吃饭。克欧听见刘先生的诚恳的态度，对自己深信不疑的态度——深信他是个有为的青年，以唯一的爱女相托而不疑的态度；他愈觉自己是个伪善者了，同时也愈觉得自己卑劣。

　　他会见刘先生了。吃饭的时候，他再听见这位老先生说了许多迂腐的但是很诚挚的话，什么"蒙君厚爱，小女得所托矣"，什么"不独老夫铭感万分，即小女亦爱戴靡极"等等的话。在源清听起来觉得是迂腐万分，但在今晚上的克欧听起来，只觉得这位老先生的态度的诚挚。他觉得自己的罪愈犯愈深了。

二十七

　　吃了晚饭和源清向刘先生道谢了后同走出来。电车到源清的宿舍前两个人分手了后，坐在电车里的克欧把思想力又运用到苔莉方面来了。

　　——太对不起她了！你始终既没有和她结婚的诚意，你就该早点离开她，不该再贪恋她的肉。但是未和刘小姐成婚之前你能离开她吗？否，这是万不可能的，一晚上不昵就她时必定寂寞得难堪。恐怕有了刘小姐之后也不能离开她吧。在肉的方面我是做了她的奴隶了。作算和刘小姐结了婚，恐怕不能由刘小姐得这种欢乐吧。矛盾！完全是一种可耻的矛盾！真的和刘小姐结了婚时，那你就杀了两个无辜的女性了——在精神上杀了两个女性了。那时候的刘小姐恐怕比现在的苔莉还要可怜吧！我不该这样胡乱的就和刘小姐订婚的。由这样想来，你还是爱苔莉的，你不过想把刘小姐来做你的装饰品以掩护你的罪恶。那么做你的牺牲品的不是苔莉，却是刘小姐了。

——你怕要蹈国淳的覆辙了吧！

——谁是胜利者呢？苔莉还是刘小姐？

——今天是自己和刘小姐的婚约成立纪念日，但今晚上对苔莉怕难放弃而不向她求拥抱。晚间离开了她时就像浸在冰窖里般的。

"恭喜，恭喜！未婚妻的相片带回来了么？"苔莉改变了昨天的愁容，接着他时就微笑着这样的问他。但神经锐敏的克欧直觉着苔莉的欢笑是很不自然的。

"瞎说！谁和她订婚！不过不便使他们难为情，叫她把相片寄来看看罢了。"

"不必撒谎！不必瞒我！我决不会向你为难的，你还是老老实实地把你的订婚的经过告知我吧！快些！快把你的未婚妻的相片拿出来，拿出来给我看！"苔莉说到最后的一句，声音颤动得厉害，几乎说不下去了。

霞儿睡了，苔兰也跟了她的姊姊走进克欧的房里来。她和她的姊姊一样的热望着看刘小姐的相片，但她想看那张相片的动机完全和她姊姊的不同。

克欧笑着把一张六寸的威洛斯纸的相片取了出来，她们姊妹就在电灯下紧挤着看。

"啊！真是个美人！"苔莉很夸张的说。但由克欧听来，她的话中就有不少嫉妒的分子。

"阿兰，你的意思怎么样？算个美人么？"克欧一面除外衣一面问苔兰。但苔兰不理他，她像看不起克欧般的。

"姊，太瘦削了，是不是？身材还将就过得去，脸儿太尖削了些。"苔兰看了一会相片低声的向她的姊姊说。

"你莫瞎评！谢先生听见你评他的未婚妻不好时要发怒的。"苔莉说了后很勉强的狂笑起来。苔兰也跟着微微的一笑。克欧知道她，若非她的妹妹站在她面前，早就流下泪来了。他暗地里愈觉得自己罪重。

苔兰先回里面房里去睡了。苔莉还在克欧的书案前痴站了一会，她觉得有许多话要向他说，但不知道从那一句说起。她忽然掉下眼泪来了，忙移步向外面去。克欧忙跑过来捉着她的臂，不让她出去。

"怎么样？今晚上就不理我了么？"

"有了未婚妻的人还要我这样不幸的女人么？"她的泪珠更滴得多了。

"你说些什么？谁和她订了婚约？他们把相片送了来，不把它领下来使他们太下不去吧。我真的和她订了婚时，还把她的相片取出来给你看么？"他一面说，一面和平时一样的把她搂抱过来。他看见她的可怜的态度愈想加以强烈蹂躏。她对他原取无抵抗的态度的。她觉得今晚上勉强的拒绝他也没有多大的意义和价值了。结局只有减小两人间的亲和力。她还是忍从他的一切的要求。

"你真的没有和她订婚的意思，就让我把那张相片撕掉！"

他慨然的答应了她的要求，她的气愤也稍为平复了。

"你哭什么？"感着一种可厌鄙的疲倦的他听见她的哭音觉得异常的讨厌。

"克欧！"她钻进他的怀里痛哭起来了。

"什么事！？你到底为什么事伤心！？"他叱问她。

"你能恢复你从前对我的心么？"

"我不是说过了么？我始终是爱你的！"

"我不信我能把你的心整部的占领。"她凝视了他一会后摇了摇头，她的眼泪再流出来了。

"哭什么？你就把我的心整部的占领去吧。"

"我今生怕没有这样的幸福了。克欧。那天我们同乘马车赴××公司买东西的时候，我们并肩的坐着。你还替我抱霞儿。我那时候就想，如果社会都公认你是我的丈夫时，我是何等幸福的女人哟！"她从枕畔拾起手帕来揩眼泪，同时叹了口气。

这时候克欧重新兴奋起来，觉得苔莉——腮边垂着泪珠的苔莉，更觉娇媚了。他翻过来再把她紧紧的拥抱着：

"苔莉，我始终爱护你，我就做你的终身的保护者怎么样？"

她也伸出一双皓腕来络着克欧的肩膀，颤声的说：

"谢你了！像我这样没有一点长所的女人，你如果不讨厌时，就让我跟着你去吧。"她说了后更凑近他。

二十八

冬尽春来，克欧快要毕业了。他和刘小姐的婚约也早成立了，只待他在商科大学得了学位后就回乡里去和刘小姐成亲。

关于结婚的准备，家里常常有信来征求克欧的意见。他每次接到这类的信都很秘密地不敢给苔莉看见。幸得信是寄至大学转交的，克欧带回来就封锁在箱里，苔莉无从知道。他虽然不给苔莉知道，但每次接到家信，对苔莉就很觉赧然的。

——自己近半年来的安逸的生活可以说全出苔莉之赐。住在学校里，住在外面的宿舍里那里有这样舒服的生活！饮食衣履没有一件不替我关心。一般做妻的人对她的丈夫都没有这样的周全吧。单这一点，我已经万分对不住她了！何况，何况她还安慰了我的性的寂寞！单就这一点论，她可以说是我的大功臣了，帮助我成就学业的大功臣了。去年的一年中，在性的烦闷中的我没有一时一刻静坐在书案前翻过书来。若没有苔莉，我早堕落了，跟着一班无聊的同学向商卖性的女性买欢了。

幸得她安慰了我的性的寂寞,和她度平和的小家庭生活,她是我的恩人!她施给我的恩惠不可谓不大了,而她所希望于我的报酬仅仅一个虚名——希望我向社会承认她是我的妻。像这么一个廉价的报酬,何以还吝不给她呢?那么你完全是个利己主义者了,忘恩负义的利己主义者了,你只当她是件物品,要的时候拿过来,不要的时候丢在一边。你若不正式的向社会承认她为妻,那你的罪恶就比国淳的还重大了。

克欧每思念到刘小姐的婚约就这样的苦闷起来。但终没有决断力和勇气取消刘小姐的婚约。他总想能发见一个方法——一面瞒着苔莉和刘小姐结婚,一面瞒着刘小姐和苔莉继续关系的方法。但他觉得对付刘小姐容易,对付苔莉难了。

克欧的毕业论文提出去了。论文里面的几个统计表都是成于苔莉之手。看见她在热烈地希望自己的成名,克欧几次快要流泪了——感极流泪了。

——像这样区区的报酬不应再吝而不给她了。对社会承认她是自己的妻吧。

只因一个偏见——苔莉万赶不上刘小姐的纯洁高雅的偏见终在他和她之间筑起了一重不易铲除的障碍。苔莉也觉得近来的克欧对她有点贰心了,也取了严密的监督的态度。

三月一日克欧把毕业文凭领出来了。他前星期就接到了由家里汇来的钱,准备在这几天内回乡里去一趟。他虽还没有和刘小姐结婚的决心,但他觉悟到此次回去是免不掉有此一举的。

"你在这几天内就要回乡下去,是不是?"苔莉接着他就忙着问这一句。

"想回去看看老父母。我二年多没有回去了。不过动身的日期还没有定。"

"你怎么不告知我?"她怨怼着说。

"我还没有十分决定，怎么告诉你呢？"

"早决定了吧，早通知你家里了吧。"她冷笑着说。

克欧禁不住双颊绯红的，他知道她又接到国淳的报告了。

"我只回去看一看，要不到一个月就回T市来的。"

"我也跟你去，跟你回N县看霞儿的爸爸去。他写了信来，要我趁这个机会同你一路回N县去。错过了这个机会，再难得第二次的机会了。"

"……"克欧只呆望着她，一句话都说不出来了。

"你那一天动身，要先告诉我，我也得预先清理清理行装。"

"你到N县去后不再回来T市了么？"克欧着急的问她。

"你呢？"苔莉笑着反问他。

"我不是说过了么？要不到一个月就回来T市的。"

"怕有人不放你回来吧。算了，各人走各人的路吧！为霞儿计，我还是回霞儿的爸爸那边去。到处都是一样的，没有真心为我……"苔莉说到这里说不下去了。两行清泪忍不住的流下来。

二十九

——自己是不能不回N县去一趟。她要跟了来，那么我的一切秘密要通给她知道了。万一她赌气的回到国淳那边去，那么我们俩的秘密又要给国淳知道了。克欧觉得这个问题真难解决，他惟有恨起苔莉来，他总觉得苔莉讨厌，故意和他为难。他想，刘小姐的婚约无论如何不能不回去敷衍敷衍。但让苔莉回到国淳那边去又觉得自己是受种侮辱。苔莉的身体虽经国淳之手曾有一次的堕落，但经自己的手净化之后无论如何再难把她让给他人，尤不能交回国淳！她把她和国淳间的秘密通告知我了。我俩间的秘密再能让她告知国淳么？

克欧想来想去，他发现他自己的意识的矛盾了。他很看不起自己，因为自己还是和国淳一样的对女性没有诚意的人。他深思了一回就想把自己践踏成粉碎。

苔莉近来的低气压拒绝了他向她的亲昵。每天看见她的忧郁可怜的态度又引起了他的同情和怜爱。他早就想清理行装，至少他总想把他的书籍整理，但在她的低气压之下，他全无勇气着手。

疏隔了几天的他和她都感着寂寞，都感着一种苦闷一到夜晚上感着加倍的寂寞和苦闷。在苔莉以为克欧总会来昵就她，向她求和。克欧也很想向她要求寂寞的安慰，但怕她的意外的拒绝伤害了自己的尊严，所以也不肯先向她开口。

他们俩间的低气压继续了一星期余。一天的早晨他起来时已经九点多钟了。苔兰背了霞儿上街买菜去了。他站在檐前望着，默默的替他端洗漱水出来的她的可怜的姿态，心里觉得万分对她不住。他很想向她笑一笑，但同时感着自己想向她笑一笑的动机是很可耻。为维持自己的尊严起见，忙忍着笑，只望了她一望。她给他一望忙低下头去。他觉得她的脸色更苍白了，双颊也瘦削了些。

"高先生那边有明信片来了。他说，近来到了很多新式的货样，K商店要我们去看。他要你星期日那天到他那边去。"

高先生也是克欧和国淳的一个同乡。在Y市小学校当教员。K商店是Y市顶有名的绸缎布匹店。高先生算是一个小小股东。国淳还在T市时他们一家的衣裳是由高先生介绍给K商店包办的。高先生也是个风流不拘的人，除了故乡的太太之外在Y市还秘密地蓄了一个姨太太。他和国淳是志同道合的朋友，所以他的秘密只有国淳和苔莉知道。现在克欧也知道了。

国淳还在T市时，高先生当然常过来玩，国淳回乡里去后，他更频繁地到苔莉家里来。据苔莉最初的推测，高先生是为悬想苔兰而来的，但到后来又觉得他对自己也怀有相当的奢望。聪明的苔莉决不至受高先生的蛊惑的。自克欧住在苔莉家里后，高先生就罕得到她那边来了。

"谢先生是不是想向小乔求婚？"有一次克欧上学去后，高先生跑了来笑着问苔莉。

"说起来有点像有这种意思。到后来托我替他作媒也说不定。"苔莉为自己避嫌疑起见不能不凑着高先生说起笑来。

"小乔方面的进行未成功之前，大乔先给他钓上手了就不得了。哈，哈，哈！"

给他这一笑，苔莉禁不住脸红起来。

"讨厌的高先生！我不要紧。但谢先生的名誉是要紧的。你这个人就喜欢瞎开口！"她笑恼着说。

"我说笑的，我说笑的。"高先生忙取消刚才说的话。

克欧和苔莉以为他们的秘密除了他俩之外是无人知道的。他俩并没有留意到他们间的关系比夫妻关系还要深刻了。他们俩当第三者的面前虽然不说一句话，但他们俩的似自然而非自然的态度是难逃第三者的冷静的观察。苔兰不必说，N街的人们都晓得她和克欧的丑关系了，高先生也略知道了他俩间的态度不寻常。

三十

克欧给苔莉这一问才想到她前两星期曾要求他伴她到Y市去做两套衣裙的事来了。

"你从前是一个人去过来的，你就一个人去吧。"

"……"苔莉低下头去，只一瞬间由她的一双眼眶里流出两行清泪来了。

克欧还没有得到苔莉的性的安慰之前，她常到Y市去，只抱着霞儿到Y市去，引起了克欧的嫉妒和猜疑。苔莉回来后他就半像说笑半像毒骂的说了许多苔莉听见难堪的，同时又会使她生出一种快感来的话。

他终于达到了目的了，她没有一晚不在他的怀抱中了。

"你现在相信我没有外遇了吧！"她媚笑着向他说。

"……"他只点了点首。

"我以后决不离开你了！决不离开你一个人到什么地方去了！"

克欧看见她流泪，就联想到她曾说过这句话来。他觉得此时候的苔莉顶可怜也顶可爱的了。他趁这个机会忙走近她把她搂抱住了。

到了星期日他终难拒绝她的要求，伴着她和霞儿到Y市来了。他们最先到高先生的家里来，打算在他家里吃了中饭后才到K商店去定制衣裙。

高先生很欢迎他们，不，他是专为欢迎苔莉才带他们到他家里来。始终向苔莉微笑着的高先生的态度引起了克欧的厌恶。他只坐了一刻，说要到一个朋友那边去一刻就回来。同时他觉得自己是很卑怯的，这种和苔莉疏远的表示完全是由卑怯的动机发生出来的。其实这种和苔莉疏远的表示也难打消高先生对他俩的猜疑，结果只叫苔莉受一二小时的痛苦罢了。但他知道高先生是在希望着他给他向她说话的机会。他很决意的走出来是因为对苔莉有深深的信用了。

——那个高胡子一定对她有不妥当的表示。但我深信苔莉定会拒绝他的一切要求的。不过我不该这样卑怯的不保护她。我是她的唯一的保护者了。我该快点向社会宣言对她负责。承认她是我的妻！克欧从高胡子的家里走出来后在街路上一面走，一面想，也觉得自己是世界中顶可怜顶无耻的人了。

——她最初的态度也太暧昧了。她若先向我提出条件——要我承认她为妻的条件——时，我或不至犯这种罪，但她始终是默默地不表示态度或希望。问她是不是感着性的寂寞，她就点头说有点儿。那么我可以安慰你么？她只说了"谢谢"两个字。我们就借了"恋爱"的招牌深深地陷落下去了。到后来不知谁安慰谁的性的寂寞，也不知道谁是谁的牺牲者了。一个人该为为自己牺牲的人牺牲一切！现在的问题是我该为她牺牲呢，还是她该为我牺牲？我们俩若就这样的无条件的分手，那就是她做了我的牺牲者了。自己也是在这样的希望。为自己的前程计，为自己的社会地位计，不能不牺牲她了。为避免社会的恶评计，为满足父母的希望计，更不能不牺牲她了。若把自己的像旭日初升的前途牺牲，丧失了社会上的地位，那就等于自杀！想来想去，得了一个结论就是牺牲她，否则自杀。

——父母只生我一个人，因为我求学，几年来花了不少的金钱，变卖了不少的产业了。父母在梦想，等我毕业后把这些产业恢复。不管他们老人的梦想如何，总不该叫他们老人失望，我若对社会承认她为妻时，我此生就难再回故里去了。那么老人们所受的打击就不仅失望，恐怕还要伤心而死吧。

——让她一路回N县去吧。让她回国淳那边去吧。功利主义者的克欧对苔莉虽不无恋恋，但为保持自己在社会上的声誉，为爱护自己的前程，也只好割爱了。

——那么你对她完全无爱了？不，我爱她，像爱我自己的生命一样的爱她。我之陷于不能不和她离开的运命，并不是我个人的缺陷，完全是社会的缺陷！社会上的诸现象都是矛盾的。自己的恋爱和事业不能并立，这就是一种矛盾了。

三十一

克欧和苔莉回到家里来时已灯火满街了。苔兰早把晚膳准备好了。霞儿在电车中就在母亲怀里睡着了，苔莉把女儿安置在床里睡好了后，就出来和他们一同吃饭。

苔兰听见姊姊们不久就要动身回N县去,像小孩子般之流了不少的眼泪。克欧很替她同情,又觉得无邪的苔兰可怜。克欧想,小小的一个和暖的家庭就这样的星散了,破坏这小家庭的责任完全该归自己负担。她们姊妹有此次的生离的悲痛也完全是自己造成的罪孽。

但是要结束的事情还是非结束不可,要分手的终非分手不可。只三两天工夫,苔莉把一切的行装收拾好了。苔兰一面流泪一面替她的姊姊和克欧清理衣服和书籍。苔莉也跟着她的妹妹流了几回泪。

"姊,以后霞儿号叫谢先生做爸爸么,不是回白姊丈那边去么?"

"姊姊的一身的事情,你莫再问吧。姊姊做的事是不足为法的。只望你以后要谨慎你的身体。不要随便听人家的话。"苔莉说了后,叹了一口气。

苔兰凝视着她的姊姊像无意识的点了一点头。

由T市回N县去要先到S港,由S港再搭轮船赴K埠,由K埠转搭小汽轮,一天工夫就可以回到N县。

克欧打听到五月二十日有轮船由S港开往K埠的,他和苔莉就决定于十九日的下午先乘火车赴S港,预定在S港歇一宵。

十九日的上午,他们把房子退回给房主人了。带不了的行李,剩下来的家具都由苔兰送回村里的母亲家里去了。下午在车站上时,苔莉的母亲跟着苔兰走来了。

"谢先生,莉儿母女一路多劳你招呼了!你见了我的女婿时就替我多问候他几句。莉儿初到你们乡里去,什么事都不知道,有什么不对的地方,要请他宽恕宽恕。"

克欧听见苔莉的母亲的嘱咐,脸上红了一阵又一阵。但他望望苔莉,她却在一边微笑着看看她的母亲又看自己。克欧给苔莉一看,觉得自己的双颊更加热得厉害。

"你老人家快点回去吧。你的女婿怎么样你管他许多！？不要你嘱咐，谢先生也会很亲切的看护我们的。霞儿的爸爸还赶不上他的亲切呢。"苔莉笑着催她的母亲回去。她说后再望着克欧嫣然一笑。

克欧恨恨的看了她一下，恨她太不客气了。他怕苔莉的母亲看出了他和她的秘密。

苔莉的母亲和苔兰望着他们乘的火车开动了，才洒了几滴眼泪回去。但苔莉像有个保护者站在她肩后，她一点儿不感到别离的悲伤。

"你怎么这样不谨慎的！给你的母亲晓得了我们的秘密时怎么了呢！？"

"你还想不给人知道么？"苔莉低下头去，她像对克欧的卑怯的态度很不满意的。

"但是，还是不给你母亲晓得的好。"他也觉得自己太无耻了。他也知道想秘密地向苔莉求性欲的满足而怕人知道是一种顶无耻的行为。

"迟早要给她晓得的。苔兰早晓得了，她不会告诉我的妈么？"她像很不快意的抱着霞儿把脸翻向车窗外了。

"苔兰晓得了？！她说了些什么话？"克欧像骇了一跳的惊呼起来。

苔莉看见他的这样惊惶失措的态度，觉得他很可笑又很可怜。她禁不住笑了。

"我告诉了她的。她有几次在夜里起来听见我还在你房里。她很不欢喜的来责问我。没有法子，我就一五一十的告知她了。我告知她，霞儿的爸爸是个靠不住的人，在乡里早有了三房四妾。我也告知她，你答应了我们替我和霞儿负责；一句话，你的姊姊已经改嫁了——事实上改嫁了谢先生了。"

苔莉说了这一篇话，吓得克欧两个眼睛直视着她，只张开口说不出话来。

"这样的说了不可以？这样的说不会错吧！"她睁着她的大眼很正经的问他。

克欧像没有听见她的话了，他只听见下面的轰轰的轮音。铁道两旁的电柱和林木一阵一阵的向后面飞。克欧觉得此次的旅行像没有目的地般的，他有点担心了，他觉得自己太不顾前后了。若真的回N县去，怎么可以让她跟了来呢？现在到什么地方去好呢？

三十二

他们在S港车站由火车里走出来时已经响六点钟了。车站外丝丝地下起微雨来了。车站前的人力车都给先下车的人叫了去了。苔莉抱着霞儿，克欧提着两个随身皮箧，慢慢的由月台上走下来是一条地下隧道，在这隧道中走了五分多钟才走到车站门首来了。

车站口没有一辆人力车了。克欧把行李放在苔莉的跟前，自己冒着雨出去叫车子。

"对不起你了。"苔莉在他的后面说。她觉得自己还有相当的"力"支配他呢，脸上泛出一种得意的微笑。但她看见他的背影，在雨中揩着汗走的背影表现出无限的风尘的疲劳，她又觉得他也是个可怜人。他到底为谁辛苦呢？他虽然是个罪人，但他是无意识犯罪的。他现在是在赎罪中的羔羊了。一切罪恶的根源还是在我身上。害了Antony的当然是Cleopatra了。

——我要安慰他才对。不该再怼怨他，胁迫他了。克欧，我虽然对你不住，但我诚心的爱你，这一点总可以得你的原谅吧。你为我的苦劳，我一切都知道。我们的关系作算是种罪恶时，这罪恶也该归我负责而不在你！不过你现在是我的生命了，我再不能离开你而存在了！你像厌倦了我，论理我当让你自由，让你这个无邪的羔羊恢复自由。

他们赶到海岸的一家旅馆里来了。进了旅馆后雨越下得厉害了。

茶房带他们到楼上看了一间小房子,只有一张床铺的小房子。

"你就在这里歇一晚吧!"苔莉说了后才留意到立在他们旁边的茶房,很机巧的再添上一句,"你就到外面朋友家里去也省不到多少钱。"

"太太说的话不错。房钱是一样的,不过省几角钱饭餐钱罢了。"

"谁说要省钱呢!"克欧着急的说,"我们怎么好同一间房子呢!"克欧早就向苔莉说过了,到了S港——住有许多友人的S港——他无论如何不能同住在一家旅馆里。

"到了这个地方,到了此刻时候,你还这样的没有勇气!"苔莉说了后低下头去叹了一口气。

在克欧意料之中的苔莉的讥刺,他像没有听见。茶房像有点晓得他们间的暧昧。

"这里一连三间房子都空着的。那一间有两张床。这两间都是一张床的。你们慢慢地看了后再决定吧。"茶房说了后微笑着下楼去了。

"克欧,你就在这里歇一晚吧。多开一间房子也使得。你一离开我就寂寞得难挨。尤其是在旅途中的客舍里的晚上,你也忍心放我一个人抱一个小孩子在这里么?作算有友人来看我们,我们各住一间房子,他们也不至于说什么话吧。"

他们俩争执了一会,但到了S港的克欧始终不能容忍苔莉的要求。外面的雨也晴了,他在这旅馆的小房子里和她同吃了晚饭后就走出来,说到朋友家里去歇一宵,明朝再来凑她们一同到轮船码头去。

苔莉流了几滴眼泪望着他出去。

克欧也很想和苔莉同住在一个旅馆里,因为旅馆的设备,尤其是铜床和浴室不住地向他诱惑,引起了他不少的兴奋。

——不,不,这万万做不得!住在S港的朋友们早晓得我今天会到S

港来。我也答应了他们一到S港就去看他们的,作算我不去看他们,他们终会找到来的。我和她的不自然的态度给他们看出了时……克欧像窃了食的小孩子还在拼命的拭嘴唇。

他走到街路口上来了,待要转弯时,他停了足翻过头来望望旅馆的楼上。他看见苔莉抱着霞儿靠着扶栏在望他走。霞儿看见他停了足便不住地"欧叔父,欧叔父"的叫起来。她的泪眼,她的苍白的脸,她的意气消沉的姿态,都能使他的心房隐隐地作痛。听见霞儿叫"欧叔父"的无邪的清脆的声音,更引起了他的无限的哀伤,他快要掉下泪来了。

他不忍再望她们,也不忍再听霞儿的呼声,他急急地转了弯。看不见她们母女——像在沙漠中迷失了道路的母羊和小羔——了,但小羔羊的悲啼还不住地荡进他的耳鼓里来,可怜的母羊的忧郁的姿态也还很明了地幻现在他的眼前。

三十三

——她的一生的幸福全操在自己的掌中了。她也像信仰上帝般的把她的一身付托我了。我不该使她陷于绝望,不该对她做个Betrayer!我们可以离开N县,离开T省,离开祖国,把我们的天地扩大,到没有人知道我们的来历,没有人非难我们的结合,没有人妨害我们的恋爱的地方去!什么是爱乡!什么是爱国!什么是立身成名!什么是战死沙场!什么是马革裹尸!都是一片空话——听了令人肉麻的空话!结局于想利用这些空话来升官发财罢了!我还是抛弃这些梦想吧!我还是回到我们固有的满植着恋爱之花的园中去和她赤裸裸地臂揽着臂跳舞吧!再不要说那些爱乡爱国,显亲扬名的肉麻的空话了!再不要对社会作伪了!还是恢复我的真面目吧!恢复我的人类原有的纯朴的状态吧!苔莉,苔莉!我真心的爱你!我诚恳的爱你!我盲目的爱你!除了你在这世界里我实在再无可爱的人！再无可以把我的灵魂相托的人！但是不知为什么缘故，我总不能伸张我的主张，不能表示出我的最内部的意思。苔莉，这完全是我们所处的社会的缺陷。望你原谅我的苦衷，也容恕我的罪过吧！"

克欧先到S港中学校去找从前的紫苏社的同志，有四个同志——其中有会过面的，有没有会过面的——都在这间中学校任课。伪善的克欧想到这中学校来寄宿一宵，表示他和她的友情是很纯洁的。

石仲兰，曾少筠，钱可通，刘宗金都是从前共组织紫苏社时的同志。但严格说起来，石仲兰和曾少筠才算是纯粹的紫苏社的社友。钱可通和刘宗金两人虽曾在紫苏社的刊物上发表过几篇文字，但后来领了一个政客团体N社的津贴，跑到N社去研究升官发财的方法了。他们四个人前前后后都到S港中学来各占了一个教席。

克欧走到中学校时只找着一个曾少筠。其他三个吃过晚饭后都出去了。

"你来了么？密司杜呢？"少筠接着他就问苔莉，因为她在紫苏社出入时和少筠认识了的。

"她在×旅馆里。我今晚上要在你这里借宿一晚了。"

"不是和她一同住旅馆么？"少筠用怀疑的眼睛望了望克欧。

"你说些什么！"克欧猜不着少筠是正经的问他还是在讥刺他，免不得双颊发热起来。

"你看做过贼的人总是心虚的！你在T市可以住在她家里，现在到S港来同住一家旅馆有什么不可以呢？"少筠笑着说。

"你不要再瞎说了！我们到什么地方逛逛去吧。"

"到什么地方去呢？"

"到××书店去好不好？"××书店是替他们出版文艺书籍和杂志的。克欧想去看看自己近作的一篇长篇小说印出来了没有。

"你再坐一会吧。他们快要回来的，等他们回来一路去。"

克欧听见钱刘两个就头痛，但既到了这里来又不能不会会他们。他真的等了一会后，石仲兰和刘宗金回来了，只有钱可通一人没有回。他们说他到N社去了，今晚上怕不得回来。

天上的黑云渐渐的散开了，像有点月色，不至十分黑暗。他们共叫了一辆马车赶到××书店来。吝啬的店主人看见不常来的克欧来了，不能不在一家馆子里开了一个招待会。

书店里边有两三个年轻的伙伴喜欢读他们的作品的。他们在馆子里吃了饭后都赞成到×旅馆去看《家庭的暴君》的作者。顶热心赞成的还是书店里的年轻的伙伴。因为是个女作家，他们尤热心的希望着去会会。克欧本想阻止他们，但恐怕更引起了他们的猜疑，终于默杀下去了。

三十四

夜愈深，天气愈清朗起来。书店的主人改雇了一辆宽大的汽车后他们到×旅馆去。

"夜深了，我们明天去看她吧，"石仲兰苦笑着提出抗议来。克欧想，老石真的是我的知己了，同志们中我所敬畏的也只他一个人。我想说的话，现在他都替我说了，恐怕是他知道我想说，不便说出来，所以代我说了的吧。

"不，不行，不行，今晚上就闹到天亮也不要紧！"书店的年轻伙伴K在高声的反对石仲兰的提议。

"《飘零》里面的女主人公是不是杜女士？那部长篇小说顶销行，只一年多——还没到一年的工夫，已经五版了。"另一个书店员C笑着问克欧。

《飘零》是写一个女作家，也是个未亡人，她对一个青年美术家生了恋爱。可是那个青年美术家对她若即若离，不甚属意于她。至女作家方面则误认青年对她的同情为恋爱。后来出她的意外，听见那个青年和一很纯洁的处女订了婚，便跑到青年的宿舍里去，要求他对他的未婚妻宣告废约。但青年不能容许她的要求，她就当青年的面前服毒。青年待要夺取她手中的毒药时，已来不及了。这个可怜的女作家就在一家小病院里受着青年的温爱的看护，很乐意地微笑着死了，她对青年说，她的目的已经达到了，她所希望的就是她临死时，青年能够看着她死。这个女作家死了后，青年大受感动，若有所悟般的向他的未婚妻取消婚约。自己就往外国漫游，"不知所终"了。

克欧想，不错，这是自己在南洋旅途中思念苔莉时的创作，以苔莉为女作家，以自己为美术家的青年，并将对苔莉及自己的直感延长下去写成的。本来算不得是篇杰作，但在对文学的批评的眼光还不甚高明的女学生群中是很受欢迎的。他给C店员这一问倒不好意思起来了，他对C惟有苦笑。

"恐怕克欧对苔莉的关系不止那个美术青年对女作家的关系吧。"刘宗金无忌惮地插嘴说。

"瞎说，我和她是亲戚，你们该知道吧。"

"到了那时候还论什么亲戚不亲戚。"刘宗金始终不信克欧和苔莉间能保有纯洁的关系。

"你在T市也常到××街去玩么？"少筠问克欧。克欧摇了摇头。

"那么你一个人在T市两年多能守你的独身主义倒是个疑问。"刘宗金更紧迫着说。

"莫说那些无聊的话了！"石仲兰微微地苦笑了一下后说。

——老石并不帮我说句把话，不替我辩护。看他也有点怀疑我般的——不，不是怀疑，他直觉着我是个罪人了吧！好友，你该摒弃我，和我绝交的。我实在再没有资格做你的朋友了。按理我不应来看你，不应以犯罪之身来见你。掩着自己的罪，装着平常人般的来看你，那我又加犯一重的欺诈罪了！何况这次回去还想以犯罪之身去欺骗慈爱的双亲，骗娶纯洁的处女！我犯的罪多么重大哟！克欧在汽车中恰恰和石仲兰正对面的坐着，他回想了一会，热着脸低下头去，不敢看石仲兰。幸得汽车里黑暗，没有人留意到他的脸红。

汽车停在×旅馆门前了，吓得旅馆的茶房们都跑出来，他们以为有什么贵客或富人来留宿的。等到他们看见了日间来过的克欧也从汽车里走出来，他们又很失望的退了下去。

三十五

幸得霞儿早睡了，他们怕嘈醒了她，在一间小房子里挤了一会挤得不耐烦就回去了。但在这短短的时间中刘宗金还是用侦察的态度对克欧和苔莉。

"你这次回国淳那边去么？不再出来T市了么？"刘宗金看见了她就很关心的先问了这一句。他是全知道国淳在N县已经有一妻一妾的了，他曾向她示意过三两次，不过都给她拒绝了。他知道她的心完全趋向克欧方面去了，所以对克欧怀了一种嫉妒。他很想发见克欧和她的秘密，并且将这种秘密的证据提给社会。

克欧很担心苔莉说话之间不留神的露出破绽来，他只能像囚徒般默默地坐一隅待刑的宣告。

"我？我回N县做女傧相去。"苔莉哈哈的笑起来。

"谁结婚么？"

"还有谁？是他请求我回去看他们成婚的。"苔莉指着克欧对他们说。"他不管人喜欢听不喜欢听，他只管向着我说了许多新婚的梦话。

他真是个利己主义者。"

刘宗金听见苔莉知道克欧和刘小姐的婚约,很失望的不能再说什么话了。

"你要留神些。恐怕是国淳托他把你骗回N县去的吧。"石仲兰再添上了这一句,在座的几个来客都大大的失望,态度也比来的时候庄重了许多。因为他们知道了他们预先默认的完全和事实相反了。他们觉得不单对不起苔莉,也觉得对不起克欧了。

第二天的十点钟他们所搭乘的轮船号由S港展轮驶向K埠去。

在海上,他们又恢复了埃田乐园中的欢娱状态了,由S港至K埠的轮船须在海上走三昼夜。他们在轮船的二等客室中共占了一个舱房。他们在船上和在T市K街的家里时一样的自由了,他们在轮船里对搭客们都自认为夫妇,因为不自认为夫妇反会引起他们多方的注视与怀疑。

苔莉抱着霞儿走出甲板上来望海,克欧和苔莉并肩的凭着船栏眺望。他比苔莉对海的经验深些,关于海的智识也博些,他指着海面的现象——为她说明。这时候在舱面的搭客们都很艳羡这一对年轻的夫妻,视线也齐集到他俩身上,苔莉不时翻过脸来看他们。她觉着他们的注视时也有点难为情,但同时又感着一种矜高——她在这轮船里算是个女王了,除了一等客室里的一个金发蓝睛的西方美人比她年轻之外。

克欧像预知道距N县愈近,他接近苔莉的时间也愈短缩。对她的爱恋陡然的增加了起来。除了到餐房里吃饭和饭后出甲板上眺望外,其余的时间都相拥着守在舱房里。他们俩唯恐这样短缩的宝贵的时间空过了,他们的欢会的时间也就无节制起来。

幸得这几天来海风不大,海面没有意外的波动。

第二天的晚上,苔莉看着霞儿睡下去了后循例的走到克欧坐着的沙发椅上来和他并坐下去。

她每次受克欧的无节制的要求,就感着肉的痛苦。但她又不能一刻离开他，也不敢对他有一次的拒绝；这许是她的偏见，她以为不抱持这样的忍从主义就不能维系他的心。

"我想睡了，你怎么样？"苔莉打了一个呵欠，把头枕到他的肩上来。但克欧只顾翻读旧报纸，并不理她。

"今晚上算了吧。可以？我先睡了。"苔莉微笑着站起来解衣裙。克欧此刻仰起头来痴望她了。

"不要望着我，请你背过脸去。"她斜睨着克欧作媚笑。

"……"他只微笑着看她，不说话。

"你这个人总是这样讨厌的！"她自己背向那边去了。

轮船轻轻地在荡动，她只手攀着榻沿，只手把黑文华绉裙解下来了。湖水色的长丝袜套上至膝部了，桃色的短裤遮不住腿的整部。白质蓝花条的竹布衬衣也短得掩不住裤腰。跟着轮机的震动，衬衣的衣角不住地在电光中颤动。克欧看得出神了。他再细望她的脸部，薄薄地给一重白粉笼着的脸儿在电光下反映出一种红晕。

"令人真个销魂！"克欧从沙发椅上跳起来。

"讨厌的！不怕吓死人的！"她一面翻过脸来笑骂他，一面在除袜子。

"你说什么？"

"我唱赞美歌，赞美你的美！"

"赶不上刘小姐吧。"她失笑了。

"几点钟了？"他听见她提及刘小姐便左顾而言它的。

"不早了吧。船钟才响了五响，几点？"

"那么十点半了。睡吧！"他凑近她。

"睡吧！"她低下头去，但只手加在他的肩上了。

三十六

航海中整三天三晚的欢娱匆匆地过去了。五月二十三日的拂晓轮船进了K埠的港口。他们俩站在圆形的铁窗口眺望岸上的风景。

"我竟不知道K埠是那么美丽的一个市场！那边恐怕是市外的公园吧。门首植的一丛丛的苏钱，果然是亚热带的风景。"她不住地欢呼。

顶闹热的海岸街道像电影画一样的移动到他们眼前来了。高低一律的西式建筑物不住的蠕动，海岸马路上有无数的走来走去的行人和几辆飞来飞去的电车。完全是一幕电影画。

"真好看！"她无意识的说了。

"真好看！"霞儿也拍掌笑着学她的母亲的口吻，引得他们俩都笑了。

"那一个人有点像国淳！"克欧指着穿夏布长褂子的男人对苔莉说。

"哪里？"她像骇了一跳，惊呼着问他。但她马上恢复了她的镇静的态度，因为她当他是说来试她的心的。

"你看那个不像霞儿的爸爸么？"

"在哪里？"她跟着他所指示的方向伸首凑近窗口向外望。

"那边不是站着一个戴竹笠的，手拿木棍的巡捕么？看见了么？"

苔莉点了点头。

"在那个巡捕的那一边走着的，现在走过去了，你看！"

船身像快要靠拢岸壁了，突然的向后一退，那个巡捕和像国淳的人都看不见了。

"不是他吧！"她翻过来向着他苦笑。

"他知道我们回来怕要出来K埠迎接我们。"

"他怎么知道我们在哪一天到K埠呢？"

"啊！我忘记告诉你了，我动身时打了一个电报给他，把我们搭的轮船名都通知他了。"他说了后脸红红的痴望着她——脸色急变苍白，神气也急转严厉的她。他自己也默认不告诉她而打电报给国淳，叫他出来K埠接她们母女的行为是欺骗，断定此种行为的动机也是很卑怯无耻的。他的用心又安能逃出她的犀利的推测！

"你这个人！真的……"她没有把话说下去，两行泪珠扑扑簌簌地掉下来了。

"表兄写信来要我这样做，我有什么法子呢？"他只能把这句话来搪塞。

"算了，算了！我知道了就是了！你已经把你的心剖开来给我看了！"她收了眼泪翻向那边去不再理他了。

轮船像停住了，觉不着船身的微震了。一群旅馆的伙伴们叫嚣着跑进来，把霞儿惊哭起来。

"有到××栈的没有！"

"有到××酒店的没有！"

克欧和她的舱房门还紧闭着，在舱门首走过去的旅馆的伙伴都敲一敲他们的房门。

克欧也担心国淳走进来看见他们同占有一个舱房并且在白昼里也还紧闭着有点不方便，他把门开了，走出来站在房门首。他在黑压压的一群人中没有发现像国淳的人。一个个的旅馆的招待在他面前走过时就循例的问"先生，到××酒店么？""先生，到××栈么？"但他只摇摇头。这些伙伴们虽经他的拒绝，但走过去时还要向房里面张望。看见苔莉时就略停住足瞻仰一瞻仰。克欧看见他们这样的失礼的状态，很着急起来，但也没有方法奈何他们。

克欧等了一会不见国淳来，他默默地叹了一口气，他觉得这个重赘的担子一时还卸不下。他不是不知道自己的计划很卑怯很可耻，但受着社会的重压不能不这样做。他在T市时就预定未抵K埠之前只管和她寻几天的欢娱，一到K埠接着国淳时就交回给国淳，自己急急的躲开，和她诀别吧。思念到这种对不起苔莉的计划，不自然的染有多量血泪的分手，克欧也未尝不觉得心痛。但所处的社会如此，他始终不承认是他一个人有罪。自己和苔莉会陷于这样的不可收拾的状态，国淳也该分担点责任吧。总之自己和苔莉的亲昵，罪不在她，也不在我，是一种不可抗的力使然的！

克欧想，国淳不来，我们只好再在K埠同住几天旅馆了。他同时也觉得自己的心还受着她的吸引，他到了K埠，觉得她的肉的香愈强烈地向他诱惑。

"无论如何，我还没有离开她的可能！"

他最后叫了有名的T酒店的伙伴来，决意进T酒店。他要那个伙伴即刻把他们的行李搬上去。

"先生，让我去叫几个伙计来替你搬行李。你把这张招贴拿着。"

"你呢？"

"我要到前头那一舱去看还有客没有。"

三十七

克欧在T酒店开了两间面海相邻的楼房。到了K埠，他主张和她各住一间小房子。苔莉本来就反对，但她想不出什么口实来要求他同一个房间住。

"我一个人有点害怕。"她在晚间只能这样的向克欧乞怜。但克欧只向她笑一笑。她看见他的冷淡的微笑，心里很不舒服，终于流下泪来。

"事实上还不是同一间房子么？多开一间房子是怕有认识我们的人来看我们时方便些。"

他们抵K埠后就打了一个电报给国淳，要他出来K埠接苔莉母女。过了两天，他们接到国淳由N县寄来一张明信片，说他一时因事不能来K埠，望克欧即刻动身带她们到N市来。克欧接到这张明信片时，有点气不过，他觉得国淳像故意和他作难般的。苔莉却希望着能够和克欧在繁华的K市多欢娱几天。但她心里也有点不满，恨国淳对她们母女太无诚意。

克欧就想当晚动身，但苔莉执意不肯，她说国淳既然这样的无诚意，我们索性在这里多耍三两天吧。

"你见霞儿的爸爸信也不写一封！你这样辛辛苦苦的把我们带了回来，在明信片里也该说句感谢的话才对。由T市到这里我们真累了你不少！"

"……"克欧听见她的话，禁不住脸红起来。他觉得她的话句句都有刺般的。他只有苦笑。

相邻的一间比较宽的，有两张寝床的房子空下来了，他俩就索性搬进去，共一个房子住了。由N城来K埠的小轮船是在夜晚上十二点至一点之间抵岸的，前两晚上他们都担心国淳由N城赶到了，不敢尽情的欢娱。每晚上要等到响了一点钟后克欧才走进苔莉的房里来。

"真不自由极了！我看你很可怜！"苔莉笑着把他的头搂到胸前来，他一面嗅着她的肉香一面暗暗地羞愧。他想从今天起就和她断绝关系吧——斩钉截铁地和她断绝关系吧。但志气薄弱的他觉得终难离开她。至不能离开她的理由他自己也莫明其妙。有点似爱，也有点似欲。

接得国淳不来K埠的明信片后，那晚上他们共住一间房子了，也不像前两晚上般的不自由了。

到了K埠的克欧精神和体力都同程度的疲倦极了，尤其是才离开苔莉的拥抱他便感着一种可唾弃可诅咒的疲倦。他觉得睡在自己身旁的苔莉万分的讨厌。她不管克欧的疲劳，看见他奄奄欲毙的态度，只当他是厌倦她了，她愈凑近他。快近六月的南国的气候已经很郁热的了，他觉得她的肌肤会灼人般的。

　　"你也回到你床上去歇息吧，我要睡了。"他催她快离开他。

　　"你们男人都是这样不客气的。自己的目的达了后就不要人了的。回到N县去时，怕少说话的机会了，我们趁这个机会多说点话吧。"她苦笑着说了后忽然流下泪来。

　　"想睡的时候哪里能谈话呢？"他像不留意她的哭了，因为她近来哭得太寻常了。他知道她是患了歇斯底里症。

　　"日间睡了大半天，此刻还想睡么？你莫非是有病？"她伸过手去攀他的肩膀要他翻身过来向着她。

　　"日间不该睡的。日间睡了，夜间愈想睡。"他闭着眼睛答应她。他也觉得她可怜，翻过来机械的拥抱着她。

　　"你的意思怎么样？快到N城了。"她低声的问他。

　　"你呢？"他没有气力般的敷衍着反问她。

　　"你还问我？我想向霞儿的爸爸要点生活费就回T市去。也望你……"她红着脸不说下去了。

　　"我随后也要回T市去的。我要在T市的银行里实习。"

　　"不能一路回去么？"

　　"你想我好再跟你回T市去么？"

　　她点了点头后：

　　"那你以后要什么时候才回来T市？靠得住？"她摸着他的胸口撒娇般的问。

　　克欧看见她的娇态，觉得自己的确没有离开她的能力与勇气了。灼热着的她的身体再次的引起了他的兴奋。

"你还是歇息一会吧。我看你的身体不如从前了，也瘦了许多。"她摸他胸侧的历历可数的肋骨。

半年间以上的无节制的性的生活把克欧耗磨得像僵尸般的奄奄一息了，他也知道自己的身体崩坏了。每走快几步或爬登一个扶梯后就喘气喘得厉害，多费了点精神或躺着多读几页书就觉得背部和双颊微微地发热。腰部差不多每天都隐隐地作痛。他觉得一身的骨骼像松解了般的。但他觉得近来每接触着她，比从前更强度的兴奋起来。他想这是痨疾初期的特征吧。

三十八

苔莉去了后，克欧很疲倦的昏沉沉地睡下去了。他也不知睡了多久，他像听见表兄国淳说话的声音，忙坐起来。他感着背部异常的冰冷，伸手去摸一摸时衬衣湿透了大半部。他再伸手去摸自己的背部，满背都涂着有粘性的汗。他望望对面的床上，苔莉脸色苍白得像死人般的浴在白色电光下睡着了。

哪里有国淳？完全是自己疑神疑鬼的。他在床上坐了一忽，觉得房里异常的郁热，头脑像快要碎裂般的痛起来。他轻轻地起来下了床，取了一件干净衬衣换上，跑出骑楼上来乘凉。他望见满海面的灯火，又听见汽笛声东呼西应的。骑楼下的马路上往来的行人比日间稀少得多了，但还有电车——没有几个搭客的电车疾驶过来，也疾驶过去，夜深了的电车的轮音更轰震得厉害。

克欧在骑楼的扶栏前坐了一会，精神稍为清醒了些。他翻转身来一看，骑楼的那一隅有一个小茶房迎着海风坐在一张藤椅上打瞌睡。他是轮值着伺候附近几间房子的客人的。

"茶房！"克欧把小茶房惊醒来。

"什么事？"小茶房忙睁开他的倦眼。他老不高兴的，站也不站起来。

"由N城来的小轮船到了没有？"

"没有到吧。"小茶房不得要领的回答克欧。

克欧望一望里面厅壁上的挂钟，还没到十二点钟。

第二天晚上克欧要求苔莉搭小轮船到N城去。但苔莉有点不情愿。

"霞儿的爸爸既然这样的没有责任心，我们也索性在这里多乐几天吧。"

克欧想自己是站在地狱门前的人了，还有什么欢乐呢。所谓两人的欢娱也不过一种消愁的和酒一样的兴奋剂罢了。但他不敢在她面前说出来。

"我们没有什么理由在这K埠勾留了。久住在这里要引起他们的怀疑。"

"他们是谁？"她直觉着克欧所担心的不止国淳一个人。

克欧只有苦笑，不再说什么话。他感着自己的身心都异常的疲倦。今天的天气凉快些，但他的背部还微微地发腻汗。

——像我这个堕落了的病夫还有资格和纯洁的处女结婚吗？不要再害人了吧。克欧回忆自己的过去生活并追想到自己的将来，他觉得自己是前程绝望了的人！害了苔莉，不该再害刘小姐了。他思及自己的罪过，险些在苔莉面前流泪了。

"你还是想快点回到N城去见未婚妻吧！"苔莉更进迫一步的嘲笑他。

"是的，我要回N城去看看。总之我不至于对你不住就好了。可以么？"他很坚决地说。

苔莉总敌不住克欧的执意，就当晚十点钟抱着霞儿和克欧搭乘了驶往N城的小轮船。

"真的只有这一晚了。"他们在这小轮船里也共租了一个小舱房。但他们终觉得痛苦多而欢娱少了。他们都预知道事后只有痛苦和空虚,但他们仍觉得机会——日见减少的机会空过了很可惜。

"怎么你总是这样不高兴的?"他拥着她时问她。

"恐怕是身体不健康的缘故。两三个月没有来了,那个东西!说有了小孩子,又不十分像有小孩子。霞儿还在胎里时就不是这个样子。"她说了后微微地叹了口气。

"你身体上还有什么征候没有?"

"困倦了时,腰部就酸痛起来。下腹部也有时隐隐地作痛,脐部以下。"

"不头痛么?"

"怎么你知道我头痛呢?"她仰起头来看着他微笑。"那真的不得了,痛起来时脑袋要碎裂般的!霞儿没有生下来时也常常头痛或头晕,不过没有近时这样的厉害。"她说后再频频地叹息。

"不是有了小孩子吧!"他像很担心般的。

"恐怕不是的。有了身孕时,你怎么样?很担心吧!"她笑着揶揄他。

"没有什么担心。不过……"

"不过什么?你们男人都是自私自利的。只图自己的享乐,对小孩子的生育和教养是一点不负责任的。"她再叹息,叹息了后继以流泪。

——她患了歇斯底里病,我也患了神经衰弱症及初期的痨病了。我们都为爱欲牺牲了健康。不健全的精神和身体的所有者在社会上再无感知人生乐趣的可能,一切现象都可以悲观。她想独占我的身心,我又想和刘小姐结婚;这都是溺在叫做"人生"的海中快要溺死的人的最后的挣扎罢了!

"你像患了妇人病。怕子宫部起了什么障碍吧。"

"……"苔莉只点点头。

小轮船溯江而上。夜深人静了，他们听见水流和船身相击的音响了。江风不时由窗口吹进来。克欧坐起来，睡在他旁边的她的鬓发不住地颤动。他把头伸出窗外去，望见前面的两面高山，江面愈狭了，水流之音愈高。顶上密密地敷着一重黑云。看不见一粒的星光，他叹了口气。

——像这样的黑暗就是我的前途的暗示吧。克欧感着万斛的哀愁，若不是站在苔莉面前，他要痛快地痛哭一回了。

三十九

第二天下午三点多钟，克欧回到N城来了。N城只有三两家很朴质的客栈。克欧找了一家顶清洁的R客栈把苔莉安顿下去。

"我叫茶房到表兄家里去了，叫他即刻来看你。我今天不能在这里陪你了。我今晚上再来看你吧。"

克欧的家离城有十多里，今天赶不回去了，他打算明天一早回去。

克欧由R客栈出来，觉得一别二年的N城的街道都变了样子。他最先到一家父亲来城时常常出入的商店搭了一个信，叫家里明天派一个人进城来迎他。

他再到几个朋友的住家去转了一转都没有找着。最后，虽然不好意思，他跑向商业学校来了。他是来会他的岳丈的，他明知他的行动前后相矛盾。——不单矛盾，完全是无意识。他想有这种种无意识的举动，才叫做人生吧。

"校长不在校，出去了。"号房这样的回答他。走得倦疲极了的他站在学校门首痴痴地站了一会。

"要会会其他的哪一位先生么？"号房只当他有什么困难的事情要向学校商量。

"不，不必了。"他丢了一张名刺给门房后又匆匆地走出来。他觉得没有地方可去了，他直向R客栈来。

在R客栈的后楼一间房子里，夹着一张圆桌和苔莉对坐着的不是别人，正是他的表兄国淳。国淳看见他，忙站起来说了许多客气话，向他道谢。

"到哪里去来？是不是看刘老先生去来？"国淳嘻嘻的笑着问他。

明知苔莉决不会把自己和她的秘密关系告诉国淳，但克欧近来的神经很锐敏，他猜疑苔莉至少把秘密的一部分漏给她的丈夫了。他只脸红红的微笑着答不出话来。

"啊！不得了！行李还没有点清楚就急急地出去了，说要看未婚妻去。"苔莉故意的讪笑他。

克欧又觉着自己的意思的矛盾了。他早想把苔莉母女交回国淳，自己好恢复原有的自由。但此刻看见苔莉和国淳很亲昵的在谈话，又禁不住起了一种嫉妒。

——国淳在这里，我是无权利亲近她的了。他感着一种悲哀，同时又感着一种绝望。他坐了一会。国淳对苔莉不会说话了。他想尽坐在这里监督着她反要引起国淳的猜疑。他忙站了起来。

"你们久别了，慢慢谈吧！我出去一会再来看你们。"克欧勉强的笑着说。

"你又到哪里去？还没有会着未婚妻么？"她也忍着眼泪问他。

"不到哪里去。到朋友店里去坐坐就来。"

"你要回来一块儿吃饭哟。"她知道他是因嫉妒走的，心里又喜欢又觉得过意不去。

"是的，克欧你今晚上就回来一同吃个晚餐吧。我叫账房特别的准备好了。"国淳赶着跟了克欧出来。

克欧听见国淳以主人自居——在苔莉房里以主人自居的口吻,更感着一种强烈的醋意,像受了莫大的耻辱,差不多要流泪了。

国淳送着克欧走下楼来。他当然是希望着克欧的回避,好让他和苔莉尽情的畅谈。但他拍着克欧的肩膀:

"你今晚上定要回来!我回去了后你要尽力的替我劝她一劝,劝她回我家里去。我家里的几个都很欢迎她,很可以共处的。"

克欧最觉惊异的就是他今晚上不想在这旅馆里留宿。

——他被她拒绝了吧。克欧感着一种快感,他觉得自己还是个胜利者。

——他莫非怀疑了我们吗。怎么托我劝她呢。他已经怀疑我有比他更大的力支配她了。他看出了她对我的怀想吧。托我劝她回他家里去就是暗示我拒绝她的爱的。克欧想到这一点又感着一种不安。

"你今晚上还是在这里另开一间客房吧。到别的地方寄宿多不方便。"国淳继续对他说。

他看见国淳此刻的诚恳的态度又觉得很对不起国淳了。偷了他的妻,还要嫉妒他,讨厌他,这不是强盗式的行为吗?他知道了苔莉没有露出一点破绽给国淳看,国淳对自己也没有半点怀疑的样子,他安心下去了。

——那么,还是劝她回他家里去的好,事情比较容易解决些。无责任的思想再在克欧的脑里重演出来。

"我想到商业学校去寄宿一晚,明天回家去。"

"太不方便了。你不怕人家的笑话?乡里人顽固得很的。"国淳苦笑着说,"你还是在这里歇一晚吧。望你今晚上尽情的劝她一劝。"

克欧看见国淳和苔莉对坐着说话后,顿觉得自己和苔莉相隔的距离有万里之遥,他想昵就她的情也愈迫切了。

四十

克欧在晚上的八点多钟才回到R客栈来，他走上楼上来时他们都围着一张小圆桌在谈话，国淳和苔莉外还来了两个客人。

"回来了，回来了！"国淳看见克欧先站起来说。那两位客人也站起来。只有苔莉怏怏不乐地坐着不动，她像很讨厌那两个客人。

克欧认得来客中的一个是他的岳丈，他忙嘻嘻地笑着上前去握手。由刘老先生的介绍，克欧知道还有一个比较年轻的客人是刘校长的堂弟，在商业学校里当会计的。克欧和他们周旋了一刻才坐下来。他偷望苔莉，她的脸色异常严肃的，抱着霞儿背过那一面去坐着，她像很讨厌他们，巴不得马上赶这两个客人出去。他们都不十分注意，只有克欧知道她的心事，他看见她的烦忧的样子，心里异常的难过。

"今晚上就搬到我那边去好吗？学校里清静些，也方便。"刘老先生虽然觉得自己的女婿比从前苍瘦难看了，但他只当是在暑期中经了长途的旅行的结果，不过一时的现象罢了。他不知道他的女婿早没有资格和他的纯洁的女儿结婚了。

"刘老先生！急什么？就住在这里，谁会和你争女婿呢？"国淳笑着说。苔莉也哧的笑了出来，她像很感激国淳替他说了这一句。

"哈，哈，哈！"刘老先生也笑了起来。

"嫂子明天会到学校里来吧。"那个当会计的像受了克欧的岳母的嘱托，特向刘老先生提了提，叫他约定克欧。

"明天尊大人一定出来的。内人也要出来的，她想会会你。明天她大概会带小女同来吧。现在是新时代了，不比从前了。从前未婚的夫妇是难得会面的。哈，哈，哈！"

"我们都准备好了。明天谢老先生来时，克欧就伴他到学校里来，大家一同吃个便饭吧。国淳，你伴你这位太太和小姐也一路过来。"那个当会计的也笑着说。

"谢谢。"国淳笑着点点头。苔莉把嘴唇一努翻向那边去，好像不愿意听那些话。不一刻，她抱着霞儿立起来回房里去了。

刘老先生和那个当会计的去了后是开晚饭的时候了。国淳像有特权般的跑进苔莉的房中催她出来吃饭。克欧等了好一会还不见他们出来。他描想到国淳向苔莉身上的摸索，因为国淳是有这种下流习性的，强烈的醋意再涌起来，他恨不得快把国淳撵出去，马上把苔莉抱过来。

——你明天是要和未婚妻会面的人！他对苔莉的赤热的欲望像浇了一盆冷水。

——管它呢！国淳把今晚的机会让给我了，只有今晚一晚上了！我还是拥抱她吧！无论如何不能放过她！克欧也暗暗地惊异自己何以会变成这样堕落的一个人，这样无良心的一个人！

他望见苔莉带着泪痕出来，国淳抱着霞儿跟在后面。

吃过了晚饭，国淳替克欧叫茶房开了一间小房间，请克欧进去歇息。他却跟着苔莉走进她的房里去了。

克欧本不情愿听他们在隔壁房里低声的私语，但又不情愿出去。他怕国淳对苔莉有意外的举动，他要守护着她。他在自己的小房子里躺在床上静静的窃听她房里的声息。国淳说话的声音很低，听不出他说些什么。

——他在向她要求吧。他当她经了长期的性的苦闷他一要求，定可发生效力的。他不知道她，比他在T市时，有更强烈的新鲜的性的满足呢，克欧想到这里又觉得好笑起来。

四十一

由八点钟等到十一点钟，国淳还不见离开这家客栈。克欧等得不耐烦了，他一个人在房里饱尝了又酸又辣的嫉妒的痛苦了。他忽然听见苔莉在隔壁房里叫起来。

"不行！不行！你今晚上快回去！你让我再深想一回，决定了主意后再答复你！你快松手！莫嘈醒了霞儿！"

克欧听见苔莉这样的向国淳拒绝，心里虽发生一种快感，但听见国淳对她竟无礼的动起手来，他的胸口像焚烧着般的，一阵悲酸和愤怒结合起来的怪力差不多逼他跑过隔壁房里去向国淳宣告决裂。但他——卑怯的他只一刻又忍了下去。

过了一忽，国淳脸色苍白他很失望地走出来站在克欧的房门首。

"我回去了。明天一早就来。请你多多劝她，劝她回我家里去同住。我从前虽骗了她，但以后决不会对不住她就好了。是不是？"

克欧只点点头。国淳垂着头向楼下去，克欧不能不送出来。他站在客栈门首看着国淳跳上人力车去了后才回到楼上来。他还不敢就走进苔莉房里去。怕国淳忘记了什么事物赶回来。但他早想和她亲近了，全身发热般的想和她接触了。他的胸口不住的悸动——像初和苔莉接近时一样的悸动。

快要响十二点了，他望着客栈的外门下了锁后他才走进苔莉房里来。她痴望着桌上的洋灯火在流泪。

"身体怎么样？"他坐近她。

"……"但她不理他。

他看见她不理他。忙把房门关上，过来和她亲近。

"你还是看你的未婚妻去吧！跑到我这里来做什么？"她拒绝他的

要求。

"你就变了心了！你还是喜欢他！他有了安定的生活！"克欧用这样的反攻的方法。他还没有说完，她的身体早倒在他的怀里了。她伏在他的胸前啜泣。

"他走了后，你怎么半天不到我房里来！？克欧，你还忍心磨灭我吗？我们快点打定主意才好。"

他们俩再次的经验了可咒诅的疲倦后，都觉自己的这种享乐完全和自杀没有区别。

但他还紧迫着她，要她把国淳对她的举动说出来增助他的快感。

"提他的事干什么？说起来令人讨厌！"

"你快说出来！两三个钟头没有声息，你们不知做了些什么事！"

"啊呀！恶人先控诉起来了！"她微笑着说。

她被迫不过，到后来她告知他国淳乘她没有防备，把她搂抱在膝上坐了一刻，并且伸手过来……"

"你怎样让他抱呢？"他恨恨地在她的背部捶了一拳。

"啊哟！"她只发了这样的一个感叹词后拼命的攒向他的怀里来。

他继续着在她背上捶了两三拳，他的拳像捶在橡胶制的人儿身上般的，她不再呼痛了。

"你尽捶吧！捶到你的气愤平复！"她说了后又泫然地流出泪来。

霞儿给他们惊醒了，狂哭起来。

四十二

第二天起来，克欧的头脑像要破碎般的痛得厉害，因为他昨夜整晚上没有睡。

——我不单是个罪人，也是个狂人了！我也是个没有灵魂了的人！

我的体内的血液早干涸了，我周身的神经也早枯萎了，无论在精神上，体力上，道德上，社交上我都失了我的存在了！健全的事业是蓄于健全的身体中的。像我这样半身不遂的人又还有什么事业可言。大概我在这世界上的生存时期也不久了吧。我不该留在人间再害别人，再害社会！我当早谋自决的方法！

——父母，我该回去见一见！未婚妻也去会一会吧！她看见只剩下一副残骸的我，一定大失所望吧。好的，还是希望她对我失望的好，免得日后害她伤心。

——苔莉近来也受着病魔的压迫，很痛苦的样子。我就把我的计划告诉她吧。她一定赞成的。我们前途再没有幸福可言了。就连那一种可耻的娱乐也达了最后期了，我们所感得的惟有病苦和疲倦——可咒诅的病苦和疲倦！

——她对霞儿尚有点留恋吧。她还比我强些，她万一不听从我的主张时又怎么样呢？不，她一定跟着我来的。但我的计划要早点告知她。让她多和国淳见面，思念到霞儿的将来，恐怕她要在他的面前屈服也说不定。还是早一点要求她一同取自决的方法吧。

克欧一个人坐在自己的小房里胡乱的思索了一会，觉得脑部愈痛得利害。房子像在不住地震动。身体也比平时加倍的疲倦。

——我的健康没有恢复的希望了！慢说今后的事业，就连一天三顿的饭我都像没有勇气吃了。

苔莉循例的冲了一盅牛乳端过来。他待伸出手来接那盅牛乳，还没有接到手里，他的手就先颤动起来。牛乳盅拿到手里后愈颤动得厉害。

"我起来时也是一样的手颤动得厉害。喝了牛乳后精神安静了些。不知道为什么缘故这两天我的心总是乱得很。"

"苔莉，我们是在健康上已经绝望了的人！"他说了这一句后也细细的把自己的病状告知她。随后又把自己的计划说出来征求她的同意。

苔莉听见克欧的最后的计划，一时答不出话来。她像怀疑克欧是说出来试探她的，又像怀疑克欧已经变成个疯人了。

"我们不是定要照我们的最后计划做的。我们先到南洋群岛去。假使我们的健康有恢复的希望，我们就在海外另创一个世界吧。"克欧看见苔莉迟疑，再加了这一段的说明。

"霞儿可以同去么？"苔莉问他。

"为霞儿的将来幸福计，还是交回她的爸爸的好。跟了我们来，怕不是她的幸福。"

他们俩讨论了一回，苔莉大概答应了。她只商量把霞儿交托国淳的方法了。

克欧坐着说了好些话，他的腰部又酸痛起来了，他再向床里躺下来。他躺下来后就轻微的咳嗽起来。

——我的痨病大概是成了事实的了。

四十三

那天下午四点克欧和他的父亲回到旅馆里来。父亲在旅馆里坐了一刻，约他明天上午一同回家去，他老人家就到一个友人的店里去歇息了。

克欧会见了未婚妻后愈加伤感。

——自己的幸福完全由自己一手破坏了！像这样纯洁的美人儿，自己是万无资格消受了的。她的纯雅的特征决不能由苔莉身上发见出来。苔莉虽然美，但她是一种艳美，赶不上刘小姐的清丽。刘小姐，我是无资格和你结婚的人了，我坐在你面前，只有自惭形秽。我去了后，望你得一个理想的配偶者——一个童贞的，终身诚诚恳恳爱护你的人！我死了之后也这样的替你祷祝的。

他在那晚上他把自己的书籍，原稿及毕业文凭都取出来付之一炬。他临烧的时候只手拿着文凭，只手指着它骂：

"你这张废纸害人不浅！因为有你这一类的废纸牺牲了不少的有为的青年！好的青年因为你牺牲了不少的精神，机械的在做死工夫！不好的青年也因为你干出了不少的卑鄙的事来！我也因为你这张废纸受了几年苦，结局还是虚空！我今不要你了！"

他和苔莉把这些东西慢慢地焚烧了后已经近十二点钟了。那晚上她到他房里来了，他们已陷于自暴自弃的状态了。他像循着周期律般的到了每晚上十二点钟就有一度兴奋，有了痨病的症候以后更难节制的兴奋。到了第二天早上克欧周身微微地发热。他吐出来的痰里面混有许多麻粒大的血点和血丝。他这时候对这几口血痰惟有微笑。

到了八点多钟，他的父亲很高兴的来了。他一到来就说轿子雇好了，要克欧收拾行李即刻动身。

克欧不忍叫父亲失望，他勉强的支撑着病体起来。

"我的行李早捡好了。这么多行李，轿子里面放不下吧。"

"不，行李叫个挑夫来挑。我押行李回去。"

"单为我雇了一顶轿子吗？"

"怕你走路不惯，叫了轿子来。我差不多天天走路的。今天特别的乘轿回去。村里的人们要笑话。"

——以患病为口实乘轿子回去也未尝不可。但是父母并不知道我有病。他以为我大学毕业回来该乘轿子回去，很可以光宠光宠村里的破坏了的家园，可以光宠光宠虚荣心很强，但是又贫又老的双亲。克欧的眼泪差不多要流出来，因为老父在面前，他竭力的忍住了！

——可怜的父母！你们那里晓得你们的独生的儿子这么样的堕落，这么样的不孝！在外面念了五六年书，把父亲累得一天天的喘气不过来。最近在T市时得他的来信说，听见我毕了业了，他也安心了，望我早日回来替他支撑门户。他又说，这几年来实在太苦了，因为我的学费真叫他没有一天好吃和好睡。他又说，我毕业后不论能马上得职或不得职，总之先回来家里看看。看看老年的父母，暮气很深的父母。他又说，能够和名门的刘小姐结婚就算是读书六年来的效果，可以安慰老年双亲的效果。他又说，家里还有几亩可以耕种的田，几栋可以蔽风雨的房屋，今后可以不再筹我的学费而我毕业后又能得相当的职业；那么这几亩田，几栋房子总可以望保存吧。

——可怜的父亲！绝无野心的父亲！安分知足的父亲！你为什么会生出这样不肖的儿子来！？但是现在我毕业了，有什么东西可以拿出来报答父母呢？此次回家的轿费都还要由父亲负担！父母所希望的报酬只有这些吧，村人送给他们的谀词，送给他们的高帽子吧。

"××伯，你的儿子在大学毕了业回来了吗？"

"××伯，你的福气真厚，才生得出这样精致，这样有本事的儿子来！"

——父母因为喜欢听这些谀词，终于做了不肖的儿子的牛马！

四十四

克欧回到家里住了四五天了，每天莫不思念苔莉，他很担心在这几天内她要陷于国淳的多方的诱惑。

——不至于吧！她已经这样坚决地答应我了！不过天下事很多出人意料之外的，还是快点回城里去好些。

克欧在家里住了五天，托名到城找医生诊病，又跑出R客栈来了。他到客栈来时，国淳早在苔莉的房里了。国淳看见克欧，忙走来要他到厅门首去说几句话。

"克欧，你到这里来。我自有要紧的话和你说。"

克欧看见国淳的没有半点笑容的严冷的脸孔，他知道在这几天中有了什么变故了。病后的他的心脏更跳跃得厉害，他不能不红着脸跟了他来。

"我是不十分相信这件事的，不过他们都这样说。我问苔莉，她只不做声，缠问了她许久，她只说一任我的推测。总之她回我家里去与否的关键像又操在你的掌中了。刘老先生也听了点风声，很替你担心。你不久就要和一个闺女结婚的人，你还是坚决地叫她回我那边去的好。"

国淳说了后拿出一封信来给克欧看。克欧一看就认得是小胡写的。因为他从前在苔莉那边看过小胡的笔迹。克欧略把那封信看一过，信里的大意是报告他和她的秘密关系给国淳，并且列举了许多证据。

克欧把小胡的信交回国淳后，国淳再取出一封信来给他看，第二封信是刘宗金写的了，也是把由T市N街采访出来的材料——克欧和苔莉的秘密材料——报告国淳。

克欧此时才知道国淳娶苔莉时，她已经不是个处女了。她的最初的情人另有一个青年。后来因为那个青年对她用情太不专了，她也就同他绝了交，各走各人的路。

国淳把苔莉从前的秘密告诉克欧的动机是想叫克欧莫再留恋她，莫留恋这么一个不值钱的女人。但克欧想，已经迟了，不，就在克欧和她未接近以前说出来也难挽回他们的这种运命吧。

克欧脸红红地听国淳说了一大篇后想不出什么话来回答国淳，他只低着头。他像有了相当的觉悟了。

国淳去后，克欧走进苔莉房里来看她。

"他们把罪恶完全归到我们身上来了哟。他们说完全是我蛊惑你的。"

"还管他们的批评吗？我们早点走吧！明天就去吧！"

苔莉望着睡在床上的霞儿垂泪。

第二天早上霞儿醒来时找不着母亲就痛哭起来。R客栈的人忙跑到国淳家里去报信。

国淳在霞儿的枕畔发见了一封信，信里面是这么写的：

——我这封信是流着泪写的。我之流泪并不是因为别你而悲伤，我是为霞儿哭的。我原以抚育霞儿自任，你即置我母子于不顾，我亦誓愿抚育霞儿使之长成。不过现在的我早缺了人生的气力了，恐无视霞儿长成的希望了。念及日后以病身贻累霞儿，则不如及早自决之为愈。我不愿以不幸的母亲之暗影遗留霞儿的脑中。不单霞儿，我希望凡与我相识者日后都能忘记我的存在。

——国淳，我固负君，但君先负我。我两人间既无爱情之足言，则亦无所谓谁负谁了。但霞儿是你的女儿，你有替我抚育她的责任。凡虐待我的霞儿者，神必殛之！

——严格的说来，我实未尝负人，实我所遇非人耳。男性的专爱在女性是比性命还要重要的。一次再次求男性的专爱失败了的我，到后来得识克欧了。他虽然不是我的理想中的男性，但我终指导了他沿着我的理想的轨道上走了。并且我是再次受了男性的蹂躏而他是个纯洁的童贞，他为我的牺牲不可谓不大了。他为我牺牲了青春时代，牺牲了有为的将来，牺牲了他的未婚妻，牺牲了他的性命，跟着也牺牲了他的父母！那么，在这样高贵的代价之下，我也该为他死了！社会对我们若还要加以残酷的恶评，那我们虽死也要咒诅社会的。

——由积极的方面说起来，为国，为家，为社会的方面说起来，克欧是要受"无能和不肖"的批评吧。不过就他的牺牲的精神方面说，他已经是很伟大了！由你们对女性不负责任的人看来恐怕是望尘不及的伟大吧！

——最后再叮嘱你一句，望你善视霞儿！

过了一星期，埠新报载六月三日由埠开往南洋各埠的P轮船才出港口，搭客中有一对青年男女向海投身；大概是自杀，不是失足掉落去的。

一九二六年七月一日脱稿于武昌

（1927年3月初版，上海创造社出版部）

大师经典

日记

张资平精品选

东京日记（节选）

十月十六日，星期二，晴。

近一星期来，因为工作太忙，又恢复了从前在武汉时的恶习惯，——晚睡晚起，这是因为日间小孩子们太嘈的厉害了，一点不能写。

前晚在学艺社事务所开会，决定搭乘本日的上海丸轮船赴长崎。船票由郑心南兄处领来了，行装也整好了，只怕自己起迟了床，误了时刻，所以一早——在夜里二点钟前后——就起了床。洗漱之后，把答应了"乐群"的译稿"地主"译完，天已大亮了，再无时间修改，匆匆将译稿塞进衣箱里去，打算带到船上或日本去修改，然后寄回来。

六点钟了，妻也起来了，弄好了一碗米粉要我吃，我把它吃完了。妻再出去弄堂口叫了一辆黄包车，我便叫车夫把我的一件Trunk装上，自己坐上，叮嘱妻，我走后要多多留心小孩子。妻双手按着门扉的把手,眼皮红红地一句话不说,望着坐在黄包车上的我,我很觉可笑。但是车子转了弯,走到马路上来时,我也觉得有几分凄恻,尤其是想像到小孩子们醒了来时,问他们的母亲"爸爸"呢?

前晚和龚学遂兄约好了,他揩市政府的油,做公安局的汽车到码头上去,要我去揩他的油,一路上船去。我走到S里来时,黄君和龚君还没有起床,黄旦初兄任公安局第二科科长,阔得很,用两三个跟人。

我把他们嘈起来了。他们才慢慢地穿衣服,慢慢地洗漱,然后慢慢地来和我谈。我真不好意思,觉得自己太性急了,来得太早了,尤恐他们暗笑我想揩油坐汽车,便这样虔诚的。

在黄旦初兄的书房里坐了一点多钟,快要响八点了,才听他的跟人来说,汽车来了。黄君每天都乘这汽车到公安局去的,今天让它先送我们到码头上去。

八点半钟,他们都到齐了。同行,龚君之外,还有三个人。陈文祥兄最老,于民国六年卒业于日本东京帝大冶金科,此次东行,做我们的视察团团长。其次有天文科的沈君,化学科的曹君。这三位和我都是初次识面。至龚君为留日熊本大学预科时代的同学,他的专门是矿山,现在改学铁路了。

上海丸于九点展轮,学艺社的周颂久谭勤余两兄都来码头送行。还有一位日本友人田代君,昨夜到我家里来话别,今早又特别到码头上来看我,盛情可感。

日本水上警察派有人在船上盘查得很严,幸喜我们是以团体的名义到日本去的,并且都是习理工科的人,所以水上警察的检查员终允许我们Pass了。

郑心南兄和张元济先生也同舟东渡,他们的任务是替商务印书馆到日本去查阅古书籍。并拟向日本人借来翻印。

离国越远,风浪越恶,到夜里轮船更翻簸得厉害。可怜我吃一个

Chicken Cut'et的口福都没有，到了九点多钟，吃下去的饭菜全数呕出来了。

我和陈龚两兄共住127号的Cabin。陈兄劝我吃了两粒Mlotheisill（P）的晕船药。但不见有什么效验。

大概是晕够了，不知在什么时候睡着了。

十八日，星期四，快晴。

……我来福冈这回算第四次了，第一次是民国六年，我和一位同乡在这海岸洗海水澡。暑假快要满了，我打算回熊本去，恰好K兄由冈山搬到这里来进医科大学。我们就在这时候初次谈论文艺。那时候K兄的诗兴很强。我回熊本去后，还寄了许多诗来给我，我都把它保留着，直到他的诗集出来后。这时候或许可以说是创造社的萌芽期。

第二次是民国十年暑假，我在山口于福铜矿山中实习，偷空到福冈来玩，是和日本同学铃木君同来的，到福冈后，才知K兄赴上海去了，他的家还留在福冈。我就在一位旧同学周君处寄宿，周君曾有意介绍我去看神经病科教室（里面关起有许多神经病者），但终被拒绝了。故我这回来福冈更急于想看。

第三次是毕业后，民国十一年五月秒回国，船泊门司两天，我便乘车赶到福冈来会K兄。那时创造季刊第一期出来了，丛书也出至四五种了。K兄和晶孙都在福冈。他们第二天还乘车至门司，并叫小划子送我回到轮船上来。

这次是第四次，距第三次也有七八年之久了。但街路风景一如昔日，无何等的变化。会衰老变化的只是重游旧地的人。

在创造社的历史上，福冈是很可纪念的地点。对于创造社，我的确是过于自私自利了。缔造艰难的责任多由K和O两兄弟负担。Y君也比我多尽了点力。只有我蓄长头发，摆文学大家，艺术大家的架子，由海外回来，坐享其成，向社拿钱用吧了。我想到这点，我真惭愧，暗暗地自己打了几个嘴巴。不过天下多虚伪的人，也多言行不一致的人，尤多坐享其成的人，我只好这样想来安慰我自己。然而毕竟太无聊了，自己太不中用了，今后我要独创我自己的事业。不要去依赖或篡夺由他人汗血所得来的结果。今后要深刻地做点有意义的工作，不要再浅薄无聊地徒慕虚名了。所谓诗人，所谓艺术家，所谓小说家，都是空的无聊的。